Diogenes Taschenbuch 21759

de
te
be

Cornell Woolrich

Im Dunkel der Nacht

Kriminalstories

Aus dem Amerikanischen von Signe Rüttgers

Diogenes

Umschlagfoto:
Virginia Christine und Edward G. Robinson
in der Verfilmung von ›Im Dunkel der Nacht‹
von Maxwell Shane (1956)

*Die Übersetzerin dankt folgenden Studierenden
des Fachbereichs Angewandte Sprachwissenschaften
der Johannes-Gutenberg-Universität Mainz
für ihre engagierte, anregende Mitarbeit:
Isabel Braun, Imke Brodersen, Christine Maringer,
Bettina Paus, Maja Schröder,
Martin Stock und Christina Young*

Deutsche Erstausgabe

120/89/36/1
ISBN 3 257 21759 5

Inhalt

Im Dunkel der Nacht

Zuerst konnte ich nur dieses bildschöne Gesicht sehen, dieses bildschöne Mädchengesicht. Wie eine weiße, zart schimmernde Maske, die sich aus alles umhüllender Dunkelheit löst, als wäre von unten ein Punktscheinwerfer darauf gerichtet. Das Gesicht war so schön und so trügerisch, und ich schien es so gut zu kennen, daß es mir schier das Herz zerriß.

Bis jetzt sah ich noch keine Gefahr, nur dieses perlmuttene Maskengesicht, losgelöst von der Dunkelheit. Doch irgendwo um mich herum lauerte hier Gefahr, das wußte ich bereits; und auch, daß es für mich kein Entrinnen gab. Ich wußte, daß ich alles, was ich tun würde, tun mußte, ihm nicht entgehen konnte. Und, ach, ich wollte es doch nicht tun. Ich wollte fliehen, weg von dort, wo immer es sein mochte.

Ich hab' es sogar versucht, aber es war nicht mehr möglich. Als ich kurz vorher hineinschlüpfte, war nur eine Tür dagewesen. Das war ganz einfach. Doch jetzt waren überall Türen, wohin ich auch schaute; ein Achteck aus Türen, Rahmen an Rahmen, ohne Zwischenraum. Ich versuchte erst eine, dann eine andere, schließlich eine dritte zu öffnen. Es waren die falschen, ich kam nicht hinaus.

Und dadurch hatte ich die unheimliche Bedrohung entfesselt, die dort ständig auf mich gelauert hatte. Ich hatte genau das, wovor ich fliehen wollte, nur um so früher herbeigeführt. Doch ich wußte noch nicht, was es war.

Die flimmernde weiße Maske verlor ihre kameengleiche Sanftmut, wurde langsam vor meinen entsetzten Augen bösartig, rachsüchtig. Sie sprach, sie fauchte: »Da ist er, direkt hinter dir, pack ihn!« Die Augen sprühten wie Lunten, die Zähne blitzten in hämischem Grinsen. Das Licht wurde diffuser, als ob ein Bühnentechniker die Szene ausleuchtete. Es war jetzt ein trübes Blaugrün, etwa so wie Licht unter Wasser. Und aus diesem Licht tauchte langsam mein Verhängnis empor, mit schleppend verhaltenen Unterwasserbewegungen, mit schrecklicher Unausweichlichkeit.

Es war natürlich männlich. Das Bedrohliche ist immer männlich.

Zuerst war es – nein er – nur ein schwarzer Haufen, eine formlose, klumpige Masse, wie verfestigter Rauch etwa, zu Füßen dieser schimmernden, rachsüchtigen Maske. Dann streckte er sich langsam aus, erhob sich, wurde länger und gleichzeitig schmaler, bis er sich drohend vor mir auftürmte. Noch war er namenlos, unförmig, nur eine Kontur vor dem schwarzblauen Hintergrund, als ob das Licht, das bisher die Maske hervorgehoben hatte, von der anderen Seite käme.

Er kam auf mich zu, kam näher, mit unausweichlicher Trägheit. Ich wollte nur raus, wegrennen, in der Minute, der halben, die mir noch blieb. Ich war wie gelähmt, konnte keinen Schritt tun, als wären meine Füße in Beton eingemauert. Ich schwankte nur vor und zurück, auf festem Grund.

Warum ich hinaus und was er mir antun wollte, war mir nicht klar, ich wußte es nicht. Nur, daß ich hier drinnen ein vernichtendes Angstgefühl hatte und unvorstellbares Entsetzen verspürte.

Jetzt, da es auf den Höhepunkt zuging, ging alles schneller und schneller.

Er kam näher, brauchte den kurzen, noch zwischen uns liegenden Abstand auf. Seine Konturen waren noch immer undeutlich, verwischt, wie lehmverschmiert, wie die einer klobigen Tonfigur. Ich konnte die Arme aus den Seiten wachsen sehen und ihrer hummergleichen Umklammerung nicht entgehen. Ich konnte den Druck seiner Hände auf meinem Hals spüren. Er packte ihn eher seitlich als vorn, als ob er ihn lieber brechen als mich erwürgen wollte. Besonders quälend war der starke Druck seiner Daumen, die sich in die Schlagadern unter den Ohren und in das zarte, weiche Fleisch unter dem Kinn gruben.

Ich ging in einer Spirale zu Boden, immer im Kreis, folgte Kopf und Hals, die er mir aus der Wirbelsäule drehen wollte. Ich mußte sie vor dem Ausrasten bewahren.

Ich krallte mich an seine gnadenlosen Hände, versuchte sie wegzureißen. Eine bekam ich endlich los, doch sie befreite sich aus meinem Griff und riß mir dabei mit dem Nagel den Unterarm auf. Die Kratzwunde brannte wie Feuer, selbst jetzt, inmitten der Todesgefahr. Die Hand klammerte sich wie ein Saugnapf wieder dort fest, wo sie war.

Ich schlug von unten auf seinen gebeugten Körper ein, dann, als mein Widerstand schwächer wurde, stieß ich nur noch dagegen, zuletzt griff ich nur noch hilflos danach, wie ein Ertrinkender, der sich instinktiv festklammern will. Plötzlich hatte ich einen abgerissenen Knopf in der Hand und hielt ihn mit dem sinnlosen Starrsinn eines Sterbenden fest.

Und dann dauerte es ihm zu lange, bis ich starb, bis mein Genick brach, und er wurde die langsame, sichere Art leid. Seine Stimme ertönte, er sprach mit der makaberen Maske. Ich hörte jedes Wort mit prophetischer Klarheit – wie das in solchen Momenten eben so ist.

»Gib mir die Ahle, die spitze Ahle da drüben, sonst nimmt das die ganze Nacht kein Ende.«

In stummem Protest hob ich die Hände, streckte sie aus, an ihm vorbei, und da wurde etwas hineingelegt. Ich konnte den kurzen Griff fühlen. Ein Gedanke schoß mir durch den Kopf – und selbst die Gedanken sind in solch einer Lage so klar. »Sie hat sie mir in die Hand gelegt, anstatt ihm.« Ich packte sie fester, hob die Hand und bohrte sie ihm in den Rücken. Die Erschütterung beim Eindringen schien sich auf meinen Körper zu übertragen, so hoffnungslos waren wir ineinander verschlungen. Und doch drang sie mühelos ein wie ein Spieß in Butter. Ich konnte sogar spüren wie ich sie wieder herauszog, und das ging schwerer als umgekehrt.

Der Mann folgte dieser Bewegung und kippte nach hinten. Einen Moment später kroch ich auf Knien zu ihm heran. Und jetzt, wo es zu spät war, wurde sein Gesicht endlich sichtbar, als ob ein schwach flackerndes Licht darauf spielte, und auf einmal war er kein formloses, lehmverschmiertes Ungeheuer mehr, sondern ein Mensch wie ich. Harmlos, hilflos, friedfertig. Das Gesicht sah mich vorwurfsvoll an, als wollte es sagen »Warum mußtest du das tun?« Ich konnte das nicht ertragen, beugte mich über ihn und tastete vorsichtig nach dem Herzen. Nicht, weil ich ihm helfen wollte, sondern nur, damit mich dieses Gesicht nicht mehr so anklagend ansah. Als ich das Herz gefunden hatte, jagte ich das Bohreisen plötzlich unkontrolliert und schnell direkt hinein und sprang zurück.

Die Maske, noch immer im Hintergrund gegenwärtig, stieß einen grauenhaften Schrei aus wie eine verlorene Seele, verraten, fortgerissen wie an Schnüren gezogen.

Ich hörte eine Tür gehen und drehte mich rasch um, um zu sehen, wo das war, damit ich selbst wieder herausfand. Doch wie immer bei solchen Dingen, war ich zu spät. Sie war schon fort: Alle Türen sahen wieder gleich aus.

Ich ging hin und versuchte, eine nach der anderen zu öffnen, doch alle waren die falschen, gingen nicht auf, und jetzt kam ich hier nicht heraus, saß in der Falle, war eingeschlossen mit dem, was dort auf dem Boden lag, was für mich immer noch Angst und Bedrohung barg, mehr noch als vorher, als es sich noch bewegt und mich angegriffen hatte. Denn Furcht und Schrecken, die die ganze Zeit im Verborgenen lauerten und noch lange nicht ausgestanden waren, waren jetzt bedrohlicher als je zuvor, schienen wie eine Woge anzuwachsen, die jeden Moment über mir zusammenschlagen und mich fortspülen konnte.

Ihr Ursprung, ihr Kernpunkt war das, was dort auf dem Boden lag. Ich mußte es verstecken, es wegschließen. Es war einer dieser Zwänge, denen man, gerade weil sie irrational sind, hoffnungslos ausgeliefert ist.

Ich riß eine der vielen Türen auf, die mich ständig genarrt

hatten, und dahinter, in dem fahlblauen Licht, das die Szene noch immer einhüllte, erblickte ich jetzt einen flachen Wandschrank. Es war, als wäre er vorher nicht dagewesen, wäre dort eigens für meine Zwecke entstanden. Ich hob das auf dem Boden auf, und es schien gar nicht schwer, war so leicht auf die Schulter zu heben wie ein zusammengerollter Teppich. Ich lehnte es hinter die Schranktür, anders war es nicht möglich, denn die Tiefe reichte nicht aus.

Dann machte ich die Tür zu, preßte hier und da mit der flachen Hand überall gegen den Rahmen, der den Spiegel umgab, als wäre sie so fester zu schließen. Doch immer noch schien, wie Dampf, die Gefahr aus dem Schrank zu strömen. Ich wußte, es reichte nicht aus. Ich mußte mehr tun als das, sonst würde die Tür gewiß wieder aufgehen.

Dann sah ich, daß unter dem Türknopf ein Schlüssel herausschaute. Er hatte die Form eines Kleeblatts, und der Innenrand jedes der drei hohlen »Blätter« war mit Schnörkeln und feinen Ranken verziert. Er war aus einem gelblichen Metall, entweder Messing oder vergoldetes Eisen. Ein Schlüssel, wie er längst nicht mehr hergestellt oder benutzt wird.

Ich drehte ihn im Schloß und zog ihn langsam heraus. Erstaunlich, wie lange der Schaft war, er schien gar nicht enden zu wollen. Endlich kam dann ein seltsam geformter Bart zum Vorschein, der aussah wie zwei einzelne Arme einer Swastika. Nachdem ich ihn endlich herausgezogen hatte, steckte ich ihn in die Tasche, doch dann fing der Knopf an, sich von innen zu drehen, und die Tür ging trotzdem auf. Ganz langsam aber erbarmungslos und kurz darauf sollte ich hinter ihr etwas unvorstellbar Grauenhaftes sehen. Die Offenbarung, das, worauf sich der ganze lange Film vor dem geistigen Auge zugespitzt hatte, stand mir bevor.

Und dann wachte ich auf.

Das Kopfkissen war auf den Boden gefallen, mein Kopf baumelte herunter, denn ich hing halb aus dem Bett, und mein Gesicht war schweißüberströmt. Ich legte mich richtig hin, stützte den Kopf auf den Arm und atmete gequält aus. »Mann, bin ich froh, daß ich das hinter mir hab'!« murmelte ich und wischte mir mit dem Schlafanzugärmel die Stirn trocken. Dann fuhr ich mir mit dem Handrücken über den Mund, als könnte ich dadurch einen üblen Geschmack wegwischen. Ich schüttelte den Kopf, um die letzten Nebel zu vertreiben.

Ein Blick auf die Uhr sagte mir, daß es sowieso Zeit zum Aufstehen war, doch wer hätte andernfalls nach so einer Sache riskiert, noch einmal einzuschlafen? Soweit ich wußte, hätte der Traum wiederkommen und von vorn anfangen können.

Ich schwang die Beine aus den zerwühlten Decken, setzte mich auf die Bettkante, nahm eine Socke und drehte sie zum Hineinschlüpfen von innen nach außen.

Träume waren schon etwas Seltsames. Woher kamen sie? Wohin gingen sie?

Im Badezimmer spülte ein Becken mit eiskaltem Wasser die letzten Spuren des Traumes fort, und von da an war alles wieder beim Alten, normal, vernünftig und beruhigend vertraut. Das wohltuende Gefühl des Kammes auf der Kopfhaut. Das Aufziehen der Armbanduhr, das Schließen des Armbands an meinem ...

Es ging wieder auf und hing ungeschlossen vom Handgelenk, und so blieb es auch. Ich mußte meine freie Hand auf das kleine Zifferblatt drücken, damit mir die Uhr nicht vom Handgelenk rutschte.

Ich starrte minutenlang ununterbrochen hin.

Schließlich ließ ich meine Manschette zurückrutschen, um es wieder zu verdecken. Ich konnte ja nicht ewig draufstarren. Das half mir auch nicht weiter. Was sollte es mir sagen? Es war bloß ein Kratzer, sonst gar nichts.

»Da soll mir noch einer was über realistische Träume sagen«, dachte ich. »Das hab' ich mir wohl selbst mit der anderen Hand beigebracht, als so heiß gekämpft wurde. Darum hatte sich dieses Detail mit dem Traum verwoben.«

Umgekehrt konnte es natürlich nicht sein, denn das hieße,

ein roter Kratzer auf meinem Handgelenk wurde vom Traum in die Wirklichkeit übertragen.

Ich fuhr fort mit der gewohnten Routine, der normalen Alltagsroutine. Heute die blaue Krawatte. Nicht, daß ich sie jeden Tag wechselte, so ein Geck war ich nicht, doch jeden zweiten Tag schon. Ich schlug den Kragen hoch, legte die Krawatte darum und klappte ihn wieder herunter...

Dann drückte ich ihn auf beiden Seiten flach an den Hals, aus Angst, er könnte davonfliegen, obwohl er doch festgenäht war. Ein Teil meines Verstandes war drauf und dran, Angst zu bekommen, einfach durchzudrehen, doch der Rest ließ es nicht zu, hielt den anderen Teil fest, so wie ich jetzt den Kragen festhielt.

Diese Blutergüsse, diese bräunlich-violetten Verfärbungen, die nur schwach, nicht besonders auffällig seitlich am Hals sichtbar waren wie die Spuren eines kräftigen Griffs, wie der Druck grausamer Finger, hatte ich nicht gehabt, als ich mich gestern abend ausgezogen hatte.

Nun gut, aber gestern abend, als ich mich ausgezogen hatte, hatte ich auch diesen Traum noch nicht gehabt. Warum nach Spukgestalten suchen? Dieselbe Erklärung wie für den Kratzer am Handgelenk half auch hierfür: ich mußte mir das selbst zugefügt, mir selbst an die Kehle gegriffen haben, um den traumatischen Angriff abzuwehren, der gerade in diesem Moment in meinem Bewußtsein stattfand.

Ich versuchte sogar, die Haltung zu rekonstruieren, um zu sehen, ob so etwas anatomisch überhaupt möglich war. Das war es zwar, doch mutete das Ergebnis fast schon grotesk an. Man mußte die Arme über der Brust kreuzen und mit dem rechten Arm an die linke Seite des Halses und umgekehrt fassen. Ich wußte es nicht. Vielleicht nahm man ja, wenn man im Schlaf gepeinigt wurde, solche Haltungen an. Ich war nicht so überzeugt, wie ich es mir gewünscht hätte. Eines stand jedenfalls fest, die Male stammten von zwei Händen, nicht nur von einer, denn auf beiden Seiten waren gleich viele, während bei einem einhändigen Griff die vier Finger immer dem Daumen gegenüberliegen.

Doch weitaus beunruhigender als ihre Sichtbarkeit waren die Schmerzhaftigkeit, wenn ich sie mit den Fingerspitzen abtastete, und die Steifheit, wenn ich den Hals heftig drehte. Gegen meinen Willen schien es die Theorie von der Selbstbeibringung zu untergraben. Wieso war ich durch einen so starken Druck nicht aufgewacht? Worauf postwendend die willkommene logische Schlußfolgerung kam: wenn mir die Male aber von jemand anderem beigebracht worden wären, hätte ich doch wahrscheinlich noch schneller aufwachen müssen, oder?

Ich zwang mich wieder zur allmorgendlichen Routine. Ich knöpfte den Kragen um die Blutergüsse und verdeckte sie damit, wenn auch nicht ganz, so doch teilweise, band die Krawatte, zog Weste und Jackett über. Ich war soweit fertig zum Gehen.

Als letztes tat ich das, was ich immer zuletzt tue: eine dieser unabdingbaren kleinen Angewohnheiten. Ich langte in die Tasche, um sicherzugehen, ob ich auch genügend Kleingeld für Essen und Fahrt dabei hatte und nicht unterwegs einen Schein wechseln mußte. Ich holte eine Handvoll heraus, doch fiel mir ein Großteil davon durch die plötzlich erstarrten Finger zu Boden. Ein paar Münzen blieben auf der Hand liegen, neben dem Knopf. Dem großen Knopf in der Mitte. Ich ließ das Geld rollen, bückte mich nicht, um es aufzuheben. Es ging nicht. Mein Rücken war zu starr dazu.

Es war ein fremder Knopf. Irgendwie wußte ich das schon, bevor ich ihn mit meinen verglich. Ich wußte, ich würde bei jedem einzelnen Kleidungsstück, das ich besaß, nachschauen, doch war mir bereits klar, daß er von keiner meiner Sachen stammte. Etwas an seiner Form, seiner Farbe sagte mir das. Ich hatte ihn niemals durch ein Knopfloch geknöpft, daran hätte ich mich erinnert. Das mag weit hergeholt klingen, aber Knöpfe können eine ebenso persönliche Note haben wie Krawatten.

Und als ich jetzt die Finger um ihn schloß, nahm er ebensoviel Platz in meiner Handfläche ein, fühlte sich genauso an wie noch vor kurzem.

Es war der Knopf aus meinem Traum.

Voller Panik riß ich die Schranktür so vehement auf, daß sie ganz herumflog, an die Wand schlug und langsam wieder zufiel. Kein einziges Kleidungsstück war darin, an das ich den Knopf nicht hielt, selbst wenn dort keiner fehlte, selbst wenn weder die Art noch die Größe auch nur annähernd dazu paßten. Westen und Jacketts, eine Strickjacke, ein Regenmantel, ein Anorak, ein Überzieher, Badehosen, ein Bademantel. Jedes Stück Stoff, das ich besaß.

Der Knopf stammte von keiner meiner Sachen, fehlte nirgends.

Diesmal konnte ich nicht wieder zur normalen Tagesordnung übergehen. Ich hing in der Luft. Diesmal konnte ich nicht sagen: »Das hab' ich mir selbst in den Qualen dieses Alptraums beigebracht.« Der Knopf kam irgendwoher. Er hatte vier Löcher in der Mitte, um die sogar noch ein paar Fäden schwarzes Nähgarn geschlungen waren. Er war greifbar, er war kein Hirngespinst.

Doch die Vernunft wollte einfach nicht nachgeben, versuchte in die Bresche zu springen, und ich schlug mich, so gut es ging, auf ihre Seite. »Nein, nein, ich hab' ihn auf der Straße gefunden und erinnere mich bloß nicht mehr daran.« Aber das stimmte einfach nicht. Noch nie im Leben hatte ich irgendwo einen Knopf aufgelesen. »Oder der Schneider, zu dem ich diesen Anzug gebracht hatte, hat ihn versehentlich von irgendeinem anderen Kleidungsstück in der Tasche vergessen.« Aber vom Flicken und Reinigen kam die Kleidung immer mit umgestülpten Taschen zurück, das hatte ich ein dutzendmal beobachtet.

Alle vernünftigen Erklärungen reichten nicht aus. »Das zeigt nur mal wieder, wie so was die Nerven strapaziert!« Ich nahm ein frisches Taschentuch heraus, stopfte es jedoch nicht wie sonst gleich in die Tasche, sondern tupfte mir vorher verstohlen damit die Schläfen ab – und danach war es dunkel vor Schweiß. »Ich muß raus hier. Ich brauch' einen Kaffee. Ich schlottere ja.«

Ich schlüpfte eilig in meinen Mantel, riß die Zimmertür auf und zögerte einen Moment, bevor ich sie hinter mir schloß. Dabei griff ich wie jeden Morgen vor dem Hinausgehen instinktiv in die Tasche, um mich zu vergewissern, ob ich auch meinen Schlüssel eingesteckt hatte und nicht vor verschlossener Tür stand, wenn ich am Abend nach Hause kam.

Er kam zwischen meinen Fingerspitzen zum Vorschein, doch zu sehen waren nur die beiden Enden, der Mittelteil war von etwas Darüberliegendem verdeckt. Schreckerstarrt öffneten sich meine Lippen wie bei einem plötzlichen Schlag und schlossen sich nicht wieder.

Der darüberliegende Schlüssel hatte einen Griff wie ein kleines Kleeblatt, und der Innenrand der drei Blätter war mit Schnörkeln und Ranken verziert. Er hatte einen unproportioniert langen Schaft, der in einem Bart endete, der aussah wie zwei einzelne Arme einer Swastika. Er war aus einer gelblichen Legierung, entweder Messing oder vergoldetes Eisen. Ein Schlüssel, wie er heute nicht mehr hergestellt oder benutzt wird.

Er lag der Länge nach in meiner Hand, und ich berührte ihn wiederholt mit dem Daumen. Das war das einzige, was sich lange Zeit bewegte, dieser töricht spielende Daumen. Trotz all meiner Vorbereitungen ging ich noch nicht aus dem Haus, sondern zurück ins Zimmer. Ich machte die Tür hinter mir zu und wankte ein paar Minuten benommen umher. Einmal ließ ich mich erschöpft auf die Bettkante sinken, doch als ich mich umsah und bemerkte, wo ich da saß, sprang ich verängstigter denn je wieder auf. Dann entsinne ich mich noch, daß ich einmal das Gesicht ganz nahe an den Spiegel des Toilettentischs hielt, das Unterlid mit dem Finger herunterzog und eingehend das Weiß meines Augapfels studierte. Ich wußte allerdings selbst nicht, warum ich das tat, worüber es mir hätte Aufschluß geben sollen. Es gab mir auch keinen.

Und wieder ein anderes Mal sah ich aus dem Fenster, als wollte ich nachsehen, ob es die Welt draußen noch gab. Ja, sie war noch da. Die Häuser auf der anderen Straßenseite sahen noch genauso aus wie am Tag zuvor. Die Dame im zweiten Stock hatte ihr Bettzeug wie jeden Morgen zum Lüften ins Fenster gelegt. Der Eismann ritzte mit dem spitzen Ende seiner Zange eine Kerbe in einen Eisblock, um ihn anschließend zu zerteilen. Ein kleiner Junge schwenkte auf dem Schulweg sein Bündel mit Büchern und vertrödelte möglichst viel Zeit, indem er den Bordstein entlanghüpfte, einen Fuß oben, den anderen unten.

Da draußen war alles in Ordnung. Hier drin stimmte was nicht, mit mir.

Ich entschloß mich, lieber zur Arbeit zu gehen, vielleicht würde mir das diesen Wahnsinn austreiben. Ich floh aus dem Zimmer, als würde es darin spuken. Ich war schon zu spät dran, um noch irgendwo schnell zu frühstücken. Danach war mir ohnehin nicht. Mein Magen krampfte sich dauernd zusammen. Am Ende ging ich dann doch nicht zur Arbeit. Es ging nicht. Es wäre nichts dabei herausgekommen. Ich rief dort an und sagte, ich fühlte mich zu elend, um kommen zu können, und das war keine faule Ausrede, obwohl ich noch auf den Beinen war.

Den Rest des Tages trieb ich mich draußen in der Sonne herum. Ich flüchtete mich immer dorthin, wo die Sonne am hellsten schien, und wenn sie weiterzog, zog ich mit ihr. Sie konnte mir gar nicht hell oder warm genug sein. Ich mied den Schatten, wich ihm ängstlich aus, selbst dem lichten Schatten einer Markise oder eines Baumes.

Und doch wärmte mich die Sonne nicht. Wenn andere sich den Schweiß von der Stirn wischten und wegrückten, blieb ich sitzen – und trotzdem fröstelte ich innerlich. Doch als die Stunden länger wurden, siegte der Schatten. Er überlebte die Sonne.

Die Sonne siechte und starb, die Schatten vertieften sich und breiteten sich aus. Die Nacht kam, die Zeit der Träume, der Feind.

Spät abends ging ich zu Cliff. Ich hatte mich schon vor Stunden dazu entschlossen, ging aber bewußt nicht früher hin. Als ich hinkam, saßen sie noch bei Tisch. Ich ging ein paarmal um den Block, bis Lil aufgestanden war, das Geschirr abgeräumt hatte und Cliff allein in einem Sessel saß. Das tat ich, um nicht aufgefordert zu werden, mich zu ihnen an den Tisch zu setzen, denn das hätte ich nicht durchgestanden.

Als ich schellte, machte Lil auf, trocknete sich die Hände und sagte herzlich: »Da kommt ja seltener Besuch. Grad heut' abend hab' ich zu Cliff gesagt, es wird Zeit, daß du dich auch wieder mal hier blicken läßt.«

Ich wollte ihn von ihr loseisen, doch zuerst mußte ich sie etwa zehn Minuten über mich ergehen lassen. Sie war meine Schwester, aber mit einer Frau spricht man nicht über Dinge wie das, was ich mit ihm besprechen wollte. Ich weiß nicht warum, aber man tut es einfach nicht. Man erzählt einer Frau nur, was man selbst im Griff hat. Was einem Angst macht, erzählt man, wenn überhaupt, nur einem Mann.

Endlich sagte sie: »Ich spül' nur noch schnell das Geschirr fertig ab, ich bin gleich wieder da.«

Sobald sie aus der Tür war, drängelte ich Cliff leise: »Nimm deinen Hut und geh' ein paar Schritte mit mir vor die Tür. Ich muß dir was sagen – allein.«

Als wir hinausgingen, rief er in die Küche, »Vince und ich geh'n uns nur mal kurz die Füße vertreten. Wir sind in ein paar Minuten zurück.«

Sofort rief sie warnend zurück: »Aber höchstens ein Bier – wenn's das ist, was ihr vorhabt.«

Das brachte ihn lediglich auf den Gedanken, doch ich sagte: »Nein, ich muß dir was mit klarem Kopf erzählen können, denn es klingt sowieso schon verworren genug. Laß uns lieber an der frischen Luft bleiben.«

Wir schlenderten langsam über den Gehsteig. Cliff war viel auf den Beinen, deshalb war es vermutlich für ihn keine Freude, doch er war gutmütig und beklagte sich nicht. Er war bei der Kriminalpolizei. Ich wäre wahrscheinlich auch so wegen dieser Sache zu ihm gegangen, aber dadurch war es natürlich unumgänglich.

Er mußte mir auf die Sprünge helfen, denn ich wußte nicht, wo ich anfangen sollte. »Na, Kumpel, wo brennt's denn?«

»Letzte Nacht hab' ich geträumt, ich hab' jemand umgebracht, Cliff. Ich weiß nicht, wen oder wo. Er hat mir mit dem Nagel das Handgelenk verkratzt, ich hab' Blutergüsse von seinen Fingern am Hals, und ich hatte plötzlich einen Knopf von ihm in der Hand. Und dann, als alles vorbei war, hab' ich ihn in einen Wandschrank gelehnt, die Tür abgeschlossen und den Schlüssel in die Tasche gesteckt. Und als ich aufgewacht bin ... hier, sieh dir das an.«

Wir waren unter einer Straßenlaterne stehengeblieben. Ich wandte mich ihm zu und schlug die Manschette zurück, um ihm den Kratzer zu zeigen. »Kannst du ihn sehen?« Er bejahte. Ich zog den Kragen mit beiden Händen hinunter, erst auf der einen, dann auf der anderen Seite. »Kannst du sie sehen? Siehst du die blaßvioletten Male dort? Sie werden schon langsam schwarz.«

Er bejahte.

»Und der Knopf, dieselbe Form, Größe und alles, war bei meinem Kleingeld in der Hosentasche. Er liegt jetzt zu Hause auf der Kommode. Wenn du mitkommen willst, zeig' ich ihn dir. Und zu guter Letzt tauchte auch noch der Schlüssel auf, bei meinem eigenen, in der gewohnten Tasche. Ich hab' ihn den ganzen Tag bei mir gehabt.«

Es dauerte eine Weile, bis ich ihn draußen hatte, so zitterte meine Hand. Sie hatte den ganzen Tag so gezittert, wenn sie auch nur in die Nähe dieses Dings kam, um zu fühlen, ob es noch da war. Und das hatte sie genau alle fünf Minuten getan. Der Schlüssel hatte sich im Futter verhakt, doch endlich bekam ich ihn raus.

Cliff nahm ihn und betrachtete ihn neugierig, aber unverbindlich.

»Genau so hat er im Traum ausgesehen«, brachte ich zitternd hervor. »Dieselbe Form, dieselbe Farbe, dasselbe Muster. Selbst das Gewicht ist dasselbe, selbst...«

»Du bist ja vollkommen außer dir, stimmt's?« bestätigte er mir. Er legte mir die Hand einen Moment auf die Schulter, um mich wieder ins Gleichgewicht zu bringen. »Nimm's nicht so schwer, laß dich nicht unterkriegen.«

Das half nichts. Ich wollte kein Mitgefühl, sondern eine Erklärung. »Du mußt mir helfen, Cliff. Du weißt nicht, was ich den ganzen Tag durchgemacht hab'. Ich bin kaum noch ich selbst.«

Er wog den Schlüssel in der Hand. »Woher hast du den, Vince? Ich meine, woher hattest du ihn, bevor du davon geträumt hast?«

Mit beiden Händen ergriff ich seinen Arm. »Aber verstehst du denn nicht, was ich sage? Ich hatte ihn nicht, bevor ich davon geträumt hab'. Ich hab' ihn davor nie gesehen. Und dann wach' ich auf, und er ist *wirklich da*!«

»Und für den Knopf gilt das auch?«

Ich nickte.

»Das hat dich ziemlich fertig gemacht, stimmt's? Was bringt dich nun wirklich so aus der Fassung? Doch weder der Schlüssel noch der Knopf und auch nicht der Kratzer, richtig? Du hast Angst, daß der Traum wirklich passiert ist, ist es das?«

Daran sah ich, daß er bis jetzt nichts verstanden hatte, nicht begriff, was ich eigentlich wollte. Natürlich waren es nicht nur die aus dem Traum mitgebrachten Beweise, die mich zu Tode ängstigten, sondern das, was dahinter stand. Wenn nun plötzlich ein Schlüssel in meiner Tasche aufgetaucht wäre, nachdem ich davon geträumt hatte, warum hätte ich dann zu Cliff gehen sollen? Zum Teufel damit. Aber wenn der Schlüssel Wirklichkeit war, dann gab es da auch irgendwo eine Schranktür mit einem Spiegel, in die er paßte. Und wenn es diesen Schrank gab, dann steckte darin auch eine Leiche. Ebenso wirklich. Wirklich tot. Die Leiche eines Mannes, der mich gekratzt und versucht hatte, mir den Hals umzudrehen, bevor ich ihn umbrachte.

Ich versuchte, ihm das klarzumachen. Ich war zu schwach, ihn zu schütteln, aber ich versuchte es wenigstens. »Verstehst du denn nicht? Irgendwo in dieser Stadt gibt es genau in diesem Moment einen Schrank, zu dem dieser Schlüssel paßt! Hinter der Tür lehnt ein Toter! Und ich weiß nicht wo. Mein Gott, ich weiß weder wo, noch wer es ist, noch wie oder warum es passiert ist... nur daß... daß ich dort gewesen sein und es getan haben muß – oder warum sollte es mir sonst im Schlaf in den Sinn gekommen sein?«

»Dich hat's ja schwer erwischt.« Er pfiff durch die Zähne. »Du brauchst was zu trinken? Lil hin, Lil her, komm, wir gehen irgendwo hin, damit du auf andere Gedanken kommst.« Er packte mich entschlossen am Arm.

»Aber nur Kaffee«, zögerte ich. »Laß uns wo hingehen, wo's schön hell ist.«

Wir gingen in ein Lokal, mit so vielen Strahlern und so grellem Licht, daß selbst die Fliegen auf dem Tisch lange Schatten warfen.

»Jetzt geh'n wir die Sache mal nach meiner Methode an«, sagte er und leckte sich den Bierschaum von den Lippen. »Erzähl mir den Traum nochmal.«

Das tat ich.

»Darauf kann ich mir keinen Reim machen.« Er schüttelte verwirrt den Kopf. »Kanntest du dieses Mädchen oder dieses Gesicht oder was es war?«

Ich preßte eine Fingerspitze fest auf den Tisch. »Nein, jetzt nicht mehr, aber im Traum, und ihr Anblick zerriß mir fast das Herz, als hätte sie mich betrogen oder so.«

»Wer war sie dann aber im Traum?«

»Ich weiß nicht. Ich hab' sie nur da gekannt, jetzt kenn' ich sie nicht mehr.«

»Mein Gott!« sagte er und schüttete noch etwas Bier hinunter. »Ich hätte lieber Whisky mit Tabasco-Soße bestellen sollen! War sie vielleicht eine Filmschauspielerin, die du vor kurzem im Kino gesehen hast? Oder war sie vielleicht nur ein Gesicht in der Menge? So was kann ja passieren.«

»Ich weiß nicht, ich weiß nicht. Ich schien sie besser zu kennen. Es hat mir wehgetan, sie zu sehen, zu spüren, daß sie mich haßte. Doch ich kann sie nicht ins Jetzt rüberholen.«

»Und der Mann, der Bursche oder wer immer er war?«

»Nein, ich schien sein Gesicht die ganze Zeit über nicht sehen zu können. Nur ganz am Ende hab' ich's gesehen, als es bereits zu spät war. Und dann, als die Tür wieder aufging, nachdem ich ihn eingeschlossen hatte, war mir, als würde ich etwas ganz Schreckliches erfahren – vermutlich über ihn. Aber bevor Zeit dazu war, wachte ich auf.«

»Und nun als letztes, zum Ort. Du sagst, nichts als nur Türen um dich herum? Warst du in letzter Zeit an so einem Ort? Ist dir jemals so was begegnet? In einer Illustrierten, in einer Geschichte, die du gelesen hast, in einem Film?«

»Nein, nein, nein.«

»Also gut, dann lassen wir jetzt mal den Traum beiseite, reden nicht drüber.« Er wedelte erleichtert mit der Hand hin und her, als wolle er die Luft reinigen. »Beinahe hätt's mich schon selbst erwischt. Also, was hast du gestern abend gemacht, bevor das ganze losging?«

»Nichts. Nichts anderes als sonst auch. Ich bin um dieselbe Zeit von der Arbeit gekommen, hab' im gewohnten Lokal zu abend gegessen ...«

»Sicher, daß es nichts Schwerverdauliches wie ein Käsetoast war?«

Ich antwortete mit einem gequälten Lächeln. »Ein Käsetoast ist garantiert nicht für diesen Schlüssel verantwortlich, sondern ein Schmied. Laß ihn auf den Tisch fallen, damit du ihn hörst! Beiß dir die Zähne daran aus! *Und ich hatte ihn wirklich noch nicht, als ich gestern abend ins Bett ging*!«

Er beugte sich zu mir herüber. »Jetzt hör mir mal zu, Vince. Für diesen Schlüssel gibt es eine ganz einfache Erklärung. Die muß es geben. Doch wie sie auch lautet, du bist jedenfalls nicht im Traum zu dem Schlüssel gekommen. Entweder hat er auf der Straße gelegen und du hast ihn wegen seiner merkwürdigen Form ...«

Ich schlug die Hände vor das Gesicht. »Nein, das hab' ich mir heut' morgen selbst einzureden versucht. Es klappt nicht. Ich kann mich absolut nicht erinnern, so was jemals gemacht zu haben. Selbst wenn ich nicht mehr wüßte, daß ich ihn gefunden hab', könnt' ich mich doch zumindest noch an den Schlüssel erinnern.«

»Willst du mir einreden, du hast noch nie im Leben was vergessen, das du einmal gesehen hast?«

»Nein«, sagte ich unwillig.

»Ist auch besser so. Besonders bei so was Nichtssagendem wie einem Schlüssel ...«

»Das ist kein nichtssagender Schlüssel, er ist einmalig. Und ich hab' ihn bestimmt nie zuvor gesehen und ihn auch nicht aufgehoben. Er ist mir völlig fremd.«

Er machte eine einlenkende Geste. »Schon gut, es braucht ja nicht diese Erklärung zu sein. Es gibt ein Dutzend andere Möglichkeiten, wie er ohne dein Wissen in deine Tasche gelangt sein konnte. Vielleicht lag er auf einer Ablage, du hast deinen Mantel druntergehängt, und er ist in die offene Tasche gefallen ...«

»An meinen Manteltaschen sind Klappen. Wie sollte er da reinkommen, eine Kehrtwende machen?«

»Vielleicht waren die Klappen ja nach innen geschlagen, weil du vorher die Hände in den Taschen hattest. Oder der Schlüssel ist aus einem anderen Mantel gefallen, der neben deinem in einer Garderobe hing, lag dort auf dem Boden, und jemand, der vorbeikam, dachte, daß er in deinen Mantel gehört, und hat ihn dir reingesteckt ...«

»Ich hab' die Hände gestern zig Mal in diese Taschen gesteckt. Und vorgestern auch. Und davor ebenfalls. Wo war er da? In meiner Tasche jedenfalls nicht! Aber heute morgen: Nachdem ich ihn klar und deutlich wie eine Photographie im Schlaf gesehen hatte!«

»Angenommen, er war doch in der Tasche, und du hast ihn gestern, vorgestern und auch davor – bis heute morgen nicht entdeckt? Das wäre doch möglich, oder?«

Auch darauf antwortete ich mit nein. Ich hatte ein Recht dazu. »Er war *über* meinem eigenen Schlüssel, lag obendrauf, als ich heut' morgen beide herauszog. Wenn er also schon letzte Nacht dringewesen wäre, wie hätte ich dann, als ich nach Hause kam, meinen eigenen Schlüssel rausholen können, ohne ihn mit rauszuziehen? Aber gestern abend hab' ich ihn nicht mit rausgezogen.«

Er winkte ab. Vielleicht, weil ich ihn überzeugt hatte, vielleicht auch nicht. »Also gut, du hast recht. Sagen wir mal, er war gestern abend nicht in deiner Tasche. Das beweist aber noch nicht, daß der Traum selbst Wirklichkeit war.«

»Nein?« rief ich mit schriller Stimme. »Für mich ist das ein verdammt guter Anhaltspunkt!«

»Hör zu, Vince, bei so was gibt's keine halben Sachen. Entweder ist es das eine oder das andere. Entweder du träumst oder du träumst nicht, es passiert wirklich. Du bist sechsundzwanzig Jahre alt und kein Kind mehr. Mach dir keine Sorgen, du wüßtest es ganz genau und würdest dich auch verdammt gut dran erinnern, wenn du je mit einem aneinandergeraten wärst, der dir wie in diesem Traum an die Gurgel gegangen wäre und dem du was in den Rücken gerammt hättest. Ich geb' nichts auf solche Geschichten von Schlafwandlern, die was ohne ihr Wissen tun. Die können vielleicht ein paar Meter von ihrem Bett fortspazieren, aber sobald sie jemand berührt oder aufzuhalten versucht, wachen sie auf. Sie können nicht unsanft behandelt werden und dabei die ganze Zeit weiterschlafen ...«

»Schlafwandeln kommt ohnehin nicht in Frage. Als ich gestern abend ins Bett ging, nieselte es. Erst heute morgen, als ich aufstand, wurden die Straßen langsam wieder trocken. Ich hab' keine Gummistiefel, und als ich mir die Schuhe heut morgen anzog, waren beide Sohlen staubtrocken.«

»Versuch nicht, vom Hauptthema abzulenken. Kannst du dich überhaupt, egal wie undeutlich, dran erinnern, gestern abend aus deinem Zimmer gegangen zu sein, dich mit jemand geschlagen oder was in ihn gerammt zu haben?«

»Nein, alles, woran ich mich klar und deutlich erinnern kann, ist, ins Bett gegangen zu sein, *geträumt* zu haben, daß ich all diese Dinge getan hab', und dann wieder aufgewacht zu sein.«

Er winkte ab, vermutlich, damit ich nicht noch einmal mit Knopf, Schlüssel und Blutergüssen anfing. »Dann ist die Sache ganz einfach. Dann ist's eben wirklich passiert.« Und halsstarrig wiederholte er: »Entweder man träumt's oder man tut's. Eine andere Möglichkeit gibt's nicht.«

Ich runzelte unzufrieden die Stirn. »Du hast mir kein bißchen geholfen, nicht die Spur.«

Er war ein wenig verärgert, vielleicht, weil ich recht hatte. »Natürlich nicht. Nicht wenn du von mir erwartet hast, daß ich dich verhafte, weil du im Traum jemand umgebracht hast. Da müßte die Verhaftung ebenfalls in einem Traum erfolgen. Und ich bin außer Dienst, wenn ich träume. Wofür hältst du mich eigentlich? Für einen Medizinmann?«

»Was macht das?« fragte ich den Mann an der Theke mürrisch.

»Siebzehn Tassen Kaffee ...« rechnete er zusammen. Es war zwei Uhr früh.

»Ich schlaf' heut' nacht bei euch im Wohnzimmer«, sagte ich ihm unterwegs. »Ich geh' nicht in mein Zimmer zurück, bevor hellichter Tag ist! Erzähl Lil bitte nichts von der Sache, ja, Cliff?«

»Ich werd' mich hüten«, stimmte er zu. »Glaubst du, ich will, daß sie dich für verrückt hält? Du kommst bestimmt über die Sache weg, Vince.«

»Erst geh' ich ihr auf den Grund, und dann komm' ich drüber weg«, stimmte ich traurig zu.

Ich schlief, wenn es hochkam etwa eine Stunde, aber schuld daran waren vor allem die siebzehn Tassen Kaffee. Die Stunde, die ich schlief, war traumlos, war überhaupt nicht anders als jeder andere Schlaf in meinem bisherigen Leben. Bis vergangene Nacht; nicht besser und nicht schlechter. Am nächsten Morgen kam Cliff herein und musterte mich eine Weile. Ich schlug die Decke zurück, die sie mir gegeben hatten, und setzte mich auf dem Sofa auf.

»Wie ist's dir ergangen?« fragte er mit gesenkter Stimme. Wegen Lil, vermutlich.

Ich sah ihn an. »Ich hab' nichts mehr geträumt, wenn du das meinst. Das hat aber nichts damit zu tun. Wenn ich der Überzeugung gewesen wäre, daß es ein Traum war, wär' ich gestern abend nach Haus' gegangen, selbst auf die Gefahr hin, das ganze nochmal doppelt so schlimm zu träumen. Aber das bin ich nicht, ganz und gar nicht. Hilfst du mir jetzt oder nicht?«

Er wippte unruhig hin und her. »Was soll ich tun?«

Wie sollte ich diese Frage klipp und klar beantworten? Das konnte ich nicht. »Du bist bei der Kripo. Du hast den Schlüssel. Der Knopf ist in meinem Zimmer. Es hat doch bestimmt oft Fälle gegeben, wo du noch weniger in der Hand hattest als das. Stell fest, wo sie herkommen! Stell fest, was sie bei mir zu suchen haben!«

Er wurde grob. Vielleicht wollte er ja nur mein Bestes, aber er glaubte, mich ankläffen zu müssen. »Jetzt hör mir mal gut zu, hör endlich mit diesem Zeug auf, kapiert? Ich will kein Wort mehr von diesem Schlüssel hören! Ich hab' ihn und behalt' ihn auch, und du kriegst ihn nicht mehr zu sehen! Wenn du noch weiter auf diesem Spukkram rumhackst, helf' ich dir wirklich – aber das wird dir nicht gefallen. Dann schlepp' ich dich nämlich zu einem Arzt.«

Der Kratzer auf meinem Handgelenk hatte Schorf gebildet,

der sich bereits löste. Ich schürfte ihn mit dem Nagel ab und blies die kleinen silbrigen Hautschuppen fort. Und ich sah Cliff lange an, mit einem Blick, der mehr sagte als Worte. Er verstand ihn, gab aber nicht nach. Lil rief herein: »He, ihr beiden, das Frühstück ist fertig!«

Ich ging aus dem Haus – und war wieder allein, genau wie vorher. Allein mit meinen Schatten. Bei der Anzeigenannahmestelle einer Zeitung setzte ich eine Annonce auf und sagte, sie solle täglich, bis auf Widerruf, unter *Immobilien* erscheinen. Sie war nicht leicht zu formulieren. Ich brauchte dazu fast eine Stunde und ungefähr drei Dutzend Vordrucke. Der Text lautete:

> *»Suche zum Ankauf oder zur Miete Haus mit achteckigem Spiegelkabinett oder -alkoven. Lage, Größe und andere Einzelheiten zweitrangig. Aus sentimentalen Gründen nur dieses besondere Merkmal wichtig. Detaillierte Zuschriften unter... World-Express.«*

Die ersten beiden Tage kam keine Reaktion. Das war auch nicht verwunderlich. Die Anzeige war erst einmal erschienen, und eine Antwort mußte auf jeden Fall noch mit der Post unterwegs sein. Am dritten Tag lagen zwei Antworten für mich bereit, als ich bei der Zeitung nachfragte. Eine – auf Büttenpapier – war von einer Mrs. Tracy-Lytton. Sie besaß ein Haus, das sie unbedingt für die Wintermonate vermieten wollte, da sie vorhatte, nach Florida zu reisen. Es hatte eine Toilette mit einem verspiegelten Schmink- und Ankleidezimmer in der ersten Etage. Sie müsse allerdings zugeben, daß es nicht acht-, sondern nur viereckig sei, aber würde das nicht genügen? Sie sei davon überzeugt, wenn ich es erst einmal gesehen hätte...

Die andere war von einem Mann namens Kern. Auch er

glaubte, etwas zu haben, das meinen Vorstellungen entsprach: eine achteckige Frühstücksecke aus Glasbausteinen …

Am vierten Tag war nichts da. Am fünften Tag wartete unverhofft gleich ein halbes Dutzend auf mich, als ich wieder vorbeikam. Bevor ich mich ans Öffnen und Lesen machte, wunderte ich mich noch, daß so viele Häuser mit einem so ausgefallenen Merkmal wie einem achteckigen Spiegelkabinett zum Kauf oder zur Miete stehen sollten. Doch bis ich mich durchgekämpft hatte, war mir klar: ich hatte mir umsonst den Kopf zerbrochen. Drei von den sechs waren von Wohnungsmaklern, die ihre Dienste anboten, falls ich selbst nichts Passendes finden könnte. Zwei weitere waren von Bauunternehmern, die mir anboten, das Gewünschte nach meinen Angaben einzubauen, wenn meine Suche erfolglos bliebe. Die letzte war auch die einzige von einem Hauseigentümer, der offenbar liebend gern einen Klotz am Bein losgeworden wäre. Er bot ebenfalls an, das Gewünschte auf seine Kosten einbauen zu lassen, wenn ich einem langfristigen Mietvertrag zustimmen würde.

Danach wurden es immer weniger. Am Ende der Woche gingen noch ein oder zwei Nachzügler ein. Einer davon erschien einen Moment wie ein Hoffnungsschimmer, machte mir wieder Mut. Er kam von einer ehemaligen Filmschauspielerin mit einer Vorstadtvilla, die sie nicht bewohnte. Sie bot sie möbliert an und erwähnte, daß es dort, wenn auch kein eingebautes achtseitiges Spiegelarrangement, so doch einen kleinen Ankleideraum mit einem verstellbaren achtteiligen Wandschirm aus Spiegelglas gäbe, den man über Eck aufstellen und so dem Zimmer jede gewünschte Anzahl von Seiten geben könne.

Ich rief an, vereinbarte einen Termin in ihrem Hotel, und sie fuhr mich mit dem Wagen hin. Ich bemerkte, daß sie aufgrund meines Äußeren und meiner Jugend bereits befürchtete, daß ich finanziell nicht in der Lage wäre, ihre Bedingungen zu erfüllen, und sich nur die Mühe machte, weil es bereits vereinbart war. Die Villa war stuckverziert, und als drinnen mein Blick auf den Wandschirm fiel, wurde ich etwas blaß und dachte schon, ich hätte eine Spur. Er war ganz zusammengeklappt und lehnte an der Wand des Ankleidezimmers. »So hab' ich ihn immer bei der Kostümanprobe aufgestellt«, sagte sie.

Wir stellten ihn gemeinsam zu einem Achteck zusammen, so daß das viereckige Zimmer eine Art achteckigen Innenraum bekam. Ich stand in der Mitte; sie stand neben mir und wartete auf meine Entscheidung.

»Nein«, sagte ich schließlich, »nein.«

Das konnte sie nicht verstehen. »Aber tut's das nicht ebensogut? Es ist Spiegelglas und hat acht Seiten.«

Auf keiner der acht Klappwände war ein Schlüsselloch, in das ein Schlüssel gepaßt hätte, wie ich ihn am Morgen danach in meiner Tasche gefunden hatte. Das war das Ausschlaggebende. Ich gab keine Erklärungen ab. »Ich geb' Ihnen noch Bescheid«, sagte ich, und wir gingen zum Wagen und fuhren zu unserem Ausgangspunkt zurück.

Damit war ich bisher am weitesten gekommen, doch besonders weit war das nicht. Die Anzeige lief weiter. Aber jetzt brachte sie keine Ergebnisse mehr, zahlte sich nicht aus. Das Angebot an Spiegelkabinetten war offenbar erschöpft. Die Anzeigenannahme rief an und fragte, ob sie noch länger erscheinen sollte. »Nein, setzen Sie sie ab«, erwiderte ich entmutigt.

Inzwischen war sie Cliff bestimmt aufgefallen. Er las die Zeitung immer sehr gründlich, wenn er abends nach Hause kam. Vielleicht hatte er sie aber auch nicht gesehen, und er wollte nur einmal schauen, wie es mir geht. Mich aufmuntern, »mich mal auf andere Gedanken bringen«, wie man so sagt. Jedenfalls tauchte er am nächsten Tag, einem Sonntag, in aller Herrgottsfrühe bei mir auf. Er hatte offenbar keinen Dienst. Ich fragte nicht nach, konnte mir aber kaum vorstellen, daß er mit dem Pullover und den Hosen, die er anhatte, auf dem Weg zum Präsidium war.

»Setz dich«, forderte ich ihn auf.

»Nein«, sagte er etwas verlegen. »Lil und ich wollen heut'

eigentlich einen Ausflug aufs Land machen, und sie hat Verpflegung für drei eingepackt. Kaltes Bier und äh . . .«

Das war es also. »Hör zu, mir geht's gut«, sagte ich trocken. »Ich brauch' keine frische Landluft, um mir die Teufel auszutreiben, wenn das hinter der Sache steckt . . .«

Er wollte diplomatisch sein – vermutlich Lils Anweisungen –, und wenn man noch nie einen Kriminalbeamten erlebt hat, der versucht, diplomatisch zu sein, hat man wirklich was verpaßt. Er sagte etwas von einem neuen gebrauchten Chevrolet (genauso hat er sich ausgedrückt), den er gerade für seinen alten gebrauchten Chevrolet eingetauscht hätte. Und »komm doch mal kurz mit an die Tür und sag Lil guten Tag«, die im Wagen saß. Das hab' ich gemacht, und er hat gleich meinen Mantel mitgenommen und hinter mir abgeschlossen, also bin ich mitgefahren.

Das Ganze war von Anfang an ein Reinfall. Er war kein guter Fahrer, ließ sich aber auch von keinem anderen hineinreden, wußte alles besser. Wir kamen dort, wo wir ursprünglich hinwollten, nie an, weil er sich verfahren hatte. Nach einem schier endlosen Umweg einigten wir uns dann auf eine fliegenverseuchte Wiese. Lil trug alles mit Fassung: »Sieht ohnehin so aus wie da, wo wir hinwollten«, tröstete sie. Wir schlugen andauernd nur nach den Fliegen und kamen kaum zum Essen. Das Bier war warm und den Behälter mit den hartgekochten Eiern hatten wir verloren, als er wieder einmal mit voller Wucht durch ein Schlagloch gedonnert war. Und zur Krönung des Ganzen ballten sich von einer Minute auf die andere drohend schwarze Gewitterwolken zusammen, so daß wir die Beine unter den Arm nehmen mußten. Das Unwetter brach so urplötzlich über uns herein, daß wir nicht einmal rechtzeitig zum Wagen kamen, und in den nassen Sachen war der Rest eine einzige Quälerei, während Cliff sich bergauf, bergab, über eine wasserglatte, regenverhangene Landstraße nach der anderen kämpfte, ohne drei Schritt weit sehen zu können.

Lil riß dann doch endlich der Geduldsfaden. Die Blitze

machten ihr schwer zu schaffen – sie waren ihr wie den meisten Frauen ein Greuel – zudem war ihr neues Kleid ruiniert. »Halt beim erstbesten Haus an, damit wir hier rauskommen!« schrie sie ihn an. »Ich halt das nicht länger aus.« Sie vergrub das Gesicht an meiner Brust.

»Ich seh' ja kaum was durch die Windschutzscheibe, geschweige denn was am Straßenrand«, knurrte er. Dabei fuhr er bereits mit der Stirn an der Scheibe.

Ich wischte auf meiner Seite ein Guckloch ins Fenster und spähte hinaus. Eine Art rustikales Torii, einer dieser eckigen japanischen Torbögen, glitt draußen im strömenden Regen vorbei. »Ein Stück weiter vorn, nach der nächsten Kurve, kommt eine Abzweigung«, sagte ich. »Wenn wir die nehmen, kommen wir zu einem Haus mit einer großen Veranda. Da können wir uns unterstellen.«

Beide sprachen gleichzeitig. Er sagte, »Woher weißt du das?« und sie, »Bist du schon mal in dieser Gegend gewesen?«

Seine Frage konnte ich nicht beantworten. Auf ihre entgegnete ich wahrheitsgetreu »Nein«.

Selbst als er nach der Abzweigung schon ein ganzes Stück gefahren war, kam noch kein Haus in Sicht.

»Willst du, daß wir uns jetzt noch mehr verfransen?« fragte er mit leicht vorwurfsvollem Ton.

»Nein, nicht anhalten, fahr weiter«, beharrte ich. »Du kommst schon hin – zwei große Steinlaternen, bieg dazwischen links ab ...«

Ich hörte ebenso abrupt auf, wie ich angefangen hatte, er warf mir einen so merkwürdigen Blick über die Schulter zu. Ich fuhr mir ein paarmal mit den Fingern durchs Haar. »Mann, ich weiß selbst nicht, wie ich das wissen konnte ...« murmelte ich kaum hörbar.

Von da an wurde er sehr still, er brauchte nicht mehr viel zu sagen. Er hatte wohl gehofft, daß ich mich irre, daß da kein ...

Lil klopfte ihm ohne Vorwarnung zur Bestätigung auf die Schulter. »Da sind sie, da sind sie! Fahr links, Cliff, wie er's dir gesagt hat!«

Selbst jetzt waren sie kaum zu erkennen. Schemenhafte graue Konturen gegen die alles verwischenden Striche des Regens. Man konnte keinesfalls erkennen, was es war.

Er bog ohne ein Wort ab, und wir glitten dazwischen hindurch. Ich sah nur, wie er mich im Rückspiegel musterte. Ich hatte noch nie zuvor Augen mit so schwarzen, anklagenden Pupillen gesehen, wie grobe Schrotkugeln sahen sie aus.

Kurz darauf tauchte in der regenverhangenen Landschaft wie ein Phantom ein Haus mit einer weiten schützenden Veranda auf und blieb plötzlich neben uns stehen, als Cliff auf die Bremse trat.

Ich merkte kaum, wie wir durch den schweren Wasservorhang, der uns vom Schutz des Verandadaches trennte, darauf zurannten, die quietschende Lil zwischen uns, meinen Mantel als Kapuze über dem Kopf. Die ganze Zeit über spürte ich das Bier im Magen. Es war warm gewesen, als ich es dort auf der Wiese getrunken hatte, doch jetzt war es eisig, als wäre es aus dem Kühlschrank gekommen. Mir war übel, und durch den Regen fröstelte ich – doch tief im Innern, wo ich überhaupt nicht hatte naß werden können. Und ich wußte, das auf meiner Stirn waren auch keine Regentropfen. Es war kalter Schweiß.

Wir stapften ein paar Minuten auf der Veranda auf und ab, damit uns wärmer wurde.

»Ich wünschte, wir könnten rein«, jammerte Lil.

»Der Schlüssel liegt unter dem Blumenkasten mit den Geranien«, sagte ich.

Cliff fuhr mit dem Finger darunter und holte ihn hervor. Er steckte ihn ins Schlüsselloch, wobei seine Hand etwas zitterte, drehte ihn herum, und die Tür ging auf. Er hielt den Hals ganz steif, damit er sich nicht nach mir umdrehte. Das Bier war inzwischen zu einem Eisblock erstarrt.

Ich ging zuletzt hinein, wie jemand, der sich durch die Wirren eines bösen Traums quält.

Zuerst war Zwielicht um uns herum, so sehr hatte das Unwetter den Nachmittag verdüstert. Ich sah Lils Hand nach einem Porzellanschalter an der linken Innenseite des Türrahmens greifen. »Nicht den, der ist für die Verandabeleuchtung«, sagte ich. »Der für die Diele ist auf der anderen Seite.« Cliff stieß die Tür zu, und dabei kam er zum Vorschein. Bis jetzt war er versteckt gewesen. Dieser Schalter war aus Holz, nicht aus Porzellan. Cliff knipste damit ein paar Meter vor uns eine Deckenlampe an. Lil probierte auch ihren Schalter aus, woraufhin es auf der Veranda hell wurde und beim Ausschalten wieder dunkel.

Ich sah, wie sich die beiden ansahen. Dann sagte Lil zu mir: »Was soll das, willst du uns auf den Arm nehmen? Wieso weißt du überhaupt so viel über dieses Haus, Vince?« Arme Lil, sie war in einer ganz anderen Welt.

»Er hat einfach nur gut geraten«, sagte Cliff ruppig. Er wollte sie da heraushalten, aus dieser finsteren Welt, in der wir beide uns befanden.

Das Licht zeigte uns eine holzgetäfelte Diele und eine nach oben führende Treppe aus dunklem polierten Holz mit einem geschnitzten Geländer, Mahagoni oder etwas Ähnliches. Es war jedenfalls kein billig ausgestattetes Haus – was es auch sein mochte. Und ich konnte dieses »was es auch sein mochte« so ehrlich aussprechen wie die beiden.

Cliff rief die Treppe hinauf: »Guten Tag! Jemand zu Hause?«

»Tu das nicht«, sagte ich mit erstickter Stimme.

»Er friert«, sagte Lil, »er zittert ja.«

Sie ging seitlich durch eine Doppeltür und machte das Licht in einem Wohnzimmer an. Wir beide schauten hinein, ohne ihr jedoch zu folgen. Wir hatten anderes im Sinn, sie wollte nur Wärme und Behaglichkeit. Da war ein teurer Parkettfußboden, doch ansonsten schien alles halb verwaist. Nicht verlassen, sondern vorübergehend verwaist. Staubdecken verliehen Stühlen, Sofa und einem Flügel ein gespenstisches Aussehen. Das überdimensionale leinene Hornissennest an der Decke, durch das oben indirektes Licht drang, war ein Kristallüster.

»Den Sommer über verreist«, sagte Lil wissend. »Aber komisch, daß sie's nicht besser verschlossen haben und der Strom nicht abgeschaltet ist. Gut, daß du bei der Kripo bist, Cliff, da kriegen wir keinen Ärger, weil wir hier einfach so reingeschneit sind...« Da war ein schwarzer Onyx-Kamin, Lil tastete ihn an den Seiten ab, und als sie fündig wurde, seufzte sie erleichtert auf: »Elektrisch«, und er begann, rot zu glühen. Sie fing an, sich davor die Arme zu reiben, um trocken zu werden, und vergaß uns dabei für den Augenblick.

Ich sah Cliff an und ging dann zurück durch die Tür. Rasch und lautlos lief ich die Treppe hinauf. Ihn sah ich ebenso rasch und lautlos in den hinteren Teil des Flurs gehen. Unsere Bewegungen hatten etwas Heimliches, Verstohlenes.

Ich kam in ein Schlafzimmer, das ebenso verwaist war wie die Räume unten. Ich ging durch eine andere Tür hinaus und fand mich in einem Badezimmer mit zwei Eingängen wieder. Ich ging durch den zweiten Eingang und stand in einem zweiten Schlafzimmer. Durch eine offene Tür konnte ich den Flur draußen sehen. Durch eine weitere Tür, die ebenfalls offenstand, sah ich – mich selbst.

Zögernd, voller Vorahnung zitternd, wie gebannt, starrte mir mein weißes Gesicht aus einem Kragen entgegen, der nicht annähernd so weiß war. Ich setzte mich in Bewegung, ging näher, starb bei jedem Schritt einen kleinen Tod, schwankte beim Gehen. Zweimal ich, drei-, vier-, fünf-, sechs-, siebenmal. Ich war jetzt über der Schwelle. Und nachdem ich die Tür, die vorher ganz geöffnet war, hinter mir zugezogen hatte, funkelte mir auf ihrer verspiegelten Oberfläche mein achtes Bild entgegen.

Ich wankte, stolperte und stürzte beinahe in neunfacher Ausfertigung zu Boden.

Hinter mir ertönten Cliffs Schritte, und das achte Spiegelbild wurde weggezogen, ließ nur noch sieben zurück. Cliffs Hand griff nach meiner Schulter, um mich zu stützen. In unsäglicher Verzweiflung hörte ich mich stöhnen, »Das ist es, Gott im Himmel, genau das ist es!«

»Ja«, schnappte er mit einem Unterton, so kurz, daß es sich wie ein einziger Buchstabe anhörte. Dann sagte er, »Wisch dir die Stirn ab, du bist ja ganz ...« Und ich weiß nicht warum, vielleicht, weil ich nicht wußte, was ich sagen sollte, wischte ich mit dem Ärmel darüber. Keinen von uns beiden interessierte das wirklich.

»Hast du ihn?« fragte ich.

Er wußte, was ich meinte und kramte danach. Er hatte ihn an einem Ring, zusammen mit seinen anderen Schlüsseln. Ich wünschte, er hätte ihn nicht behalten, ich wünschte, er hätte ihn fortgeworfen. Wie ein Strauß, der den Kopf in den Sand steckt.

Die anderen Schlüssel glitten zur Seite, und da war er. Mit kunstvollen Verzierungen ... ein Schlüssel, wie er nicht mehr hergestellt oder benutzt wird ...

Eine Seite war eine Tür, durch die wir hereingekommen waren. Vier der verbleibenden sieben waren Attrappen, nichts weiter als über Eck in die Wand eingelassene Spiegel. Das sah man daran, daß sie keine Schlüssellöcher hatten. Sie schnitten die Ecken des Vierecks ab. Die richtigen waren parallel zur Wand, eine auf jeder Seite.

Cliff steckte den Schlüssel in eine der Türen, wo er so leicht hineinging, als wäre er für das Schlüsselloch gemacht worden. Etwas machte »Klick« hinten im Holz, und er zog die Spiegeltür auf. Mein Magen krampfte sich zusammen. Der Schrank war leer, nichts außer der Holzverkleidung.

Blieben also noch zwei.

Lils Rufen drang herauf. »He, ihr beiden, was macht ihr denn da oben?« Aus einer anderen Welt, die so weit entfernt war.

»Sorg dafür, daß sie 'nen Moment unten bleibt!« stieß ich verzweifelt aus. Ich weiß nicht warum, aber man will keine Frauen als Zeugen für seine Seelenqualen.

Cliff rief hinunter: »Halt, Vince hat die Hosen ausgezogen, um sie zu trocknen.«

»Ich hab' Hunger«, gab sie zur Antwort. »Ich seh' mal nach, ob sie irgendwas Eßbares dagelassen ...«, und ihre Stimme verschwand hinten, in Richtung Küche.

Cliff steckte den Schlüssel in die zweite Tür. Ich dachte schon, das »Klick« käme überhaupt nicht mehr, und als es dann doch kam, muß ich in tödlichem Entsetzen die Augen zugemacht haben, ertappte mich aber erst bei seinem »Sieh her!« dabei. In der Mitte des Schrankes sah ich etwas Schwarzes, und einen Moment dachte ich schon ...

Es war ein Wandsafe, der Stahl schwarz gefärbt, doch das Zahlenschloß war in der ursprünglichen Farbe belassen. In der Tür klaffte ein Loch. Jemand hatte sie aufgebrochen oder aufgeschweißt.

»Davor hat er gekauert, in dieser Nacht, als er mir vorkam wie Schlamm auf dem Boden.« Ich hörte mich reden. »Und er muß dort einen Schweißbrenner vor sich auf dem Boden gehabt haben – der hat das bläuliche Licht erzeugt. Und durch die Reflexion ist auch ihr Gesicht hervorgehoben worden wie eine Maske ...« Ein Schluchzen blubberte in meinem Hals wie eine Blase. »Und die da, die hast du noch nicht aufgemacht, da hab' ich ihn reingelehnt ...«

Er straffte den Rücken und ging darauf zu, als hätte ich ihn gerade eben erstmals darauf aufmerksam gemacht – was natürlich nicht stimmte.

Ich wurde weich wie Pudding. Für mich gab es kein Fünkchen Mut mehr auf der ganzen Welt. Wo andere ihn hernahmen, war mir schleierhaft. »Nein, tu's nicht«, bat ich inständig und zerrte ihn vergeblich am Ärmel. »Nicht jetzt gleich! Wart noch einen Moment, gib mir Gelegenheit, um ...«

»Schluß damit«, sagte er mitleidlos und schüttelte meine

Hand ab. Er machte sich ans Werk, steckte den Schlüssel hinein, der sehr tief ging, und drehte ihn herum. Das Holz hinter dem Spiegel ächzte und mein Herz mit ihm.

Cliff öffnete die Tür so, daß einer rechts und der andere links davon stand. Als sie einen Spalt offen war, schaute er erst einmal schräg hinein, dann machte er sie ganz auf, damit auch ich hineinsehen konnte, was mir bis jetzt nicht möglich gewesen war.

Das war seine Antwort auf meine unausgesprochene Frage: sie so zu öffnen, daß ich mich selbst überzeugen konnte. Nichts fiel heraus, nichts war darin. *Nicht mehr!*

Er zündete ein Streichholz an und leuchtete sämtliche Latten ab. Hinter uns war zwar Licht, doch es war zu weit entfernt. Wenn das Streichholz stillhielt, sah man dahinter undeutlich die alte, schwache Verfärbung. Eingetrocknetes Blut, das sich dunkel gegen das hellere Holz abzeichnete. Es war nicht viel, nur das, was etwa aus der Wunde im Rücken eines Toten und durch seine Kleidung hindurchsickern und von dem Holz aufgesogen werden konnte. Cliff leuchtete auch den Boden ab, aber dort unten war keines, so weit hinunter hatte es nicht gelangen können. Man sah genau, wo die beiden kleinen Rinnsale endeten, das eine länger als das andere. Bevor das Blut hatte weit genug kommen können, war es von dem bekleideten Rücken wie von Löschpapier aufgesogen worden.

Der Schrank und ich starrten einander an.

Das Streichholz ging aus, und damit verschwand auch das Blut.

»Hier drin war ein Verwundeter«, gestand er finster ein.

»Ein Toter«, berichtigte ich mit stillem Schaudern.

Lil döste gleich nach dem improvisierten Imbiß ein, den sie für uns in der Küche zubereitet hatte. Sie war nach der Aufregung über das Unwetter und unsere Irrfahrt völlig erschöpft. In jene ferne, sichere Welt, in der sie noch lebte, gehörten noch Dinge wie Essen und ein Nickerchen machen. In meine Welt nicht mehr. Doch wir beide mußten dabeisitzen und so tun als ob, während das Wissen, das wir nun teilten, über uns hing wie ein Damoklesschwert.

Wenn sie nicht eingeschlafen wäre, hätte er mich wohl gleich mit hinaus in die triefende Dämmerung geschleppt, um so außer Hörweite zu kommen, wenn es anders nicht ging. Er konnte es kaum erwarten, mich zur Rede zu stellen. Während der flüchtigen Mahlzeit saß er die ganze Zeit da und trommelte mit der linken Hand auf den Tisch, während er mit der rechten geistesabwesend das Essen in sich hineinschaufelte. Er war wie ein startbereiter Motor, der nur darauf wartet, daß jemand aufs Gaspedal tritt.

Auch ich schob mir verkrampft ein paar Bissen durch die Zähne, was es war, weiß ich nicht. Und als ich es endlich drin hatte, wollte es nicht hinunter, blieb mir im Hals stecken. »Was ist los mir dir, Vince, du ißt ja kaum was«, sagte Lil einmal.

Cliff antwortete für mich. »Nein, er hat keinen Hunger.« Er war jetzt ungehalten.

Wir ließen sie ausgestreckt auf dem abgedeckten Sofa im Wohnzimmer zurück, der elektrische Kamin brannte, und unsere beiden Jacketts waren wie eine zusammengesetzte Decke über sie gebreitet. Sobald sie eingeschlafen war, ging er hinaus auf den Flur und bedeutete mir, ohne mich anzusehen, energisch mit dem Kopf, ihm zu folgen. Das tat ich. »Mach die Türen zu«, flüsterte er kehlig. »Ich will nicht, daß sie das hört.«

Ich schloß die Türen und folgte ihm weiter nach hinten, in die Küche, wo wir alle drei noch vor ein paar Minuten gesessen hatten. Sie war in etwa am weitesten vom Wohnzimmer entfernt. Sie strahlte noch immer etwas von der Wärme und Freundlichkeit von Lils Anwesenheit aus. Doch Cliff machte dies mit einem einzigen Blick zunichte. Mit einem Blick, der in die Zelle eines Polizeireviers gehörte.

Er zündete sich eine Zigarette an, und er war so wütend, daß sie vor Wut zwischen seinen Lippen bebte. Mir bot er keine an. Das tun Polizisten bei Verdächtigen nicht. Er schleuderte das

Streichholz zu Boden, als wollte er es in Stücke brechen. Dann grub er die Hände tief in die Taschen, als wollte er sie daran hindern, mir an die Kehle zu gehen.

»Erzähl doch mal was von 'nem anderen Traum«, sagte er sarkastisch.

Ich sah auf den Boden. »Du glaubst, ich lüge, stimmt's ...?«

Weiter kam ich nicht. Er schäumte. Er kam ganz dicht an mich heran, drängte mich förmlich gegen die Wand. Nicht körperlich – seine Hände waren immer noch in den Taschen –, sondern durch den stechenden Blick, mit dem er mich durchbohrte. »Du wußtest, welche Abzweigung wir hierher nehmen mußten, aus einem *Traum*, was? Du wußtest von diesen Steinlaternen da draußen an der Auffahrt aus einem *Traum*, was? Du wußtest, wo der Haustürschlüssel versteckt war, aus einem *Traum*, was? Du wußtest, wo der Lichtschalter für die Veranda und wo der für den Flur ist, aus einem *Traum*, was? Weißt du, was ich mit dir machen würde, wenn du nicht Lils Bruder wärst? Ich würde dir deine verlogene Visage einschlagen!« Und nach dem, wie seine Hände hochfuhren, mußte er offensichtlich schwer an sich halten, es nicht gleich jetzt und hier zu tun.

Ich drehte und wendete mich wie an einem Spieß, so quälte er mich.

Doch er war noch nicht fertig. Nicht einmal zur Hälfte. »Du bist zu mir gekommen, um mich um Hilfe zu bitten, stimmt's? Aber du hattest nicht mal soviel Mumm in den Knochen, alles zu gestehen und zu sagen, ›Cliff, ich war gestern Nacht an dem und dem Ort auf dem Land und hab' jemanden umgebracht: den und den Kerl aus dem und dem Grund.‹ Nein, du mußtest dir einen Traum zurechtphantasieren! Ich kann Achtung oder Respekt für jemand empfinden, auch wenn er ein noch so abscheuliches Verbrechen begangen hat, wenn er dazu steht, sich offen dazu bekennt. Ich kann sogar verstehen und tolerieren, wenn es einer rundheraus abstreitet und lügt wie gedruckt – das ist nur allzu menschlich. Aber jemand, der bei einem andern

Hilfe sucht und die Tatsache ausnutzt, daß er mit seiner Schwester verheiratet ist und ihm deshalb bestimmt zuhört, seine Leichtgläubigkeit mißbraucht und ihn zum Narren hält – wie du mich! Mit so einem kann ich nichts anfangen, der ist gemein und schäbig und taugt nichts! Er ist mieser als die mieseste Ratte, die wir je verhaftet haben, weil sie einfach jemand auf der Straße abgestochen hat! ›Hier, den Schlüssel hier hab' ich heut' morgen, als ich aufgestanden bin, in meiner Tasche gefunden. Wie ist er da reingekommen?‹ ›Hier, den Knopf hab' ich gefunden‹ – Wolltest mein Mitgefühl ausnutzen, was? Sollte mich wohl auf die Idee bringen, an Unzurechnungsfähigkeit und psychiatrische Behandlung zu denken.«

Endlich nahm er eine Hand aus der Tasche. Wütend warf er seine Zigarette fort. Er spuckte seitlich auf den Boden. Vielleicht weil er zu schnell und erbost gesprochen hatte, vielleicht aber auch nur aus Verachtung. »Ein schöner Traum war mir das! Also gut, es hat sich ausgeträumt. Klein Bubi ist jetzt wach.« Seine linke Hand kam aus der Tasche, heftete sich fest auf meine Schulter und hielt mich so mit ausgestrecktem Arm vor sich. »Jetzt fangen wir noch mal ganz von vorne an, genau hier an diesem Ort, du und ich. Ich krieg die Fakten aus dir heraus, und ob ich sie dann weiterleite oder nicht, ist meine Sache. Aber *ich* hab' sie zumindest.«

Seine Rechte war jetzt geballt, ich sah, wie er ausholte. Wie wollte er etwas aus mir herausbekommen, das ich selbst nicht wußte, ihm nicht einfach sagen konnte?

»Was hast du in der Mordnacht hier draußen gemacht? Wieso bist du hergekommen?«

Ich schüttelte hilflos den Kopf. »Ich bin hier vorher noch nie gewesen – ich hab' das Haus heut' zum ersten Mal gesehen, als ich mit Lil und dir herkam . . .«

Er versetzte mir einen Kinnhaken. Er hatte sich wahrscheinlich noch zurückgehalten, aber trotzdem schlug mein Kopf gegen die Wand. »Wer ist der Kerl, den du umgebracht hast? Wie heißt er?«

»Ich geh' auch ohne das schon durch die Hölle, du dämlicher Stümper«, stöhnte ich.

Er verpaßte mir noch einen Schlag. Ich riß den Kopf herum, so daß er mich diesmal nur streifte. Meine Widerspenstigkeit – als das muß es ihm vorgekommen sein – fachte seinen Zorn nur noch an. »Antwortest du mir jetzt endlich, Vince? Antwortest du mir jetzt endlich?«

»Ich kann nicht. Du fragst Sachen, die ich nicht beantworten kann.« Ein qualvoller Seufzer brach aus mir hervor. »Frag Gott, oder wer immer es ist, der nachts über uns wacht, wenn unser Bewußtsein schläft.«

Es artete in eine Rauferei aus. Er wollte mir immer wieder Schwünge verpaßen. Ich gab ihm halbherzig ein oder zwei Schläge zurück. Nur die Reaktion eines Mannes, der sich instinktiv zur Wehr setzt, wenn er geschlagen wird.

»Wer war der Mann? Warum hast du ihn umgebracht? Warum? Warum? Warum? Warum?«

Endlich konnte ich mich befreien und außer Reichweite gelangen. Wir standen uns einen Augenblick schwer atmend gegenüber und starrten uns wütend an.

Er kam wieder näher. »Damit kommst du mir nicht davon«, sagte er. »Ich bin schon mit verstockteren Burschen fertig geworden. Ich kenn' mich da aus. Entweder du sagst es mir, oder ich schlag dich eigenhändig halbtot – hier, wo du einen Menschen umgebracht hast!«

Er meinte es ernst. Das sah ich ihm an. Instinktiv war der Spürhund in ihm erwacht. Es gab kein Zurück mehr. Er konnte alles ertragen, nur das nicht, was er für sinnlose Sturheit hielt, diese irrationalen Ausflüchte in Anbetracht überwältigender Fakten.

Ich spürte, wie die Kante des Tisches, an dem wir drei noch kurz zuvor friedlich gegessen hatten, mein Hinterteil streifte. Ich drückte mich hinter ihn, so daß er jetzt zwischen uns war. Cliff nahm einen wackligen Stuhl, von dem nicht viel mehr übrig war als der geflochtene Sitz und die vier Beine. Sämtliche

Sprossen waren verschwunden. Er hätte vermutlich nicht viel mehr damit anrichten können, als mich bewußtlos zu schlagen. Ich glaube allerdings nicht, daß er das wollte. Er wollte mir ja nicht den Kopf einschlagen, sondern die Wahrheit herausbekommen. Und ich – ich wollte die Wahrheit hineinbekommen.

Er hatte zumindest jemanden, aus dem er *glaubte*, die Wahrheit herausbekommen zu können. Ich dagegen hatte gar niemanden. Nur die unergründliche Nacht, die ihre Geheimnisse niemals preisgibt.

Er schwang den Stuhl hoch über den Kopf und schob den Unterkiefer vor.

Ich hörte, wie hinter meinem Rücken die Tür aufging. Er konnte es, ohne sich umzudrehen, sehen, ich jedoch nicht. Er erstarrte förmlich in seiner Bewegung und schaute zur Tür, anstatt zu mir.

Ich sah ebenfalls hin: Dort stand ein Mann, der uns beide musterte und eine Pistole schußbereit in der Hand hielt.

Er sagte zuerst etwas – nach einer Sekunde, die sich wie ein Gummiband auf eine volle Minute auszudehnen schien und wieder zurückschnappte. »Was tun Sie beide hier?« Er setzte vorsichtig einen Fuß über die Schwelle.

Cliff senkte den Stuhl langsam und ganz ruhig und stellte ihn mit einem ordentlichen »Klack« auf seine vier Beine. Sein Magen bewegte sich noch immer etwas herein und heraus, das konnte ich durch sein Hemd sehen. »Wir haben Schutz vor dem Regen gesucht, wenn's recht ist«, sagte er mit einem Rest der Aggressivität, die er gegen mich aufgestaut hatte und die sich erst jetzt langsam legte.

»Zeigen Sie mir ihre Ausweise – aber ein bißchen plötzlich!« Der zweite Fuß des Mannes kam in den Raum. Und auch die Pistole. Und auch der stahlharte Zug um seine Augen.

Cliff nahm seine Brieftasche hinten aus der Hosentasche und ließ sie dem Mann über den Fußboden bis vor die Füße schlittern. »Bedienen Sie sich«, sagte er herablassend. Er ging zum Waschbecken und nahm sich, ohne das Urteil abzuwarten, ein Glas Wasser, um sich abzukühlen.

Als er zurückkam, wischte er sich das Kinn am Ärmel ab und streckte gebieterisch die Hand aus, um die Ausweispapiere wieder in Empfang zu nehmen.

Der Inhalt seiner Brieftasche hatte bewirkt, daß der Lauf der Pistole wieder im Halfter versenkt wurde und die stahlharten Züge ihres Besitzers verschwanden. »Danke, Dodge«, sagte der Mann mit spürbarem Respekt. »Mordkommission, hm?«

Cliff blieb unbeugsam. »Wie wär's, wenn Sie sich jetzt mal zur Abwechslung ausweisen?«

»Ich bin der hiesige Hilfssheriff.« Etwas verlegen zeigte er auf den Silberstern über seiner Westentasche.

»Ich hab' den Auftrag, ein Auge auf dieses Haus zu haben. Ich war zum Abendessen zu Hause und – äh ...« Er schaute fragend hinaus auf den Flur. »Wie sind Sie überhaupt reingekommen? Ich dachte, ich hätte alles ganz sicher verschlossen ...«

»Der Schlüssel war in einem Blumenkasten auf der Veranda«, sagte Cliff.

»Ach, ja?!« Der Hilfssheriff schien verwirrt. »Muß ein Nachschlüssel gewesen sein. Ich hatte nämlich das Original letzte Woche Tag und Nacht bei mir. Seltsam, wir wußten selbst nicht, daß ein zweiter da war ...«

Hier schluckte ich, doch der Kloß saß noch immer im Hals.

»Ich bin bloß vorbeigefahren, um zu sehen, ob alles in Ordnung ist«, fuhr er fort, »und da sah ich Licht durch das hintere Fenster. Und dann, als ich reinkam, hörte ich Sie beide ...« Sein Blick ruhte einen Augenblick auf dem wackligen Stuhl. Er stellte die Frage nicht, worüber wir beide gestritten hatten. Cliff hätte sie ohnehin nicht beantwortet, das sagte mir sein Gesichtsausdruck. Er war einfach der Meinung, daß das diesen Außenstehenden überhaupt nichts anging, sondern nur ihn und mich.

»Ich dachte, vielleicht sind Landstreicher eingebrochen«, fügte der Hilfssheriff träge hinzu, als er sah, daß er keine weiteren Informationen bekam.

»Warum wird dieses Haus von Ihnen besonders bewacht?« fragte Cliff.

»Hier ist letzte Woche ein Mord entdeckt worden, wissen Sie.«

Etwas in mir schien zu Boden zu gehen, das dritte Mal.

»Ach ja«, kommentierte Cliff gleichgültig. Es war nicht einmal als Frage zu erkennen. »Ich würd' gern' was darüber hören.« Er wartete eine Weile und fügte dann hinzu, »Alles.«

Er setzte sich rittlings auf den Stuhl aus unserem gerade stattgefundenen Kampf. Wieder holte er seine Zigaretten hervor. Als er sich selbst bedient hatte, warf er mir das Päckchen zu, ohne mich jedoch eines Blickes zu würdigen. So, wie man einem Hund etwas vorwirft. Nein, doch nicht. Denn Hunde mag man in der Regel.

Ich weiß nicht, wie er es schaffte, die Botschaft rüberzubringen; wenn man es erzählt, hört es sich nach gar nichts an, aber durch diese einfache, stumme Geste verstand ich ganz genau, was er mir sagen wollte: Was auch zwischen uns ist, ich sorge dafür, daß es nur zwischen *uns* bleibt... jedenfalls für den Augenblick. Also sei still und halt dich da raus. Ich bin nicht bereit, dich an irgend jemanden zu verraten – noch nicht.

Ich kann es nicht genau erklären, jedenfalls das war die Botschaft, die er mir übermittelte, als er mich auf diese ruppige, unwirsche Art an seinen Zigaretten teilhaben ließ.

»Gib dem Mann auch eine«, sagte er mit steinerner Stimme, wieder ohne mich anzusehen.

»Verbindlichen Dank, hab' meine eigenen.« Der Hilfssheriff ging zum Tisch und setzte sich mit einer Hinterbacke auf die Kante. Dadurch war ich hinter ihm, so daß er mein Gesicht nicht sehen konnte. Vielleicht war das auch gut so. Er beschäftigte sich ausschließlich mit Cliff, ignorierte mich völlig, als sei ich gar nicht vorhanden. Wenn in meiner gepeinigten, angstgeplagten Seele noch Raum für Objektivität geblieben wäre, hätte ich die Situationskomik wahrscheinlich zu schätzen gewußt: Daß er jemandem den Rücken zukehrte, der sich vielleicht als Hauptperson der Geschichte entpuppen würde, die er gerade erzählen wollte.

Er holte weit aus, war in seinem Metier, das sah man. Es war Fachsimpelei mit einem großen Tier aus der Stadt auf kollegialer Ebene. Er hüllte sein Haupt genüßlich in eine Rauchwolke. »Dieses Haus gehörte einem wohlhabenden Ehepaar namens Fleming ...«

Cliff funkelte mich an, sein Blick brannte eine Sekunde forschend auf meinem Gesicht und richtete sich dann sofort wieder auf den Hilfssheriff, bevor dieser irgend etwas bemerken konnte. Wie konnte er irgendeine Reaktion erwarten, ob schuldig oder unschuldig? Ich hatte den Namen selbst noch nie gehört. Er sagte mir nichts.

»Der Mann geht häufig auf längere Geschäftsreisen. Er war auch zur Tatzeit nicht da. Wir waren sogar bis jetzt noch nicht in der Lage, ihn zu erreichen und zu benachrichtigen. Die Frau war ein hübsches kleines Ding ...«

»War?« hörte ich Cliff leise fragen.

Der Hilfssheriff fuhr unbeirrt fort. Er erzählte die Sache eben auf seine Weise.

»... Bißchen flatterhaft. Ein paar Frauen aus der Nachbarschaft sagen sogar, daß sie sich nicht zu schade war, hinter seinem Rücken zu flirten, aber niemand konnte je was beweisen. Es gab da einen jungen Mann, mit dem sie häufig zusammen gesehen wurde, aber das hatte nicht unbedingt was zu bedeuten. Er war mit dem Ehemann genauso befreundet wie mit ihr, man hat sie immer zu dritt gesehen. Er hieß Dan Ayers ...«

Diesmal war ich es, der in Gedanken wiederholte: »War?«

Der Hilfssheriff nahm sich Zeit, spuckte aus, rieb mit der Schuhsohle über das Linoleum. Schließlich war es nicht sein Küchenboden. Er gehörte jetzt niemandem. Irgendeinem armen Teufel namens Fleming, der glaubte, in ein glückliches Heim zurückzukehren.

»Bob Evans, er fährt hier in der Gegend die Milch aus, kutschierte mit seinem Laster an dem besagten Mittwochmorgen so um Tagesanbruch auf der Zufahrtsstraße hierher, sieht im Zwielicht ein Häufchen Lumpen da im Moos liegen und hält daneben an. Zum Glück ist Bob neugierig. Also, er hält an, Sir, und sieht, daß da die kleine Mrs. Fleming liegt, die arme kleine Mrs. Fleming, ganz mit Tau und Blättern und Zweigen bedeckt ...«

»Tot?« fragte Cliff.

»So gut wie. Sie mußte Stunden gebraucht haben, in Richtung Hauptstraße zu kriechen, in der Hoffnung, daß jemand auf sie aufmerksam wird und ihr hilft. Sie war wohl zu schwach, um sehr laut zu schreien, doch es war ohnehin niemand da, der sie hätte hören können. Sie muß sich die Seele aus dem Leib gestöhnt haben, ohne daß jemand sie dort in diesem Gestrüpp und Gebüsch hörte. Sie war fast bis zum Fuß einer dieser Steinlaternen an der Einfahrt gekommen, wo man abbiegt. Als Bob sie fand, war sie bewußtlos. Er brachte sie auf dem schnellsten Weg ins Krankenhaus, ließ seine restlichen Lieferungen sausen. Beide Beine waren gebrochen, Schädelbruch, innere Verletzungen. Sie haben dort gleich gesagt, daß keine Hoffnung besteht, und sie hatten recht. Sie starb am frühen Abend des nächsten Tages.«

Das Atmen fiel so schwer. Ich hatte nicht gewußt, daß Atmen so schwer sein kann. Es war mir immer als etwas ganz Einfaches vorgekommen, das jeder konnte – und hier mußte ich so nach Luft ringen.

Durch das Geräusch wurde der Hilfssheriff auf mich aufmerksam. Er sah sich nach mir um und wandte sich dann mit der selbstgefälligen Überlegenheit des Fachmanns gegenüber dem Laien wieder an Cliff. »Nimmt ihn ganz schön mit, was? So was ist wohl neu für ihn.«

Cliff wollte nichts von mir hören. O Gott, mußte er mich in dem Augenblick gehaßt haben!

»Und was war es?« fuhr er angespannt fort, ohne mich auch nur eines Blickes zu würdigen.

»Das ist es ja, zuerst hatten wir keine Ahnung. Wir wußten nur, daß es ein Auto war, aber wir haben die Zusammenhänge zuerst nicht verstanden. Wir hatten etwas vollkommen Falsches vermutet. Wir haben den Wagen selbst gefunden, er hat dort verlassen unter den Bäumen gestanden, bei der Hauptstraße, ein kleines Stück hinter der Abzweigung. An den Reifen und Kotflügeln klebten Haare und Blut – und es war Dan Ayers Wagen.

»Tja, praktisch zur gleichen Zeit, als wir diesen Fund machten, ist Waggoner, das ist mein Chef, hergekommen, um sich im Haus etwas umzusehen. Dabei hat er festgestellt, daß der Safe aufgebrochen und geplündert war. Er ist in einem achtseitigen verspiegelten Zimmer, das sie einen Stock höher haben. Ich nehm' Sie nachher mit hoch und zeig's Ihnen ...«

»Laß das!« fauchte Cliff unerwartet. Es galt nicht dem Hilfssheriff.

Ich stellte die Whiskyflasche wieder in das Regal zurück, wo ich sie gerade entdeckt hatte. Mir kam das Ganze vor wie eine Blinddarmoperation ohne Äther.

»Warum geht er denn nicht raus, wenn's ihn so fertig macht?« sagte der Hilfssheriff herablassend.

»Ich will, daß er hier bei uns bleibt. Er muß sich an so was gewöhnen«, sagte Cliff mit gehässiger Beiläufigkeit.

»Ja, und mit der Entdeckung des Safes war für uns der Fall klar. Das dachten wir zumindest. Wissen Sie, einer der Fälle, die man gar nicht erst zu konstruieren braucht, die einfach so auf dem Serviertablett liegen – zu schön, um wahr zu sein? Und so sah es aus: Ayers hatte Wind davon bekommen, daß Fleming, selbst wenn er unterwegs auf Reisen war, immer ziemlich viel Geld im Safe zurückließ. Er hatte Mrs. Fleming an jenem Abend zurückgebracht und entweder die Tür angelehnt, so daß er wieder hineinschlüpfen konnte, nachdem er so getan hatte, als ob er ginge, oder er hatte sich die ganze Zeit über im

Haus versteckt. Irgendwann später kam sie unerwartet aus ihrem Zimmer, ertappte ihn dabei, wie er den Safe ihres Mannes aufbrach, stürzte aus dem Haus und rannte um ihr Leben ...«

»Warum hat sie nicht telefoniert?« fragte Cliff ungerührt.

»Daran haben wir auch gedacht. Es ging nicht nur darum, einen Raub zu melden. Sie mußte, als sie ihm gegenüberstand, in seinem Gesicht gesehen haben, daß er sie töten würde, um sie zum Schweigen zu bringen. Es war keine Zeit, um zu telefonieren. Sie rannte, um sich zu retten, hinaus auf die Zufahrt in Richtung Hauptstraße. Sie kam ungehindert aus dem Haus, doch er raste im Wagen hinter ihr her und holte sie ein, kurz bevor sie die Hälfte der Strecke, bis zu den Laternen, geschafft hatte. Sie versuchte sich seitlich in die Büsche zu schlagen, doch er fuhr ihr nach und erwischte sie, unmittelbar bevor sie bis zu den schützenden Bäumen gelangen konnte. Wir fanden Spuren in Hülle und Fülle, durch die wir alles bis zum Tüpfelchen auf dem i rekonstruieren konnten. Und alle waren neben der Straße, nicht auf der Fahrbahn. Es war kein Unfall mit Fahrerflucht. Es war überhaupt kein Unfall, sondern vorsätzlicher Mord, bei dem der Wagen als Waffe diente. Er überfuhr sie und stieß dann zurück, um ein zweites Mal über sie zu fahren. Er hielt sie für tot, und das war sie auch fast, aber nur fast.«

Ich wischte mir die erste Träne von den Wimpern, bevor sie sich lösen konnte, aber die zweite war schneller und rann mir die Wange hinunter. Mann, war das Leben schön! Das einzige, was ich mir immer und immer wieder sagte, war: *Ich kann nicht Auto fahren, ich kann nicht Auto fahren.*

Cliff holte wieder seine Zigaretten heraus und griff in das zerknüllte Päckchen. Er warf es mir zu und sah mich lächelnd an. »Rauch noch eine, Kleiner«, sagte er. »Es ist meine letzte, aber du kannst sie haben.« Und ich steckte sie mir an und lächelte auch, trotz dieses feuchten Zeugs in meinen Augen.

»Er fuhr den Wagen ein kleines Stück von dort weg, die Hauptstraße runter, doch dann besann er sich eines Besseren, erkannte, daß er überall voller Spuren sein mußte, die ihn schneller verraten würden, als er fahren konnte. Deshalb fuhr er ein zweites Mal von der Straße ab, ließ ihn dort, wo wir ihn gefunden haben, außer Sichtweite stehen, und setzte sich auf eine weniger auffällige Art ab. Ich will nicht allzuviel Zeit darauf verwenden: Jedenfalls ist das der Fall, den wir zu haben *glaubten*, und zwar von Mittwoch morgen bis etwa heute nachmittag, fünf Uhr.«

»Wir haben eine Großfahndung nach Dan Ayers eingeleitet, seine Personenbeschreibung im Rundfunk durchgegeben, Züge, Straßen und Fernlaster an der Stadtgrenze überprüfen lassen. Wir waren alle emsig wie ein Schwarm Bienen. Und dann erlangte Mrs. Fleming heute nachmittag um fünf kurz das Bewußtsein wieder – Waggoner hatte draußen die ganze Zeit über gewartet, um sie zu befragen – und die ersten Worte, die sie flüsterte, waren, ›Ist mit Dan alles in Ordnung? Er hat Dan doch nicht umgebracht, oder?‹ Was sie uns erzählte reichte aus, um auf dem schnellsten Weg zum Haus zurückzufahren. Wir brachen die Spiegeltüren auf, die wir das erste Mal übersehen hatten, und fanden hinter einer von ihnen Ayers Leiche. Er war mit einer Ahle oder einem Bohreisen erstochen worden. Er war seit dem Vorabend tot. Sie starb gegen acht am folgenden Abend. Unser Fall war hinüber.«

Cliff stellte die Frage lange Zeit nicht. Vielleicht war sie ihm selbst zuwider. Schließlich tat er es dann doch. »Haben Sie was über den echten Mörder?«

»Praktisch alles – bis auf den Kerl selbst. Mrs. Fleming war ja, als es passierte, mit den beiden in diesem Alkoven. Sie hat ihn im Schein der Taschenlampe ziemlich gut gesehen und hatte noch genug Zeit, uns eine Beschreibung zu geben. Die ganzen Unterlagen sind drüben bei meinem Chef im Büro.«

Cliff schlug sich auf die Knie, als träfe er die Entscheidung nur ungern. Dann stand er auf. »Lassen Sie uns hinfahren«, sagte er bedächtig. »Lassen Sie uns hinfahren und uns das Ganze mal gründlich ansehen. Komm, Vince, du auch. Ich laß' für Lil eine Nachricht da.«

Er stand da draußen und wartete, bis ich schließlich aufstehen mußte. Meine Beine waren steif.

»Komm schon, Vince«, wiederholte er. »Ich weiß ja, das liegt dir nicht, aber du kommst besser trotzdem mit.«

»Kennst du denn überhaupt kein Erbarmen?« fragte ich leise, als ich mit gesenktem Kopf an ihm vorbeiging.

Cliff trat mir auf dem Weg vom Wagen des Hilfssheriffs bis zum Polizeirevier zweimal auf die Fersen, obwohl die Strecke so kurz war. Offenbar ging ich ihm zu langsam. Es war sicher ein Versehen, aber ich glaube, ohne das wäre ich wahrscheinlich ganz stehen geblieben. Er dachte das vermutlich auch.

Waggoner sah viel jünger und gepflegter aus, als ich erwartet hatte. Ich war noch nie zuvor einem Polizeibeamten vom Lande begegnet. Ich dachte, die würden auf Strohhalmen kauen und mit ausgeleierten Hosen herumlaufen, die an Hosenträgern hingen. Statt dessen kaute er auf einer Dunhill-Pfeife, und seine Hosen sahen aus, als ob seine Frau sie jeden Tag aufbügelte. Wir gingen zu viert durch ein Vorzimmer in das eigentliche Büro, und die drei kauten den Fall eine Weile ganz allgemein durch. Dann beantwortete er Cliffs Fragen mit »Ja«, öffnete eine Schublade in einem der Aktenschränke und holte eine Aktenmappe heraus. »Wir haben wirklich eine ziemlich gute Personenbeschreibung von ihm. Hier ist die Niederschrift meiner ganzen Vernehmung bei ihr im Krankenhaus. Sie wurde an ihrem Bett mitstenographiert.« Er nahm ein vierseitiges, maschinengeschriebenes Manuskript heraus und begann, mit dem Finger die mit doppeltem Abstand getippten Zeilen entlangzufahren. »So viel«, dachte ich trübselig, »O Gott, so viel.«

Es war sehr still geworden im Zimmer. »Unsere Rekonstruktion des Mordanschlags auf Mrs. Fleming mit dem Wagen war absolut korrekt wie auch unsere Vermutung über den

Aufbruch des Safes und die Störung. Das einzige Problem ist, daß unterschiedliche Personen beteiligt waren. In dieser Beziehung haben wir uns geirrt. Mrs. Fleming wurde nicht, wie vermutet, von Ayers ermordet, sondern beide, Mrs. Fleming und Ayers, wurden von dieser dritten Person umgebracht. Mrs. Fleming sah, wie die Ahle in Ayers Rücken gestoßen wurde, flüchtete aus dem Haus und rannte um ihr Leben. Auf der Zufahrt wurde sie von dem Mörder in Ayers Wagen verfolgt und überfahren. Dann ging der Mörder zurück, führte seinen Safe-Einbruch zu Ende und versteckte Ayers Leiche. Er schloß auch das Haus wieder ab, um möglichst viel Zeit zu gewinnen ...« Seine Stimme schwoll zu einem unverständlichen Dröhnen. »Und so weiter und so weiter.« Er blätterte um, und plötzlich hielt sein Finger inne. »Hier ist das, was Sie suchen, Dodge. Der Mörder war um die fünfundzwanzig und ziemlich hager. Er hatte hervorstehende Backenknochen, die im flakkernden Licht der Taschenlampe dunkle Schatten warfen ...«

Ich stützte den Kopf auf, als würde ich nachdenken, so daß meine Hand die den drei Männern zugewandte Wange bedeckte. Ich saß seitlich am nachtschwarzen Fenster, und die anderen waren mehr in der Mitte des Zimmers unter dem Lichtkegel der Lampe, die Waggoner über seinem Schreibtisch angemacht hatte.

Sein Finger glitt einen Absatz tiefer und blieb wieder stehen. »Er hatte hellbraunes Haar. Sie konnte sich sogar noch daran erinnern, daß er links einen tiefen Scheitel hatte – nur einer Frau fällt so etwas selbst noch in so einem Moment auf – und eine außergewöhnlich lange Stirnlocke, die ihm ständig ins Gesicht fiel.«

Meine Hand fuhr etwas höher, um meine beiseite zu schieben. Sie fiel jedoch, wie immer, gleich wieder zurück.

»Sein Blick war starr und glasig, als sei er nicht ganz bei sich ...«

Cliff sah nachdenklich auf den Boden und sah dann wieder auf.

»Unter seinem Jackett trug er einen gestrickten Pullover, und ihr ist sogar aufgefallen, daß er oben am Hals mit andersfarbiger Wolle ausgebessert oder verziert worden war...«

Lil hatte mir vorige Weihnachten einen gestrickt, und dann hatte ich mit einer Zigarette ein großes Loch hineingebrannt. Als ich ihn ihr brachte, hatte sie dieselbe Farbe nicht mehr bekommen können, so daß er danach einen großen sternförmigen Fleck hatte, der gleich ins Auge fiel... Er lag jetzt in meinem Zimmer. Ich schaute aus dem Fenster, sah aber nichts.

Die Stimme fuhr fort: »Es hat Stunden gedauert, bis wir das alles aus ihr heraus hatten. Es kam immer nur bröckchenweise, ganz langsam, weil sie so geschwächt war. Sie starb, ohne zu wissen, daß auch Ayers getötet wurde.«

Ich hörte das Durchschlagpapier rascheln, als er es wieder zusammenlegte. Eine Weile schwiegen alle. Dann fragte Cliff, »Sind sie schon beigesetzt worden?«

»Ja, beide. In ihrem Fall erst einmal vorläufig. Wir waren bis jetzt noch nicht in der Lage, den Ehemann zu verständigen. Soviel ich weiß, ist er in Südamerika...«

»Haben Sie Bilder von den beiden?«

»Ja, wir haben Photos von den Leichen. Möchten Sie sie sehen?«

Früher oder später mußte das ja kommen. Mein Blut erstarrte zu Eis. Ich versuchte, mit Cliff Blickkontakt herzustellen, um ihn in stummer Verzweiflung zu warnen: Zwing mich nicht dazu, sie vor aller Augen anzusehen. Ich brech' sonst zusammen, werd' mich verraten. Ich halt' das nicht mehr aus, ich bin am Ende. Er sagte ganz beiläufig, »Ja, lassen Sie sehen!«

Waggoner holte sie aus demselben Aktenordner, in dem auch die Niederschrift war. Ich sah undeutlich, wie die großen grauen Rechtecke von Hand zu Hand gingen. Ich beobachtete das nur indirekt, durch die Spiegelung auf der glänzenden schwarzen Fensterscheibe. Mit verzweifelter Anstrengung starrte ich in die Nacht hinaus, den Kopf abgewandt.

So habe ich nicht mitgekriegt, wie Cliff es gedreht hat. Vermutlich hat er sie abgelenkt, indem er ganz plötzlich, als er die Bilder noch in der Hand hielt, sehr lebhaft und gesprächig wurde, so daß Waggoner vergaß, sie wieder dorthin zurückzustecken, wo er sie herausgeholt hatte. Ich verlor sie aus den Augen.

Als nächstes bemerkte ich nur, daß das Licht ausgegangen war, einer nach dem anderen hinausging und Cliff mir mit leeren Händen die Bürotür aufhielt. »Kommst du, Vince?« Wir gingen durch das Vorzimmer auf die Straße.

Der Hilfssheriff sagte, »Ich bring' Sie zum Haus zurück, es liegt sowieso auf meinem Nachhauseweg.« Er setzte sich ans Steuer, und Cliff stieg neben ihm ein. Gerade wollte ich hinten einsteigen, als Cliffs Stimme mich wie eine träge Peitsche zurückhielt. »Ach Vince, lauf doch mal schnell zurück und sieh nach, ob ich meine Zigaretten in Mr. Waggoners Büro vergessen hab'.« Dann sorgte er durch eine plötzliche Anwandlung von Herzlichkeit bei der Verabschiedung dafür, daß Waggoner neben dem Wagen stehen bleiben mußte. »Sie müssen unbedingt bei mir hereinschauen, wenn Sie in unsere Gegend kommen ...«

Seine Stimme verhallte hinter mir, und ich war wieder in dem dunklen Büro, allein. Ich wußte, warum ich zurückgeschickt worden war. Seine Zigaretten lagen dort nicht, denn er hatte mir schon im Haus der Flemings seine letzte gegeben. Ich fand die noch warme Lampe, hielt sie fest und schaltete sie ein. Dort lagen sie auf dem Tisch, direkt vor mir, er hatte sie extra für mich dort hingelegt.

Das Bild der Frau lag oben. Die Lampe warf einen schmalen Lichtkegel darauf. Ihr Gesicht schien darin wieder zum Leben zu erwachen, als ich das Bild hochhielt. Es verlor die Entstellung, die starre Häßlichkeit des Todes. Die leeren Augen wurden wieder sehend. Ich schien ihre Stimme zu hören. »Da ist er, direkt hinter dir!« Und in der anderen Hand erwachte der Mann wieder zum Leben. Der Blick, mit dem er mich ansah, als ich mich über ihn beugte, als er schon tödlich verwundet am Boden lag. »Warum mußten Sie das tun?«

Der Lichtkegel schnellte zur Decke hoch, und dann standen drei Paar Füße um mich herum, dort wo ich lag, flach auf dem Boden. Über mir konnte ich besorgte Männerstimmen wahrnehmen.

»Einfach umgekippt.«

»Was, glauben Sie, war die Ursache? Die Bilder? So was nimmt ihn furchtbar mit, stimmt's? Das ist mir schon drüben im Haus aufgefallen, vorhin, als ich Ihnen über den Fall erzählt hab'...«

»Er fühlt sich nicht wohl, ist gerade bei einem Arzt in Behandlung. Er kriegt hin und wieder Schwindelanfälle, das ist alles.«

Das war Cliffs Stimme gewesen. Er kauerte sich neben mich, hob meinen Kopf an und hielt mir einen Pappbecher mit Wasser an den Mundwinkel.

Unser beider Gesichter waren nur um die Breite dieses Bechers voneinander entfernt.

»Ja«, seufzte ich still.

»Halt die Klappe«, knurrte er, ohne die Lippen dabei zu bewegen.

Ich rappelte mich hoch, und er stützte mich, als wir zum Wagen gingen. Es ist ein merkwürdiges Gefühl, dich auf jemanden zu stützen, der von jetzt an dein natürlicher Feind ist, es sein muß, weil die Umstände es erfordern. »Er ist gleich wieder auf den Beinen«, sagte er und machte die hintere Wagentür hinter mir zu. Es klang ein bißchen wie eine Zellentür.

Waggoner blieb auf dem Gehsteig vor seinem Büro zurück und überschlug sich fast vor höflichen Floskeln wie: »Dann auf bald« und »Stets zu Ihren Diensten.«

Im Wagen sagten wir nichts. Es ging nicht. Der Hilfssheriff saß am Steuer. Beim Haus der Flemings stiegen wir in Cliffs Wagen um und holten Lil ab. Sie war stinksauer. Den halben Weg in die Stadt bekam er das schmerzlich zu spüren. »Ich finde, du hast Nerven wie ein Drahtseil, Cliff Dodge, mich mutterseelenallein in diesem Haus sitzen zu lassen, wo ich ohnehin nichts verloren hatte, und einfach zu verschwinden, um mit ein paar sentimentalen Provinzpolizisten über die Arbeit zu reden. Selbst wenn du eine Nachricht hinterlassen hast, wo du warst, so geht's nicht. Das sollte dein freier Tag sein. Es gibt keinen einzigen Tag im Jahr ohne deinen Polizeikram, immer nur Polizeikram, Polizeikram! Kriegst du denn die ganze Woche in der Stadt immer noch nicht den Hals voll davon?«

Ich glaube, er war sogar ausnahmsweise einmal froh darüber, daß sie ihm die ganze Zeit über die Ohren volljammerte, ihn davon abhielt, andauernd nachzugrübeln – über mich. Erst als wir in die Stadt kamen, hörte sie damit auf, und dann konnte man die eisige, leere Stille, die sich herabsenkte, seinem Groll über diese Standpauke zuschreiben. Einmal, fast am Ende der Fahrt, sagte sie: »Was ist los, Vince? Fühlst du dich nicht wohl?« Sie hatte mich im Rückspiegel dabei ertappt, wie ich mir den Kopf hielt.

»Der Ausflug war etwas zu anstrengend für ihn«, sagte Cliff verbittert.

Das blieb nicht ohne Kommentar. »Kein Wunder, bei *deiner* Fahrweise! Das nächste Mal solltest du versuchen, den Ort, wo wir hinwollen, *nicht* zu finden, vielleicht klappt's dann!«

Ich hätte mein Seelenheil darum gegeben, wieder in dieser begnadeten Alltagswelt zu sein – wo man stritt und zankte, aber nicht tötete. Doch konnte ich es nicht geben, da ich alle Hoffnung darauf verloren hatte.

Als wir anhielten, sagte er: »Ich geh' noch kurz mit Vince rauf.«

Ich ging vor ihm die Treppe hoch. Er machte die Tür hinter uns zu. Er sprach leise und völlig undramatisch, ohne Gefühlswallungen. »Lil wartet unten, und bevor ich irgendwas unternehme, bring' ich sie zuerst nach Hause. Ich liebe Lil. Es ist schlimm genug, was sie erleiden muß, wenn sie davon erfährt. Ich werd' jedenfalls dafür sorgen, daß sie vorher zumindest noch eine Nacht gut schläft.«

Er ging zur Tür, um zu gehen. »Verdrück dich, das ist so ziemlich das beste, was du machen kannst. Beiß irgendwo anders ins Gras, wo deine Schwester und ich's nicht miterleben müssen. Wenn ich zurückkomme, und du bist immer noch hier, werd' ich dich wegen Mordes an Dan Ayers und Dorothy Fleming verhaften. Ich brauch' dich nicht zu fragen, ob du diese beiden Menschen umgebracht hast. Du bist glatt ohnmächtig umgefallen, als du die Photos ihrer Leichen gesehen hast.« Er drehte am Türknopf, als würde er damit seine Berufskarriere abwürgen. »Hör auf meinen Rat und verschwinde, bis ich zurückkomme. Ich mache meine Meldung auf meinem Revier, und die können's dann an Waggoner weiterleiten. Und morgen früh quittiere ich dann meinen Dienst.«

Ich stand an die Wand gepreßt, als wollte ich ohne Tür aus dem Zimmer gelangen, und machte Schwimmbewegungen mit den Armen. »Ich hab' Angst«, sagte ich mit erstickter Stimme.

»Das haben Mörder immer«, erwiderte er, »... hinterher jedenfalls. Ich bin etwa in einer halben Stunde zurück.« Er ging hinaus und machte die Tür zu.

Ungefähr die Hälfte der Zeit, die er mir so verächtlich entgegengeschleudert hatte, war ich völlig regungslos. Dann machte ich das Licht über dem Waschbecken an und drehte den Warmwasserhahn auf. Ich fuhr mir über das Kinn. Es war etwas rauh. Aber eigentlich interessierte mich das gar nicht. Ich machte den Spiegelschrank auf und nahm aus reiner Gewohnheit Rasiercreme, Klinge und Rasierapparat heraus. Dann bemerkte ich, daß ich zu viel herausgeholt hatte und stellte Creme und Rasierer wieder zurück. Das warme Wasser lief ununterbrochen. Ich war so schmerzerfüllt, daß ich den Schnitt nicht einmal spürte. Das Wasser spülte das Rot durch den Abfluß fort.

An der Kehle wäre es schneller gegangen, aber dazu fehlte mir der Mut. So hatten es die alten Römer gemacht, langsamer, aber ebenso wirkungsvoll. Am linken Arm machte ich es auch, und dann warf ich die Klinge fort. Zum Rasieren brauchte ich sie jetzt ja nicht mehr.

Mir wurde bereits schwarz vor Augen, als Cliff zur Tür hereinwollte. Ich versuchte, mich ganz still zu verhalten, damit er denken sollte, ich wäre getürmt, und wieder weggehen würde. Aber ich konnte mich nicht mehr auf den Beinen halten. Er hörte den dumpfen Schlag, als ich auf die Knie sank, und ich hörte ihn durch die Tür drohen: »Mach auf, oder ich schieß' das Schloß kaputt!«

Jetzt spielte es keine Rolle mehr, sollte er doch reinkommen, wenn er wollte. Es war ohnehin schon zu spät. Ich schleppte mich auf Knien zur Tür und drehte den Schlüssel herum. Dann richtete ich mich mühsam wieder auf. »Du hättest dir den Rückweg ersparen können«, sagte ich matt.

Er erwiderte nur grimmig: »An den Ausweg hab' ich nicht gedacht«, und dann riß er zwei Streifen von seinem Hemd, wickelte sie um die Wunden und zog sie mit den Zähnen so fest an, daß sich die Haut darüber blau färbte. Dann brachte er mich nach unten zum Wagen.

Sie behielten mich nicht im Krankenhaus, nähten nur meine Schnittwunden, schickten mich wieder nach Hause und sagten mir, ich sollte einen Tag im Bett bleiben und mich ausruhen. Selbst das hatte ich nicht richtig hinbekommen. Keinen Tiefgang, diese Sicherheitsklingen.

Es war vier, als wir wieder in meinem Zimmer waren. Er paßte auf mich auf, als ich mich auszog und bedeutete mir dann mit dem Daumen, mich ins Bett zu legen.

»Was ist mit meiner Verhaftung?« fragte ich. »Aufgeschoben?« Es war nur eine einfache Frage, ohne Sarkasmus, Tadel, ja selbst Interesse. Von all dem hatte ich nichts mehr in mir.

»Gestrichen«, sagte er. »Ich hab' dir die Gelegenheit gegeben wegzulaufen, und du hast sie nicht wahrgenommen. Ich hab' Lil übrigens allein nach Hause geschickt. Ich war unten und hab' die ganze Zeit über die Haustür beobachtet. Wenn einer bereit ist, sich das Leben aus den Adern sickern zu lassen, muß an seiner Geschichte was dran sein. Man stirbt nicht, um Lügen aufrecht zu erhalten. Du hast mich von deiner Aufrichtigkeit überzeugt, wenn auch nicht von deiner Unschuld. Ich hab' keine Erklärung dafür, aber ich glaub' nicht, daß du wirklich weißt, was du in dieser Nacht getan hast. Ich glaube, du sagst nach bestem Wissen und Gewissen die Wahrheit.«

»Ich bin müde«, sagte ich. »Ich bin völlig fertig. Ich will nicht mal mehr drüber reden.«

»Ich glaub', ich bleib heut nacht lieber bei dir.« Er nahm ein Kissen, legte es in einen Sessel und machte es sich darin bequem.

»Ist schon gut«, sagte ich matt. »Ich werd's nicht nochmal versuchen. Obwohl ich noch immer glaube, es wäre der beste Ausweg gewesen ...«

Unsere Stimmen waren leise. Wir waren beide erschöpft von der emotionalen Belastung, der wir die ganze Nacht über ausgesetzt gewesen waren. Und bei mir kam noch der Blutverlust hinzu. Im nächsten Augenblick wäre einer von uns oder sogar beide eingedöst. Im nächsten Augenblick wäre es uns für immer entgangen. Denn keine Konstellation von Zeit, Ort, Stimmung und Gedankengang ist jedesmal wieder genau gleich. Sie ist wie eine chemische Formel. Man braucht sie nur ein Jota zu verändern und kommt nicht mehr zum gleichen Ergebnis.

Das war jetzt der richtige Augenblick – für mich und ihn. Er gähnte. Er streckte die Beine aus, um es sich bequemer zu machen. Der Sessel war niedrig, und Cliff hatte lange Beine. Bei der Lageveränderung berührten sie einen noch feuchten Blutfleck von meinem Selbstmordversuch. Die Spuren führten in einer geraden Linie vom Waschbecken bis zur Zimmertür. Er betrachtete sie. »Eine saubere Methode hast du dir ja nicht gerade ausgesucht«, bemerkte er verschlafen.

»Die meisten machen's wohl eher mit Gas«, sagte ich ebenso schläfrig. »Ich hab' auch dran gedacht, aber hier im Haus gibt's kein Gas. Die Klinge war da der einzige Ausweg ...«

»Gut, daß es kein Gas gibt«, brummte er. »Wenn mehr Häuser kein Gas hätten, gäb's weniger ...«

»Ja, aber wenn dir in deinem Zimmer unerwartet die Glühbirne durchbrennt, kann's verdammt unangenehm werden. Ich weiß noch, wie das dem Mann nebenan eines Nachts passiert ist und er 'ne Kerze anmachen mußte ...« Meine Augen waren bereits zugefallen. Seine vermutlich auch. Meine schlaftrunkene Stimme mußte noch einen Satz loswerden, bevor sie verstummte. »Es war in der Nacht, als ich den Traum hatte«, fügte ich sprunghaft hinzu.

»Wieso wußtest du, daß er eine Kerze anzünden mußte? Warst du denn zu der Zeit in seinem Zimmer?«

Seine Stimme öffnete mir wieder die Augen, genau wie meine letzte nachhinkende Bemerkung seine wieder geöffnet hatte. Er hatte den Kopf nicht gehoben, lag immer noch auf dem Kissen, hatte mir aber das Gesicht zugewandt.

»Nein, er hat geklopft und den Kopf kurz zur Tür reingestreckt und hielt dabei eine Kerze in der Hand. Er wollte wissen, ob mein Licht auch ausgegangen sei. Er wollte wohl sehen, ob im ganzen Haus der Strom ausgefallen war oder ob nur die Glühbirne in seinem Zimmer kaputt war. Du weißt doch, wie die Leute in Mietshäusern sind ...«

»Wieso hat er das gemacht? Hätte er das nicht im Flur feststellen können?« Seine Stimme war nicht mehr so schläfrig wie vorher.

»Hier schalten sie in den oberen Stockwerken um halb zwölf das Licht aus; deswegen war der Flur vermutlich schon dunkel ...«

Jetzt lag sein Kopf nicht mehr auf dem Kissen. »Das ist längst noch kein Grund, bei dir reinzuplatzen. Ich würd' gern den Rest der Geschichte hören.«

»Da gibt's keinen Rest. Ich hab' dir schon alles erzählt.«

»Das glaubst du! Paß auf, was ich da noch raushole. Zuerst mal, wer war er, oder hattest du ihn vorher schon mal gesehen?«

»Ja, sicher«, lächelte ich abwehrend. »Wir kannten uns. Sein Name war Burg. Er wohnte seit einer Woche oder zehn Tagen in diesem Zimmer. Wir grüßten uns immer, wenn wir uns auf der Treppe begegneten. Wir haben sogar ein paar Mal unten bei der Haustür gestanden und uns unterhalten, wenn wir nichts zu tun hatten.«

»Wieso hast du diesen Vorfall nie erwähnt, obwohl ich dich so oft darum gebeten hab, über jede einzelne Minute, bevor du an diesem Abend eingeschlafen bist, Rechenschaft abzulegen?«

»Aber das hat doch *damit* nichts zu tun, mit dem, was später passiert ist. Du hast mich immer wieder gefragt, ob ich auch ganz sicher wüßte, daß ich nicht irgendwann das Zimmer verlassen hatte und Ähnliches. Ich bin nicht mal raus auf den Flur gegangen, als er so an die Tür kam. Ich war schon im Bett und *bin nicht mal aufgestanden, um ihn reinzulassen* – was willst du denn noch mehr?«

»Ach, du warst schon im Bett?«

»Ich war schon einige Zeit im Bett und hab' wie jeden Abend die Zeitung gelesen. Ich war gerade durch und hatte kurz vorher das Licht ausgemacht, als ich dieses leise Klopfen hörte...«

Er machte eine beifällige Geste. »Erzähl's ganz genau so. Schritt für Schritt. Erzähl's mir wie einem sechsjährigen Kind.« Er war schon lange aus dem Sessel aufgestanden und stand vor meinem Bett. Ich fragte mich, warum diese Nebensächlichkeit, diese Lappalie, ihn so interessierte.

»Ich rief: ›Wer ist da?‹ Er antwortete mit leiser Stimme, ›Burg von nebenan‹.«

Cliff kniff die Augen zusammen. »Leise...? Verstohlen... Geheimnisvoll...?«

Ich zuckte die Achseln. »Er wollte wohl nicht, daß das ganze Stockwerk aufwacht.«

»Vielleicht war's das. Mach weiter.«

»Ich kann die Tür vom Bett aus erreichen, weißt du? Ich streckte den Arm aus, drehte den Schlüssel rum und machte die

Tür auf. Er stand da in Hosenträgern und hielt diese brennende Kerze vor sich. Und dann hat er mich gefragt, ob das Licht in meinem Zimmer in Ordnung ist. Wir haben's ausprobiert, und es brannte.«

»Ist er dann sofort wieder rausgegangen?«

»Na ja, nicht auf der Stelle. Wir machten das Licht gleich wieder aus, aber er blieb noch ein paar Minuten in der Tür stehen.«

»Wieso mußte er ein paar Minuten in der Tür stehenbleiben, nachdem er rausgefunden hatte, daß dein Licht funktioniert?«

»Nun ... äh ... sich für die Störung entschuldigen, sich verabschieden, wie immer du's nennen willst.«

»Mit genau welchen Worten?«

Mann, er war schlimmer als ein Schulmeister in der dritten Klasse. »Du weißt doch, wie so etwas geht. Er hat gesagt, daß es ihm leid täte, mich gestört zu haben, und das hätte er bestimmt nicht, wenn er gewußt hätte, daß ich schon im Bett liege. Er sagte: ›Sie sind müde, nicht wahr? Ich seh' doch, daß sie müde sind.‹ «

»Als das Licht aus war.« Es war ein Kommentar, keine Frage.

»Die Kerze schien mir ins Gesicht. Er sagte: ›Ja, Sie sind müde, Sie sind sehr müde.‹ Und das Merkwürdige daran ist, daß ich's bis dahin gar nicht war, aber nachdem er mich drauf aufmerksam gemacht hatte, stellte ich fest, daß er recht hatte. Ich war wirklich müde.«

»Etwas eintönig, nicht wahr?« sagte er schleppend. »Du hast's so erzählt, als hätt' er's schon viermal wiederholt.«

»Er hat's immer und immer wieder gesagt, ich hab' gar nicht mehr ganz mitgekriegt, wie oft er's eigentlich gesagt hat, und seine Stimme wurde dabei immer leiser.« Ich lächelte nachsichtig. »Er ist wohl ein bißchen beschränkt, führt vielleicht gern Selbstgespräche.«

»Schon gut, mach weiter.«

»Weiter gibt's nichts. Er hat die Tür zugemacht und ist gegangen, und ich bin sofort eingeschlafen.«

»Einen Moment mal, versuch dich genau zu erinnern. Bist du sicher, daß die Tür hinter ihm zuging? Hast du's *gesehen*? Hast du's gehört? Oder machst du dir nur etwas vor, weil du glaubst, das hätte als nächstes passieren müssen?«

Er war ja geradezu versessen darauf, einen durcheinanderzubringen! »Ich hab' nicht mehr so genau aufgepaßt. Wie schon gesagt, ich war ziemlich entspannt ...«, entgegnete ich verwirrt.

»Ging das so?« Er öffnete die Tür einen Spaltbreit und machte sie vorsichtig zu. Das Schloß schnappte mit einem *Klick* ein. »Oder ging es so?« Er öffnete wieder, doch diesmal zog er sie leise zu und hielt den Knopf dabei fest, so daß das Schloß nicht einschnappen konnte. Selbst jetzt war ein leises, dumpfes Geräusch zu hören, als die Tür auf den Rahmen traf.

Cliff wartete und sagte dann: »An den Schwierigkeiten, die du hast, meine Frage eindeutig zu beantworten, seh' ich, daß du keines dieser beiden Geräusche gehört hast.«

»Aber die Tür muß doch zugegangen sein«, protestierte ich. »Was sollte er denn machen? Die ganze Nacht hier drin bleiben und an meinem Bett Wache halten? Die Kerze schien auszugehen, da ist er wohl rausgegangen und hat mich allein gelassen.«

»Die Kerze schien auszugehen? Woher weißt du, daß dir die Augen nicht zugefallen sind, und du sie nur nicht mehr gesehen hast?« Ich sagte nichts. »Ich möchte dir ein paar Fragen stellen«, sagte er. »Was für eine Wirkung hatte seine Stimme auf dich, besonders, als er immer wieder sagte: ›Sie sind müde‹?«

»Irgendwie beruhigend. Es gefiel mir.«

Er nickte. »Noch was, wo hielt er die Kerze? An der Seite?«

»Nein, genau mitten vors Gesicht; die Flamme war fast zwischen den Augen.«

Wieder nickte er. »Hast du andauernd auf die Flamme gestarrt?«

»Ja, ich konnte den Blick kaum abwenden. Du weißt, welchen Bann eine Flamme in einem dunklen Zimmer ausübt...«

»Und dahinter bist du – wenn er sie so hochhielt, wie du sagst – seinem Blick begegnet.«

»Ja, ich glaub' schon. Er hat die Kerze die ganze Zeit über auf einer Linie zwischen meinen und seinen Augen gehalten.«

Cliff verzog das Gesicht, als hätte er in einen sauren Apfel gebissen. »Die Augen waren starr und glasig, als sei er nicht ganz bei sich«, hörte ich ihn murmeln.

»Was?«

»Ich hab' nur grad' an eine Aussage gedacht, die Mrs. Fleming auf ihrem Sterbebett gegenüber Waggoner gemacht hat. Noch eins: Als du dich mit Burg unten an der Haustür unterhalten hast, was, wie du sagst, ja ein paarmal der Fall war, worüber habt ihr da gesprochen. Kannst du dich daran noch erinnern?«

»Ach, über Gott und die Welt, du weißt doch, wie so was geht. Zuerst über ganz allgemeine Dinge wie das Wetter und Baseball und Politik. Dann später über persönlichere Dinge – du weißt doch, wie man von sich selbst erzählt, wenn man einen interessierten Zuhörer hat.«

»Um Näheres über dich zu erfahren.« Er mußte das zu sich selbst gesagt haben, ich konnte mir jedenfalls keinen Reim darauf machen. »Hast du dich jemals dabei ertappt, daß du in seiner Gegenwart was getan hast, was du gar nicht wolltest?«

»Nein. Ach doch, warte. Eines Abends hatte er eine Dose mit Menthol-Hustenbonbons in der Tasche. Er holte sie andauernd heraus und bot mir welche an, während wir uns unterhielten. Mann, wenn ich was nicht ausstehen kann, dann sind es Menthol-Hustenbonbons. Ich hab' jedesmal abgelehnt und dann doch beigegeben und einen genommen. Bevor ich wußte, wie mir geschah, war die ganze Dose leer.«

Er sah mich düster an. »Wollte prüfen, ob du auch willensschwach genug bist.«

»Wie mir scheint, kannst du mit all dem was anfangen«, sagte ich hilflos. »Was denn bloß? Ich hab' keinen Schimmer!«

»Mach dir nichts draus. Ich will dir jetzt keine Angst einjagen. Sieh zu, daß du etwas Schlaf bekommst, Kleiner. Nach dem, was du grad' eben versucht hast, bist du noch ziemlich geschwächt.« Ich sah, daß er seinen Hut nahm.

»Wohin gehst du?« fragte ich. »Ich hab' gedacht, du wolltest heute nacht hierbleiben?«

»Ich geh zurück in das Fleming-Haus – und auf Waggoners Präsidium, wenn ich schon mal da bin.«

»*Jetzt*? Um diese Uhrzeit fährst du den ganzen Weg zurück?«

»Und Vince«, bemerkte er noch an der Tür, »gib noch nicht auf. Wir finden schon irgendwie einen Ausweg – versuch nicht mehr, 'ne Abkürzung zu nehmen.«

Nach allem, was ich durchgemacht hatte, wachte ich erst um zwölf Uhr auf, und dann dauerte es noch zwei bis drei Stunden, bis ich ihn wieder zu Gesicht bekam. Ich zog mich an, ging aber nicht aus dem Zimmer, nicht einmal, um eine Tasse Kaffee zu trinken, da ich Angst hatte, ich könnte ihn sonst verpassen, und er dann vielleicht dachte, ich hätte es mir anders überlegt und sei doch noch getürmt.

Keine zehn Pferde hätten mich wegbringen können. Wo hätte ich auch hingehen sollen? Cliff war jetzt meine einzige Rettung.

So gegen drei ließ er sich endlich wieder blicken und fand mich besorgt auf Strümpfen im Zimmer auf- und abgehen und mir die bandagierten Handgelenke halten. Sie wurden langsam steif und schmerzten stark.

Aber im Vergleich zu ihm war ich frisch wie ein Fisch im Wasser. Er hatte schwere schwarze Ringe unter den Augen, weil er die ganze Nacht nicht ins Bett gekommen war, und als erstes machte er es sich in dem Sessel bequem, in dem er die Nacht hatte verbringen wollen, und schleuderte die Schuhe von sich.

Dann stieß er einen tiefen Seufzer der Erleichterung aus, der fast das halbe Zimmer erfüllte.

»Wo bist du die ganze Zeit gewesen – bis jetzt?« stieß ich hervor.

»Ich war inzwischen noch mal in der Stadt, um etwas zu holen, das ich brauche, und um mir freizunehmen.« Er war keineswegs optimistisch, das konnte ich ihm ansehen. Er hatte nicht das stählerne Funkeln eines Meisterdetektivs in den Augen, der kurz vor der Lösung seines Falles steht. Allerdings wirkte er weniger besorgt als in der vergangenen Nacht. Vielleicht tat ihm allein schon das ständige auf-Achse-sein gut.

Er hatte ein großes, flaches, in braunes Papier eingewickeltes Päckchen mitgebracht. Das nahm er jetzt und packte es aus, halb von mir abgewandt. Dann verschränkte er die Arme und wandte sich mir wieder zu. Er hielt eine große Portrait-Photographie in einem Lederrahmen vor der Brust, um sie mir zu zeigen. Er sagte nichts, sondern beobachtete mich nur.

Es dauerte einen Moment, bis durch die gegensätzlichen, scheinbar belanglosen Einzelheiten klar wurde, wen es darstellte: das gepflegte, ordentlich hinter die Ohren gekämmte Haar anstelle der Zottelmähne, die glattrasierte Oberlippe anstelle des verwilderten Walroßbarts – den Cliff zu ersetzen versuchte, indem er dem Bild einen Finger unter die Nase hielt – vor allem jedoch eine gewisse Aura von Wohlstand, durch den tadellosen Sitz des maßgeschneiderten Anzugrevers, die betont saloppe, teure Krawatte und den Gesichtsausdruck selbst – anstelle des notorisch offenen, krawattenlosen, leicht angeschmutzten Hemdkragens, der trostlosen Aura eines heruntergekommenen Mannes mittleren Alters.

Plötzlich ging mir ein Licht auf: »Das ist ja Burg! Der Mann, der das Zimmer neben mir hatte! Woher hast du ...?«

»Eigentlich hätt' ich dich das gar nicht mehr zu fragen brauchen, denn das wußte ich schon vom Hauswirt und von zwei anderen Mietern, denen ich's gezeigt hab'.« Dann klappte er plötzlich ein zweites Bild herum, das an dem ersten befestigt war. Es war einer dieser Doppelrahmen, wie sie auf Anrichten stehen.

Sie blickte mich unverwandt an und sah, typisch Frau, wieder anders aus. Sie hatte alle drei Mal jedesmal anders ausgesehen. Dies war das dritte und letzte Mal, das ich sie sehen sollte, obwohl dieser festgehaltene Augenblick, diese Momentaufnahme zeitlich vor den beiden anderen lag. Sie hatte weder den maskenartigen haßerfüllten Blick, den ich im Schein der Taschenlampe gesehen hatte, noch das starre, gespentische Grinsen des Todes. Sie lächelte ruhig, lebendig, voller Liebreiz. Ich wimmerte.

Jemand, vermutlich aus Waggoners Büro, hatte quer über den trennenden Faltrahmen einen Streifen geklebt und so die beiden verbunden. Symbolisch vereint in Tod und Geheimnis. Darauf stand mit Tinte geschrieben: »B-20,236/Fleming-Ayers/21. 7. 40.«

»Außerdem ist er Dorothy Flemings Ehemann Joel«, sagte Cliff. »Waggoner hat mir das aus ihrer Wohnung mitgegeben.«

Er mußte den schwachen Hoffnungsschimmer gesehen haben, der in meinen Augen aufleuchtete. Er löschte ihn wieder aus, indem er traurig auf der Unterlippe kaute und leicht den Kopf schüttelte. Es war wohl die schonendste Art zu verhindern, daß er voll zum Entfachen kam. Der Hoffnung ist ohnehin so schwer beizukommen. Er klappte den Faltrahmen zu und warf ihn beiseite. »Nein«, sagte er, »nein, ein Ausweg ist da für dich nicht drin. Hör mal, Vince, willst du jetzt ein für allemal wissen, wie die Sache steht? Du mußt es früher oder später ja doch erfahren, und es ist für dich sicher nicht leicht zu verkraften.«

»Du hast schlechte Neuigkeiten für mich?«

»Ziemlich schlechte, aber wenigstens besser als dieses abstruse Zeug, mit dem du ein Schattenboxen veranstaltest, seitdem es passiert ist. Es ist vernünftig, realistisch, etwas, das man verstandesmäßig erfassen kann. Du hast diesen Mann Mittwoch nacht umgebracht. Gewöhn dich lieber an den Gedanken. Es gibt weder einen Ausweg, noch kannst du dich der Verantwortung entziehen. Es ist nicht nur Mrs. Flemings Beschreibung auf dem Sterbebett, so überzeugend die auch sein mag – denn aus der Luft gegriffen hat sie das nicht, weißt du, sie hat sich nicht einfach jemanden *ausgedacht*, der genauso aussieht wie du. Fingerabdrücke, die Waggoners Leute von der Spiegeltür abgenommen haben, hinter der Ayers Leiche steckte, stimmen mit deinen überein. Ich hab' sie selbst heimlich verglichen, als ich dort oben war. Deine hab' ich von einem Glas aus diesem Zimmer, das ich in unserem eigenen Labor untersucht hab'...« Ich sah, daß meins verschwunden war.

»Du und kein anderer ist in das Haus der Flemings eingedrungen, hast Dan Ayers eine Ahle ins Herz gestochen und seine Leiche im Schrank versteckt.«

Er sah, daß ich bleich wurde. »Jetzt erst mal ganz ruhig. Dorothy Fleming hast du nicht umgebracht. Das hättest du vermutlich getan, wenn sie nicht weggelaufen und auf der Zufahrtsstraße um ihr Leben gerannt wäre. Du kannst nicht fahren, und sie wurde von jemand in einem Auto getötet. Von jemand in Ayers Wagen, doch offensichtlich nicht von Ayers, da du ihn unmittelbar vorher oben im Haus umgebracht hattest. Das beweist jetzt natürlich, daß dich jemand dorthin *gebracht* hat und draußen in sicherer Entfernung auf dich wartete, in einer Entfernung, die groß genug war, um eine Verwicklung zu vermeiden und doch nah genug, um notfalls eingreifen zu können, wenn etwas schiefgehen sollte und eines der Opfer zu entkommen drohte.«

Das half nicht viel. Es halbierte mein Verbrechen, aber die Hälfte war immer noch so groß wie das Ganze. Wenn dir gesagt wird, daß du einen Mord begangen hast, wo liegt dann der Trost, wenn du erfährst, daß es nicht noch ein Dutzend andere waren?

Ich sank in mich zusammen, hielt mir den Kopf. »Aber warum hab' ich denn nicht *gewußt*, daß ich's getan hab'...?« stöhnte ich qualvoll.

»Darum können wir uns später kümmern«, sagte er. »Ich kann im Moment noch nicht beweisen, was ich vermute, und was nützt eine gute Erklärung ohne Beweis? Und die einzige Methode, es zu beweisen, besteht darin, zu zeigen, daß es beim ersten Mal so gewesen sein *könnte*, indem man dafür sorgt, daß das Ganze ein zweites Mal ganz genauso passiert...«

Ich dachte, entweder wird *er* verrückt – oder *ich*. »Du meinst, wieder dorthin gehen und das Verbrechen nochmal begehen – obwohl beide schon unter der Erde liegen?«

»Nein, ich meine, die Umstände aktenkundig machen, die besonderen Bedingungen wiederholen, die beim ersten Mal gegeben waren. Selbst dann ist es ein reiner Indizienbeweis und daher nicht besonders gut, aber es ist ungefähr das Beste, worauf wir hoffen können.«

»Aber kannst du mir denn nicht sagen, was...«

»Ich glaub', es ist besser, ich sag's dir erst danach. Sonst wirst du zu verkrampft, zu aufgedreht. Dann gefährdest du wahrscheinlich das Ganze, ohne es zu wollen, und es wird ein Fehlschlag. Ich will, daß du einen kühlen Kopf bewahrst, denn davon hängt alles ab...«

Ich fragte mich, worum er mich bitten würde.

»Es ist schon fast vier Uhr«, sagte er. »Wir haben nicht viel Zeit. Als ich dort war, ist endlich ein Telegramm von Mr. Fleming eingetroffen. Er kommt heute aus Südamerika zurück. Waggoner hat es entgegengenommen und mir gezeigt. Er hat angeordnet, daß sie in ein Familiengrab umgebettet wird, trifft dort wahrscheinlich rechtzeitig zur Trauerfeier ein...«

Ich folgte ihm hinunter zum Wagen, und stieg kraftlos neben ihm ein. »Wohin fahren wir?« fragte ich.

Bevor er den Wagen anließ, warf er mir einen halb bedauernden, halb entschuldigenden Blick zu. »Wohin würdest du jetzt von allen Orten am wenigsten gerne fahren?«

Das war nicht schwer. »Zu diesem achtseitigen Spiegelkabinett, wo ich's getan hab'.«

»Das hab' ich befürchtet. Tut mir leid, Kleiner, aber ganz genau dahin mußt du jetzt zurück und heut' nacht dort alleine bleiben – wenn du im Leben je wieder froh werden willst. Was meinst du, wollen wir's versuchen?«

Auch jetzt ließ er den Wagen noch nicht an, gab mir viel Zeit.

Ich brauchte nur ein paar Minuten. Ich schlug mir auf den Magen, wodurch mir die Übelkeit in die Kehle stieg, und sagte: »Ich bin bereit.«

Ich hatte draußen davor auf dem Boden gesessen, um mich auszuruhen, als ich ihn hereinkommen hörte. Es waren noch andere Leute bei ihm. Die Grabesstille, die bis dahin in dem Haus geherrscht hatte, wurde schlagartig durchbrochen, als sie den Flur im Erdgeschoß betraten, sich unterhielten und geräuschvoll hin- und herliefen. Ich konnte nicht sagen, wie viele es waren. Als sie ins Wohnzimmer gingen, wurden ihre Stimmen undeutlicher.

Ich stand auf und machte mich bereit, doch blieb ich noch eine Weile länger draußen, um besser atmen zu können. Ich wußte, ich hatte noch Zeit, er würde nicht sofort heraufkommen. Die Stimmen waren gedämpft, wie es sich für den traurigen Anlaß einer Beerdigung ziemte. Hin und wieder konnte ich jedoch einen Brocken der Unterhaltung aufschnappen. Einmal hörte ich jemanden fragen: »Willst du nicht lieber heut' abend zu uns rüberkommen, Joel? Du willst doch nicht im Ernst allein hier in diesem leeren Haus bleiben – nach so einer Sache?«

Ich spitzte die Ohren, um die Antwort mitzubekommen – davon hing viel ab. Es gelang mir. »Hier bin ich ihr näher als irgendwo anders.«

Bald darauf kamen alle wieder heraus in die Diele, und ich konnte ihre Gutenachtwünsche hören. »Versuch, nicht zu viel drüber nachzugrübeln, Joel. Schlaf ein bißchen.«

Die Tür ging zu. Draußen fuhr ein Wagen ab, dann ein zweiter. Danach waren keine Stimmen mehr zu hören. Die Grabesstille kehrte fast wieder zurück, aber nicht ganz. Die einsamen Schritte, die dort unten von der Haustür zurückkamen, verrieten mir, daß jemand geblieben war. Sie gingen ins Wohnzimmer, und ich hörte das Klingen einer Karaffe an einem Glas. Dann ein paar Takte übermütiges Klaviergeklimper wie von jemandem, der mit sich und der Welt äußerst zufrieden ist.

Dann klickte ein Lichtschalter, und die Schritte kamen heraus, kamen ohne Eile die Treppe herauf. Es war Zeit, hineinzugehen. Ich setzte einen Fuß rückwärts in den Schrank und folgte ihm nach. Ich verbarg mich, indem ich die Spiegeltür bis auf einen Fingerbreit vor mir zuzog, um atmen und alles beobachten zu können.

Die Schritte waren in das angrenzende Schlafzimmer gekommen, und dann ging dort ein Licht an. Ich hörte, wie ein Rolladen heruntergelassen wurde. Dann wurde ein Koffer zurechtgelegt, und das Schloß klickte. Ich konnte sogar die bunten Aufkleber auf dem Deckel erkennen, als er geöffnet wurde. Südamerikanische Hotels. Ich sah Hände hinunterlangen und Sachen herausnehmen. Gestreifte Schlafanzüge und Stapel von zusammengelegter Wäsche, die Südamerika nie gesehen hatten, die wahrscheinlich die ganze Zeit über irgendwo im Regal einer Gepäckaufbewahrung versteckt gewesen waren. Mein Herz hämmerte wild. Das eingetrocknete Blut eines Menschen, den ich getötet hatte, auf dem Holz in meinem Rücken, schien mich bei jeder Berührung zu versengen. Obwohl ich regungslos dastand, kroch jede Faser meines Körpers schaudernd davor zurück. Es war das Blut eines Menschen, den *ich* getötet hatte, nicht dieser Mann da draußen. Egal, was jetzt, heute nacht, auch passierte. Nichts konnte mich davon freisprechen. Es gab keine Möglichkeit, die Schuld zu übertragen. Das hatte mir Cliff gesagt, und es stimmte.

Jetzt ging draußen im Raum ein Licht an, von dem eine eishelle Nadel wie ein Splitter zu mir hereindrang, der Länge nach, von oben nach unten, doch war er nicht breit genug, um von draußen etwas erkennen zu können.

Ich konnte dadurch einen Streifen seines Rückens sehen. Er war hereingekommen und hockte, nachdem er die Spiegeltür aufgeklappt hatte, vor dem aufgebrochenen Safe. Er schwenkte die nutzlose Tür ein paarmal hin und her. Ich hörte, wie er fast lautlos in sich hineinkicherte, als ob ihn die Zerstörung amüsierte. Dann nahm er etwas aus seinen Jackentaschen und legte es hinein. Es waren längliche braune Umschläge, wie sie für Devisen und Wertpapiere verwendet werden, klumpige, in Seidenpapier gewickelte Gegenstände, die Juwelen gewesen sein mochten. Dann gab er der Safetür einen gleichgültigen Stoß, als wäre es völlig egal, ob sie richtig schließt oder nicht, als wäre der Inhalt des Safes absolut sicher – für den Augenblick jedenfalls.

Dann stand er auf, um hinauszugehen.

Das war der Moment, jetzt. Ich nahm die Pistole, die Cliff mir gegeben hatte – seine Pistole –, aus der Tasche und hielt sie auf Brusthöhe mitten vor mich. Dann setzte ich einen Fuß aus dem Schrank, und die Tür ging lautlos auf.

So stand ich da, als er sich endlich umdrehte. Der Spiegel, der die Nische mit dem Safe verdeckte, war bis jetzt zurückgeklappt gewesen, so daß er mich nicht darin hatte sehen können.

Der Schock mußte geradezu elektrisierend gewesen sein. Aus seiner Kehle drang ein Laut, der sich anhörte wie das Knarren eines rostigen Flaschenzugs. Einen Augenblick dachte ich, er würde ohnmächtig umfallen. Er machte eine gequälte Drehung als wollten ihm die Beine seitlich wegsacken, doch er blieb stehen.

Es gab eine Menge zu beachten. Cliff hatte mir genau gesagt, was ich sagen sollte und was nicht. Ich mußte meine Sätze auswendig lernen und, was noch wichtiger war, wann ich sie sagen sollte. Er hatte mich gewarnt, daß ich nur sehr wenig Zeit zur Verfügung hätte, um alles Notwendige zu sagen. Ich würde gegen die Zeit arbeiten, die jeden Moment abgelaufen sein könnte, aber er hatte mir nicht gesagt, warum. Er hatte mich gewarnt, daß wir beide, dieser Mann, dem ich dort gegenüberstand, und ich, ohne die Hilfe einer Balancierstange auf einem Seil gingen. Alles hing davon ab, wer von uns beiden zuerst einen falschen Schritt machte.

Es war viel, woran ich zu denken hatte, als ich den Mann anstarrte, der mir bisher nur als Burg, mein Zimmernachbar, bekannt war, und der den Schlüssel des Geheimnisses hielt, das mein Leben so plötzlich verfinstert hatte. Und ich mußte mich an jede Einzelheit genau in *der* Abfolge erinnern, in der sie mir genannt worden war, in der richtigen Reihenfolge, denn sonst war alles umsonst.

Das erste Gebot war, laß ihn zuerst etwas sagen. Selbst wenn es die ganze Nacht dauert, warte, bis er anfängt zu sprechen. Das mußte etwas mit Wiedererkennen zu tun haben... aber ich hatte jetzt nicht die Zeit, mir darüber den Kopf zu zerbrechen.

Endlich sagte er etwas. Einer mußte ja anfangen, und ich war es nicht. »Wie kommst *du* denn hierher?« Es war das Quaken eines Frosches im Schlamm.

»Sie haben mir doch den Weg gezeigt, oder?«

Ich konnte sehen, wie er den Kloß im Hals herunterschluckte, um überhaupt sprechen zu können. »Du bist – du erinnerst dich daran, daß du hier warst?«

»Das hätten Sie nicht gedacht, was?«

Seine Augen rollten, als drohte eine Katastrophe. »Aber – das ist doch unmöglich!«

Die Pistole und ich blieben unbeweglich. »Und wie hab' ich dann wieder hergefunden? Haben Sie dafür eine Erklärung?«

Allmählich wurde ihm trotz der lähmenden Panik bewußt, in welcher Gefahr er schwebte. Ich sah ihn einen kurzen Blick auf die Tür des Alkovens werfen. Ich rückte ein wenig herüber bis ich sie im Rücken hatte, um ihm den Fluchtweg zu versperren. Dann tastete ich mit dem Fuß und zog die Tür hinter mir zu, nicht ganz, nur bis auf einen schmalen Spaltbreit. »Wie lang hast du dich hier drin schon versteckt?«

»Seit kurz nach Einbruch der Dunkelheit. Ich bin reingekommen, als Sie bei der Beerdigung waren.«

»Wen hast du mitgebracht?«

»Nur das«, ich hob die Pistole an, deren Lauf sich ein wenig gesenkt hatte.

Er konnte der Frage nicht widerstehen, es war nur allzumenschlich, daß er sie in seiner gegenwärtigen Zwangslage stellte. »Woran erinnerst du dich noch?«

Ich lächelte nur weise und sagte damit alles, ohne es auszusprechen. Es war Cliffs Lächeln, nicht meines – aber von meinen Lippen geformt.

»Du erinnerst dich an die Fahrt?« Er sagte es leise, aber er war auf dem Seil, von dem Cliff gesprochen hatte, ins Wanken geraten. »Unmöglich, du hattest den Blick, den typischen Blick...«

»Welchen Blick?«

Er schwieg. Er hatte sein Gleichgewicht wieder.

»Ich hab' mir die ganze Fahrt über einen Reißnagel in die Handflächen gepreßt.«

»Wieso hast du dann alles, was ich... was dir befohlen wurde, so willenlos ausgeführt?«

»Ich wollte sehen, wo es hinführt. Ich dachte, vielleicht nützt mir das später mal was, wenn sich einer schon all diese Mühe gemacht hat...«

»Du hast dich absichtlich verstellt...? Das kann ich nicht glauben! Du bist nicht mal zurückgeschreckt, hast nicht mal gezittert, als ich dich aus dem Wagen ließ, dir das Messer in die Hand gab, dich ins Haus schickte und dir sagte, wie du reinkommst und was du tun sollst! Soll das heißen, du bist bewußt da hinein und hast...?«

»Klar, ich bin reingegangen und hab's gemacht, weil ich mir dachte, daß Sie nachher ganz schön was rausrücken, damit ich den Mund halte. Und wenn ich quergetrieben hätte, hätt' ich auf dem Rückweg doch bestimmt selbst das Messer in den Rücken gekriegt für all meine Mühe.«

»Was ist passiert, was ist da drin schiefgegangen?«

»Ich hab' aus Versehen irgendwo da unten im dunklen Flur das Messer fallen lassen und konnt's nicht wiederfinden. Ich bin dann mit leeren Händen hoch und dachte, ich jag' ihnen einfach so einen Schreck ein, daß sie durch die Hintertür verschwinden und ich selbst an den Safe rankomme. Aber Ayers ist auf mich los und hat mich zu Boden geworfen. Er war schwerer als ich und kurz davor, *mich* umzubringen – damit's nicht rauskommt, daß die beiden Ehebruch begangen hatten und obendrein noch beim Knacken Ihres Safes erwischt worden waren. Es war ein Versehen, daß sie die Ahle, die sie ihm geben sollte, mir in die Hand legte, anstatt ihm. Ich hab' nur aus Notwehr zugestochen.« Er nickte, als würde dadurch etwas geklärt, das ihn beunruhigt hatte. »Ach, deswegen also den Wechsel der Waffen, der mich so stutzig gemacht hatte. Und so kam es auch, daß sie aus dem Haus entkommen konnte und ich hinter ihr her und sie selbst aufhalten mußte. Zum Glück kauerte ich hinter Ayers Wagen und beobachtete die offene Tür, als sie rausgerannt kam. Sie selbst konnte nicht fahren, deshalb hat sie gar nicht erst versucht, einzusteigen, sondern rannte schreiend die Zufahrt hinunter. Ich sprang, ohne daß sie mich sah, hinein, fuhr ihr nach und holte sie ein. Wäre mir das nicht gelungen, wäre die ganze Sache ein entsetzlicher Reinfall gewesen. Ich hätte wissen müssen, daß du nicht vollständig unter Kontrolle warst...«

Er war schon lange vom Seil gefallen, auf den Boden gestürzt. Aber ich hatte immer noch gegen die Zeit zu arbeiten, Dinge zu sagen, ohne zu wissen, wieso und weshalb. »Ihre Kontrolle war schon perfekt genug, machen Sie sich deswegen keine Sorgen. Sie haben den Dreh noch gut raus.«

»Aber du hast doch gerade gesagt...«

»Und Sie sind drauf reingefallen. Ich hab' nicht gewußt, was ich tat, als Sie mich in dieser Nacht hergebracht und ins Haus geschickt haben, um für Sie die Dreckarbeit zu machen. Vermissen Sie seit Ihrer Rückkehr nichts aus dem Schlafzimmer

Ihrer verstorbenen Frau? Da stand ein Doppelrahmen mit einem Bild von Ihnen und ihr. Das hat die Polizei mitgenommen. Ich hab' zufällig beide Bilder in einer Zeitung gesehen und Sie als Burg wiedererkannt. Auch meine Beschreibung hab' ich durch einen geflickten Pullover erkannt, den ich in dieser Nacht trug, und hatte eine vage Erinnerung – so als hätt' ich geträumt – in so einem Haus gewesen zu sein und so eine Szene erlebt zu haben. Grad eben haben Sie selbst ihr Todesurteil gefällt. Ich bin nicht hierher zurückgekommen, um mich für meine Mittäterschaft auszahlen zu lassen oder um Schweigegeld zu kassieren. Nichts aus diesem Safe kann Ihr Leben erkaufen. Sie haben sich vielleicht einen ausgesucht, der sehr wenig Willenskraft hat, dafür aber um so mehr Skrupel. Ich war ein ehrlicher Mensch. Sie haben mich dazu gebracht, einen Mord zu begehen. Ich kann mich vor dem Gesetz nicht davon reinwaschen – niemals. Sie werden dafür bezahlen, daß Sie mir das angetan haben. Jetzt, und zwar *so*.«

»Halt, tu's nicht – das nützt *dir* gar nichts. Lebend kann ich vielleicht etwas für dich tun. Ich geb' dir Geld. Ich bring' dich ins Ausland. Keiner braucht je was davon zu wissen.«

»Mein Gewissen weiß es immer. Jetzt steckt das Gewissen eines ehrlichen Menschen in der Haut eines Mörders. Sie hätten mich in Frieden lassen sollen. Das war Ihr Fehler. Es ist aus, Fleming!«

Er war kaum zu verstehen, sein Mund sabberte. »Warte – nur noch eine Minute, nur sechzig Sekunden ...« Er nahm seine goldene Taschenuhr heraus und ließ ihren glänzenden Deckel aufspringen. Er hielt sie mir offen entgegen.

Mir war klar, was er vorhatte. Cliff hatte mich davor gewarnt. Um dem zu widerstehen, heftete ich den Blick auf Flemings Schuhe, hielt ihn mit gerunzelter Stirn eisern gesenkt, während ich weiterhin die Pistole auf mein Gegenüber richtete. Etwas versuchte immer wieder, ihn nach oben zu lenken.

Ein Blinken des glänzenden Metalls von der Innenseite des Uhrendeckels flackerte einen Moment lang auf meiner Brust hin und her, so als ob Kinder mit einem Spiegel das Sonnenlicht reflektierten. »Schau doch her«, bat er immer wieder. »Schau her. Nur eine Minute. Siehst du – die Zeiger sind bei sechs vor. Siehst du, nur so lange, bis sie *hier* sind.«

Irgend etwas stimmte nicht mit dem Abzug der Pistole, er klemmte. Ich versuchte, den Finger zu schließen, der sich darum krümmte, doch der Abzug leistete Widerstand. Oder war es vielleicht der Finger, der meinem Willen nicht gehorchte?

Es blinkte immer mehr und immer schneller. Der Lichtreflex glitt über meine gesenkten Lider, verschwand, kam wieder zurück. Meine Augen wollten so gerne auf- und hinsehen, es prickelte förmlich.

Da war ein leichtes Schnappen, als hätte er verstohlen die Krone herausgezogen, um die Uhr zurückzustellen. Das war der Auslöser. Ich schaute unwillkürlich auf. Er hielt die Uhr hoch, bis zur Stirn – wie in jener Nacht die Kerze –, als wollte er mir eine gute, unbehinderte Sicht auf das Zifferblatt geben. Es war etwa in der Höhe, in der Ärzte diesen kleinen Spiegel haben, mit dem sie ihren Patienten in den Hals sehen.

Ich begegnete seinem Blick unmittelbar dahinter, und ganz plötzlich konnte ich meinen nicht mehr abwenden, als ob er dort festkleben würde.

Eine wunderbare Benommenheit verwandelte mich in Wachs; ich hatte keinen einzigen eigenen Gedanken mehr. Ich war für die jedes anderen offen. Über meine Stimme hatte ich noch einen Moment länger die Kontrolle als über meine anderen Körperfunktionen. Ich hörte sie noch eine letzte Botschaft übermitteln, hinter der jedoch keine Willenskraft mehr stand. »Ich werd' Sie erschießen.«

»Nein«, sagte er besänftigend, »du bist müde, du willst niemanden erschießen. Du bist müde. Die Pistole ist zu schwer für dich. Warum willst du das schwere Ding da halten?«

Weit entfernt hörte ich einen dumpfen Schlag, als sie zu Boden fiel. So weit entfernt, als wäre sie geradewegs bis hinunter in den Keller gefallen. Mann, was für ein schönes Gefühl, sie loszusein! Ich fühlte mich durch und durch faul. Das Licht ging aus, aber nur ganz allmählich, als wäre es selbst auch müde. Die ganze Welt war müde. Ich hörte einen leisen Singsang: »Du bist müde, du bist müde – du mieser Strolch, jetzt hab' ich dich!«

Blackout – durch Hypnose

Da war ein weißer Blitz, der in meinem Kopf zu explodieren schien und schrecklich schmerzte. Etwas Kaltes, Nasses drückte auf meine Augen, als ich sie langsam öffnen wollte. Und als ich sie geöffnet hatte, wurde es nicht wie sonst, wenn man wach wird, allmählich heller. Die Welt um mich herum schien im Gegenteil dunkler zu werden und sich malmend von allen Seiten gegen mich zu drücken. Der Schmerz wurde schlimmer, wanderte vom Kopf in die Lungen. Messer schienen hineinzustechen, ich konnte nicht atmen.

Ich war so eingeschnürt, daß mir die Augen herausquollen und mein Kopf kurz vor dem Bersten schien. Der Druck der Dunkelheit, die mich umgab, schien in hohen Wellen gegen mich zu schlagen. Dann begriff ich: ich war unter Wasser und am Ertrinken. Ich konnte zwar schwimmen, aber jetzt schien es nicht so. Ich versuchte aufzusteigen, doch etwas hielt mich unten. Ich wand mich hin und her wie im Boden verwurzelter Seetang.

Ich krümmte mich, zwang mich, gegen den Widerstand tiefer hinunter zu tauchen, tastete blind meine Beine ab. Eines schien frei und unbehindert, ich konnte es von dem schlammigen Boden heben. Um den Knöchel des anderen war dreifach ein festes Seil geschnürt wie eine schreckliche Hanfgamasche. Es war hoffnungslos um ein schweres Quereisen verknotet. Als ich versuchte, es zu heben, kam ein kummschwertartiges Ende frei, doch das andere blieb unbeweglich im Schlamm verankert, in den es von oben gesaust war. Es mußte so etwas wie ein kleiner aber schwerer Anker gewesen sein, wie man ihn bei Barkassen und Fischerbooten benutzt.

Ich konnte ihn nicht freibekommen, konnte die Krümmung meines Körpers durch das Erstickungsgefühl nicht ertragen. Ich wand mich in der Todesflüssigkeit wieder hoch. Meine Kieferknochen bewegten sich krampfartig, sogen die Vernichtung ein.

Etwas Formloses, Verschwommenes kam von irgendwo herunter, streifte mich flüchtig, trieb wieder fort, bevor ich es greifen konnte, schoß außer Reichweite nach oben. Ich konnte es sehen und auch als Bewegung im Wasser spüren.

In meinem Schädel war jetzt nur noch ein einziges Feuerwerk, keine bewußten Gedanken mehr. Die verschwommene Erscheinung schoß wieder herunter, kam diesmal näher heran. Sie schien dort neben mir zu hängen, zappelnd, mit dem Kopf nach unten. Ich fühlte, wie sich eine Hand um meine Fessel legte. Dann streifte ein Messer meine Wade, zog sich wieder zurück. Ich konnte ein Zerren am Seil spüren, als würde daran herumgeschnitten.

Der Selbsterhaltungstrieb war der einzige helle Funke in meinem verlöschenden Hirn. Mit dem Todesgriff des Ertrinkenden klammerte ich mich an die schwebende Gestalt. Ich spürte, wie ich, hoffnungslos mit ihr verstrickt, durch das Wasser nach oben schoß. Ich ließ nicht los, konnte es nicht. Etwas, das sich wie ein kleiner spitzer Stein anfühlte, schlug gegen meine Stirn. Sogar der Funke Selbsterhaltungstrieb erlosch jetzt.

Als ich zu mir kam, lag ich ausgestreckt auf einem kleinen Pier oder Landesteg, und über mir waren Sterne. Ich war nur mit Unterwäsche bekleidet, war klatschnaß, zitterte und ständig kam Wasser hoch und lief mir aus dem Mund. Jemand preßte meinen Brustkorb über den Rippen hinunter und ließ wieder los, ein anderer pumpte meine Arme rauf und runter.

Ich hustete heftig, und einer von ihnen sagte: »Da ist er.

Er hat's geschafft.« Er stand auf. Es war Cliff. Auch er hatte nur Unterwäsche an und war ebenfalls triefend naß.

Kurz darauf stand Waggoner auf der anderen Seite. Er war zwar ebenso naß, hatte aber alles außer Jackett und Schuhen anbehalten. Zum Ausziehen war wohl bis dahin keine Zeit gewesen. Er sagte: »Jetzt wickeln Sie etwas um ihn herum, und dann gehen wir drei besser schnell zurück zum Haus und köpfen die erste Flasche, die wir finden.«

Irgendwo hinter uns kam Licht durch die Fichten, die den kleinen See säumten. Es tauchte den kleinen Landesteg in Licht. Dadurch sah ich ganz an seinem äußersten Ende fein säuberlich zusammengelegt meine Oberbekleidung liegen. Oben drauf lag, von einem meiner Halbschuhe beschwert, ein Zettel. Cliff nahm ihn an sich, brachte ihn zu uns und las vor.

»Ich werde wegen der beiden Morde im Fleming-Haus gesucht. Früher oder später erwischen sie mich doch. Ich habe keine Chance. Ich sehe keinen anderen Ausweg.

Vincent Hardy.«

Es war meine Handschrift. Das Licht war hell genug, um das zu erkennen, als er ihn mir zeigte. Cliff sah zu Waggoner und fragte: »Brauchen wir das?«

Waggoner spitzte nachdenklich die Lippen und sagte: »Ich glaube, ohne das fahren wir besser. Diese Leute beim gerichtlichen Verfahren zur Untersuchung der Todesursache können mitunter schrecklich begriffsstutzig sein, es könnte vielleicht ihr Urteil trüben.«

Cliff nahm ein Streichholz aus seinem trockenen Mantel, zündete es an und hielt es an den Zettel, bis es nichts mehr zum Dranhalten gab.

Ich fühlte mich jetzt besser, bis auf das Zittern. Ich hatte mich aufgesetzt. Ich sah zu dem Lichtschein hinter den Bäumen und fragte: »Was ist das?«

»Flemings Wagen«, erwiderte Cliff. »Er hat versucht, eine

Kurve zu schnell zu nehmen, als er vor uns türmen wollte, überschlug sich und ging in Flammen auf.«

Ich verzog angewidert das Gesicht. Das war ungefähr das einzige, was in mir nach den vergangenen zehn Tagen noch Grauen erwecken konnte: bei lebendigem Leibe zu verbrennen.

»Ich hab' ihn vorher erschossen«, sagte Cliff ruhig.

»Einer von uns«, verbesserte ihn Waggoner. »Wir haben alle drei hinter ihm hergefeuert. Wir werden nie erfahren, wer ihn tödlich getroffen hat. Wir möchten es auch gar nicht. Der Wagen wurde so zusammengedrückt, daß wir ihn nicht herausbekamen. Und dann mußte ich Dodge helfen, nach Ihnen zu tauchen, er ist nicht gerade ein Meisterschwimmer.«

»Wir mußten ihn erschießen«, sagte Cliff. »Das war die einzige Möglichkeit, die Hypnose rechtzeitig abzubrechen. Du warst dort unten am Ertrinken, weil du ›selbst‹ Hand an dich gelegt hast, und es blieb keine Zeit, ihn zu jagen und mit vorgehaltener Pistole zu zwingen, dich aus seiner Macht über dich, oder was es auch ist, freizugeben. Das mit dem Anker haben wir erst gemerkt, als wir dich gefunden hatten ...«

Aus dem langsam schwächer werdenden Lichtschein kam uns eine Gestalt entgegen. Es war der Hilfssheriff. Er sagte: »Jetzt ist nichts mehr übrig. Hab's so gut es ging gelöscht, damit die Bäume nicht Feuer fangen.«

»Gehen wir zurück ins Haus«, sagte Cliff. »Der Kleine besteht ja nur noch aus Gänsehaut.«

Wir gingen zurück, und ich wurde von meinem Drittel der Flasche ziemlich blau. Selbst das schien ich nicht ordentlich zu können. Sie ließen mich dort meinen Rausch ausschlafen. Wir verbrachten alle vier die Nacht genau dort, wo wir waren. Später habe ich erfahren, daß ich sogar in Flemings Bett geschlafen hatte, aber in meinem Zustand wäre mir das sowieso egal gewesen, selbst wenn es der Spiegelschrank mit Ayers Leiche darin gewesen wäre.

Am Morgen kam Cliff herein und unterhielt sich mit mir,

bevor die beiden anderen aufgestanden waren. Ich wußte, wohin ich bald mit ihm gehen mußte, aber jetzt machte es mir nicht mehr so viel aus.

»Hat das, was ich die letzte Nacht gemacht hab', wenigstens was geholfen? Hat es was genützt?« fragte ich.

»Sicher«, erwiderte er. »Das war großartig. Es war genau das, was wir wollten und brauchten. Was glaubst du wohl, hab' ich gestern den ganzen Tag hier gemacht, bevor Fleming zurückkam? Warum glaubst du, hab' ich dir eingebleut, dafür zu sorgen, daß er genau hier im Alkoven mit dir bleibt und die Unterhaltung nicht irgendwo draußen geführt wird? Ich hab' Leitungen gelegt, wir haben jedes Wort mitgehört. Wir waren zu dritt unten im Keller und haben alles mitgeschrieben. Jetzt haben wir alles in den Akten. Die Pistole, die du von mir hattest, war nicht geladen, und ich dachte mir schon, daß er zu schlau wäre, dir hier in seinem eigenen Haus etwas anzutun. Nur hat er dich zu schnell raus in seinen Wagen gebracht, bevor wir ihn aufhalten konnten. Es war verdammt knapp. Wir hätten dich um ein Haar verloren. Wir waren schon auf dem Weg zur Stadt, kehrten dann aber wieder um, als uns ein Lastwagenfahrer erzählte, daß er von weitem einen Wagen in Richtung See hatte fahren sehen. Da wußten wir Bescheid.«

»Wir wären nicht mal in der Lage gewesen, ihm den sogenannten Selbstmord nachzuweisen. Du hast das alles selbst gemacht, weißt du, selbst den Fuß hast du an diesen Bootsanker gefesselt und ihn vor dir ins Wasser geworfen. Jemand, der davor Angst hat, ins Wasser zu springen, aber entschlossen ist, die Sache durchzustehen, hätte eine solche Vorkehrung durchaus treffen können.«

»Ich hatte schon von dem Moment an, wo du mir von der Sache mit der Kerze erzählt hast, so eine Ahnung, daß es Hypnose war. Aber wie sollte ich es beweisen? Mit solchen Sachen wird so viel Schwindel getrieben, daß die meisten nicht dran glauben wollen. Außer mir haben aber noch zwei Polizeibeamte gesehen – oder besser, gehört – wie das Ganze noch einmal passiert ist. Und das wird soviel Gewicht haben, daß man beim gerichtlichen Verfahren zur Untersuchung der Todesursache nicht daran vorbeikommt.«

»Du hast unter Hypnose gestanden, als du dieses Verbrechen begangen hast, das ist das Wesentliche. Mit anderen Worten, du warst so wenig verantwortlich, so seelenlos, so gefühllos wie das Messer oder der Knüppel, den ein Mörder gebraucht, um seine Tat zu begehen. Du warst nur die Waffe in der Hand des eigentlichen Mörders. Dein eigenes Bewußtsein hat nicht funktioniert, es war ausgeschaltet. Zwei Körper wurden von einem Geist geleitet, nämlich seinem.« Er hielt inne und sah mich an. »Macht dir das Angst?«

»O Mann.« Ich blies die Luft aus den Wangen.

»Würde es mir auch. Aber ich fang lieber von vorne an. Joel Fleming war vor Jahren ein professioneller Hypnotiseur in einem Varieté. Ich hab' genug Sammelalben, alte Theaterprogramme und was nicht alles in Koffern hier im Haus gefunden, um das zu beweisen. Bühnenname ›Dr. Mephisto‹. Er besaß zweifellos die Gabe, bestimmte Personen hypnotisch steuern zu können. (Bei meiner Frau Lil, beispielsweise, hätte er damit garantiert kein Glück gehabt, sondern wäre eher in der Küche beim Geschirrabtrocknen gelandet.)« Er versuchte, mich aufzuheitern. Ich grinste dankbar.

Dann fuhr er ernsthafter fort: »Aber so etwas gibt's wirklich, weißt du, das ist keinesfalls nur Humbug. Nur sind bestimmte Menschen leichter zu beeinflussen als andere. Nun gut, er hörte schon vor Jahren mit dem Varieté auf, und zwar noch rechtzeitig, um in ein völlig anderes Geschäft einzusteigen, das uns hier nicht zu interessieren braucht, und hat 'ne Menge Geld gemacht. Und dann beging er wie sie alle den Fehler, eine um Jahre jüngere Frau zu heiraten, eine Garderobiere, die er in einem Nachtclub kennengelernt hatte. Sie hat ihn nicht einfach nur wegen des Geldes geheiratet und damit sie nicht mehr für ein paar lumpige Cent die Schweißbänder fremder Leute anfassen mußte, sie war bereits das Liebchen eines

Zuchthäuslers namens Dan Ayers, der zu der Zeit gerade wegen Unterschlagung einsaß. Du verstehst, was dahintersteckt, nicht wahr? Ayers wurde entlassen und fand ein gemachtes Bett, das wie geschaffen war, sich hineinzulegen – und er legte sich hinein. Er suchte freundschaftlichen Kontakt zu Fleming, gewann seine Zuneigung. Dorothys Zuneigung brauchte er nicht erst zu gewinnen, die hatte er schon.«

»Nun gut, Fleming unternahm diese Reisen nach Südamerika wirklich alle, bis auf die letzte. Er hatte ganz offensichtlich schon vor geraumer Zeit rausgefunden, was da gespielt wurde, irgendwann zwischen der letzten tatsächlichen Reise und eben dieser fingierten. Genauso offensichtlich ist, daß er auf Rache sann. Man spricht immer nur von verschmähten Frauen. Es gibt nichts Gefährlicheres als ein Ehemann im mittleren Alter, wenn er merkt, daß ihn seine jüngere Frau betrügt. Es war auch nicht nur eheliche Untreue. Er fand heraus, daß sie planten, mit all seinen verfügbaren Geldmitteln und Wertpapieren durchzubrennen, wenn er das nächste Mal verreist wäre, ihn einfach völlig auszuplündern und dann ade. Wie du siehst, hat er ihr die Kombination für den Safe hier im Haus nicht anvertraut.«

»Das ist die Ausgangssituation. Alles weitere sind nur Mutmaßungen. Die drei Hauptzeugen sind tot und können es nicht mal bestätigen. Ich will Fleming nicht verteidigen, aber zumindest ist das, was er getan hat, irgendwie begreiflich. Er wurde dadurch zum wahren Teufel. Er wollte Ayers und jetzt auch Dorothy sterben sehen. Aber er hat einen gemeinen, niederträchtigen Weg gewählt, um seinen Plan auszuführen. Er wollte kein Risiko eingehen, seine Sicherheit nicht gefährden. Nein, er verschwand nach »Südamerika«, tauchte in einem Mietshaus in der Stadt unter dem Namen Burg unter und suchte sich einen unschuldigen Jungen, um seine Mordtat auszuführen, einen, der ihm nie etwas Böses getan hatte, der genausoviel Recht auf Leben und das Streben nach Glück hatte wie er.«

»Er hat dich geprüft und festgestellt, daß du ein passendes

Medium warst und – nun ja, den Rest haben wir gestern abend über das Diktaphon gehört. Man muß ihm allerdings zugute halten, daß er dich nicht vorsätzlich für das Verbrechen hinter Gitter bringen wollte. Er wäre genauso zufrieden gewesen, wenn sie dich nie erwischt hätten.«

»Das Problem war nur, daß alle Anhaltspunkte, die die Polizei hinsichtlich des Mörders bekam, auf dich weisen würden, nicht auf ihn. Er hatte für einen Prellbock gesorgt. So war er immer einen Schritt von dem Mord entfernt. Wenn sie den Mann jemals faßten, auf den die Hinweise zeigten, wenn sie jemals den eigentlichen Mörder kriegten, dann wärst du das, nicht er. Es war viel sicherer, als einen Berufskiller zu engagieren, der ganz Herr seiner Sinne war. Denn so bestand keine Gefahr eines späteren Verrats oder Hinweises auf ihn.«

»Klar, er mußte dich dorthin fahren, weil du nicht fahren kannst. Vielleicht wäre das ohnehin nicht anders gegangen. Ich weiß nicht genug über Hypnose, ich weiß nicht, ob eine wirksame Kontrolle über eine so große Entfernung überhaupt möglich ist. Von seinem Standpunkt aus war es sogar ein Glück. Du hast das Messer verloren, hast Ayers nur durch Zufall im Kampf getötet, und Dorothy wäre ganz ungeschoren davongekommen, wenn er sich nicht draußen herumgedrückt hätte, um selbst einzugreifen. Wenn sie überlebt und Alarm geschlagen hätte, wärst du wahrscheinlich gleich an Ort und Stelle geschnappt worden, bevor du dich in deinem benebelten Zustand aus dem Staub hättest machen können. Für seinen Geschmack hätte das die Nachforschungen zu schnell auf das Mietshaus gebracht, und seine Anwesenheit dort hätte trotz aller Vorsichtsmaßnahmen entdeckt werden können. Also überfuhr er sie und brachte dich schleunigst außer Reichweite.«

»Wie kommt's, daß ich mich am nächsten Morgen noch so lebhaft an die ganze Mordszene erinnert hab'? Besonders an die beiden *Gesichter* ...?«

»Er hatte keine hundertprozentige Kontrolle über dich. Ich

weiß nicht, ob das jemals der Fall ist. Die ganze Szene muß undeutlich in dein Bewußtsein gesickert sein, so daß du dich am nächsten Morgen nach dem Aufwachen noch daran erinnert hast – wie an einen Traum. Und andere Einzelheiten, die zuerst ganz in deinem Unterbewußtsein vergraben waren, kamen später ans Licht, als sie dir in der Wirklichkeit wieder begegneten: ich meine deine Erinnerung an die Steinlaternen an der Einfahrt, die Abzweigung, den Türschlüssel, den Lichtschalter für die Diele und so weiter. All das ist viel zu hoch für mich, ich bin nicht dazu in der Lage, ein fachliches Gutachten abzugeben. Ich sollte mir lieber nicht zu sehr den Kopf darüber zerbrechen. Es macht mir selbst Angst.«

»Warum hab' ich geglaubt, sie zu kennen, obwohl ich sie doch gar nicht kannte? Warum war ich so ... so verletzt, warum brach mir schier das Herz, als ich ihr Gesicht sah?«

»Das waren Flemings Gedanken, die da in dein Bewußtsein sickerten, nicht deine eigenen. Sie war seine Frau, wollte ihn verlassen, half einem anderen Mann dabei, ihn während seiner Abwesenheit zu berauben.«

Ich saß auf der Bettkante und schnürte mir die Schuhe. Das erinnerte mich an etwas anderes. »Es hatte an diesem Abend in der Stadt genieselt, als ich ins Bett ging – und die Straßen wurden erst langsam trocken, als ich am nächsten Morgen aufwachte. Und doch waren meine Schuhsohlen absolut trocken. Wie war das möglich, selbst wenn ich ihm nur über den Gehweg bis zu seinem Wagen gefolgt wäre? Und ich bezweifle, daß er, aus Angst, gesehen zu werden, so nah an das Mietshaus herangefahren war.«

»Ich entsinne mich, daß du das schon mal erwähnt hast, und mich macht es ebenso stutzig. Das ist noch etwas, das wir nie genau erfahren werden, weil das gestern, als er sich in diesem Spiegelkabinett verraten hatte, nicht zur Sprache kam. Ich hab' nur eine einzige mögliche Erklärung dafür: Kannst du dich noch dran erinnern, ob du die Schuhe in dieser Nacht, als du dich in deinem Zimmer ausgezogen hast, leicht von den Füßen bekommen hast, oder ob sich, was ja immer mal vorkommt, die Schnürsenkel so verknotet hatten, daß du sie nicht aufbekommen hast?«

Ich versuchte, mich zu erinnern. »Ich bin mir nicht sicher – aber ich glaube, bei einem hatte sich was verknotet, da hab' ich ihn einfach abgestreift, ohne ihn richtig aufzumachen.«

»Und am Morgen?«

»Schienen beide in Ordnung.«

»Dann war's das. Du konntest den Knoten nicht rechtzeitig aufkriegen, als du dich eilig unter seiner ›Anweisung‹ angezogen hast. Du bist ihm in Strümpfen nach draußen gefolgt, dahin, wo sein Wagen stand, und hattest die Schuhe wahrscheinlich in deine Jackentasche gesteckt. Vor dem Losfahren hat er den Knoten in Ruhe für dich im Wagen aufgemacht. Dort oben hat es in der Nacht nicht geregnet, und bis ihr wieder in der Stadt wart, wurden die Gehsteige schon trocken, so daß deine Schuhe nicht naß wurden.«

»Aber wären dann meine Strümpfe nicht naß geworden?«

»Das sind sie vermutlich auch, aber sie trocknen natürlich auch schneller als Schuhe.«

Ich war jetzt fertig. Waggoner und sein Hilfssheriff fuhren vor uns hin, ohne auf uns zu warten. Er hat vermutlich gedacht, daß ich lieber nur in Begleitung von Cliff gehen würde und wollte es mir so leicht machen wie nur möglich. »Bringen Sie den Jungen rüber, wann immer Sie fertig sind, Dodge.«

Cliff und ich gingen etwa eine halbe Stunde später. Ich wußte, daß ich eine Weile in eine Zelle mußte, doch das machte mir nichts mehr aus. Die Schatten waren verschwunden.

Als wir vor dem Revier ankamen, fragte Cliff: »Hast du Angst, Kleiner?«

Ein wenig hatte ich schon, wie wenn man einen Zahn gezogen oder einen gebrochenen Arm eingegipst bekommt. Man weiß, es führt kein Weg daran vorbei, und fühlt sich, wenn alles überstanden ist, dann um so besser. »Ein bißchen«, gestand ich mit einem gezwungenen Lächeln.

»Alles wird gut werden«, versprach er und packte mich aufmunternd an der Schulter. »Ich werd' die ganze Zeit an deiner Seite sein. Wahrscheinlich kommt es nicht mal zu einer Anklage.«

Wir gingen zusammen hinein.

Ruhendes Konto

Oft denke ich, welche seltsamen Wege der Zufall doch geht. Ich frage mich oft, was wohl geschehen wäre, wenn ich den Namen darüber oder darunter gewählt hätte. Oder irgendeinen anderen. Wahrscheinlich gar nichts. Aber ich habe mir unter all den Namen ausgerechnet diesen herausgepickt. Wieso? Warum?

Zufall.

Er stand in einer Zeitungsannonce. Die Zeitung steckte in einem Abfallkorb im Park. Und ich trieb mich als Obdachloser im Park herum. Und was noch schlimmer war, ich war noch zu jung, um das einfach tatenlos hinzunehmen. Die Alten finden sich damit ab. Ich nicht. In mir brannte ein schmerzliches Gefühl der Ungerechtigkeit, das mich verbitterte und mich dem Zufall in die Hände spielte. Und der Zufall schmiedete seine Ränke.

Ich ging im Park einen Weg entlang. Es hätte auch jeder andere sein können, denn ich hatte kein bestimmtes Ziel und für mich waren alle gleich, doch es war kein anderer, sondern ausgerechnet dieser. Ich kam zu einer Bank und setzte mich; es hätte auch jede andere sein können, doch es war ausgerechnet diese. In der Nähe war ein Abfalleimer. Ich war bereits an einem halben Dutzend vorbeigegangen, ohne hineinzusehen, doch nun stand ich auf, ging zu diesem hinüber und schaute nach einer weggeworfenen Zeitung, die ich lesen wollte, während ich dort saß. Die meisten waren zerknüllt und schmutzig. Doch eine stand senkrecht darin und wirkte so neu, als wäre sie nur einmal gelesen und dann weggeworfen worden. Die nahm ich heraus, ging damit zur Bank zurück und begann, langsam darin zu lesen.

Ich stieß auf die Anzeige. Sie war einfach nicht zu übersehen, da sie eine halbe Seite einnahm. Das Inserat mußte ziemlich teuer gewesen sein, doch war es (wie ich später herausfand) nach dem Bankgesetz des Bundesstaates New York Pflicht. Dort stand:

STANDARD SAVINGS BANK
Liste ruhender Konten,
die seit mindestens 15 Jahren nicht bewegt wurden.

Und dann die fünf Spalten mit Namen, jeder mit Angabe der letzten bekannten Adresse.

Ich ließ den Blick flüchtig darüberschweifen. Auf jeden Namen wartete Geld. Und die meisten wußten nichts davon. Hatten es vergessen, waren gestorben, oder die Vergangenheit hatte sie für immer verschlungen. Geld, das wartete, Geld, das sagte: »Hier bin ich, komm, hol mich.« Ich blätterte um und las versonnen weiter. Bevor die Liste aus meinem Blick verschwand, dachte ich noch bedauernd: »Mann, ich wünschte, einer davon wäre ich.«

Und dann dachte ich plötzlich, so unerwartet, daß es gar nicht von mir selbst zu kommen schien: »Na, warum eigentlich nicht?«

Meine Hand blätterte wieder zurück.

Ich stellte mir zwei Fragen. Erstens: Ist es einen Versuch wert, springt genug dabei heraus, daß sich das Risiko lohnt? Ich rechnete ein wenig. Der Mindestbetrag, bei dem sie gesetzlich verpflichtet waren, nach fünfzehn Jahren zu inserieren, war $ 10. Doch selbst $ 10 waren in fünfzehn Jahren bei 2 % Zinsen auf $ 13 angewachsen, und bis vor kurzem gab es bei einigen Banken sogar 4 %. Das allermindeste, was ich demnach erwarten konnte, waren also $ 15. Vielleicht nicht gerade die Welt? Na, und was hatte ich jetzt? Eine Parkbank und eine alte Zeitung aus einem Papierkorb. Und mit wieviel konnte ich bestenfalls rechnen? Ah, hier kam der Zufall wieder ins Spiel.

Die Höchstverzinsung bei solchen Banken lag bei $ 7500, doch konnte der ursprüngliche Einzahlungsbetrag durchaus noch höher gewesen sein. Ich machte mir nicht die Mühe, den möglichen Höchstbetrag auszurechnen. Es war bestimmt ebensowenig der Höchst- wie der Mindestbetrag. Es lag aller Wahrscheinlichkeit nach irgendwo in der Mitte. Das war die Antwort auf die erste Frage. Der Versuch lohnte sich.

Die zweite war: Komme ich damit durch?

Als erstes würden sie mich fragen, wie hoch der Betrag ursprünglich war. Was sollte ich da antworten?

Das brachte mich nicht von der Sache ab. Ich würde die Antwort schuldig bleiben. Ich wußte es einfach nicht, basta. War es denn nach fünfzehn Jahren nicht ganz natürlich, daß ich es vergessen hatte? Wenn ich mich nicht einmal mehr an das Konto selbst erinnern konnte, bevor ich meinen Namen in der Zeitung entdeckte, wie konnte man dann von mir erwarten, daß ich den Betrag noch wußte?

Damit war auch das erledigt.

Als nächstes mußte ich irgendwie meine Identität glaubhaft machen, beweisen, daß ich es auch bin. Sie würden mir das Geld nicht einfach nur auf Wunsch aushändigen. Doch wie würden sie es nachprüfen? Vorher erkundigen konnte ich mich nicht, sonst würde ich mich verdächtig machen. Ich mußte mich ohne Hilfe so gut es ging vorbereiten.

Von jedem Kontoinhaber ist eine Unterschriftsprobe hinterlegt. Als erstes also: die Handschrift. Das beunruhigte mich weniger. Eine Handschrift kann sich in fünfzehn Jahren verändern. War der Unterschied allzu kraß, konnte ich jederzeit ein körperliches Gebrechen in den Jahren dazwischen vorschützen, Rheumatismus oder Gelenkschmerzen, wodurch ich eine Zeitlang nicht schreiben konnte und es dann wieder ganz neu lernen mußte. Damit konnte ich vielleicht durchkommen. Allerdings machte mir etwas anderes Sorgen.

Jeder Kunde muß bei der Kontoeröffnung sein Alter angeben, ob er es nun eigenhändig auf das Formular schreibt oder ob es der Bankangestellte für ihn tut. Wie sollte ich das richtige Alter zu irgendeinem dieser Namen erraten? Mit Vergeßlichkeit war hier nichts zu machen. Auch nach 15 Jahren wurde von mir erwartet, daß ich wußte, wie alt ich bin.

Noch etwas war erforderlich, der Vorname eines Elternteils, möglichst der Mutter. Auch das war etwas, das man sein Leben lang nicht vergißt.

Ein unmögliches Unterfangen. Hier waren zwei Faktoren, die dem Zufall die Hände banden, ihm nicht die geringste Möglichkeit ließen, zu meinen Gunsten zu arbeiten.

Einen Augenblick lang war ich drauf und dran, die ganze Idee fallen zu lassen. Doch ich ließ es nicht zu. Die Zeitung war an den Rändern von meinem eisern entschlossenen Griff schon ganz zerknittert. »Gib nicht auf«, sagte ich mir, »sei kein Feigling. Vielleicht gibt es ja eine Möglichkeit, diese beiden Schwierigkeiten zu umgehen. Versuch's wenigstens. Wenn du's nicht versuchst, sitzt du weiterhin auf Parkbänken und liest Zeitungen aus Abfallkörben. Wenn du's aber versuchst, stehen die Chancen wenigstens 50:50. Welche Aussichten sagen dir mehr zu?«

Die Antwort erübrigte sich.

Also würde ich es probieren. Ich hatte nichts zu verlieren, aber alles zu gewinnen, also los.

Doch jetzt kam das Wichtigste. Welcher Name? Wer würde ich sein? Einerseits machte es keinen großen Unterschied, welchen ich wählte, doch andererseits hing alles davon ab. Einer dieser Namen brachte mir vielleicht $ 1000 ein, der unmittelbar darunter vielleicht nur zwanzig. Bei dem einen kam ich unter Umständen völlig ungeschoren davon, weil der rechtmäßige Besitzer vielleicht schon tot war, beim nächsten konnte ich in Teufels Küche kommen. Doch darauf hatte ich keinerlei Einfluß. Das lag ganz allein in der Hand des puren Zufalls. Deshalb konnte ich auch die Wahl des Namens dem puren Zufall überlassen.

Ich schlug die Seite um, so daß die Anzeige verdeckt war. Dann nahm ich eine Nadel aus dem Revers, ließ sie ein paarmal blind kreisen und steckte sie von hinten durch das Papier. Dann schlug ich die von der Nadel durchstochene Seite wieder auf, um zu sehen, wo die Spitze herausschaute.

Sie hatte das »e« von Nugent, Stella, durchbohrt.

Ich verzog das Gesicht und wollte es gleich noch einmal versuchen. Eines konnte ich gewiß nicht sein: eine Frau. Doch als ich die Nadel herauszog, sah ich zufällig etwas genauer hin.

Nugent, Stella, als Treuhänderin für
Lee Nugent, Read Street 295.

Bestens. Sie war wahrscheinlich tot, und er mußte damals also noch ein Kind gewesen sein. Das machte alles wesentlich glaubhafter. Es wäre mir nicht leichtgefallen, fünfzehn Jahre jünger zu wirken, ohne wieder in kurze Hosen zu schlüpfen.

Ich legte die Zeitung zusammen und steckte sie in die Tasche. Der war ich von jetzt an. Auf Gedeih und Verderb, komme, was wolle, der war ich.

Knapp eine Stunde später erkundete ich die Read Street auf der Seite mit den ungeraden Hausnummern. Etwa auf halber Höhe gelangte ich zur Nr. 291, und direkt dahinter folgte ein freier Platz von dreifacher Häuserbreite. Das Gebäude war abgerissen worden und die rechts und links davon ebenfalls.

Doch noch war ich nicht bereit aufzugeben. Ich trieb mich eine Weile dort herum und ließ den Blick über die übrigen Gebäude schweifen. Sie waren alle ziemlich alt. Wenn in der Lücke jemals ein Haus gestanden hatte, so stammten die noch vorhandenen allemal aus derselben Zeit. Doch einem Gebäude kann man ja keine Fragen stellen.

Ich beobachtete die Leute, die gelegentlich herauskamen oder hineingingen. Kinder nutzten mir nichts. Ebensowenig die jüngeren Erwachsenen. Ich brauchte jemand wirklich alten. Schließlich sah ich, was ich suchte. Eine etwa siebzigjährige Frau, die zu einem der Fenster im Parterre des Gebäudes unmittelbar gegenüber dem freien Platz gekommen war, um Geranien zu gießen.

Ich schlenderte hinüber und versuchte, nicht zu neugierig zu wirken. Ich wußte nicht, wie ich anfangen sollte, aber alte Leute sind wie Kinder, bei ihnen muß man nicht ganz so sehr auf der Hut sein. Ich tippte zum Gruß an den Hut. »Ich bin Grundstücksmakler und suche geeignete Bauplätze.« Sie hatte wohl nicht mehr die besten Augen, sonst wäre ich damit in meinem heruntergekommenen Aufzug nie durchgekommen. »Könnten Sie mir sagen, wann etwa die Gebäude da drüben abgerissen wurden?«

»Die sind überhaupt nicht abgerissen worden«, plauderte sie aus. »Da war einmal ein großer Brand, und die Überreste hatte man danach einfach weggeräumt.«

»Ah, ich verstehe«, sagte ich höflich. »Sie wissen nicht zufällig, wie lange das ungefähr her ist?«

»Eine Ewigkeit. Das war sogar noch, bevor wir hierhergezogen sind, und wir wohnen von allen in dieser Straße am längsten hier.«

Das war es dann wohl. Ich hatte wider alle Vernunft gehofft, so etwas wie einen indirekten Hinweis auf ...

Eine jüngere Frau tauchte im Hintergrund auf und sagte, »Erzähl nicht so viel, Großmama!« warf mir – aus einem allgemeinen Mißtrauen heraus – einen skeptischen Blick zu und zog Großmama mit sich ins Haus.

Ich ging langsam weiter. Ich wollte sonst niemandem mehr Fragen stellen. Zu viele Fragen waren nicht gut. Wenn sie es nicht wußte, würde es auch kein anderer wissen. Ich war nicht viel klüger als vorher. Es *hatte* zwar einmal eine Nr. 295 in der Read Street gegeben. Aber ich wußte immer noch nicht, ob dort jemals jemand mit Namen Nugent gewohnt hatte. Und wenn ja, wie alt er gewesen war.

Ich wanderte umher, ohne mich allzuweit aus der direkten

Nachbarschaft zu entfernen. Ich wußte gar nicht, wonach ich eigentlich suchte – oder daß ich überhaupt nach etwas suchte – bis ich es plötzlich sah: ein rotes Backsteingebäude mit einer weit ausladenden Rampe als Auffahrt. Auf dem Gehsteig davor lag ausgestreckt ein Dalmatiner. Ich blieb stehen, um ihn zu streicheln. Bei dieser Gelegenheit knüpfte ich ein unverfängliches, freundliches Gespräch mit einem Feuerwehrmann an, der in Hosenträgern daneben saß und Zeitung las. Er hatte bereits graue Haare und schien sich dem Rentenalter zu nähern.

Ich sagte so etwas wie: »Viel zu tun in der letzten Zeit?«

»Na ja, ab und zu schon.«

»Irgendwas wirklich Großes dabei?«

»In letzter Zeit nicht.«

»Damals muß ziemlich was losgewesen sein, als die drei Häuser da drüben in der Read Street abgebrannt sind. Wissen Sie, wo ich meine?«

»Das war noch vor meiner Zeit«, sagte er. »Ja, nach allem, was ich gehört hab', war das 'ne Wucht. Alarmstufe fünf.«

»Ehrlich?« fragte ich und kraulte dabei den Dalmatiner am Ohr. »In welchem Jahr war das ungefähr?«

»Ach, so vor fünfzehn, siebzehn Jahren. Ich hab' ein paar von den Älteren immer davon reden hören. Frühjahr '24, glaub' ich. Also es war entweder '24 oder '23, jedenfalls um diesen Dreh.«

Nur ein belangloses kleines Gespräch über nichts Besonderes. Danach war es schon zu Ende. »Hübschen Hund haben Sie da.« Ich schlenderte weiter.

Jetzt wußte ich schon ein kleines bißchen mehr. Ich ging von dort in den Lesesaal der Stadtbücherei und forderte den gebundenen Jahrgang der *Herald-Times* von 1922–23 an. Er war in der Mitte des Kalenderjahres unterteilt. Ich fing beim ersten Januar 1923 an und arbeitete mich von dort an vor. Dabei überflog ich nur die Schlagzeilen und die Artikelüberschriften auf den Innenseiten. Wenn es ein Großbrand gewesen war, mußte er damals Schlagzeilen gemacht haben, doch wollte ich mich nicht allzusehr auf das Erinnerungsvermögen meines Gesprächspartners verlassen. Er wußte es schließlich auch nur vom Hörensagen und bei Feuerwehrleuten wird ein Brand eher größer als kleiner.

Es ging langsam voran, doch nach anderthalb Stunden war ich am Ende des Bandes angekommen. Ich brachte ihn zurück und tauschte ihn gegen den von 1923–24 ein.

Nach etwa einer weiteren halben Stunde intensiven Suchens fand ich es endlich. Es war kaum zu übersehen. Bis zum November hatte ich durchblättern müssen, also war die Genauigkeit des Feuerwehrmanns, was die Jahreszeit anbelangte, nicht gerade berühmt gewesen. Immerhin hatte er das Jahr genau getroffen. Ich fand es schließlich beim 5. November:

Mietshausinferno fordert fünf Menschenleben

Die Einzelheiten interessierten mich nicht besonders. Ich suchte Namen, hoffte, obwohl kaum Hoffnung bestand. Die fünf Toten wurden zuerst genannt. Rabinowitz, Cohalan, Mendez – nein, Fehlanzeige. Moment mal, zwei nicht identifizierte Leichen. Vielleicht war es einer von ihnen. Ich las bis zur nächsten Seite weiter. Da war er, da war er! Der Name sprang mir förmlich entgegen. Nugent. Ich verschlang den Absatz, in dem er stand.

Plötzlich drehte der Wind, trieb den Rauch auseinander und enthüllte den Blicken der entsetzten Menge eine Frau, die mit ihren beiden Kindern waghalsig auf einem engen Sims unter den Fenstern des oberen Stockwerks balancierte, und deren Fluchtweg von den Flammen abgeschnitten wurde, die über und unter ihnen, aus den Fenstern des vierten Stockwerks und aus dem Dachboden hervorloderten. Die Frau, die später als Stella Nugent, 42, identifiziert wurde, eine neue, erst am Vor-

tag zugezogene Mieterin, stieß ihre beiden Kinder vor sich in das eilig von den Feuerwehrleuten aufgespannte Sprungtuch und folgte dann selbst nach. Alle drei landeten wohlbehalten, doch stellte man bei der Untersuchung fest, daß beide Kinder, der neunjährige Lee und die elfjährige Dorothy wie auch ihre Mutter tiefe Schnittwunden am Hals aufwiesen, die sie wahrscheinlich davongetragen hatten, als sie in panischer Angst den Kopf durch zerbrochene Fensterscheiben streckten, um nach Hilfe zu rufen. Die Mutter verlor das Bewußtsein, und ihre Überlebenschancen werden als gering eingeschätzt. Keines der Kinder konnte einen zusammenhängenden Bericht über das geben, was sich unmittelbar vor ihrem Erscheinen auf dem Fenstersims ereignet hatte. Auch konnte nicht sofort festgestellt werden, ob noch weitere Familienmitglieder...

Ich ging zur Zeitung des nächsten Tages, des sechsten, über. Dort war ein Nachtrag.

»*Stella Nugent, eines der Opfer des gestrigen Brandes in der Read Street, erlag heute in den frühen Morgenstunden ihren Verletzungen, ohne das Bewußtsein wiedererlangt zu haben. Damit erhöht sich die Zahl der Todesopfer auf...*«

Ich blätterte ein wenig weiter. Dann, am neunten, drei Tage später:

Brand fordert siebtes Opfer

Die elfjährige Dorothy Nugent, die mit ihrer Mutter und ihrem Bruder... etc. etc. ... *starb gestern am späten Nachmittag an den Folgen von Blutverlust und schwerem Schock. Das Mädchen war zwar vom Feuer selbst verschont geblieben, hatte jedoch bei der Flucht aus der Wohnung schwere Halsverletzungen durch Fensterglasscherben davongetragen, ein Umstand, der die Ermittlungsbeamten in gewisser Hinsicht vor ein Rätsel stellt. Der Zustand des jüngeren Bruders, der ähnliche Verletzungen davontrug, ist nach wie vor kritisch...*

Ich blätterte weiter, nur für den Fall, doch das war alles, danach kam nichts mehr. Als ich schließlich merkte, daß ich bereits beim Dezember angekommen war, hörte ich auf. Entweder war er bis dahin gestorben oder er hatte sich erholt, jedenfalls war der Fall nicht mehr so aktuell, um noch erwähnenswert zu sein. Nur ein Kind aus einer Mietskaserne.

Also wußte ich immer noch nicht, woran ich war. Doch abgesehen davon, hatte ich über alles andere mehr in Erfahrung gebracht, als ich je zu hoffen gewagt hatte. Vorname, Alter und alles! Ich kannte jetzt mein Alter. Wenn Nugent im November 1923 neun war, war ich jetzt 27. Und durch eine seltsame Fügung des Zufalls war ich selbst 26 Jahre.

Aber natürlich war ich jetzt nicht mehr George Palmer.

Ich war soweit. Ich hatte so ziemlich alle Hintergrundinformationen, die ich je bekommen konnte, es bestand also kein Grund, noch länger zu warten. Selbst das Problem mit der Handschrift war gelöst, denn das Konto war ja von einem Treuhänder eröffnet worden, und da hatte ich ohnehin nicht unterschrieben. Für mich war das ein gutes Omen. Mich zu identifizieren, war kein großes Problem. Den Wohlhabenden, Festverwurzelten fällt es schwer, ihre Identität zu verändern. Doch was bedeutete schon für einen Vagabunden wie mich, ohne Wurzeln, ohne Freunde, eine Identität mehr oder weniger? Keine engen Freunde, keine Geschäftspartner erschwerten es mir, in eine andere Haut zu schlüpfen. Für die wenigen meines Schlages, die mich vom Sehen kannten, war ich einfach nur »Slim«, und »Slim«, das konnte jeder sein, ob er nun Palmer hieß oder Nugent.

Ich brauchte nicht länger als zwei Tage, um in meine neue Identität zu schlüpfen. Mir war natürlich klar, daß in der Zwischenzeit, von einer Minute auf die andere, ein echter Nugent, *der* echte Nugent, auftauchen konnte, doch davon ließ ich mich nicht abhalten.

Das war ein Teil des 50 : 50 Risikos, den ich bereitwillig akzeptierte.

Die zwei Tage waren vorbei, und nun konnte es losgehen. Ich änderte kaum etwas an meinem Äußeren. Allzu gepflegt auszusehen würde vielleicht schneller Argwohn erwecken als so heruntergekommen, wie ich es die ganze Zeit war. Ich gab ja nicht vor, etwas anderes zu sein, als ich war. Ich gab lediglich vor, anders zu heißen.

Ich machte mich auf den Weg zur Bank und ging schnurstracks hinein. Ich zögerte nicht und trieb mich auch nicht vor dem Eingang herum, um die Lage zu peilen, auch ging ich nicht, um Mut zu fassen, draußen auf und ab. Ich hatte bereits allen Mut gefaßt. Er sank mir womöglich wieder, wenn ich mich nicht unmittelbar in die Sache hineinstürzte.

Ich hatte noch immer die besagte Zeitung bei mir. Ich pirschte mich zu einem der Sicherheitsbeamten und tippte mit dem Finger auf die Anzeige. »Was muß man da machen? Mein Name steht hier auf der Liste.« Er schickte mich zu einem Angestellten, der an einem Schreibtisch in einem Kabäuschen auf einer Seite der Hauptschalterhalle saß.

Ich wiederholte, was ich zu dem Sicherheitsbeamten gesagt hatte. Er drückte auf einen Summer und ließ sich die Kontounterlagen bringen, um sich, vor allem anderen, damit vertraut zu machen. Er hatte bisher kein einziges Wort von sich gegeben. Ich versuchte, sein Gesicht zu ergründen. Er warf mir einen forschenden Blick zu, doch konnte ich nicht entschlüsseln, was er zu bedeuten hatte. Die Unterlagen waren alt und vergilbt, man sah ihnen an, daß sie schon lange bei den Akten waren. Er hielt sie vor sich. Ich hätte alles darum gegeben, hineinsehen zu können.

Endlich legte er sie hin und räusperte sich. Jetzt kam die erste Prüfung. Mir war klar, daß weitere folgen würden, wenn ich diese hier erst einmal einwandfrei bestand. Das war nur der Auftakt. Ich wappnete mich.

»Sie sind also Lee Nugent?«

»Ja.«

»Können Sie sich ausweisen?«

Ich suchte unsicher in meinen Sachen herum, als hätte ich nicht erwartet, einen urkundlichen Beweis vorlegen zu müssen, als wäre ich von der Frage überrascht worden. Ich kramte ein paar sorgfältig vorbereitete Papierfetzen hervor, etwa das, was einer in meinen Verhältnissen wahrscheinlich so bei sich hat. Ich rechnete nicht damit, daß es ausreichte. Ich hatte gewußt, es war nicht genug. Er schüttelte den Kopf. »Mehr haben Sie nicht? Wir können Ihnen nicht einfach nur auf Ihr Wort hin einen Geldbetrag aushändigen, verstehen Sie?«

»Ich weiß, Sir«, sagte ich folgsam.

»Können Sie einen Bürgen bringen? Jemand, der Sie schon jahrelang kennt?« fragte er.

Das hatte ich erwartet. So wie die Dinge standen, hätte ich kaum einen finden können, der sich für mich als George Palmer verbürgt hätte. Das zeigte mir, welche Richtung ich einschlagen mußte. Ich sagte, ohne zu zögern und vorbehaltlos, »Nein, kann ich nicht. Keinen einzigen, soweit ich weiß. Damit kann ich nicht dienen.«

Er spreizte die Hände. »Warum nicht? Was ist los?«

»Ich bin nicht seßhaft. Bin immer unterwegs. Ja, ich hab' hier und da auch Bekannte, aber die wissen nicht, wie ich heiße. Die meisten von ihnen nennen mich ›Slim‹.« Ich beobachtete ihn. In einer Hinsicht war er unbefriedigt, doch ich glaube, es machte eher einen positiven Eindruck als einen negativen. Es klang so überzeugend. Mußte es ja auch, denn es war die Wahrheit.

»Nun, Sie haben doch gelegentlich gearbeitet, oder?« Ein Blick auf mich sagte ihm, daß ich momentan jedenfalls nicht arbeitete, diese Frage hätte er also nicht zu stellen brauchen.

»Natürlich, wann immer ich konnte, aber oft war das nicht.«

Ich erwähnte zwei oder drei Jobs, die ich wirklich gemacht hatte, die ihm aber mit Sicherheit nicht viel nutzten. Es war Hilfsarbeit, bei der nicht einmal der Name auf der Lohnliste stand. Für den Vorarbeiter war ich einfach nur »Slim« und wurde wie alle Tagelöhner in der Reihe für die abgelieferte Menge bezahlt. Obstpflücken in Plantagen an der Westküste und ähnliches.

Er nahm die Karteikarten wieder auf. »Beantworten Sie mir bitte ein paar Fragen. Ihr Alter?«

»Siebenundzwanzig.«

»Geburtsdatum?«

»Das kann ich Ihnen nicht sagen«, erwiderte ich, ohne zu zögern. »Sehen Sie, mit neun hab' ich beide Eltern und meine ältere Schwester verloren. Wenn meine Mutter mir je mein genaues Geburtsdatum gesagt hat – und das hat sie wohl – hab' ich's schon lange vergessen.«

»Geburtsort?«

»Hier.« Das war absolut geraten. Wenn ich falsch lag, würde ich mich genauso rausreden wie eben. Doch da er nicht nachhakte, hatte ich es wohl richtig getroffen.

»Vorname der Mutter?«

»Stella.«

»Können Sie mir sagen, wie alt sie war, als sie starb?«

»Sie ist 1923 gestorben und war damals 42.«

»Sie haben bis jetzt nichts von der Existenz dieses Kontos gewußt?«

»Es ist das erste, was ich je davon gehört hab'. Vielleicht hat sie mir damals ja davon erzählt, aber ich kann mich nicht erinnern. Und wenn, ich war ja noch ein Kind, wußte nicht mal, worum es da ging.«

»Keine Bankkarte, vermutlich?«

»Meine Mutter ist bei einem Feuer umgekommen. Die Bankkarte muß damals zusammen mit all ihren anderen Habseligkeiten verbrannt sein.«

Er legte die überprüften Angaben weg. Dann holte er ein anderes Schriftstück hervor und sagte. »Unterschreiben Sie das.«

Ich las es sorgfältig durch. Es war ein Antrag, ein Anspruch auf das Konto. Die Sache mit der Handschrift war für mich kein Problem mehr. Ich schrieb ungezwungen und ohne

Hemmungen »Lee Nugent« in meiner eigenen Handschrift. Es floß mir aus der Feder. Ich bemerkte, daß mich der Bankangestellte dabei eingehend beobachtete, um zu sehen, ob ich zögerte oder Bedenken hatte.

Er löschte das Papier für mich ab. »In Ordnung«, sagte er. »Das wäre im Moment alles. Wir benachrichtigen Sie dann bei ...«

Ich gab ihm Name und Adresse einer billigen Pension.

Sie würden Nachforschungen anstellen, soweit sie konnten. Doch besonders weit kämen sie damit nicht.

Ich sagte »Danke« und ging. Ich hatte nicht erwartet, gleich mit dem Geld aus der Bank zu marschieren. Wirklich nicht. Ich hatte noch nicht einmal erfahren, wie hoch der Betrag eigentlich war. Ich habe nicht danach gefragt. Das hatte Zeit. Im Augenblick ging es nur darum abzuwarten, ob ich es bekommen würde oder nicht.

Die Benachrichtigung kam innerhalb von drei Tagen. Kam zur »Rezeption« der billigen Absteige, wo ich seit drei Tagen für 30 Cent pro Nacht unter dem Namen »Lee Nugent« wohnte, damit ich sie irgendwo in Empfang nehmen konnte. Das war sogar noch schneller als erwartet. Sie beunruhigte mich ein wenig. Ich wußte nicht genau, was es zu bedeuten hatte, nachdem ich sie mit zitternden Händen aufgerissen hatte. Da war nur ein getippter Absatz, der ordentlich und offiziell aussah.

Bitte sprechen Sie bezüglich des ruhenden Kontos Nr. 24.612 bei Ihrer Bank vor.

Ich ging sofort hin. Diesmal fiel es mir schwerer hineinzugehen als beim ersten Mal. Ich mußte mich regelrecht dazu zwingen. Diesmal fiel die Entscheidung. Ich konnte spüren, wie meine Hände feucht wurden und wischte sie an meiner Kleidung trocken, bevor ich die Drehtür herumschob. Ich fühlte mich sogar kurz versucht, die ganze Sache fallen zu lassen, auszusteigen, solange noch Zeit war. »Geh weiter, geh nicht rein. Noch hast du keine Schwierigkeiten. Bleib draußen, geh weiter.«

»Wohin?« fragte ich mich boshaft. »Wieder auf eine Bank im Park?« Ich gab der Tür einen Stoß und ging hinein.

Ich ging direkt zu ihm hinüber. »Guten Tag, Nugent«, sagte er unverbindlich.

Ich sagte mir: »Es sieht ganz danach aus, es sieht ganz danach aus. Er hat mich unter diesem Namen akzeptiert.«

Er holte wieder alle Unterlagen heraus, auch ein paar neue, die seit dem letzten Mal dazugekommen waren. Es war inzwischen ein stattliches Bündel. Er klopfte alles am Rand zusammen und sagte: »Was wollen Sie damit machen, es auf dem Konto lassen?«

Ich kriegte es! Ich schluckte zweimal, bevor ich mir zutrauen konnte, einen Ton zu sagen. Es gelang mir, mit bewußt eintöniger Stimme hervorzubringen: »Dann geht es also in Ordnung?«

»Wir sind überzeugt, daß Sie der rechtmäßige Eigentümer sind. Sie wollen es abheben, stimmt's?«

Natürlich wollte ich das. Jeden Moment konnte der echte Nugent auftauchen. Selbst jetzt, während ich hier saß und die Transaktion zu Ende brachte.

Der Bankangestellte sagte: »Unterschreiben Sie das.«

Diesmal war es eine einfache Auszahlungsanweisung. Ich reichte sie zurück, und er füllte den Rest für mich aus. Das Datum, die Kontonummer und, das Wichtigste, den Betrag. Er schrieb ihn aus, nicht in Ziffern, und für mich stand die Schrift auf dem Kopf. Ich wußte also immer noch nicht, wie hoch er war. Er kritzelte sein Handzeichen darauf und schickte sie per Boten zum Kassierer. »Es dauert ein paar Minuten«, sagte er und lehnte sich im Stuhl zurück.

Er sah mich unentwegt an. Das steigerte meine Unruhe. Einen Augenblick lang war ich versucht, Hals über Kopf davonzulaufen, selbst jetzt noch. Es schien lange zu dauern.

Benutzten sie es nur als Vorwand, um mich hier aufzuhalten, bis die Polizei kam?

Plötzlich stand der Laufbursche wieder neben dem Schreibtisch. Er legte die Karteikarte darauf, an die ein Bündel Geldnoten geheftet war. Die Karte war diagonal mit dem Wort *storniert* perforiert, damit man sah, daß das Konto aufgelöst worden war. Der Bankangestellte machte das Geld von der Karteikarte ab und schob es zu mir herüber.

»Bitte sehr«, sagte er und sah mir forschend ins Gesicht.

Mein Blick fiel auf einen Hundertdollarschein. Mein Herz fing an, schneller zu schlagen. Über $ 100 – Mann, das Risiko hatte sich wirklich gelohnt... Ich blätterte das Bündel durch. Der zweite von oben war ebenfalls ein Hundertdollarschein; über $ 200. Das war besser, als ich je zu hoffen gewagt hätte. Auch der dritte war einer... Ich konnte nicht weiterzählen. Mein Herz ratterte in meiner Brust wie ein loser Bolzen. Ich kürzte das ganze ab, indem ich statt dessen auf der Karteikarte nachschaute.

Mein Blick heftete sich auf die letzte Zahlengruppe ganz unten, verschwamm und wurde durch reine Willenskraft wieder klar. Zwölfhundert und – über $ 1000! Plötzlich war da noch eine Null am Ende, fast als wäre vor meinen Augen eine unsichtbare Addiermaschine am Werk.

12 010

Ich sah den Mann am Schalter nur hilflos an. Er nickte. Er zählte es für mich weiter durch, da ich offensichtlich in diesem Moment zu perplex war, es selbst zu tun. Wie benommen sah ich 120 Hunderter durch seine flinken Finger flippen. Und dann, am Schluß, einen einzelnen Zehner.

»Es ist der größte nicht abgeholte Betrag, den wir seit Jahren ausgezahlt haben«, erzählte er mir. »Soviel ich weiß, ist es sogar der größte überhaupt seit Inkrafttreten des Gesetzes. Unterschreiben Sie das bitte.«

Es war eine Art Verzichtserklärung oder Empfangsbestätigung. Das mußte in diesem Fall sein, wegen der Höhe der Summe und weil ich keine Bankkarte vorgelegt hatte. Jetzt, ganz am Ende, wo das Geld schon gezählt und so gut wie in meinen Händen war, streifte mich die Katastrophe mit ihren bedrohlichen Schwingen, und es gelang mir gerade noch, ihr um Haaresbreite zu entgehen.

Ich war so fassungslos, so benommen, daß ich den Federhalter nahm und ganz automatisch, aus der Macht der Gewohnheit, George Palmer, meinen eigenen Namen, oder besser gesagt, meinen früheren Namen zu schreiben begann. Das große G hatte ich schon geschrieben, als ich mich dabei ertappte. Zum Glück schaute er in diesem Moment gerade nicht hin, steckte das Geld für mich in einen Umschlag. Ich drückte schnell auf den Federhalter, so daß ein Fleck das verhängnisvolle Initial vollständig überdeckte. Dann fing ich weiter rechts an und schrieb mit zitternder Hand »Lee Nugent«.

Er löschte es für mich ab und legte es beiseite. Ich nahm den Umschlag, stand auf und stellte fest, daß ich nicht ganz Herr meiner Beine war. Ich mußte sie an den Knien ›einrasten‹ lassen, damit sie mir gehorchten. Er schüttelte mir die Hand. »Wollen Sie nicht doch lieber einen Safe bei uns nehmen, damit es auch sicher ist? Soviel Bargeld sollten Sie nicht mit sich herumtragen.«

»Nein danke, ich nehme es mit«, murmelte ich. Eines wußte ich ganz genau: ich wollte damit möglichst weit weg und auch nicht wiederkommen. »Guten Tag.« Ich drehte mich um und ging etwas steifbeinig hinaus.

Ich spürte, wie sich neugierige Köpfe nach mir umdrehten, als ich zur Drehtür ging. Das lag wahrscheinlich an meinem bleichen Gesicht oder meinem steifen Gang. Köpfe von Leuten, die ich nicht kannte und die auch mich nicht kannten. Oder doch? War jemand darunter, der wußte, wer ich war und was mich hergeführt hatte? Ich konnte es nicht sagen. Ich war jetzt Lee Nugent. Ich wußte nicht mehr, wen ich kannte.

Manchmal glaube ich, sie haben einen sechsten Sinn, der anderen fehlt und der sie untrüglich genau zur richtigen Zeit an den richtigen Ort zieht. Als ich die Stufen zum Gehsteig hinunterging, waren mehrere Leute hinter mir, die zur selben Zeit aus der Bank kamen wie ich. Gleichzeitig gingen auch welche hinein. Es war eine stark frequentierte Bank. Aber es schien mir, daß mich einer hier draußen, die ganze Zeit, seit ich aus der Bank gekommen war, aufmerksam beobachtet hatte. Ich »spürte« seinen Blick in meinem Nacken so deutlich, wie man jedes längere Starren spürt.

Ich hielt den Hals krampfhaft steif, damit ich nicht unwillkürlich den Kopf drehte. Ich wollte keinem Blick begegnen, niemandem in die Augen sehen. Ich wollte nur ins Getümmel der Straße tauchen und mich dort verlieren. Ich eilte dicht am Gebäude entlang weiter. Dann, kurz vor der Ecke, hielt ich es nicht mehr aus und warf vorsichtig einen Blick über die Schulter.

Niemand war mir nachgegangen, doch folgten mir von dort hinten, vom Bankeingang, eindeutig Blicke. Nicht nur ein Gesicht schaute jetzt in meine Richtung, sondern zwei. Einer von denen, die mit mir aus der Bank gekommen waren, war zu einem kleinen Auto gegangen, das am Bordstein stand. Beide, sowohl er als auch der Mann am Steuer, schauten zweifellos in meine Richtung. Ich sah sogar, wie der eine dem anderen zeigte, wo ich war. Doch zeigte er nicht direkt auf mich, sondern wies mit dem Daumen in meine Richtung, als gäbe er einen Befehl.

Ich wartete nicht länger, sondern verschwand schleunigst um die Ecke außer Sichtweite. Ich ging immer schneller, versuchte jedoch, möglichst nicht zu rennen. Bevor ich ein Drittel der Strecke bis zur nächsten Ecke zurücklegen konnte, hörte ich plötzlich ein Zischen. Der Wagen hatte mich überholt und bremste ein paar Meter vor mir am Bordstein. Einer der beiden Männer war außen auf dem Trittbrett mitgefahren und hatte sich an der Tür festgeklammert.

Ich machte eine Kehrtwendung und lief in die entgegengesetzte Richtung. Ich hätte es vielleicht schaffen können, doch dann rannte ich mit voller Wucht in einen dieser vagabundierenden Hausierer, die man hier und da auf den Straßen der Innenstadt sieht, und der einen Bauchladen mit Rasierklingen oder Schnürsenkeln vor sich hertrug. Der gesamte Inhalt kippte auf den Gehsteig. Bevor ich los- und an ihm vorbeikam, stürzten die beiden aus dem Wagen schon hintereinander auf mich zu. Ich duckte mich an die Wand. Ich saß in der Falle.

Als der vordere näherkam, quasselte er los: »Sie heißen Lee Nugent und sind gerade da hinten in der Bank zu einem ruhenden Guthaben in Riesenhöhe gekommen, stimmt's? Wie wär's mit ein paar Worten, wie man sich da so fühlt und was Sie jetzt vorhaben ...«

Noch bevor ich wußte, wie mir geschah, schoß der zweite mit gezückter Kamera hinter ihm vor und klickte wiederholt los.

Doch anstatt erleichtert zu sein, hatte ich noch mehr Angst als vorher, als ich es noch für einen Überfall oder eine Art Vergeltungsschlag hielt. Das war genau das, was ich am wenigsten brauchen konnte: Photos und Publicity. Das war genau das, wodurch die Sache für mich böse angehen konnte.

Jetzt machte ich es umgekehrt, rannte kopfüber auf sie zu, anstatt wegzulaufen.

Der Reporter rief warnend, »Paß auf, Bill, er hat's auf deine Kamera abgesehn!«

Beide entwischten mir, sprangen gewandt zur Seite. »Macht nichts, ich schüttle mir im Büro einfach was aus dem Ärmel. Komm, wir verschwinden.« Sie liefen zurück zum Wagen und brausten wieder davon, bevor ich sie aufhalten konnte. Ich stand da und starrte ihnen mit einer Mischung aus böser Vorahnung und ohnmächtiger Wut nach.

Dann drehte ich mich um und begegnete dem Blick des armen Teufels von Straßenverkäufer. Wenn er dort gestanden und mich beschimpft und verflucht hätte, hätte ich ihm wahrscheinlich gesagt, er solle sich zum Teufel scheren. Doch seltsamerweise tat er das nicht. Er stand einfach nur da und sah mich leicht vorwurfsvoll an, ohne ein Wort zu sagen, als ob er das nur als einen der zahllosen harten Schläge hinnähme, die er von morgens bis abends einstecken mußte. Etwas an seinem Gesichtsausdruck rührte mich. Schließlich ging's ihm nicht anders als mir vor noch zwanzig Minuten. Nur hatte ich zwei gesunde Beine, und er war auf dem einen lahm.

Ich drehte mich zur Wand, holte den Umschlag heraus, und suchte, ohne daß jemand es sehen konnte, darin herum, wandte mich ihm wieder zu und gab ihm den einzelnen Zehner, der bei den $ 12 010 war. »Hier«, sagte ich, »um den Schaden wiedergutzumachen.«

Er starrte mich nur sprachlos an. Das erfüllte mich mit einer Art Wohlgefühl. Es war, als hätte ich ein Maskottchen gefunden, einen lebenden Glücksbringer, der mir das Unheil abzuwehren half, das sich spürbar dicht hinter mir zusammenbraute. Lange bevor er seine Dankeschön stammeln konnte, war ich bereits außer Hörweite und wieder unterwegs.

Um sechs war es bereits in allen Abendzeitungen. Das war nur natürlich. Man konnte es ihnen nicht verübeln, daß sie es groß herausbrachten. Die Berichte machten mir nicht einmal so viel Sorgen, sondern die Bilder. In allen war das, welches der Pressephotograph aufgenommen hatte. Wahrscheinlich war es durch einen Nachrichtendienst verteilt worden. Da war mein Gesicht, für immer festgehalten. Tausende konnten es betrachten. Die ganze Stadt um mich herum konnte es sehen. Und irgendwo unter diesen Tausenden, irgendwo in dieser ganzen Stadt um mich herum, konnte – ja mußte – der echte Lee Nugent sein.

Ich war in einem Nachtclub, rechts eine Rothaarige und links eine Blondine, als er mir zum ersten Mal auffiel. Ich war jetzt jede Nacht mit einer anderen Rothaarigen und einer anderen Blondine in einem anderen Nachtclub.

Beim dritten Blick wurde mir seine Gegenwart langsam bewußt. Er stand dort am Eingang und sah unverwandt zu mir herüber. Auf den ersten Blick war daran nichts Ungewöhnliches. Das kleine Lokal war überfüllt, und es standen dort eine Menge Leute herum, redeten und hielten einen Drink in der Hand. Doch er war nicht in Gesellschaft und er hielt auch keinen Drink in der Hand. Und er schaute ausschließlich herüber zu meinem Tisch, sein Kopf drehte sich nie in eine andere Richtung. Nicht einmal zu den Mädchen in meiner Begleitung. Er hatte den Blick immer nur auf mich geheftet, auf mich allein. Kein Muskel bewegte sich. Er stand dort regungslos wie ein Götzenbild.

Beim vierten Blick, ich meine, als ich das vierte Mal hinsah, versuchte er, es zu verbergen. Er schaute zur Decke. Nur gab es da oben nichts zu sehen. Und durch die drei ersten Blicke wußte ich bereits, was Sache ist. Ich versuchte, es mit einem Lachen abzutun und sagte: »Kommt, wir gehen woandershin, der Kerl da geht mir auf die Nerven.«

Sie hatten zusammen nicht soviel Grips wie normalerweise eine. »Vielleicht kennt er dich ja. Warum bittest du ihn nicht her?« kicherte eine von ihnen.

Ich sagte: »Hört auf, ihn anzustarren. Nehmt euch zusammen. Ich bin gleich wieder bei euch. Ich geh' mal nach hinten.«

Ich ging nach hinten zur Herrentoilette. Zum Glück lag sie in entgegengesetzter Richtung zum Eingang. Dort war ein Toilettenwart im weißen Jackett. Ich ließ mich von ihm mit allem Pipapo bedienen, abbürsten, Schuhe polieren, Haartonikum, Puder und alles, nur, um dortbleiben zu können.

Als er mit allem fertig war, öffnete ich vorsichtig die Tür eine Handbreit und schielte hinaus. Von hier konnte ich in einer bestimmten Haltung quer durch den Club direkt bis zum Eingang sehen, wo er stand. Er hatte sich nicht gerührt. Sein ganzes Verhalten war Ausdruck dieser entsetzlich tödlichen Geduld, die nie müde wird, niemals aufgibt. Ich konnte auch sehen, wohin er jetzt schaute. Er sah nicht mehr zum

Tisch, sondern direkt herüber zu dieser Tür, wartete, daß ich mich wieder blicken ließ.

»Gibt's hier noch einen anderen Ausgang?« fragte ich den Toilettenwart.

»Nein, Sir, hier ist nur ein Ausgang.«

Ich spähte wieder hinaus. Er hatte sich in Bewegung gesetzt. Die Zeit war abgelaufen. Es dauerte ihm zu lange, bis ich wieder herauskam. Also kam er zu mir herein. Darüber bestand kein Zweifel. Man konnte es an der Art sehen, wie er sich den Weg durch die Tanzenden bahnte und Kellner oder wer immer ihm in die Quere kam, mit den Ellbogen beiseite stieß, die Augen stur geradeaus gerichtet – auf die Tür, hinter der ich stand. Mit dem war nicht zu spaßen.

Das Gewissen macht uns alle zu Feiglingen. Es gab keinen Grund, warum ich nicht dort stehen bleiben und ihn fragen sollte, was er eigentlich von mir wollte. Doch das konnte ich nicht – weil ich es bereits wußte oder zumindest eine recht gute Vorstellung davon hatte. Das Geld, mit dem ich nur so um mich warf, stand mir nicht zu, es gehörte einem anderen. Auch diese piekfeinen Sachen, die ich anhatte, gehörten nicht mir. Jeder Faden an meinem Körper, von Kopf bis Fuß, bei der Unterwäsche angefangen – gehörte jemand anderem.

Ich zeigte auf eine schmale Tür direkt neben dem Ausgang. »Was ist das?«

»Wandschrank für meine Vorräte, Chef.«

Wieder zog ich einen Zehner heraus. Es waren in letzter Zeit immer Zehner. »Was würden Sie für so einen tun?«

»Praktisch alles«, war die ehrliche Antwort.

Mir blieben nur Sekunden. Ich hob erst den einen Fuß und dann den anderen, riß mir die Lacklederhalbschuhe herunter, und reichte sie ihm. »Stellen Sie die unten auf den Boden der Kabine da drüben. Nebeneinander, damit es von außen aussieht, als würde da jemand stehen. Hier sind fünf Cent zum Aufmachen. Gleich kommt ein Mann rein – hier sind $ 10 für Sie, tun Sie was – irgendwas – damit ich vom Wandschrank durch diese Tür da komme, ohne daß er mich sieht.«

Ich schlüpfte rückwärts hinein und zog die Tür hinter mir zu. Er hatte Fächer, doch reichte der Platz aus, um mich aufrecht zwischen sie und die Tür zu quetschen. Eine Woche auf großem Fuß zu leben hatte noch nicht ausgereicht, einen Bauch anzusetzen. Ich ließ die Schranktür einen winzigen Spaltbreit offen, um atmen zu können und um den richtigen Moment zum Hinausschlüpfen abzupassen.

Die andere Tür schwang nach innen und blockierte die, hinter der ich stand. Dann fiel sie wieder zurück, und er stand da. Einen Moment lang regungslos, wie vorhin draußen an der Wand. Es gab zwei Dinge, die mir an ihm nicht gefielen. Das eine war der Ausdruck in seinem Gesicht, obwohl ich nur sein Profil sehen konnte. Es war blutleer und doch glühte es, als sei er jederzeit zum Töten bereit, jeden, genau hier drin, genau jetzt, gleichgültig, wer in der Nähe war, gleichgültig, wo er gerade war. Und als zweites mißfiel mir die Haltung seines Armes. Er stand rechtwinklig nach hinten, Ellbogen spitz in die Luft, Unterarm schräg unter dem Mantel, bereit, etwas hervorzuziehen. Er hielt ihn ruhig, erstarrt, wie alles an ihm.

Für den Toilettenwart, der ihm von der Reihe strahlender Waschbecken auf der gegenüberliegenden Seite entgegensah, sah es vielleicht nur so aus, als ob er ein Taschentuch suchte. Doch ich war hinter ihm und konnte den keilförmigen unteren Teil des Hüfthalfters sehen, das unter seiner Jacke hervorschaute.

Der Toilettenwart war gerade damit beschäftigt, Talkum von einem großen quadratischen Kanister in ein rundes Glasgefäß zu füllen, um es für Kunden auf das Regal zu stellen, deren Bart während des Besuchs im Club zu schnell nachwuchs. Doch es geriet ihm zu viel hinein, so daß sich der Puder über dem Rand auftürmte.

Der Mann an der Tür ging langsam einen Schritt vor. »He,

Sie da«, fing er an und zeigte mit dem Daumen nach hinten. Vermutlich wollte er ihm damit sagen, daß er verschwinden sollte.

Der Toilettenwart sagte: »Ja, Sir, mein Herr? Was darf's sein?« doch in seinem Übereifer, gefällig zu sein, achtete er nicht darauf, wo er hintrat, und sein Fuß landete auf dem Fußbodenpedal eines Heißlufttrockners. Der Luftstrom erwischte den Talkumberg auf dem Gefäß, das er vor sich hielt. Plötzlich gab es da drüben einen Wirbelsturm, der die beiden wie in dichten Nebel hüllte. Das war mehr wert als $ 10, das war $ 100 wert.

Sein Gegenüber nieste heftig, so heftig, daß er dabei wankte, ja taumelte. Eine ganze Salve von Niesern platzte aus ihm heraus, ließ ihn sich krümmen, nahm ihm die Sicht, machte ihn für ein paar Minuten hilflos wie einen Volltrunkenen.

Zwei rasche, lautlose Schritte auf Strümpfen brachten mich vom Wandschrank zur Tür. Ich machte sie ganz vorsichtig einen Spaltbreit auf, schob mich um ihre Kante und war draußen.

Dann ging ich auf Strümpfen, ohne stehenzubleiben, durch den Club. Ich warf zwei Zehndollarscheine auf den Tisch mit der Rothaarigen und der Blondine und sagte: »Tut mir leid, Mädels, vielleicht ein andermal«, und weg war ich, bevor sie noch den Kopf nach mir umdrehen konnten. Ich kannte den Typ. Die würden mir nicht lange nachweinen.

Ich humpelte mühsam über den harten, kalten Gehsteig und sprang in ein Taxi. Ich gab dem Fahrer meine Hoteladresse und war die ersten paar Straßen damit beschäftigt, mit beiden Händen den Staub von den Füßen zu reiben. Ich mußte sofort umziehen, wenn ich zurückkam. Sonst konnte er vom Club aus zu leicht meine Spur verfolgen, jetzt wo er sie schon einmal gefunden hatte. Zu viele von den Miezen, die dort ein und aus gingen, wußten, wo ich wohnte, hatten mich sogar hin und wieder dort angerufen.

Unmittelbar bevor wir in die Straße einbogen, in der mein Hotel lag, mußten wir an einer Ampel warten. Ich fluchte leise. Jede Minute zählte. Doch ich hätte sie segnen statt verfluchen sollen. In den Minuten, in denen wir dort standen, schien eine Straßenlaterne fast direkt von oben in das Taxi, und plötzlich stürzte aus dem schützenden Dunkel der Häuserfront, wo sie unbemerkt auf der Lauer gelegen haben mußte, eine Gestalt auf uns zu. Der Fahrer hatte inzwischen die Bremse gelöst und bog bereits um die Ecke.

Das menschliche Geschoß packte den Türgriff, wurde mit uns um die Ecke getragen, und es gelang ihm schließlich, die Tür zu öffnen und sich zu mir hereinzuzwängen. Ich wich instinktiv auf dem Sitz zurück, bevor ich sah, wer es war. Es war mein lebender Talisman, der Schnürsenkelverkäufer. Er hatte seit jenem Tag die unmittelbare Nachbarschaft des Hotels zu seinem Revier gemacht. Seitdem war kein einziger Abend vergangen, an dem ich nicht einen Augenblick bei ihm stehengeblieben war und ihm noch einen dieser Zehner zugesteckt hatte.

Ich griff nach meiner Brieftasche, um es auch jetzt wieder zu tun. »Hallo, Limpy. Du bist ja heut' abend enorm flink zu Fuß. Tut mir leid, daß ich nicht anhalten konnte. Ich hab's ziemlich eilig ...«

Er lehnte das Geld, das ich ihm anbot, ab. »Deswegen hab' ich Sie nicht angehalten, Mr. Nugent!« sagte er atemlos. Inzwischen zerrte er mich an den Schultern und versuchte, mich vom Sitz zu ziehen. »Runterbeugen! Tief runter, damit man Sie nicht sehen kann! Und sagen Sie ihm, er soll nicht stehenbleiben. Lassen Sie ihn ja nicht vor dem Hotel anhalten. Schnell, sagen Sie ihm, er soll geradeaus weiterfahren und um die nächste Ecke biegen. Wenn wir dort sind, sag' ich Ihnen, warum. Schnell, Mr. Nugent, wir sind fast da!«

Ich mußte mich auf sein Wort verlassen. Ich zögerte nicht lange. »Fahren Sie weiter, nicht langsamer werden.«

»Was ist los?« fragte ich.

»Gegenüber vom Hoteleingang wartet im Dunkeln ein Kerl auf Sie. Ich weiß nicht, was er vorhat, aber was Gutes hat er bestimmt nicht im Sinn. Seit einer Stunde hab' ich mir jeden Wagen, der da hinten um die Ecke kam, genau angesehen und versucht, Sie abzufangen, um es Ihnen zu sagen. Zum Glück ist's 'ne Einbahnstraße, und alle müssen vor der Kurve langsamer werden, sogar, wenn die Ampel grün ist.«

»Woher weißt du, daß er auf mich wartet?«

»Zuerst waren sie zu zweit. Ich hab' gesehen, daß sie kurz beim alten Pete, dem Portier von Ihrem Hotel, gestanden und mit ihm geredet haben. Einer von ihnen ist reingegangen, vielleicht um zu sehen, ob Sie drin sind. Ein paar Minuten später ist er wieder rausgekommen, und die beiden sind abgezogen. Aber nicht sehr weit, nur um die Ecke da unten. Als sie weg waren, bin ich zu Pete gegangen. Ich kenn' ihn ziemlich gut, weil ich mich hier so oft rumtreibe, und er hat mir erzählt, daß sie ihm bloß ziemlich ziellose Fragen über Sie gestellt haben. Ich bin dann mit meinem Bauchladen die Straße runtergegangen, und als ich um die Ecke kam, waren sie immer noch da. Sie haben mich nicht beachtet, und ich hab' dort einen Lieblingshauseingang, wo ich mich immer rumdrücke, wenn's regnet. Da hab' ich ganz zwangsläufig ein bißchen von dem, was sie sagten, gehört, denn sie standen genau auf der anderen Seite der Trennwand. Einer von ihnen sagte: ›Ich geh' zurück und beobachte das Hotel. Du machst die Runde durch die Clubs. Sieh zu, ob du ihn ausfindig machst. Rück ihm nicht zu sehr auf den Leib, beschatte ihn nur, bleib ihm auf den Fersen. Zu zweit sollten wir schon in der Lage sein, ihn zu kriegen.‹

Dann trennten sie sich. Einer ging auf die andere Straßenseite, stieg in ein Auto und fuhr fort. Der andere ging zurück um die Ecke, blieb jedoch auf der unbeleuchteten Seite und versteckte sich im Dunkeln. Danach konnte man nicht mehr sagen, ob er noch da war, wenn man's nicht wußte wie ich.«

»Wie sah der aus, der mit dem Wagen fort ist?«

Er beschrieb ihn mir, so gut er konnte. Dadurch wußte ich,

daß er nicht log. Es war derselbe Mann, den ich im Club gesehen hatte – der Mann, dem ich nur knapp entkommen war.

Es gab also zwei, nicht nur einen. Der echte Lee Nugent, wenn er es war, hatte jemanden, der mit ihm zusammenarbeitete. Wer dabei wer war, spielte keine Rolle. Offenbar hatten sie weit mehr vor, als mich nur anzuzeigen, vor Gericht und hinter Gitter zu bringen. Sonst wären sie die Sache niemals so angegangen. Sie waren eindeutig nicht darauf erpicht, die Polizei einzuschalten.

Und der Ausdruck, den ich im Gesicht des einen gesehen hatte, in diesem Waschraum, war der eines Mörders, der sich zum Mord bereitmacht.

Ich streckte die Hand aus und griff Limpy geistesabwesend an die hagere Schulter, während ich noch einmal über die ganze Sache nachdachte. »Danke, du bist wirklich ein Freund.«

»Das ist gar nichts. Eine Hand wäscht die andere. Vom ersten Tag an, seit Sie auf der Straße in mich reingerannt sind, waren sie großartig zu mir.« Er wartete eine Weile und beobachtete mich eingehend. »Was wollen Sie jetzt machen, Mr. Nugent?«

Genau das war die Frage. Was sollte ich machen? Ich rieb mir das Kinn. »Ich weiß nicht, wer sie sind oder was sie wollen«, log ich ihm zuliebe, »aber ich geh' nicht dahin zurück und leg' mich mit denen an.«

»Warum gehen Sie denn nicht zur Polizei, Mr. Nugent?«

»Nein, das ist nicht gut.« Ich sagte ihm nicht, warum. Durch das Einschreiten der Polizei hätte ich ebensoviel, möglicherweise sogar noch mehr zu verlieren als sie. »Ich verschwind' eine Zeitlang aus der Stadt«, entschied ich mich plötzlich. Ja, das war's. Jetzt hatte ich ja das Geld dazu. Um sich zu amüsieren ist ein Ort so gut wie der andere. Das war die beste Methode, sie ein für allemal abzuschütteln. Lediglich das Hotel zu wechseln, wäre nur ein vorübergehender Schutz.

Ich sah auf die Strümpfe an meinen Füßen und wackelte

traurig mit den Zehen. »Hör zu, da ist etwas, das ich unbedingt brauche, und ich selbst kann nicht zurück, um es zu holen. Du warst doch ein paarmal oben in meinem Zimmer und kennst die Einrichtung.« Ich wußte nicht warum, aber ich hatte das sichere Gefühl, ihm vertrauen zu können. »Ich werd's mit dir versuchen, Limpy ... Hier ist mein Schlüssel. Geh da rauf und hol mir ein paar Schuhe aus dem Kleiderschrank. Das ist das eine. Und das andere ... jetzt hör genau zu. Du kennst den kleinen kniehohen Kühlschrank in der Anrichte? Den machst du auf und steckst deine Hand ins Eisfach. Statt der Eisschale findest du dort eine flache, verschlossene Blechdose. Die holst du raus, wickelst sie in ein Handtuch oder was Ähnliches und bringst sie mit.«

Ich sagte ihm nicht, was drin war. Es waren ungefähr $ 11 000 in bar. Ich hatte in der letzten Woche etwa $ 1000 ausgegeben. Ich hatte das Geld weder einer Bank, ja, nicht einmal dem Hotelsafe anvertraut. Darüber war ich jetzt froh. Das machte es leichter, kurzfristig dranzukommen, ohne persönlich erscheinen zu müssen.

»Die Liftboys kennen dich alle, und ich ruf' von draußen die Rezeption an und sag' Bescheid, daß ich dich rüberschicke, um was aus meinem Zimmer zu holen, dann halten sie dich beim Rausgehen nicht an. Bring's zum Bahnhof und gib's mir dort. Ich bin im Wartesaal, in der hintersten Sitzreihe an der Wand, damit niemand sieht, daß ich keine Schuhe anhab'. Ich hab' eine Zeitung vor meinem Gesicht ausgebreitet. Such mich hinter einer aufgeschlagenen Zeitung.«

»Ich komm' durch den Dienstboteneingang rein und raus. Dann denken die sich nichts dabei, wenn sie mich zufällig sehen. Ich kenn' den Heizer des Hotels. Im Winter war ich oft unten und hab' mich aufgewärmt.«

»Mach so schnell du kannst, Limpy. Es gibt einen Mitternachtsexpreß, den ich nicht verpassen will.«

Als ich ihn aus dem Taxi steigen und um die Ecke verschwinden sah, fragte ich mich, ob ich ihn wohl jemals wiedersehen würde. Ich hatte ihm zwar nichts gesagt, doch war er nicht auf den Kopf gefallen. Er hatte bestimmt einen guten Riecher dafür, was in so einer Dose war, wie er sie mir bringen sollte. Abgeschlossen oder nicht, mit Hammer und Meißel war sie in fünf Minuten offen. Es war eine ziemlich große Versuchung für einen halbverkrüppelten Hausierer wie ihn.

Vielleicht, dachte ich beschämt, ist er ja nicht wie du, vielleicht nimmt er ja nicht, was ihm nicht gehört.

Ich rief im Hotel an, um Bescheid zu sagen, und fuhr dann mit dem Taxi zum Bahnhof. Ich hatte genug Geld bei mir, um die Fahrkarte für den Schnellzug schon vorher zu lösen, ohne auf ihn warten zu müssen. Meine Socken waren zum Glück schwarz, und ich zwang mich, so natürlich wie möglich zu gehen, um keine Aufmerksamkeit auf meine Füße zu lenken. Niemand schien zu bemerken, daß sie mit Seide statt mit Schuhleder bekleidet waren. Ich nahm eine Zeitung, schlich in die letzte Sitzreihe des Wartesaals und hielt sie voll ausgebreitet vor mein Gesicht.

Mir blieben noch sechzehn Minuten bis zur Abfahrt des Zuges.

Die ersten fünf dachte ich noch, er kommt, und alles wird gut. Die nächsten fünf hatte er mich im Stich gelassen, hatte die Dose mit dem Bargeld genommen und war auf und davon. So abgebrannt wie noch vor einer Woche mußte ich mich hier aus dem Staub machen, und am Ziel meiner Reise würde alles wieder von vorne anfangen ... Parkbänke und Zeitungen aus Abfallkörben. Die nächsten vier Minuten etwa, nachdem die Sperre bereits geöffnet war und der Minutenzeiger an der Wand immer näher und näher auf die Zwölf zukroch, waren dann eine Mischung aus Hoffnung und Verzweiflung, zu der obendrein noch als drittes die Angst kam. Vielleicht war es nicht seine Schuld, vielleicht hatten ihn die Kerle draußen abgefangen, hatten sich auf ihn gestürzt und ihn fortgeschleppt, als er herauskam.

Vor meiner Zeitung hustete jemand, und ich zog den Kopf etwas ein. Das Husten kam erneut, wie ein zweifaches Räuspern, wenn es so etwas gibt. Das war in der vierzehnten Minute.

Ich senkte die Zeitung, und da saß Limpy, direkt auf dem Platz vor mir. Er hatte sich mir halb zugewandt und hielt selbst eine Zeitung, um sich nach vorne abzuschirmen. Sein Arm hing hinten über den Sitz. Ein merkwürdig geformtes, in Zeitungspapier gewickeltes Bündel, offensichtlich ein Paar Schuhe, lag bereits neben mir auf dem Boden. Kurz darauf tauchte das flache Oval der Kassette, ebenfalls in Zeitung gewickelt, von irgendwo aus seiner Oberbekleidung daneben auf.

»Junge, Junge«, atmete ich leise auf. Noch nie im Leben war ich so froh gewesen, jemanden zu sehen. Ich zog mir die Schuhe an und steckte die lange flache Dose hochkant seitlich in meinen Hosenbund. Dort hielt sie ziemlich sicher, ohne nach außen aufzutragen.

Es blieben noch anderthalb Minuten bis zur Abfahrt des Zuges. Beim Aufstehen konnte ich es mir nicht verkneifen, ihn zu fragen: »Hattest du eigentlich eine Ahnung, was in dieser Dose drin ist, Limpy?«

»Klar«, sagte er, ohne zu zögern. »Mehrere tausend Dollar in bar.«

Ich starrte ihn verblüfft an. »Woher hast du das gewußt?«

»Es war nicht zu übersehen. Der Deckel ist beim Einwickeln aufgegangen. Sie haben wahrscheinlich geglaubt, Sie hätten sie abgeschlossen, als Sie sie das letzte Mal draußen hatten, aber in der Aufregung oder Eile haben Sie's wohl vergessen. Sie war offen.«

Ich starrte ihn nur ungläubig an. »Du bist, was ich einen ehrlichen Menschen nenne, Limpy. Von deiner Sorte gibt es nicht viele.«

»Aber Sie sind doch mein Freund, Mr. Nugent«, beteuerte er. »Einem Freund tut man sowas nicht an.«

»Bist du sicher, daß dir niemand gefolgt ist?« fragte ich, als wir zum Bahnsteig gingen.

»Die zwei standen immer noch da, als ich rauskam. Der andere war wieder zurück. Die glauben wahrscheinlich, Sie kommen immer noch irgendwann aus diesem Club, wo Sie dem zweiten entwischt sind«, erklärte er leise.

Er kam mit zum Zug, um sich von mir zu verabschieden. Es blieb nur noch eine knappe Minute. Ein Platz in einem Sitzabteil war das einzige, was ich in letzter Minute noch hatte bekommen können. Ich stieg ein, fand einen Fensterplatz und unterhielt mich mit ihm, während er draußen auf dem Bahnsteig stand, durch einen fünf Zentimeter breiten Spalt unten am Fenster. Ich mußte mich vorbeugen, um ihn sehen zu können. Zu allem Übel war auch noch die Jalousie heruntergelassen.

»Hör zu«, sagte ich, »da sind 'ne Menge elegante Sachen, von denen ich bis jetzt gar nicht alle tragen konnte, und noch anderer Klimbim im Hotel. Ich will, daß du das bekommst. Die Zimmer sind bis morgen abend bezahlt. Du hast noch den Schlüssel. Geh hin und hol sie dir.«

»Das könnt' ich nicht, Mr. Nugent«, sagte er ablehnend. »Wenn ich zum Beispiel zu feine Sachen anhätt', könnt' ich so meinen Lebensunterhalt nicht mehr verdienen. Aber ich nehm' Ihr Eigentum mit zu mir und pass' drauf auf, bis Sie wieder in der Stadt sind. Ich geb' Ihnen meine Adresse, damit Sie wissen, wo Sie mich finden. Oder wenn Sie die Sachen geschickt haben wollen, schreiben Sie einfach, einfach an Limpy Jones. Ich hab' ein Zimmer im zweiten Stock, drüben in der Pokanoke Street 410. Den Namen können Sie sich doch merken, oder?«

»Hör zu, Limpy, ich will was für dich tun ...« protestierte ich heftig.

»Pokanoke Street vier, zehn«, beharrte er.

Jemand hatte sich schwer auf den Platz neben mir fallen lassen. Ich sprach leiser, damit er mich nicht hören konnte. »Ich werd' dir nie vergessen, was du heut' abend für mich getan hast.

Mit mir ist jetzt alles in Ordnung, der Zug fährt in ein paar Sekunden ab. Paß auf dich auf, Limpy.«

»Viel Glück, Mr. Nugent«, sagte er. Er drehte sich um und verschwand durch die Menschengruppen auf dem Bahnsteig. Da geht ein großartiger Bursche, sagte ich mir.

Ich lehnte mich in meinem Sitz zurück, zog mir den Hut bis zur Nase ins Gesicht, um meine Augen abzuschirmen, und wollte ein wenig schlafen.

Dann schob ich den Hut wieder von den Augen und wandte mich an den Mann neben mir. »Entschuldigung, könnten Sie vielleicht Ihren Ellbogen aus meinen Rippen nehmen, ich möcht' gern ein bißchen schlafen.«

»Das ist nicht mein Ellbogen«, war die beiläufige Antwort.

Ich sah hin. Es war eine Pistole. Er hatte den rechten Arm unter den linken gesteckt, und die Pistole kam genau auf der Höhe seines linken Ellbogens heraus.

Unter uns ruckten die Räder bereits leicht an.

»Zeit, daß wir aussteigen, stimmt's?« Er sagte das so selbstverständlich, als wären wir Pendler-Kollegen, die jeden Abend gemeinsam zur gleichen Station fahren. Das war das Tödliche an ihm: keine Anspannung, keine Blässe, keine Nervosität, wie dieser Kerl im Waschraum.

»Sie können mich nicht mitten aus einem vollbesetzten Zug entführen, weder mit noch ohne Pistole.«

»Die Pistole ist nicht das Wesentliche«, stimmte er gelangweilt zu, »sondern die Marke.« Er zog sie aus seiner Weste, zeigte sie mir und steckte sie wieder zurück. »Die Pistole ist nur dazu da, daß Sie stillhalten, um sie in Ruhe ansehen zu können.« Die Räder wurden allmählich schneller. Der Mann hob gebieterisch die Stimme, so daß sie im Vorraum zu hören war. »Schaffner, halten Sie die Tür auf, zwei Fahrten müssen auf später verschoben werden!« Und zu mir: »Vorwärts.«

Ich ging vor ihm her durch den Gang, sprang auf den bereits vorbeigleitenden Bahnsteig, und er folgte mir, ohne auch nur den Griff zu lockern, mit dem er mir den Arm umdrehte.

Dort blieb er einen Moment stehen und filzte mich vor aller Augen, während der Zug vorbeibrauste. »Was ist das?« fragte er, als er zu der Blechdose kam.

»Geld.«

Er steckte es in seine Manteltasche. »Also gut«, sagte er, »wenn Sie nicht wollen, daß ich Ihnen hier vor allen Leuten Handschellen anlege, dann gehen Sie jetzt ganz ruhig mit mir durch den Bahnhof.«

Ich ging los. Ein Schnüffler. Und ich hatte die ganze Zeit geglaubt, es ginge um die persönliche Rache des echten Lee Nugent. »Was soll das Ganze?« fragte ich ihn, als wir durch die Bahnhofshalle zurückgingen.

Er lächelte säuerlich. »Was soll das, wollen Sie mich auf den Arm nehmen? Sie wissen es nicht, was? Sie haben nicht die geringste Ahnung. Sie sind doch Lee Nugent, oder?«

Natürlich hatte es damit zu tun. Sie mußten es sich anders überlegt und der Polizei gemeldet haben, als sie merkten, daß ich ihnen durch die Finger geschlüpft bin. Was blieb mir anderes übrig, als fest darauf zu beharren? »Ich bin Lee Nugent«, erwiderte ich entschieden. »Und das Geld ist mein rechtmäßiges Eigentum.«

»Freut mich zu hören«, entgegnete er trocken. »Das Geld interessiert keinen. Sie werden wegen Mordes gesucht. Waren lang nicht zu fassen. Aber all die Publicity, für die Sie vor ein paar Tagen gesorgt haben, hat Sie uns natürlich direkt in die Hände gespielt. Photos und all das. Junge, Sie glauben wohl, wir haben keine Akten und ein sehr kurzes Gedächtnis.«

Ich blieb plötzlich wie angewurzelt auf dem Mosaikfußboden stehen. Selbst die Pistole brachte mich sekundenlang nicht dazu, mich zu rühren. Das also war der Grund dafür, warum keiner Anspruch auf das Konto erhoben hatte! Der echte Nugent wußte, daß es gescheiter war, sich nicht blicken zu lassen, $ 12 000 hin, $ 12 000 her. Und ich Idiot war direkt in die Falle gelaufen.

»Nein, warten Sie – hören Sie mir einen Moment zu – ich gesteh's ja, ich bin nicht Lee Nugent. Ich hab' das Konto geplündert. Mein richtiger Name ist...«

Er lächelte humorlos. »Jetzt sind Sie's also nicht. Vor einer Minute waren Sie's noch. Das ändert sich ja schnell. Los, weiter.«

Ich stolperte neben ihm hinaus auf die Straße. Sie mußten doch Fingerabdrücke oder sowas Ähnliches bei den Akten haben. Ich konnte mich entlasten, ich konnte beweisen, daß Nugent und ich nicht identisch waren. Doch angenommen, sie hatten keine, angenommen, es war nur einer dieser Indizienfälle...

Wir blieben neben einem Wagen stehen, der ein kurzes Stück hinter dem Haupteingang des Bahnhofs wartete. Ein Mann in Zivil saß am Steuer. Er stieß die Tür auf, als wir näherkamen. Der Schnüffler packte mich am Kragen, schob mich in den Fond und stieg dann selbst ein. Weder er noch der Fahrer sagten etwas, und der Wagen fuhr ohne eine Anweisung ab.

»Hören Sie«, fing ich nach ein paar Minuten erneut an. »Ich sag' Ihnen doch, ich bin nicht Lee Nugent. Unser Aussehen muß sich doch unterscheiden, es muß doch was geben, das...«

»Erzählen Sie das nicht mir«, sagte er mit eisiger Teilnahmslosigkeit, »erzählen Sie das dort, wo wir jetzt hinfahren, wenn wir dort ankommen... falls es Ihnen was nützt. Mir persönlich ist es völlig schnurz, wer Sie sind. Für mich sind Sie bloß einer, den ich schnappen und hinbringen soll.«

Eine Weile sagte ich nichts mehr... was hatte es für einen Sinn? ...bis ein falscher Straßenname vorbeihuschte und dann ein zweiter und ein dritter. Ich schaute prüfend hinaus und dann prüfend auf meine Begleiter. »Das ist aber nicht der Weg zum Polizeipräsidium.«

Die Vorahnung von etwas Bedrohlicherem als einer offiziellen Festnahme sickerte langsam in mein Bewußtsein; das erdrückende Gefühl von Verhängnis, ein völliges Erlöschen der Hoffnung. Die Polizei ist, auch wenn sie sich manchmal irrt, zumindest nicht rachsüchtig nur um der Rachsucht willen, wie die persönliche Rache es ist.

Ich nahm kaum wahr, in welche Richtung sie mich fuhren. Was machte das in so einer Lage schon für einen Unterschied? Alles verschwamm in Schatten voll düsterer Todesahnungen. Ich wußte im Grunde meines Herzens, daß es eine Reise ohne Wiederkehr war.

Als der Wagen endlich anhielt, nahm ich schemenhaft, direkt vor uns, die düsteren Konturen eines großen Gebäudes wahr. Bevor ich es genauer erkennen konnte, wurde ich hineingestoßen. Sowohl der Fahrer des Wagens als auch der Mann, der mich im Zug gefaßt hatte, begleiteten mich. Als wir die Tür erreichten, tat sie sich auf, als hätte man uns bereits erwartet. Ich wollte den Kopf drehen, um zu sehen, wer dahinter stand, doch einer meiner Häscher packte mich mit eisernem Griff im Nacken, direkt unterm Schädel, und hielt mich dort reglos, während mich beide zwischen sich vorwärtsstießen.

Ich wurde in ein Zimmer mit einem Kamin aus Naturstein und holzgetäfelten Wänden gedrängt. Was für ein Ort das auch sein mochte, er war nicht wie ein Dienstzimmer ausgestattet, wirkte wie eine Privatwohnung. Zwei Männer erwarteten uns dort. Einer stand, und der andere saß lässig auf der Ecke eines schweren Tisches, ließ ein Bein baumeln und mehrmals ein offenes Taschenmesser in die Luft schnellen, das er jedes Mal auf wundersame Weise mit zwei Fingern an der Klinge auffing, bevor es sich in die polierte Tischplatte bohren konnte. Der Stehende war der Mann, dem ich im Nachtclub entkommen war.

Er kam auf mich zu und sagte: »Hier, du hast was vergessen«, und schlug mir einen meiner Lackschuhe voll ins Gesicht. Einen Moment war ich völlig benommen. Ich torkelte gegen den Tisch, und die beiden, die mit mir hereingekommen waren, fingen mich zwischen sich auf. Ich hörte einen von ihnen sagen: »Laß das, bevor Ed ihn gesehen hat!«

Einer von ihnen ging aus dem Zimmer. Kurz darauf kam er zurück, gefolgt von einem kleinen, untersetzten Mann. Dieser war zum Ausgehen gekleidet, zog sich jedoch gerade noch das Jackett über, als er durch die Tür kam. Er knöpfte es zu, hob dann beide Hände und strich sein schütteres Haar zurück, als hätte er in voller Montur geschlafen, als man ihn holte. Er wirkte wie Anfang vierzig, war aber vermutlich jünger als er aussah. Ich bemerkte, daß die anderen von mir zurückwichen, als wollten sie ihm genügend Platz machen.

Er ging zwei-, dreimal um mich herum und musterte mich von Kopf bis Fuß, fast wie ein Schneider in einem Bekleidungsgeschäft jemanden bei der Anprobe eines neuen Anzugs begutachtet. »Aha«, brummte er ein paarmal bestätigend, »Aha.« Schließlich blieb er direkt vor mir stehen. »So siehst du also aus.«

Entschieden rebellischer als ich mich fühlte, sagte ich: »Sie sind nicht die Polizei. Was soll das, was hat das zu bedeuten?«

»Wir sind unsere eigene Polizei.«

»Was machen Sie hier mit mir, was genau wollen Sie überhaupt von mir?«

Er ging hinter den Tisch, ließ sich behaglich in einem Drehstuhl nieder, schlug ein Bein über das andere und streifte die Banderole von einer Zigarre. Einer seiner Kumpane gab ihm Feuer.

Endlich, als ich schon glaubte, er würde überhaupt nichts mehr sagen, bemerkte er: »Ich bin Eddie Donnelly. Sagt dir das was?«

»Nein, weil ich nicht ...«

»Sollte es aber«, fuhr er mir über den Mund. »Na ja, zumindest deinem Vater, wenn er nicht so schlau gewesen wäre, das Zeitliche zu segnen, bevor ich ihn erwischen konnte.«

»Ich hab' keinen Va ...«

Wieder würgte er mich ab. »Vielleicht sollte ich dein Gedächtnis mal auffrischen. Dein Vater, Joe Nugent, und meiner waren Partner. Ein Betrüger und ein Ehrenmann. Der Betrüger hat den Ehrlichen hintergangen und außerdem Hunderte von anderen, die dem Ehrlichen vertrauten. Dann ist er verschwunden und hat den Unschuldigen die Suppe auslöffeln lassen. Es ist eine alte Geschichte, so alt wie die Menschheit. Aber ich bin nie müde geworden, sie zu erzählen. Weil sie mich und die Meinen betraf!«

Sein Gesicht verfinsterte sich. »Mein Vater ging für etwas ins Gefängnis, das er nicht getan hatte. Dein Vater versteckte seine Familie für eine Weile und machte sich aus dem Staub, ging in ein anderes Land, wo er wie die Made im Speck von gestohlenem Geld lebte und wartete, daß Gras über die Sache wuchs. Aber das ist noch lange nicht alles. Mein Vater starb im Gefängnis. Er kam nie mehr lebend heraus. Es brachte ihn ebenso sicher um wie eine Pistole oder ein Messer. Er wurde ermordet. Sie nahmen mich mit zu ihm, als es zu Ende ging. Ja, ich war noch ein Kind, aber sie nahmen mich mit, denn es war sein letzter Wunsch, mich zu sehen. Und seine letzten Worte waren: ›Begleich' du die Rechnung für uns, Eddie. Zahl dem Mann heim, was er uns angetan hat, ihm und den Seinen, und wenn du dein ganzes Leben dazu brauchst.‹ Ich hab's ihm geschworen und halte diesen Schwur, den ich einem Sterbenden gegeben habe.«

Er warf die Zigarre weg, als würde ihm die Erinnerung an all das den Geschmack verderben. »Ich hab' meine Mutter auf Händen und Knien Böden schrubben sehen, bis sie selbst viel zu früh wie ein verbrauchtes Arbeitstier starb. Ich hab' meine Schwester gesehen – nun, ihr ist sogar noch Schlimmeres widerfahren, weil niemand mehr da war, der uns ein Zuhause geben konnte. Ich selbst bin auf der Straße aufgewachsen und dann in der Besserungsanstalt. Und all das, weil mir mein Geburtsrecht aberkannt wurde.

Aber die ganze Zeit über gab es etwas, das mich durchhalten ließ. Mein Schwur, die Rechnung zu begleichen. Und er ist immer noch nicht eingelöst. Jahre später hab' ich deinen Vater ausfindig gemacht. Ich hab' ihm nachgespürt, bis ich ihn hatte. Doch ich kam zu spät. Nur ein paar Wochen zu spät. Er war in Frieden im Bett gestorben, in dem wunderschönen Anwesen, das er sich mit dem Blutgeld gekauft hatte. Er starb als geachteter, angesehener Wahlbürger seiner zweiten Heimat in einem fremden Land. Ich konnte ihm das nicht nehmen, mein Schwur blieb unerfüllt. Aber ich wußte, daß er irgendwo einen Sohn hatte. Doch er war zu feige gewesen, zurückzukommen und diesen Sohn anzuerkennen.« Er donnerte mit der Faust auf den Tisch. »Und jetzt hab' ich diesen Sohn. Das ist sogar noch besser!«

»Nur haben Sie ihn nicht«, sagte ich. »Mein Geburtsname ist George Palmer. Bis vor ein paar Tagen hatte ich von einem Lee Nugent noch nie was gehört. Ich hab' mir den Namen zufällig aus einer Zeitung gepickt, weil ich gesehen hab', daß er Anspruch auf ein ruhendes Konto hatte, und da bin ich hingegangen und hab' mich für ihn ausgegeben. Sie haben den falschen Mann. Sie haben eine Fälschung, einen Schwindler. Was nützt Ihnen Ihre Rache, wenn Sie nicht mal den richtigen erwischt haben? Ich hab' nicht das Blut von dem Feind Ihres Vaters in den Adern ...«

Zu meinem Erstaunen sagte er kein Wort. Ich hatte nicht geglaubt, daß er so leicht zu überzeugen wäre. Plötzlich schien er aus irgendeinem Grund unsicher. Ich bemerkte, daß alle ihn neugierig ansahen. Er legte die Fingerspitzen aufeinander und hielt sie vor den Mund. »Es besteht natürlich immer die Möglichkeit, daß ich und meine Freunde hier solch einen Fehler begangen haben, nicht wahr, Jungs?« sagte er ruhig.

Er schaute jeden einzelnen von ihnen scharf an. Ich sah, wie sich seine Augenbrauen spitz nach oben zusammenzogen. Dann wandte er sich wieder an mich. »Ich will nichts überstürzen. Ich hab' lange gewartet. Ich kann's mir leisten, noch ein wenig länger zu warten, damit ich auch sicher sein kann. Angenommen, ich lasse jemand von dort, wo du früher gewohnt hast, herbringen, um zu sehen, ob er dich wiedererkennt. Niemand hat ein so gutes Gedächtnis oder einen so scharfen Blick für bekannte Gesichter wie alte Nachbarn ...« Er war jetzt sanft wie Seide, er war gut. »Natürlich meine ich nicht von dort, wo du aufgewachsen bist, denn da warst du noch zu klein«, warf er milde ein. »Ich meine von dort, wo du danach hingezogen bist, wo er euch später versteckt hat ...« Er schnipste ein paarmal hilflos mit den Fingern, wie wenn man versucht, sich an einen Namen zu erinnern.

»Read Street?« platzte ich unvorsichtig heraus. »Aber da haben sie nicht lange genug gelebt ...«

»Was meinst du mit nicht lange genug?« fragte er aalglatt.

»Da war ein Feuer, gleich am ersten Abend nach ihrem Einzug. Das Haus Nr. 295 ist abgebrannt und ...« Ich biß mir zu spät auf die Zunge, jetzt hätte ich sie mir herausreißen können.

Einen Moment lang geschah gar nichts. Es herrschte Stille. Dann schaute er wieder, wie vorher, zu den anderen. Mit den gleichen hochgezogenen Brauen, als wollte er sagen: »Seht ihr?«

Doch kein einziger von ihnen lächelte, er eingeschlossen. Er wandte sich mir wieder zu.

»Du hast uns aus eigenem Antrieb gesagt, wer du bist«, sagte er mit sanfter Grausamkeit. »Wenn du nicht Lee Nugent wärst, wie könntest du dann wissen, in welcher Straße mit welcher Hausnummer du als Kind gewohnt hast? Wie könntest du wissen, daß dort ein Feuer war, bei dem deine Mutter und deine Schwester ums Leben kamen, du aber gerettet wurdest ... für mich, hier, heute?«

Er stand auf und kam auf mich zu. Er schlug mir mit dem Handrücken rechts und links über den Mund, drei-, vier-, fünfmal. Mit dem Handrücken, das hört sich harmlos an, doch das war es nicht. Er trug einen schweren Ring. Er riß schon beim zweiten Schlag meine Lippe auf und beim Rückschwung noch schlimmer. Danach brach er den Schmelz von meinen Schneidezähnen. Als er aufhörte, rannen mir dünne rote Rinnsale kreuz und quer über das Kinn.

»Bringt ihn raus«, sagte er, »und setzt euren besten Hut auf, wir gehen alle zu einer Beerdigung.«

Sie steckten mich wieder in den Wagenfond, mit einem auf jeder Seite. Donnelly saß vorne neben dem Fahrer. Er drehte sich halb herum und schaute über die Rücklehne, so daß er sich auf dem ganzen Weg an meinem Anblick weiden konnte.

Es sind schon mehr Leute auf so eine Fahrt mitgenommen worden. Das sagte ich mir ständig. Es war mein einziger Trost. Am Ende der Fahrt starben sie, und dann war es vorbei. Na gut, sie würden mir mein eigenes Grab auf dem Friedhof zeigen, das sie schon vor Jahren ausgehoben hatten, das hatte er mir gerade eben beim Einsteigen erzählt. Dann würden sie mich höchstwahrscheinlich zwingen, hinunterzusteigen und mich dann erschießen. Es gab Leute, die auf schlimmere Weise gestorben sind: In Jutesäcken eingenäht, so daß sie sich selbst erwürgten. Die Füße in Eimern einzementiert und dann in den Fluß geworfen.

Und in der Zwischenzeit fuhr er halb umgewandt weiter und schaute mich an, den Arm über die Lehne gelegt. Er konnte es nicht erwarten, bis wir dort ankamen, das hätte mir vielleicht zehn bis fünfzehn Minuten Seelenqualen erspart. Nein, er mußte es mir jetzt sagen, schon vorher, damit ich auch ja rechtzeitig wußte, wieviel Grauen mir noch bevorstand.

»Du glaubst, daß du dort tot ausgestreckt liegen wirst, stimmt's?« Er lächelte. »Mein Vater war lebendig begraben. Darauf ist dieses Gefängnis hinausgelaufen. Wir werden das gleiche für dich tun. Wir haben ein Stück Kupferrohr mit einem Mundstück. Weißt du, was ich meine? Du wirst Stunden, vielleicht sogar Tage am Leben bleiben. Bei ihm waren es *Jahre*!« Kein Mund wurde dazu geschaffen, so zu lächeln; so etwas ein Lächeln zu nennen, war Gotteslästerung. »Auge um Auge, Zahn um Zahn«, sagte er leise.

Ich hob den Kopf, blickte zur Wagendecke und atmete langsam und schaudernd die kalte Luft ein. Ich zitterte, als sie mich durchdrang. Er bekam, was er wollte: Die Vorahnung war das reinste, vollkommene Martyrium. Eine Urangst des Menschen ist es, lebendig begraben zu werden.

Er leckte sich fast die Lippen. Und wenn er es nicht tat, so war zumindest ein solcher Ausdruck in seinen Augen, als er mich beobachtete. Dann lenkte etwas, das der Fahrer tat, seine Aufmerksamkeit einen Augenblick von mir ab. Er drehte sich nach vorne.

»Nein, Chris, du hättest die andere nehmen sollen, auf der kommst du nicht weit.« Doch war er deswegen nicht aufgebracht. Ich war alles, was er auf dieser Welt haßte. Jedem anderen konnte er heute nacht alles vergeben. »Stoß zurück auf die Kreuzung, die wir gerad' überquert haben und bieg rechts in die Hallowell Avenue. Das ist der kürzeste Weg.«

»Tut mir leid, Chef«, murmelte der Fahrer enttäuscht. »Ich dachte, die geht auch.« Er setzte zurück. »Hab' nicht aufgepaßt.«

»Das ist die Pokanoke Street, auf der geht's nicht weiter. Die hört ein Stück weiter unten einfach auf. Du müßtest am Ende bloß wieder umkehren.«

Der Name, der merkwürdige Name, senkte sich in mein Bewußtsein wie ein Stein, den man in einen dunklen Teich geworfen hatte, und tauchte durch Schichten der Erinnerung nach unten. Pokanoke Street, Pokanoke Street. Dieser Name, da war doch etwas, das ich mir merken sollte... Nein, da war nichts, es spielte keine Rolle, was machte es schon aus? Ich würde ohnehin bald tot sein, wozu sollte da noch ein Straßenname gut sein?

Dann wurde ein paar Augenblicke lang schwerfällig manövriert, als er rückwärts lenkte, um so wieder in die richtige Richtung zu kommen. Er dachte vermutlich, das sei einfacher, als die ganze Schleife vorwärts zu fahren, nur um kurz darauf wieder zu wenden und einen neuen Ansatz zu machen. Geradeaus war nichts hinter uns, das sah er im Spiegel, doch als das Heck um die Ecke stieß, kam ohne Vorwarnung ein Kleintransporter aus einer Querstraße auf uns zu.

Zwei Dinge geschahen gleichzeitig. Der sinkende Kieselstein erreichte den Grund des Teiches meiner Erinnerung, und der Transporter streifte das Heck des Wagens, so daß er von der Fahrbahn abkam. Der Wagen wurde herumgerissen und kam schüttelnd ins Schleudern, als der Fahrer die Bremsen zog, und drohte einen Moment lang, sich zu überschlagen.

Limpy. Eine helfende Hand, die dort unten in dieser Straße auf mich wartete. Zuflucht, wenn es mir nur glückte, dorthin zu gelangen. Schutz. Er war zwar nur ein lahmer Hausierer, aber er hatte eine Tür, die mich einlassen und sie aussperren würde. Die einzige Tür eines Freundes weit und breit in der ganzen Stadt...

Vier von ihnen waren mit mir im Wagen. Und nur einer – der Fahrer – hatte noch keine Pistole in der Hand oder in unmittelbarer Reichweite, was auf das gleiche herauskam.

Aber das Blatt hatte sich plötzlich zu meinen Gunsten gewendet. Denn als der Wagen von einer Seite auf die andere geschleudert wurde und jeden Moment umzukippen drohte, hatten sie alle Angst zu sterben, sie dachten an nichts anderes mehr als an ihren eigenen Tod. Ich hatte schon die ganze Zeit über Angst vor dem Sterben gehabt, lange vor ihnen, und war darauf vorbereitet, doch jetzt galt mein einziger Gedanke dem Leben. Ich nahm dem Mann rechts neben mir die Pistole aus der Hand. Sein Griff war so kraftlos geworden, daß ich sie ihm nicht einmal entreißen mußte. Ich löste sie einfach aus seinen schlaffen Fingern. Das hieß, ich hatte sie am Lauf, und genau so wollte ich sie haben, denn das ersparte mir die Mühe, sie umzudrehen. Ich ließ sie hoch zur Decke schnellen und schlug sie ihm dann mit voller Wucht mitten auf die Stirn, genau zwischen den Augenbrauen. Dann machte ich die Tür auf seiner Seite auf und sprang mit einem Satz über seine erschlafften Beine hinaus. Der Wagen schleuderte immer noch lebensgefährlich. Sie schwebten alle noch zwischen zwei Welten.

Ed Donnelly wandte sich gerade noch rechtzeitig um, um mich hinaussetzen zu sehen und drehte sich dann auf die andere Seite, um mich noch zu erwischen. »Haltet ihn fest!« Ich schlug ihm den Kolben der Pistole flach über die Zähne. Er packte ihn blind mit den Händen, wie ein Vielfraß, der sich etwas in den Mund stopft. Ich ließ die Pistole los. Er war völlig benommen und damit außer Gefecht gesetzt.

Bis der erste Schuß fiel, rannte ich bereits die Pokanoke Street hinauf. Es war ein leiser, schwammiger Ton, den ich nicht als Schuß erkannte. Es war wie eine feuchte Papiertüte, die platzt. Schalldämpfer. Ich schwenkte näher an die Häuserfront heran und raste weiter.

410. 410, hatte er gesagt. Nur die 410 verhieß Leben, jede andere Tür bedeutete den Tod. Ihre Polizeimarken, ihre gefälschten Dienstmarken würden sie öffnen und mich herausholen.

Da war wieder das gedämpfte Platzen zu hören, diesmal jedoch weiter hinter mir.

Die Türen flogen vorüber wie Pfosten eines schwarzen Pfahlzaunes, so schnell lief ich. Die meisten waren dunkel. Ich sauste an einer vorbei, die hinter der schmutzigen Lünette schwach erleuchtet war. 395. Ich war auf der falschen Seite, aber es war gleich dort drüben, nur ein paar Türen weiter.

Ich mußte irgendwie rübergelangen. Ich verlangsamte das Tempo nicht, sondern stürzte schräg über die Straße, weg von der schützenden Häuserfront, und dabei erwischten sie mich. Sie erwischten mich auf halber Strecke. Auf der leeren Straßenmitte war ich wohl besser zu erkennen. Ich stolperte, lief aber gleich weiter, als sei nichts passiert.

Zuerst war es wie ein Nadelstich. Das war alles, mehr nicht. Dann bohrte sich ein stechenderer Schmerz langsam tiefer, als ob er mit einer Ahle hineingedreht würde. Dann folgte Hitze, als ob die Ahle Reibung erzeugte. Dann Feuer, dann Todesqual, dann nahte der Zusammenbruch.

400, 402. Jetzt kamen sie. Etwas hatte sie aufgehalten, so daß sie mich nicht gleich verfolgen konnten. Höchstwahrscheinlich hatte der am Unfall beteiligte Transporter kurz hinter der Ecke angehalten, und seine Insassen waren ausgestiegen, um ein paar Minuten zu verhandeln. Meine Verfolger waren unfreiwillig einen Moment aufgehalten worden, bevor sie sie loswerden konnten. Doch hatte einer inzwischen auf gut Glück die gedämpften Schüsse abgegeben, die ihr Ziel nicht verfehlt hatten. Jetzt schwoll das Klatschen ihrer rennenden Füße hinter mir in der Dunkelheit immer lauter an; es hallte unheilverkündend.

Ich mußte hinein, weg von der Straße. Ich schaffte es nicht bis zum nächsten Eingang. Ich kam nicht hin. Ich war erst bei 406, immer noch zwei Häuser weiter, aber ich schaffte es nur bis hierher. Zweimal fiel ich hin, einmal vor der Schwelle und einmal dahinter. Die Füße kamen näher. Ich rappelte mich auf und wankte zum Treppenabsatz.

Ich zog die Stufen mit den Händen auf mich zu, nur so kam ich hoch, auf allen Vieren krabbelnd wie in einer Tretmühle. Ich gelangte zum ersten Absatz, richtete mich auf, fiel wieder hin, krallte mich noch eine Treppe höher.

Sie waren da. Vor der Tür machten sie einen Fehler, der mich noch einen Absatz, den dritten, weiterbrachte. Sie gingen vorbei, eine Tür zu weit. Ich konnte sie streiten hören. »Nein, es ist die hier hinten. Ich sag's doch! Ich hab' ihn gesehen!«

Jetzt hatten sie kehrtgemacht und kamen mir unten nach. Ich konnte es am hohlen Klang hören, den ihre verhaltenen Stimmen annahmen, sobald sie aus dem Freien hereinkamen. »Das ist es. Seht ihr die Blutflecken auf der Schwelle?«

Zwei von ihnen mußten vorausgegangen sein. Als Signal kam ein kurzes, verstohlenes Pfeifen: »Hier drin.«

Und dann ein heiserer Befehl von Donnelly: »Ihr zwei bleibt hier draußen, ich und Chris gehen ihm nach. Bringt den Wagen her und laßt den Motor laufen. Behaltet all diese Türen im Auge. Vielleicht versucht er, über die Dächer zu laufen und woanders herauszukommen ...«

Durch die Stille konnte ich oben, wo ich war, jedes Wort verstehen. Und sie konnten mich hören, wie ich am letzten Hindernis zerrte, der Tür zum Dach am Ende der Treppe, verzogen und kaum aufzubekommen, doch innen nur von einem verrosteten Haken und einer Öse gehalten. »Pst, er ist da oben, hört ihr ihn?«

Ich war jetzt draußen, im Dunkeln, über mir Sterne, unter meinen Füßen knirschender Kies. Ich ging, ohne etwas zu sehen, in derselben Richtung weiter wie unten auf der Straße. Eine niedrige Backsteinbegrenzung, nur kniehoch, tauchte auf. Das hieß, hier fing die 408 an. Ich mußte mitzählen, sonst würde ich zu weit gehen. Ich konnte meine Beine nicht mehr so hoch heben, um darüberzusteigen. Ich mußte mich draufknien und auf die andere Seite fallen lassen. Ich stand wieder auf. Wo die Kugel getroffen hatte, wurde es wieder feucht, aber ich konnte mich wieder hochrappeln.

Ich torkelte weiter. Diese Sterne benahmen sich seltsam, verschwammen und wirbelten wie Windräder andauernd herum. Wieder eine Backsteinbegrenzung. Ich kroch längelang darüber, wie ein Aal. Das war jetzt die 410. Dort, irgendwo unter meinen Füßen, war Sicherheit. Nur seine Tür, das war die einzige, die mich vor dieser Polizeimarke schützte.

Ich fand die Dachtür in den kleinen Aufsatz eingepaßt. Und dann ... stimmte etwas nicht. Sie ging kaum auf, höchstens eine Handbreit, nicht weiter. Innen war der gleiche Verschluß aus Haken und Öse wie bei der anderen. Ich zog und zerrte daran, doch ich hatte nicht mehr genug Kraft ...

Und hinter mir, zwei Dächer entfernt, hörte ich den Kies knirschen, als sie herauskamen und mir folgten. Von einem kam ein flackerndes Licht, als hätte er ein Streichholz entzündet, aber das war es nicht. Da war noch eines dieser platzenden Geräusche.

Ich werde nie genau erfahren, was es war. Ich glaube nicht, daß es die Kugel gewesen sein konnte, denn so etwas kommt nur im Märchen vor. Aber es war mir bis jetzt nicht gelungen, die Tür zu öffnen, der Haken war im Weg, hielt sie fest. Und plötzlich, nach diesem Aufflackern, war der Haken fort, und die Tür ging ohne weiteres auf.

Drinnen kam ich auf eigenen Füßen den ersten Treppenabsatz hinunter, obwohl meine Füße manchmal zu weit hinten waren und manchmal zu weit vorausliefen. Den nächsten schaffte ich jedoch nicht mehr aufrecht, ich fiel das ganze Stück hinunter. Nicht kopfüber, sondern ich rutschte quer auf dem Rücken. Und dann lag ich einfach flach.

Das war der zweite Stock. Es war eine dieser Türen. Und doch war ich noch so weit entfernt, als wäre ich draußen oder noch im Wagen. Alle Mühen umsonst. Ein Gedanke kam mir in den Sinn: Warum hängst du so sehr am Leben? Sie haben jetzt das Geld, du hast nichts. Nur eine Bank im Park, nur eine Zeitung aus einem Abfallkorb.

Gib mir das, stieß ich hervor, aber laß mich leben.

Da war eine Tür, nur ein paar Zentimeter von meinem tauben, auf dem Boden ausgestreckten Arm entfernt. Ich kam diese paar Zentimeter nicht weiter. Ich konnte die Tür nicht erreichen.

Ich hörte, wie sich irgendwo hinter mir eine andere Tür öffnete, als hätte das Geräusch meines gleitenden Falls gerade eben jemandes Aufmerksamkeit geweckt. Füße bewegten sich auf mich zu und blieben vor meinen glasigen Augen stehen.

Ein Paar Arme schoben sich unter mich, hievten mich hoch und lehnten mich an die Wand. Meine verschwommene Sicht wurde einen Moment wieder klar, Limpys Gesicht war zu sehen. Es verschwand wieder und bekam dann die richtige Schärfe.

»Sie kommen mir nach«, stieß ich heiser hervor. »Von dort oben. Und die anderen warten unten vor der Tür. Ich weiß nicht, wohin ich sonst soll ...«

Er stand bloß da und schaute mich an.

Ich streckte die Hand aus und faßte ihn matt an den Schultern. »Limpy, ich bin's, erkennst du mich nicht, kannst du denn mein Gesicht nicht sehen? Warum stehst du so da und wartest? Nimm mich zu dir rein, mach die Tür zu. Willst du mich denn nicht retten?«

Sie öffneten die Dachtür. Er rührte sich noch immer nicht. Aber er sagte endlich etwas.

»Wollten *Sie* das?« fragte er. »Wollten Sie das, wenn Sie an meiner Stelle wären? Sehen Sie, ich bin nämlich zufällig ... der echte Lee Nugent.«

Am ersten Tag, nachdem ich aus dem Krankenhaus entlassen war, ging ich einen Weg im Park entlang. Es hätte auch jeder andere Weg sein können, für mich waren sie alle gleich, und ich hatte kein bestimmtes Ziel, doch es war ausgerechnet dieser. Ich ließ mich auf eine Bank sinken.

Ich saß da und dachte über das nach, was in jener Nacht geschehen war. Wie er meinen halb bewußtlosen Körper in letzter Sekunde, als sie bereits die Stufen herunterpolterten, zu sich hineinschleppte, die Tür verriegelte und sie verbarrikadierte, um sie eine Weile aufzuhalten. »Sicher, ich bin Lee Nugent«, hörte ich ihn leise sagen, »aber trotzdem bin ich Ihr Freund.«

Vermutlich hätten sie uns dort schließlich doch noch erwischt ... uns beide zusammen, den echten und den falschen, und nicht nur mich allein. Es gab dort kein Telefon, keine Waffe, ja nicht einmal ein Außenfenster, um nach Hilfe zu rufen.

Doch die Fahrer des Transporters, mit dem der Todeswagen zuvor kollidiert war, waren nicht so leichtgläubig gewesen, wie es zunächst den Anschein hatte. Sie gingen direkt zur Polizei, meldeten einen Wagen, aus dem sie einen Mann hatten flüchten sehen, gefolgt von verdächtigen Funken, die mit Schalldämpfer abgegebene Schüsse gewesen sein konnten, und gaben die Autonummer an. Zur Abwechslung kreisten jetzt die Polizisten meine Verfolger ein und überwältigten sie gerade in dem Moment, als die Tür unter ihrem rabiaten Angriff zu zersplittern begann, bekamen sie schön alle zusammen zu fassen. Die beiden, die zurückgeblieben waren, wurden später verhaftet. Donnelly und der andere Kerl wurden bei dem Handgemenge erschossen.

Und das war ungefähr alles. Außer – und das kam Wochen später – daß ich das Krankenhaus, sobald es mein Zustand erlaubte, als freier Mann verlassen konnte. Lee Nugent, der echte Lee Nugent, wollte nicht, daß ich eingesperrt würde, war bereit, auf eine Anzeige gegen mich zu verzichten. Er meinte, ich sei für die eine Woche gestohlenen Luxuslebens bereits genug bestraft worden, und er hätte, wenn ich nicht gewesen wäre, nie in den ungetrübten Genuß des Geldes kommen können.

Also war ich wieder da, wo ich angefangen hatte, saß zusammengesunken auf einer Parkbank und starrte nachdenklich vor mich hin. Ich hörte draußen auf der Zufahrt einen Wagen anhalten und Schritte näherkommen.

Ich starrte auf die teuren, nach Maß gefertigten Schuhe und dann in sein Gesicht. Er lächelte. »Sie haben mir gesagt, daß du entlassen wurdest, als ich dich eben im Krankenhaus besuchen wollte. Ich hab' dich gesucht. Sei jetzt nicht beleidigt, aber da ist nämlich was, das ich tun möchte, und ich bin nicht glücklich, bevor es erledigt ist. Ich glaub' fest daran, daß sich der Kreislauf der Ereignisse schließen muß, daß die Dinge dort enden sollen, wo sie angefangen haben.« Und dann nahm er seine Brieftasche heraus und reichte mir einen Zehndollarschein, einen von denen, wie ich sie ihm immer gegeben hatte. »Erinnerst du dich?« grinste er.

Dann ging er zurück zum Wagen. Ich saß bloß da, hielt den Schein in der Hand und schaute ihm nach. Mann, war das Leben verrückt.

Er wartete einen Moment hinter dem Steuer. Dann winkte er mir. »Komm her«, rief er freundlich, »steig ein. Du willst doch nicht hier auf der Parkbank rumsitzen. Wir sollten zusammenhalten, du und ich, wir haben nämlich 'ne Menge gemeinsam.«

George Palmer ging zum Wagen, stieg neben Lee Nugent ein, und wir beiden fuhren zusammen fort.

Katzenjammer

Es fing jedesmal leise rollend an, wie simmerndes Wasser in einem Teekessel oder der laufende Motor eines Autos oder ein Gurgeln mit Mundwasser. Dann wurde es schrill. Schriller als der schrillste Schrei. Schriller als ein Nagel, der über Glas kratzt. Schriller als es menschliche Nerven ertragen konnten. Miiiiii-au. Es gipfelte in einem heimtückischen, reptilartigen Zischen, und als Finale erfolgte ein explosives Spucken: Ch-ch-cht! Dann begann alles wieder von vorne.

Tom Quinn zog die Bettdecke von den Ohren, als er das Schiebefenster heruntersausen hörte. Sein Gesicht dampfte von dem wirkungslosen Versuch der Schalldämpfung, durch den es ihm lediglich gelungen war, fast zu ersticken, ohne aber die Darbietung auch nur im geringsten zu dämpfen.

»Wie sollen wir bloß in einer so heißen Nacht bei geschlossenem Fenster schlafen?« sagte er ärgerlich.

»Und wie sollen wir schlafen, wenn *das da* so weitergeht?« lautete die durchaus berechtigte Gegenfrage seiner Frau. »Paaren sie sich, oder sind sie aufeinander sauer, oder leiden sie einfach nur da unten?«

Bei dieser Bemerkung brach sein angestauter Zorn ungezügelt hervor. Das ging nun schon so, seitdem sie sich schlafen gelegt hatten. Mit der Gewalt eines Erdbebens sprang er auf und verstreute dabei das Bettzeug über den ganzen Boden. Er hob etwas vom Boden auf, machte zwei rasche barfüßig-klatschende Schritte zum Fenster, riß es hoch, holte mit dem rechten Arm aus wie ein Baseball-Werfer in der ersten Liga und ließ es vier Stockwerke hinunter in den dunklen Hinterhof sausen.

Seine Frau erkannte den Gegenstand nicht rechtzeitig, um ihn davon abzuhalten. Von unten blieb jegliche Resonanz eines Treffers aus, die gezeigt hätte, daß das Geschoß ein Ziel gefunden hatte. Es gab nicht einmal eine Unterbrechung in der Katzenmusik. Für Quinns überreizte Ohren schien sie jetzt sogar zusätzlich eine spöttische Note bekommen zu haben, als wollten sich die Katzen über ihn lustig machen.

»Verdammte Viecher!« stieß er heiser hervor. Er sprang zurück zum Bett, bückte sich nach dem Partner des ersten Wurfgeschosses, ging wieder ans Fenster und holte erneut aus.

Diesmal sah sie, was es war, versuchte sofort, seinen Arm festzuhalten, doch es war zu spät.

»Tom!« jammerte sie. »Doch nicht deine Schuhe! Was ist nur in dich gefahren?«

Auch diesmal blieb jegliches Ergebnis aus. Nach dem fehlenden Aufprallgeräusch zu urteilen, hätte das schwerbesohlte Objekt ebensogut Flügel bekommen und sich hoch in die Lüfte schwingen können anstatt hinunter. Das gesangliche Feuerwerk ging unvermindert weiter.

»Das war wirklich eine tolle Nummer!« kommentierte seine Frau bissig. »Und wie gehst du morgen zur Arbeit? Auf Strümpfen?«

Sein Zorn war zu Verlegenheit geworden, wie das bei einem Mann eben so ist, wenn er sich lächerlich gemacht hat. »Ich hab' doch noch ein Paar im Schrank, oder?« verteidigte er sich.

»Das ist mir egal. Du wirfst mir nicht einfach so ein tadelloses Paar Schuhe aus dem Fenster! Sie haben zehn Dollar gekostet mit diesen Spezialeinlagen für deine Plattfüße! Du gehst jetzt runter und holst sie.«

»Um diese Zeit?«

»Du marschierst jetzt runter und holst sie, bevor einer der Hausmeister sie morgen früh aufhebt!« beharrte sie.

Widerwillig warf er sich einen mottenzerfressenen Morgenmantel über, suchte ein Paar Pantoffeln und ging hinaus. Dabei murmelte er: »Hab' sie nicht mal treffen hören. Ich ziele wie ein ...«

Es verging eine volle Viertelstunde, bevor er zurückkam.

Und dann sah er noch enttäuschter, noch verlegener aus als vorher. Er brauchte seiner Frau gar nichts zu sagen. Sie konnte es an seinen leeren Händen sehen. »Das hab' ich mir gedacht!« sagte sie beißend. »Konntest sie jetzt wohl nicht finden, was?«

»Ich hab' überall gesucht, in beiden Höfen, in unserem und in dem nebenan«, sagte er verschämt. »Nirgends die geringste Spur.«

»Sie *müssen* dort unten doch irgendwo sein!« beharrte sie. »Es war doch sonst keiner unten. Ich hab' die ganze Zeit am Fenster gestanden. Warum hast du die Taschenlampe nicht mitgenommen?«

»Ich hab' Streichhölzer angezündet«, sagte er, »ich hab' jeden Quadratzentimeter abgesucht, von beiden Höfen, bin sogar im Morgenmantel über die Mauer geklettert. Sie müssen irgendwo durch ein offenes Fenster geflogen sein, in einem der unteren Stockwerke auf der gegenüberliegenden Seite.«

»Und warum hast du dann dort nicht überall geläutet und nachgefragt, um sicherzugehen?«

»Um diese Uhrzeit die Leute aufwecken und nach meinen Schuhen fragen? Für was für einen Schwachkopf sollen die mich denn halten? Die würden mir ins Gesicht lachen!« Das stimmte; es war eines der Dinge, zu denen sich der Durchschnittsmann seltsamerweise nicht leicht durchringen kann. Es stört ihn nicht, sich in den Augen seiner Frau lächerlich zu machen, doch bei Außenstehenden ist das etwas anderes.

»Nun erwart' bloß nicht von mir, daß *ich* da runtergeh' und für dich nachfrage«, sagte sie. »Du hast sie rausgeworfen – nun kannst du ohne sie auskommen! Wir haben's ja so dicke, daß wir nicht mal wie die meisten anderen hier aus dieser entsetzlichen Hitze rauskommen, aber du kannst dir's leisten, Schuhe für zehn Dollar einfach aus dem Fenster zu werfen.«

Tom Quinn war wieder im Bett. Erneut schlang er sich die Decke um seine gemarterten Ohren, diesmal nicht wegen des

Katzengejammers, sondern wegen der Vorwürfe seiner Frau – und die, hegte er den heimlichen Verdacht, waren wohlverdient.

Auch noch am nächsten Morgen bekam er einiges darüber zu hören, mehr, als ihm lieb war. Als er zur Arbeit ging, klingelten ihm noch die Ohren von ihren spitzen Bemerkungen und Sticheleien. Er erwartete, auch am Abend, wenn er zurückkam, noch einiges davon zu hören und in den nächsten Tagen ebenfalls. Vor einer Woche war die Sache gewiß nicht ausgestanden. Nicht, daß Mrs. Quinn eine Nörglerin gewesen wäre – ganz im Gegenteil. Sie war in der Regel guter Laune, und man kam gut mit ihr aus. Wahrscheinlich setzte ihr die Hitze zu, die nun schon seit drei Wochen unvermindert anhielt. Und abgesehen davon, konnte er sie in diesem Fall auch verstehen. Es ging ihnen finanziell nicht gut, im Gegenteil. Seit einigen Jahren war es bergab mit ihm gegangen statt bergauf. Seine Schuhe hatten wegen seines Senkfußes zu ihren größten Ausgaben gezählt. Anders als bei den meisten Ehepaaren waren seine doppelt so teuer wie ihre. Und je mehr er darüber nachdachte, wie er sie einfach weggeworfen hatte, desto dümmer und kindischer kam er sich vor. So dumm und kindisch, daß es ihm doppelt unmöglich war, bei den Mietern auf der gegenüberliegenden Seite reihum danach zu fragen oder gar, es dem eigenen Hausmeister zu übertragen. Wie er die Leute in dieser Gegend kannte, versuchte er sich zu trösten, würde der Finder es ohnehin ableugnen, sie gefunden zu haben, und sie behalten. Doch es war zwecklos.

Er spielte sogar mit dem Gedanken, sich ein neues Paar zu kaufen, ein wenig Schmutz draufzureiben und bei seiner Frau so zu tun, als hätte er das alte Paar zurückbekommen, damit er nicht mehr länger ihren spitzen Bemerkungen ausgesetzt wäre, doch das war ihm unmöglich, da er die erforderlichen zehn Dollar nicht aufbringen konnte.

Als er jedoch am Abend von der Arbeit kam und schon auf eine weitere Standpauke wegen der Schuhe gefaßt war, fand er ihre Begrüßung doch etwas befremdlich. Sie schien keine weiteren Klagen mehr zu haben.

»Nun«, sagte sie voller Bewunderung, »es freut mich, daß du Mumm genug hattest, herumzugehen und sie dir wiederzuholen, wie ich's dir gesagt hab'. Das hätt' ich dir wirklich nicht zugetraut.«

Sie deutete auf die Schuhe, die dort auf dem Boden nebeneinander auf dem Papier standen, in das sie gewickelt gewesen waren.

Für sie stand es außer Frage, daß er für ihr Wiederauftauchen verantwortlich war. »Du hattest wohl heute morgen nicht mehr genug Zeit, um sie selbst hochzubringen, stimmt's? Du warst ohnehin ziemlich spät dran«, fuhr sie fort und beantwortete damit ihre eigene Frage.

»Ach, dann hast du also gar nicht gesehen, wer sie gebracht hat?« forschte er.

»Nein, als ich am Mittag aus dem Haus bin, standen sie da draußen neben der Tür, in Papier eingewickelt. Komisch, daß keiner geläutet und sie persönlich abgegeben hat. Trotzdem war's nett, daß sich einer die Mühe gemacht hat, sie die vier Treppen hochzutragen. Bei wem waren sie denn?«

Quinn beschloß, sich in ihrem Wohlwollen zu sonnen, auch wenn er es nicht verdient hatte. Die Schuhe waren wieder da, was machte es dann für einen Unterschied? Gab er zu, daß er für ihr Wiederauffinden nicht verantwortlich war, fing sie mit ihren Vorhaltungen vielleicht wieder von vorne an. »Jemand da drüben«, sagte er unbestimmt. Das war zweifellos ohnehin die Wahrheit, da sie gewiß nicht wie ein Bumerang kehrtgemacht hatten und in ein Fenster auf dieser Seite des Hofs geflogen waren.

Sie fragte nicht weiter nach Einzelheiten.

Er nahm die Schuhe auf und betrachtete sie neugierig, doch erschienen sie seinem ungeübten Auge nicht anders als gestern abend, als er sie ausgezogen und unter das Bett gestellt hatte. Sie mußten mal wieder geputzt werden, aber das war auch schon davor fällig gewesen. Er entschloß sich, ihnen zur Feier ihrer Rückkehr eine Politur zu spendieren. In der Regel ließ er sich etwa einmal im Jahr die Schuhe putzen.

Allerdings fragte er sich, wie die mysteriöse Person gewußt haben konnte, in welche Wohnung die Schuhe gehörten. Seine Frau, erinnerte er sich, hatte das Licht im Schlafzimmer angemacht, als er hinunterging, um nach ihnen zu suchen, und vermutlich war das der Anhaltspunkt gewesen für die Finder. Aber wieso hatten sie dann nicht geläutet, als sie sie zurückbrachten, und sich einen Moment Zeit genommen, um sich zu vergewissern, daß sie auch die richtige Partei erwischt hatten? Oder warum hatten die Leute, wenn sie zu der Zeit noch wach waren und das Licht im Fenster sahen, ihm eigentlich nicht gleich auf der Stelle zugerufen, als er dort unten im Hof nach den Schuhen suchte? Warum bis heute warten?

Die einzige Erklärung, die er dafür finden konnte, war, daß sie zwar wach gewesen waren und das helle Fenster gesehen hatten, aber erst heute bei Tageslicht feststellten, daß die Schuhe bei ihnen im Zimmer lagen. Vielleicht schliefen sie ja in einem anderen Raum und hatten den Aufprall nicht gehört. Oder wenn doch (und die meisten Schlafzimmer liegen in diesen Wohnungen nach hinten), waren sie vielleicht auf einem Teppich oder einem weichen Sofa gelandet. Ganz gewiß war es unheimlich, daß beide durch dasselbe Fenster geflogen waren, ohne die Scheibe zu zerschmettern.

Jedenfalls glaubte Quinn, die ganze Angelegenheit sei, ob nun so oder so, zu belanglos, zu unbedeutend, um noch einen Gedanken daran zu verschwenden. Er hatte auf wundersame Weise seine Schuhe wiederbekommen, nur das zählte. Bis zum nächsten Morgen hatten er und seine Frau diesen Zwischenfall praktisch vergessen. Bestimmt jedenfalls bis zum nächsten Abend. Und am übernächsten Morgen war er so vollständig aus ihren Gedanken verbannt, daß sie nur durch direkte Erwähnung wieder daran erinnert worden wären, und da sie die beiden einzigen waren, die davon wußten, wer sonst hätte es zur Sprache bringen sollen?

Das alte Holzhaus unten am Wasser hatte seit dem Tag seiner Errichtung nicht mehr so viele Leute beherbergt. Vor fünfzig Jahren mußte es dort noch sehr angenehm gewesen sein: Bäume hingen über das klare Wasser, Kühe grasten auf den Wiesen zu beiden Seiten des Flusses, kleine Holzhäuser so wie dieses standen hier und da an den Ufern. Jetzt war es kein angenehmer Ort mehr: Müllberge, Kohlelager, der Fluß eine graue, ölige Suppe. In Sackgassen endende Straßenzüge mit baufälligen Mietskasernen auf der einen Seite, Holzlager, Eisfabriken und hohe Stapel auf der anderen.

Das Haus lag weit von der Straße zurückgesetzt, gesäumt von den nackten Wänden, die sich im Umkreis emporreckten.

Der Kommissar, ein kräftig gebauter Mann, schaute skeptisch daran hoch, als er durch den verzogenen Windfang eintrat. »Hoffentlich trete ich nicht auf die falsche Stelle, und es stürzt über uns zusammen.«

»Wer an einem solchen Ort wohnt, fordert sowas ja geradezu heraus«, bemerkte einer der Männer in seiner Begleitung. »Ein richtiges Rattenloch. Hier hinten muß es die ganze Nacht überall stockdunkel sein.«

Innen war das Haus größer als man von außen vermutete. Sie gingen durch einen tunnelartigen Flur in ein Zimmer auf der Hinterseite, aus dem andauernd bläuliches Licht aufleuchtete, als wäre dort drin ein Kurzschluß. Ein paar Männer, die eine Kamera schleppten, kamen herausgeeilt, nickten und zogen beim Verlassen des Hauses einen beißenden Geruch von Blitzlichtpulver hinter sich her.

Der Kommissar ging hinein und sagte: »Das ist er also, hm?«

Dort auf dem Boden lag ein Toter mit einem Stück Wäscheseil um den Hals. Obwohl er die Ursache für die ganze Geschäftigkeit um ihn herum war, widmete ihm jetzt kaum einer mehr viel Aufmerksamkeit. Einer der Kriminalbeamten stieg sogar über ihn, um schneller auf die andere Seite des Zimmers zu gelangen.

In einer Ecke war eine Pyramide aus leeren Konservendosen umgekippt. Eine aufgeschreckte Maus schoß heraus, lief darum herum und wieder hinein. Ihr langer Schwanz war noch eine Weile zwischen zwei Dosen zu sehen, bis er schließlich langsamer verschwand als zuvor das Vorderteil.

Der Kommissar sagte: »Mich wundert nur, daß sowas nicht schon viel früher passiert ist.«

»Er ging nur einmal im Monat aus dem Haus, um Konserven zu kaufen. Sonst hat er das Haus nie verlassen. Er hat's wohl nur deshalb geschafft, so lange am Leben zu bleiben.«

»Na ja, jetzt verläßt er's ja auch, und zwar nicht, um Konserven zu kaufen«, sagte der Kommissar. Er rief hinaus in den Flur: »Ins Leichenschauhaus! Wir brauchen ihn hier nicht mehr.« Zwei Männer, die dort draußen gewartet hatten, kamen mit einem Sarg herein.

»Wie ist der Täter ins Haus gekommen?« wollte der Kommissar wissen.

»Genau hier.« Einer der Männer zeigte auf ein weit geöffnetes Fenster auf der Hinterseite. »Der alte Knabe machte nie jemandem freiwillig die Haustür auf. Zu mißtrauisch. Sie war jedenfalls noch von innen verschlossen, als wir hier eintrafen. Er hatte wohl sein Fenster ein wenig offengelassen, wegen der unerträglichen Hitze. Und herein kam der Tod.«

»Motiv verborgener Schatz, wie bei all diesen Einsiedlern«, vermutete der Kommissar. »Nun, haben sie ihn gekriegt? Was meint Ihr dazu, Leute?«

Ein Mann, der einen Stapel alter Papiere, Briefe und Zeitungsausschnitte durchblätterte und von Zeit zu Zeit von dem Staub niesen mußte, äußerte sich dazu. »Ich glaub', erwischt haben die schon was. Hier ist nirgends die Spur eines Sparbuchs, eines Safeschlüssels oder eines Vermerks über irgendwelche Investitionen, und er hat todsicher nicht von Luft gelebt. Der Ladenbesitzer, bei dem er sich jeden Monat mit

Lebensmitteln eingedeckt hat, sagt, daß er nie mit weniger als einem Zwanzigdollarschein ankam, von den großen, alten, die nicht mehr im Umlauf sind.«

»Wie sieht's mit *dem* aus?« fragte der Kommissar brüsk.

»Auf den ersten Blick alles in Ordnung. Von ihm sind wir benachrichtigt worden. Sehen Sie, dieser Wontner hatte schon seit so langer Zeit bei ihm eingekauft, daß er genau wußte, an welchem Tag er ihn zu erwarten hatte: immer am ersten des Monats. Das änderte sich nie. Als er sich dann aber heute, wo das doch der Tag war, nicht blicken ließ, kam der Kolonialwarenhändler her und klopfte, denn er dachte, der Knabe sei vielleicht krank und brauche Hilfe. Als er keine Antwort bekam, ging er zur Polizei.«

»Es ist letzte Nacht passiert«, sagte der amtliche Leichenbeschauer.

»Ja, irgendwann innerhalb der letzten 24 Stunden. Der Mörder kannte Wontners Gewohnheiten nicht, sonst hätte er die Tat auf einen anderen Zeitpunkt verlegt und sich so einen ganzen Monat Vorsprung verschafft. Dadurch, daß er's letzte Nacht getan hat, hat er sich seinen Sicherheitsspielraum selbst auf 24 Stunden verkürzt. Wär's heute nacht – nach Wontners Lebensmitteleinkauf – passiert, hätte keiner vor Ende des Monats die geringste Ahnung davon gehabt. Der Knabe war ein absoluter Einsiedler.«

»Also, dann haben sie seinen Schatz, soviel steht fest«, sagte der Kommissar. »Das erste, worauf wir jetzt achten müssen, sind plötzliche Anzeichen von unerklärlichem Wohlstand hier in der unmittelbaren Umgebung. Zuerst werden sie sich beherrschen, halten sich für schlau, aber lang werden sie's nicht durchhalten können. Bei jedem, der in einem neuen Anzug auffällt oder seine Frau auf einmal herausputzt oder ganz unvermutet in eine neue Wohnung zieht oder für die Jungs in der Kneipe plötzlich Runden spendiert, halten wir die Augen offen.« Dann fügte er unvermittelt hinzu: »Woher kommt das Seil? Glauben Sie, das kann uns weiterbringen?«

»Nein, der Sache sind wir schon nachgegangen. Es war direkt da draußen hinterm Haus. Wontner hat daran seine Hemden zum Trocknen aufgehängt.«

Der Kommissar ging ans offene Fenster und schaute hinaus. Um die Ecke, in dem engen Spalt zwischen dem Haus und der Lagerhauswand, die sich daneben emporreckte, leuchtete andauernd etwas auf wie ein elektrischer Leuchtkäfer. »Wer ist da draußen?« fragte der Kommissar.

»Bob White ... sucht nach Spuren.«

Der Lichtschein verlosch, und ein Mann mit Hornbrille und offenem Kragen, den Knoten der Krawatte fast bis zu den Schultern hinuntergezogen, kam von außen ans Fenster.

»Gerade rechtzeitig, Kommissar«, sagte er. »Ich hab' ein Prachtexemplar hier draußen, eine Bombensache! Kommen Sie raus und sehen Sie sich's an.«

Bob White sah nicht gerade aus wie ein Kriminalbeamter. Er erinnerte eher an einen Universitätsstudenten der Nachkriegsgeneration, einen der ernsten, nicht der frivolen Sorte. Weniger durch seine jugendliche Erscheinung, als durch die ihm eigene Mischung aus Enthusiasmus und Ernsthaftigkeit. Seine Kollegen gaben vor, über ihn zu lachen, bewunderten ihn aber insgeheim.

Der Kommissar ging hinaus auf das Grundstück hinter dem Haus, das mit leeren Konservendosen und Abfällen übersät war, die der ermordete Exzentriker über die Jahre weggeworfen hatte. Die anderen kamen nacheinander hinterher und versuchten, einen desinteressierten Eindruck zu machen, was aber nicht glückte.

Bob White gab ihnen ein Zeichen, ihm zu folgen, und ging zurück in die enge Gasse, die zur Vorderseite des Hauses führte. »Bleibt bitte auf dem Brett, das ich dort hingelegt hab', ja, Leute?« legte er ihnen nahe. »Hier hinten sind noch ein paar weniger deutliche, und ihr braucht vielleicht mehr als einen. Aber die hier ... Wahnsinn!«

Er blieb stehen und deutete. Die anderen reckten den Hals

über die Schultern des Kommissars. Der hinterste hockte sich hin wie ein Frosch und streckte den Kopf hinter allen hervor.

»Hier ist irgendwo nahe der Oberfläche ein Abfluß- oder Wasserrohr. Es muß vom Alter brüchig sein, so daß es den Boden darüber feucht hält. Jetzt seht euch das an, genau in der Mitte! Was wollt ihr mehr?«

Der Fußabdruck, über den White zärtlich den Strahl der Taschenlampe gleiten ließ, war absolut perfekt.

»Die Sache ist schon geklärt, bevor sie halb angefangen hat.« Der Kommissar wollte keine Zeit mehr verlieren. »Beeilen Sie sich. Rufen Sie das Labor an, die sollen ein paar Leute herschicken und einen Abdruck davon machen. Mit dem Ding können wir ein Bild des ganzen Mannes bekommen. Bis wir fertig sind, wissen wir, wie er aussieht und alles andere über ihn. Das ist so gut wie eine Photographie.«

»Er hat ihn beim Weggehen gemacht«, betonte Bob White. »Nicht, als er reinging. Die Zehen zeigen zur Straße. Das erste Mal hat er Glück gehabt, ist an der weichen Stelle vorbeigekommen, ist davor und dahinter auf hartem, solidem Boden aufgekommen. Doch auf dem Rückweg ist ihm das Glück nicht treu geblieben. Sein Fuß ist direkt mittendrin gelandet.«

»Mit seinem Glück ist's jetzt vorbei – wer er auch sein mag«, sagte der Kommissar finster.

»Sie können mich zitieren«, sagte der Kommissar, während er unentwegt mit der Spitze eines Bleistifts auf die Schreibtischplatte klopfte. »Wir sind zuversichtlich, schon bald eine Verhaftung vorzunehmen. Der Fall geht zufriedenstellend voran. Und nun entschuldigen Sie mich bitte, meine Herren, ich muß wieder an die Arbeit.«

»Ach, Kommissar, ist das alles, was Sie uns bieten können?« jammerte ein Reporter. »Das ist doch nur wieder die alte Leier.«

»Seid nicht so unersättlich, Leute, ich geb' Bescheid, wenn ich was Neues für euch hab'. Knallt beim Rausgehen die Tür nicht zu.«

Nachdem sie ihr Notizpapier in die Taschen gesteckt hatten und gegangen waren, nahm er das Telefon auf seinem Schreibtisch auf und ließ sich mit dem Polizeilabor verbinden.

»Wie macht sich der Abdruck?«

»Kommt sehr gut raus. Ich schick' Ihnen eine Zeichnung des Mannes rüber, den wir anhand des Abdrucks rekonstruiert haben.«

»Gut. Ich laß sie photokopieren und verteil sie an meine Leute.«

»Hier ein paar Einzelheiten. Der Mann, den Sie suchen, ist 1.78 m groß, wiegt etwa 165 bis 170 Pfund und hat Schuhgröße 43. Er hat Plattfüße. Seine Schuhe haben eine besondere Einlage, eine Art Stahlspant zwischen Ferse und Zehen. Stützprinzip, wissen Sie. Das sollte die Sache wesentlich einfacher machen. Die Firmen, die solche Schuhe verkaufen, führen gewöhnlich eine Kartei über ihre Kunden wie ein Arzt über seine Patienten. Er übt einen sitzenden Beruf aus, geht kaum und steht auch nicht viel – die Ferse ist kaum abgetreten. Suchen Sie in Richtung Büroangestellter.«

»Sie haben ihn mir praktisch auf einem Silbertablett serviert«, sagte der Kommissar dankbar.

Zwanzig Minuten später war ein Bote mit der Zeichnung und dem Gipsabdruck da. Innerhalb der nächsten halben Stunde waren die Photokopien der Zeichnung fertig. Der Kommissar rief die Männer zu sich, die er für den Fall eingeteilt hatte, und gab jedem eine davon.

»Das ist der Mann«, sagte er. »Die Gesichtszüge fehlen, aber sehen Sie sich genau Umriß, Körperbau und Haltung an. Wir brauchen jetzt lediglich Namen und Anschrift. Ich möchte, daß sich jetzt jeder von Ihnen einige Spezialunternehmen für Senkfußeinlagen vornimmt und dort anhand der Maße dieser Zeichnung die Kundenkartei prüft. Vielleicht ist man dort sogar in der Lage, ihn allein durch den Schuh zu identifizieren. Wenn er die Schuhe aus dieser Stadt hat, wissen wir innerhalb der nächsten 24 Stunden, wer er ist. Andernfalls haben wir ihn spätestens innerhalb einer Woche. Geben Sie mir das Branchenverzeichnis. Ich werd' Sie jetzt einteilen. Keller, Sie übernehmen bis Buchstabe E, *Easywalk-Schuhe AG*. Michaels, Sie übernehmen ...« Und so weiter.

Innerhalb von fünf Minuten saß er alleine in seinem Büro. Bis jetzt waren 48 Stunden seit der Entdeckung des Mordes vergangen.

Bob White war für die Buchstaben S bis Z eingeteilt worden. Um etwa siebzehn Uhr rief er an. »Ich hab' ihn, Kommissar«, sagte er. »Zweiter auf meiner Liste. *Supporta Stützschuhe*. Sie haben einen Lackmuspapier-Abdruck vom Fuß des Kunden, um jegliche Besserung bei ihm registrieren zu können. Er paßt auf unseren Schuhabdruck wie die Hand in den Handschuh. Ein Irrtum ist ausgeschlossen. Aber auch ohne das war der Verkäufer fast schon in der Lage, ihn nur anhand der Zeichnung zu identifizieren. Und das steht in ihrer Kartei: Thomas J. Quinn, 38 Jahre alt, Größe: 1.78 m, Gewicht: 81 kg. Beruf: Buchhalter bei einer Hutmacher-Firma.« White hielt einen Moment inne, dann gab er die Adresse durch. »Die haben eine vollständige Akte, wissen Sie, gehen alles ganz wissenschaftlich an. Machen sogar Röntgenaufnahmen vom Fuß und all das. Er hat dieses Paar Ende letztes Frühjahr gekauft. Mekkert jedesmal ziemlich über die Kosten, soweit sich der Verkäufer erinnert.«

»Na ja, das ist noch ein kleiner Nagel für seinen Sarg«, frohlockte der Kommissar. »Er wohnt nur etwas weiter weg als ich vermutet hatte, aber immer noch nahe genug, um den Klatsch der Nachbarn über den alten Geizhals mitzubekommen und die Versuchung zu dem Verbrechen zu spüren. Fünf Straßen westlich und eine nördlich von Wontners Haus. Zehn Minuten zu Fuß, selbst für jemanden mit Plattfüßen.« Er hörte auf, mitzuschreiben und klappte sein Notizbuch zu. »Großartig,

White. Ich ruf' die andern zurück. Gehen Sie inzwischen rasch hin. Wenn er sich bereits abgesetzt hat, machen Sie mir sofort Meldung, daß wir die Fahndung durchgeben können. Wenn er noch da ist, bewachen Sie ihn. Lassen Sie ihn nicht aus den Augen. Ich schnapp' ihn mir nicht gleich. Ich werd' ihn noch eine Weile beobachten lassen. Mal seh'n, ob was vom Ersparten des alten Pfennigfuchsers auftaucht. Wir haben ihn jetzt, also besteht kein Grund mehr zur Eile. Je mehr Beweise wir gegen ihn haben, desto weniger Arbeit bleibt uns am Ende.«

Quinn kam blaß und zitternd herein. Seine Frau wußte sofort, daß etwas passiert war. Es war mehr als seine Füße, die ihm wieder Kummer bereiteten.

»Was ist passiert, Tom?« fragte sie ängstlich. »Du bist ja ganz blaß und durcheinander! Du hast doch nicht ... du hast doch nicht etwa deinen Job verloren, oder?« Sie faßte ihn am Ärmel, sah ihm forschend ins Gesicht.

»Nein, gottlob nicht«, sagte er, aber fast abwesend, als sei das nun gar nicht mehr so wichtig. Er schaute zurück zur Tür, durch die er gerade gekommen war, als hätte er Angst, daß ihm jemand gefolgt sei. Dann stammelte er: »Ich ... ich bin ganz durcheinander, seit es passiert ist. Ich kann's gar nicht glauben. Es ist wie ein Traum. Man liest und hört zwar von solchen Sachen, aber ich hab' nie gedacht, daß mir sowas mal passiert.« Er fummelte erregt in seinem Mantel herum. Dabei warf er noch einen Blick zur Tür. Dann holte er etwas aus seiner Innentasche hervor und warf es vor sie auf den Tisch.

»Was ist das?« fragte sie und schaute von ihm zum Tisch und vom Tisch zu ihm.

»Das siehst du doch«, erwiderte er brüsk. Es war schwarz und rechteckig. Es war eine Brieftasche. »Schau hinein«, fügte er fast ängstlich hinzu.

Das tat sie. Dann wurde auch ihr Gesicht etwas blaß, genau wie seines. Sie waren schon so lange völlig mittellos gewesen, hatten jahrelang auf so vieles verzichten müssen – »Tom!« sagte sie.

»Zweitausendzehn Dollar«, sagte er. »Ich hab's gerade gezählt, draußen auf der Treppe. Ich hab' mich nicht getraut, es dort zu zählen – wo ich's gefunden hab', aus Angst, jemand könnt' mich seh'n. Auf dem ganzen Nachhauseweg hatte ich das Gefühl, eine Hand legt sich schwer auf meine Schulter und jemand sagt: »Gib es zurück – es gehört mir!« Er wischte sich mit dem Ärmel über die feuchte Stirn und schaute wieder ängstlich zur Tür.

»Aber wie ... wo ...?«

»Psst!« warnte er. »Sprich leiser. Damit's keiner hier aus dem Haus draußen hört. Wenn die wüßten, daß wir hier so viel Geld haben ... Ich bin die Treppe von der Untergrundbahn hochgegangen – und du weißt, kurz bevor man nach oben kommt, ist man auf Augenhöhe mit der Straße. Vielleicht hab' ich sie nur deshalb entdeckt. Viele sind dran vorbeigegangen, aber die haben wohl nicht nach unten gesehen. Es war ein zu großes Gedränge, vielleicht hatte deshalb keiner 'ne Chance, sie zu sehen. Der Mann vor mir hat sie mit dem Fuß ein Stück weitergekickt und es nicht mal gemerkt, nicht mal nach unten geschaut, um zu sehen, was es ist. Ich hab' sie aufgehoben, schnell einen Blick reingeworfen und sofort gesehen, da sind mehr als fünfzig oder hundert drin. Ich schaute mich um, doch keiner schien was zu suchen, das ihm runtergefallen war, da hab' ich sie in meiner Tasche verschwinden lassen und ...«

Sie prüfte geschwind nach. Nicht das Geld, sondern die Brieftasche. »Nichts«, sagte sie. »Kein Ausweis, keine Karte, keine Initialen als Hinweis, wem sie gehört!«

»Nein«, stimmte er eifrig zu, »genauso hab' ich sie gefunden. Kein Anzeichen, wem sie gehört.«

Sie warf ihm einen seltsam forschenden Blick zu, als ob sie sich fragte, ob er die Wahrheit sagte, ob wirklich von Anfang an jeder Hinweis auf den Besitzer gefehlt hatte, oder ob er ihn absichtlich entfernt, sich seiner entledigt hatte, um vor sich selbst zu rechtfertigen, daß er die Brieftasche nicht zurückgab.

Er war ganz aus dem Häuschen: »Jetzt können wir all das kaufen, was wir uns immer gewünscht haben. Denk doch mal nach, Annie.«

»Aber Tom, das Geld gehört doch *jemandem*. Wir können's doch nicht einfach für uns behalten. Naja, wenn's nur eine Sache von 20 oder vielleicht auch 50 Dollar wäre, in Ordnung. Das wär' nicht so schlimm. Aber doch nicht *so eine* Summe, keine 2000 Dollar.«

»Psst! Leise, sag' ich«, warnte er mit einem weiteren Blick zur Tür. »Muß es denn jeder gleich wissen?« Vielleicht war es ja sein Gewissen, das da aus ihm sprach und nicht er. Das Wissen, daß er kein Recht auf das Geld hatte.

Sie senkte die Stimme, fuhr aber fort: »Vielleicht sind es die Ersparnisse eines armen Schluckers, wer weiß. Vielleicht ist's ein Notgroschen. Vielleicht entscheidet es über Leben und Tod. Wir wissen nicht, wofür es ist. Wir haben kein Recht, es auszugeben. Mein Gewissen läßt das nicht zu.«

»Was hätt' ich tun sollen?« fragte er ungehalten. »Es dort liegenlassen – damit der nächste es aufhebt, der ebensowenig ein Recht darauf hat?«

»Nein, das sag' ich ja nicht«, gestand sie ihm zu. »Aber es auszugeben ist doch etwas ganz anderes.«

»Wie den Besitzer verständigen, selbst wenn wir's wollten? Wir haben keinerlei Hinweis drauf, wem's gehört.«

Sie hatte das Geld jetzt in der Hand. »Man sieht, daß es jahrelang zusammengespart worden ist, nicht einfach von der Bank abgehoben wurde«, kommentierte sie reuevoll. »Es sind ein paar dieser alten, großen Scheine dabei, die man heut' kaum noch sieht. Er – oder sie – muß das Geld die ganze Zeit über zu Haus' gehabt und immer ein bißchen dazugetan haben. Das macht's nur noch schlimmer, verstehst du denn nicht, Tom? Irgendein armer, hartarbeitender Mensch, allein auf der Welt – krank oder so. Vielleicht hat er oder sie das Geld schnell gebraucht und es deswegen bei sich getragen – und was jetzt?«

»Ach, sei doch nicht so sentimental«, sagte er ärgerlich. »Es ist ebensogut möglich, daß es ein wohlhabender Tunichtgut war, der immer so viel Geld mit sich rumträgt und es gar nicht vermißt.«

»Nein«, sagte sie in bestimmtem Ton. »Nicht in so einer Brieftasche. Einfach, billig, schon ganz alt und abgegriffen und nicht mal echtes Leder.«

Damit hatte sie ihn. Er fuhr sie verständnislos an, weil sie ihm moralische Hindernisse in den Weg legte, sich an dem Geld zu freuen. Das hätte wahrscheinlich fast jeder übelgenommen. »Was also verlangst du, soll ich damit tun? Zur Polizei gehen und es dort abgeben? Das ist genauso ein großer Haufen Gauner wie alle andern auch. Woher wissen wir denn, daß die's nicht unter sich aufteilen und selbst einsäckeln?«

Er glaubte das nicht wirklich, und sie wußte es auch. Er benutzte es nur als Ausrede. »Das solltest du wirklich tun«, sagte sie milde. Aber er wußte, daß sie nicht darauf bestehen würde, wenn er es nicht wollte. Sie war auch nur ein Mensch. Sie würde ebenso gerne in den Genuß des Geldes kommen wie er, nur hatte sie mehr Skrupel. »Wenn es dann nach einer bestimmten Zeit keiner abgeholt hat, würden wir's wiederbekommen. Dann wären wir die rechtmäßigen Besitzer.«

»Ich will verdammt sein, wenn ich das mache!« sagte er halsstarrig. »Auch ich brauch' ab und zu mal ein bißchen Abwechslung, wie jeder andere auch, und ich werd' dafür sorgen, daß ich sie kriege!«

»Laß dir eins gesagt sein, Tom«, sagte sie besorgt, »es wird uns kein Glück bringen, wenn wir uns dieses Geld einfach nehmen und dem Besitzer nicht wenigstens die Möglichkeit geben, es zurückzubekommen. In der Beziehung bin ich komisch. Ich hab' das Gefühl, daß es uns Kummer bringt. Nenn's weibliche Intuition, wenn du willst.«

Dann schlug sie aus Mitleid über die Enttäuschung, die deutlich in seinem Gesicht zu lesen war, einen Kompromiß vor. Frauen sind gut im Kompromisseschließen. »Also gut, ich sag' dir, was wir machen. Wir behalten es, sagen wir eine Woche, unangebrochen hier bei uns. Dann sehen wir die Verlustanzeigen in den Zeitungen durch. Wenn sich dort innerhalb dieser Zeit niemand meldet, betrachten wir's als unser Eigentum, mit dem wir machen können, was wir wollen.«

Sein Gesicht hellte sich bei diesen Worten sofort auf. Er dachte wahrscheinlich, die Gefahr sei nicht groß, daß jemand, der Geld – Bargeld – auf einer belebten Großstadtstraße verloren hatte, Optimist genug wäre, für die Rückgabe zu inserieren. Das wäre nur rausgeworfenes Geld. Bei Schmuck oder selbst bei begebbaren Wertpapieren wäre das etwas anderes gewesen. Bei Geld würde niemand inserieren.

»In Ordnung«, stimmte er zu, »abgemacht.«

Er fand ein gutes Versteck dafür – den Schuhkarton voller Seidenpapier, in dem seine Supporta-Stützschuhe gewesen waren, unten auf dem Boden des Kleiderschranks. Wer würde in einem alten Schuhkarton etwas Wertvolles suchen? Seine Frau untersuchte das Geld kein zweites Mal, nachdem es erst einmal dort drinlag. Sie hatte gesehen, wie er es mitsamt der Brieftasche hineingetan hatte. Hätte sie später nachgesehen, hätte sie zwar das Geld gefunden, die Brieftasche seltsamerweise jedoch nicht. Die einzige Verbindung zu ihrem Vorbesitzer war verschwunden. Tom Quinn glaubte, das Schicksal zu seinen Gunsten manipulieren zu können, doch werden die Fäden von den Göttern gezogen.

Am nächsten Tag, dem frühestmöglichen Zeitpunkt, an dem hätte inseriert werden können, brachte er wie üblich die Abendzeitung mit nach Hause. Doch seine Frau sah schon an seiner zufriedenen Miene, daß er bereits einen kurzen Blick auf die Verlustanzeigen geworfen und das Betreffende – zu seiner größten Erleichterung – nicht gefunden hatte. Wahrscheinlich hatte er davor große Angst gehabt.

Mrs. Quinn war jedoch äußerst gewissenhaft. »*Alle* Zeitungen, Tom«, beharrte sie, »nicht nur eine«, und schickte ihn nochmals zum Zeitungsstand an der Ecke.

Er kam mit einem ganzen Stapel Zeitungen unter dem Arm zurück. Es war in keiner von ihnen.

Das Gesetz der steigenden Profitrate arbeitete sozusagen zu ihren Gunsten. Wenn es nicht gleich am ersten Tag nach dem Verlust in der Zeitung stand, war die Wahrscheinlichkeit entschieden geringer, daß es am zweiten Tag noch erschien. Und wenn bis zum zweiten Tag nichts passiert war, bestanden für den dritten nur noch sehr wenig Chancen. Und so weiter. Mit anderen Worten, wenn überhaupt, wäre sofort inseriert worden.

Am zweiten Tag stand es auch nicht drin. Sie ließ ihn auch alle anderen Teile der Zeitungen nach einem kleinen Lückenfüller oder einer Notiz über eine Verlustanzeige bei der Polizei durchsehen. Auch da Fehlanzeige.

Ermutigt hielt er insgeheim weiter die Daumen und begann, vorsichtig über die Dinge zu sprechen, die sie sich kaufen würden. »Ich hab seit fünf Jahren keinen neuen Anzug mehr gehabt. Ich würd' gern mal was in die Taschen stecken können, ohne daß es gleich wieder unten durchfällt.«

Sie versuchte gewissenhaft, den Geist ihrer Vereinbarung aufrechtzuerhalten. »Nun wart erst mal ab. Zieh dem Bären nicht schon das Fell ab, bevor du ihn erlegt hast – laß uns erst sicher sein.« Aber ihr Herz war nicht mit dabei, als sie versuchte, ihn zu bremsen.

Auch am dritten Tag stand nichts drin. Jetzt machte er sie langsam mürbe. »Da ist dieser Herbstmantel, den du brauchst, Annie. Du könntest einen mit Pelzkragen bekommen. Auch ein Radio könnten wir kaufen.«

Sie versuchte, gegen das Leuchten in ihren Augen anzukämpfen. »Wir könnten aus diesem schäbigen Loch in eine bessere Gegend ziehen – zur Abwechslung mal menschenwürdig wohnen.« Sie ging hinüber zum Fenster, schob die Vorhänge auseinander und schaute unzufrieden hinunter. »Ich hab' den Anblick dieser schmuddeligen Straße da unten ja so satt! Kinderwagen, Feuertreppen. Immer steht irgend so ein Herumtreiber in einem Eingang und mustert dich, wenn du kommst oder gehst. Da drüben ist einer, der hat sich seit Stunden nicht bewegt.«

Doch er war zu sehr damit beschäftigt, Luftschlösser zu bauen, als ihr zuzuhören.

Am vierten Tag stand ebenfalls nichts drin.

»Es ist sinnlos, noch länger zu warten, Annie«, beschwatzte er sie, als sie die gesammelten Zeitungen auf dem Tisch durchgesehen hatten. »Eine halbe Woche, nachdem man etwas verloren hat, inseriert man nicht mehr. Entweder macht man es gleich oder gar nicht. Wir waren fair, wir haben gewartet. Komm schon, was meinst du? Laß uns anfangen!«

Sie gab zwar widerwillig nach, doch sie gab nach. Ihre Gewissensbisse waren zwar nicht leicht aus dem Weg zu räumen, aber es gelang schließlich doch. »In Ordnung, Tom«, sagte sie zögernd. »Der Betreffende, wer es auch sein mag, hat das Geld wohl inzwischen abgeschrieben. Ich fühl' mich immer noch nicht ganz wohl dabei. Ich hoffe nur, es bringt uns kein Unglück. Aber in Ordnung – wenn du es sagst.«

»Braves Mädchen!« rief er und klopfte ihr hocherfreut auf die Schulter, als er aufstand und zu dem Schrank ging, wo der Schuhkarton stand.

Das Glück lächelte in diesem Augenblick ziemlich schief.

Sie nahmen ein Zehntel des Geldes, 200, und teilten es gleichmäßig unter sich auf. Am nächsten Tag ging dann jeder für sich zu einem Einkaufsbummel, weil Quinn bis um fünf Uhr arbeiten mußte und nicht früher freibekommen konnte. Er kam nach ihr in die Wohnung zurück. Zuerst sah sie nicht ihn, sondern nur eine Pyramide aus Pappkartons zur Tür hereinkommen. Als er sie abgesetzt hatte, kam er strahlend, von Kopf bis Fuß – oder genauer gesagt bis zu den Knöcheln – neu eingekleidet dahinter zum Vorschein. Nur die Schuhe waren unverändert. Sie waren zu sehr wie ein ärztliches Rezept, als daß es Spaß gemacht hätte, neue zu kaufen. Dafür war alles andere brandneu – Hut, Anzug, Hemd, Krawatte, Strümpfe.

»Ich hab' auch ein Radio ausgesucht, ein wahres Prachtstück. Hab' schon 'ne Rate gezahlt.« Er lachte leise in sich hinein. »Überall hab ich diese alten großen Scheine an den Mann gebracht, hab alle aussortiert. Sie waren zu unhandlich. Ich wollt' sie loswerden.«

Nun zeigte sie ihm ihre Errungenschaften. Die Zukunft schien glänzend. »Ich hab' mir 'ne Dauerwelle gegönnt, mit allem Drum und Dran. Ach, Tom, ist es nicht ein wunderbares Gefühl, ausgeben zu können, was man möchte? Die Lockenfrisur muß mich recht attraktiv gemacht haben. Irgend so ein Casanova ist mir bis hierher nachgestiegen, genau bis vor die Tür. Ich hab' ihn nicht abschütteln können. Er hat zwar nicht versucht, mit mir anzubändeln oder so, aber ich hab' mich bestimmt nicht geirrt.«

Er lächelte nachsichtig. Typisch Frau! Wahrscheinlich alles nur Einbildung.

»Ach ja – und das Allerwichtigste! Ich hab' 'ne neue Wohnung gefunden und gleich 'ne Anzahlung gemacht. Auf der andern Seite der Stadt. Aufzug, Zentralheizung und all das. Die Möbelpacker kommen gleich morgen früh.«

»Nun, dann bleibt uns ja nicht mehr viel Zeit. Laß uns gleich mit dem Packen anfangen, damit wir fertig sind, wenn der Lastwagen kommt.«

Sie waren sehr glücklich, ihre alte Wohnung ausräumen zu können. Er pfiff ein Lied, als er mit hochgekrempelten Ärmeln zwei alte Koffer vollstopfte, die mitten im Zimmer standen. Sie summte eine Melodie, als sie überall die Sachen aus Schränken und Schubladen holte.

Plötzlich klopfte es an die Tür. Unheimlich, wie eine Totenglocke. Beide hielten inne, sahen einander an. »Die Speditionsfirma muß mich mißverstanden haben. Ich hab' doch klar und deutlich gesagt, sie sollen am Vormittag kommen und nicht...«

Als sie die Tür öffnete, ging ein Mann an ihr vorbei mitten ins Zimmer. Dann ein zweiter, dann ein dritter. Sie trugen weder Schürzen, noch Ärmelschoner noch Spediteurmützen.

»Sie sind Thomas J. Quinn, nicht wahr?« Es war keine Frage.

Quinn nickte und wurde etwas blaß wegen der Art, wie es gesagt wurde. Er richtete sich auf und ließ den Armvoll Sachen, die er gehalten hatte, in den offenen Koffer gleiten.

»Ich verhafte Sie wegen Mordverdachts!«

Und plötzlich schien es, als hätte man den beiden gänzlich den Boden unter den Füßen weggezogen und ließe sie in der Luft hängen.

»Aber ich weiß doch nicht einmal, *wer*. Wie könnt' ich denn, wenn ich nicht mal weiß, *wer*?« Er saß dort im Morgengrauen, zusammengesunken auf einem Stuhl im Hinterzimmer und hatte dies wiederholt, hoffnungslos, vergeblich, immer wieder, die ganze Nacht lang.

»Sie wissen nicht, wer?« Der Kommissar sprach ruhig. Der Fall lag zu klar, war zu perfekt, um ein verschärftes Verhör in Erwägung zu ziehen. Das wirkte sich ohnehin vor Gericht immer negativ aus. Ein Verteidiger brauchte nur »Brutalität der Polizei« zu flüstern, um die Geschworenen dem Angeklagten gegenüber günstig zu stimmen. »Warum haben Sie dann drei Tage hintereinander ein Exemplar sämtlicher Abendzeitungen gekauft, die in dieser Stadt erscheinen, wenn nicht, um die Entwicklung des Falls zu verfolgen? Um herauszufinden, wann die Luft rein genug war, um endlich das Geld ausgeben zu können, das Ihnen förmlich ein Loch in die Tasche brannte?«

»Aber ich hab' Ihnen doch gesagt, wozu ich die Zeitungen brauchte. Ich hab' Ihnen doch gesagt, wie ich zu dem Geld gekommen bin.«

»Erwarten Sie etwa, daß wir Ihnen das glauben? Ein zwölfjähriges Kind könnt' sich ein besseres Alibi einfallen lassen. Auf der Straße gefunden, ja? Warum haben Sie's dann nicht zu uns gebracht? Und wo ist die Brieftasche, in der es angeblich war? Jetzt hören Sie mir mal gut zu, Quinn. Ich bin seit 35 Jahren bei der Polizei. Ich hab schon ein paar saubere Bürschchen auf die Anklagebank gebracht. Aber in all dieser Zeit hatte ich noch nie – hören Sie mir zu? – noch nie so absolut hieb- und stichfeste Beweise wie in Ihrem Fall. Ja, Sie können ruhig blaß werden. Ich sag' das nicht nur, um Ihnen Angst einzujagen. Ja, selbst der Ort, wo wir das Geld bei Ihnen gefunden haben, bedeutet sowas wie poetische Gerechtigkeit. Der Kreis hat sich geschlossen. Ihre Schuhe haben Sie an uns verraten, und als wir Sie aufspürten, war das Geld genau in dem besagten Schuhkarton. Ja, Sie haben fast alle großen Scheine ausgegeben, aber Sie hätten sie auch ebensogut gleich uns aushändigen können. Wir haben nämlich jeden einzelnen von ihnen beschlagnahmt.«

»Meine Schuhe«, stöhnte Quinn. »Sie sagen andauernd, meine Schuhe. Die ganze Nacht haben Sie gesagt, meine Schuhe.« Er schloß die Augen und preßte die Fäuste auf die Schläfen. »Wie konnten sie irgendwo hinkommen, wo ich nie gewesen bin? Wie konnten sie dort einen Abdruck hinterlassen, wo ich meinen Fuß nie hingesetzt hab'? Ich sag's Ihnen nochmal, meine Herren, wie ich's Ihnen schon um Mitternacht gesagt hab', als Sie mich an diesen grauenhaften Ort geschleift haben, und wie ich's noch bis zu meinem Tod sagen werde – ich hab' dieses Haus noch nie im Leben gesehen, hab's nie zuvor zu Gesicht bekommen, bin noch nie dorthin gegangen, war nicht mal auch nur in der Nähe davon.«

Fast mitleidig sagte der Kommissar: »Lügen Sie nicht, Quinn. An Ihren Schuhen kommen Sie nicht vorbei.«

Der Verdächtige erhob sich wie in unerträglicher Auflehnung halb von seinem Stuhl. Einer der Kriminalbeamten drückte ihn mit der Hand wieder zurück.

Immer wieder schüttelte Quinn hilflos den Kopf. »Da war doch was mit meinen Schuhen – und ich kann mich nicht dran erinnern. Da war doch was, aber ich weiß nicht mehr, was es war! Ich kann nicht mehr klar denken, es sind so viele von Ihnen um mich herum, Sie haben mir einen solchen Schrecken eingejagt und mich so durcheinandergebracht. Es ist nur eine winzige Kleinigkeit, wenn ich mich doch bloß daran erinnern könnte...«

»Ich werd' Ihnen sagen, woran Sie bei den Schuhen denken sollten!« sagte der Kommissar kaltschnäuzig. »Denken Sie immer daran, daß sie Sie geradewegs auf den elektrischen Stuhl gebracht haben!« Er fegte das nicht unterschriebene Geständnis ungeduldig zur Seite. »Bringt ihn raus, Jungs, der ist schon so erledigt, daß es sich kaum noch lohnt, unsere Zeit mit ihm zu vergeuden. Selbst ein Verteidiger wie Darrow könnte ihn da nicht rausboxen.«

Quinn schwankte, halb gestützt von zwei Kriminalbeamten, aus dem Zimmer. Selbst als sich die Tür hinter ihm schloß, sprach er noch immer leise und verwirrt vor sich hin. »Da war doch was, woran ich mich erinnern muß... da war doch was...«

»Bringen Sie sie herein«, sagte der Kommissar.

Bob White, der an dem Verhör teilnahm, fragte: »Was wollen Sie mit ihr machen? Sie als Mitschuldige einsperren?«

»Uns wird wohl nichts anderes übrigbleiben, so wie sie ihn bei jeder noch so fadenscheinigen Aussage deckt. Ich sag' Ihnen allerdings ehrlich, daß es mir lieber wäre, wenn es sich vermeiden ließe. Wenn irgendwas unsere Anklage gegen ihn schwächen könnte, dann wär's ihre Mitanklage. Sehen Sie, sie ist nicht der Typ. Sie sieht so ehrbar und aufrichtig aus – o ja, ich weiß; einerseits bedeutet das überhaupt nichts, aber andererseits schon. Sie wird Sympathien wecken, wovon er automatisch profitiert. Wenn ich sicher sein könnte, daß sie nichts gewußt und die Lügengeschichte unschuldig geschluckt hat, die er ihr über die Herkunft des Geldes aufgetischt hat, würd' ich das Risiko eingehen und sie laufenlassen, mich nur auf ihn konzentrieren.«

White sagte: »Ich hab' einen Rosenkranz bei ihren Sachen gefunden, als ich die Wohnung inspiziert hab'. Wenn Sie an Psychologie glauben, kenn' ich einen einfachen Weg, um herauszufinden, ob sie ihre Hand im Spiel hatte oder nicht.«

»Ich laß es drauf ankommen. Woran denken Sie?«

»Es ist jetzt 6.30 Uhr. Lassen Sie sie frei und natürlich beschatten. Innerhalb einer halben Stunde, bis 7 Uhr, werd' ich Ihnen sagen können, ob sie mit ihm unter einer Decke steckt oder nicht.«

»Versuchen wir's mal.«

Mrs. Quinn kam in der Obhut einer Polizeibeamtin herein. Sie weinte nicht mehr. Sie war bleich und hohläugig vor Entsetzen über diese Ungeheuerlichkeit, die plötzlich wie aus heiterem Himmel über sie beide hereingebrochen war.

»Nehmen Sie Platz, Mrs. Quinn«, sagte der Kommissar in einem rücksichtsvolleren Ton als dem, den er bei ihrem Mann angeschlagen hatte.

Sie sprach zuerst, ohne auf ihn zu warten. »Wollen Sie mir denn nicht glauben, daß er's nicht gewesen sein kann, daß er schon seit Jahren – seit ich zurückdenken kann – um diese Uhrzeit das Haus nicht mehr verlassen hat?« sagte sie mit leise flehender Stimme. »Sie sagen, es ist um vier Uhr morgens passiert. Er hat jede Nacht um diese Uhrzeit im selben Zimmer mit mir geschlafen – nicht ein Mal, nicht ein einziges Mal ...«

»Lassen Sie mich nur eine Frage stellen, Mrs. Quinn«, unterbrach sie der Kommissar brüsk. »Waren Sie selbst immer, ohne Ausnahme, jede Nacht um vier Uhr wach?«

Die Antwort war so gedämpft, daß sie kaum einer im Raum richtig hören konnte. »Selten – fast nie.« Mrs. Quinn ließ den Kopf sinken.

»Wie können Sie dann wissen, ob er um diese Zeit immer bei Ihnen im Zimmer war? Nehmen wir mal eine x-beliebige Nacht. Nehmen wir mal die Nacht des vierten August.«

Bestürzt sah sie auf. Die Antwort erübrigte sich. Das wußte sie. Sie konnte sich nicht erinnern, konnte diese Nacht nicht von anderen unterscheiden. All ihre Tage und all ihre Nächte waren sich so ähnlich gewesen. Diese Nacht lag im dunkel. Es bestand keinerlei Hoffnung, sie ins Gedächtnis zurückzurufen, ohne sie durch etwas unterscheiden, durch etwas fassen zu können, das sie aus allen anderen Nächten heraushob.

»Sie können nach Hause gehen, Mrs. Quinn«, sagte der Kommissar plötzlich. Einer seiner Männer mußte die Tür öffnen, um sie zum Gehen zu bewegen, so benommen war sie. Als sie hinausging, zeigte der Kommissar mit dem Daumen nach oben – in Richtung Bob White.

White rief in einer Viertelstunde zurück. »Sie ist aus der Sache raus, Kommissar. Darauf können Sie sich verlassen.«

»Woher wissen Sie das?«

»Sie ist direkt vom Revier zur 7-Uhr-Messe gegangen, um für ihn in seinem Kummer zu beten. Sie ist jetzt in diesem Moment in der Kirche. Nicht mal der hartgesottenste Verbrecher hätte den Nerv dazu, wenn er selbst etwas auf dem Kerbholz hätte. Ich hab' sie richtig eingeschätzt.«

»Gut«, sagte der Kommissar. »Dann wird sie in gutem Glauben entlassen. Kommen Sie zurück. Ich bin froh, daß sie aus der Sache raus ist. Jetzt pfuscht sie uns nicht mehr hinein. Jetzt hat er nicht die geringste Chance.«

Quinn wurde noch am selben Morgen um elf der Jury vorgeführt. Sie tagte unmittelbar nach Labour Day, dem ersten Montag im September, das heißt, innerhalb eines Monats nach dem Mord. Der Fußabdruck, die dazugehörigen Schuhe, die Aussage des Mannes, der sie Quinn verkauft hatte, die von Wontners Kolonialwarenhändler in bezug auf die Art der Geldscheine, die er immer von dem Alten bekommen hatte, die des Bekleidungs- und des Radioverkäufers und des Wohnungsmaklers in bezug auf die Art der Scheine, mit denen

Quinn kaum eine Woche nach dem Mord bei ihnen bezahlt hatte, waren mehr als ausreichend. Es war ein Indizienfall ohnegleichen. Quinn wurde wegen vorsätzlichen Mordes angeklagt, und der Prozeßtermin für den folgenden Monat, Oktober, anberaumt.

Als der Oktober gekommen war, sagte ihm sein Pflichtverteidiger ganz offen in seiner Zelle: »Ich hab' diesen Fall auf Anordnung des Gerichts übernommen, aber ich kann Sie nicht retten, Quinn. Wissen Sie, was Sie retten könnte, was Ihre einzige Chance ist, und die steht eins zu tausend? Aber nur, *falls* Sie die Wahrheit sagen – und vergessen Sie nie dieses *falls* – und diese Brieftasche tatsächlich dort gefunden haben, wo Sie behaupten, nämlich unmittelbar vor dem Kiosk am Ausgang der U-Bahnstation Brandon Avenue, am 5. August, etwa um achtzehn Uhr, besteht eine schwache Hoffnung, aber nicht mehr als ein winziger Funke, daß die Person, die die Brieftasche verloren hat, sie durch das Aufsehen, das die Verhandlung erregt, als ihr Eigentum erkennt und in letzter Minute vortritt, um Ihre Aussage zu bestätigen. Aber selbst das wäre keineswegs eine bombensichere Sache, verstehen Sie? Es ist nur der einzige Hoffnungsschimmer für Sie. Den ganzen Prozeß über werd' ich, immer wenn ich das Wort habe, ständig auf Zeit und Ort herumreiten, wo Sie sie gefunden haben. Aber trotzdem stehen die Chancen nur tausend zu eins. Vielleicht ist die betreffende Person inzwischen weit weg, wo die Lokalnachrichten sie nicht erreichen (und Ihr Prozeß ist schließlich keine große Sache). Sie kann auch in der Zwischenzeit gestorben sein. Sie war vielleicht zu der Zeit selbst nicht der rechtmäßige Besitzer des Geldes und hat deshalb Angst, vorzutreten und sich zu erkennen zu geben.«

Er sah den Angeklagten unter halbgeschlossenen Lidern herausfordernd an. »*Vielleicht hat sie nie existiert.* Wenn nicht, sind Sie der Verlierer. Wenn es jemals eine Brieftasche gegeben hat, die Sie – wie Sie vorgeben – vernichtet haben, dann hat das, vor allem anderen, Ihren Untergang besiegelt.«

»Ich sag's Ihnen doch! Ich war besessen von dem Gedanken, das Geld für mich zu behalten, wollte, daß es so schwer wie möglich zu identifizieren sein sollte. Ich hab' die Brieftasche, ohne daß meine Frau davon wußte, mit einer Rasierklinge in kleine Stücke geschnitten und sie, als ich am nächsten Tag zur Arbeit ging, auf verschiedene Abfallbehälter an der Straße verteilt, immer jeweils ein paar. Ich hab' geglaubt, ich bin schlau, hab' geglaubt, ich bin raffiniert!«

Ironie des Schicksals. Früher hatte Quinn Angst gehabt, daß der rechtmäßige Besitzer auf der Bildfläche erscheinen und er dadurch sein Geld verlieren könnte. Jetzt hatte er Angst, daß dies nicht geschehen und er dadurch sein Leben verlieren könnte.

Er hockte dort auf der Pritsche in seiner Zelle und ließ resigniert den Kopf sinken. »Am Anfang, die ersten paar Tage nachdem sie mich festgenommen hatten, hab' ich immer gedacht, da wär' was mit meinen Schuhen gewesen, das ich ihnen hätt' erzählen können und was mich entlastet oder mir wenigstens eine faire Chance gegeben hätte. Mein Gott, war das eine Quälerei, zu versuchen, mich zu erinnern, was es wohl sein könnte, und es ging einfach nicht! Ich bin fast verrückt geworden, so hab' ich mir das Hirn zermartert. Jetzt bin ich klüger. Ich hab' den Versuch aufgegeben. Wenn ich mich schon damals nicht mehr dran erinnern konnte, wird's mir so viel später jetzt auch nicht mehr einfallen. Wahrscheinlich hab' ich mich geirrt.«

»Ja, wahrscheinlich«, sagte der Verteidiger trocken.

»War der Angeklagte – das ist der Mann, der dort sitzt – ein regelmäßiger Kunde bei Ihnen am Schuhputzstand an der Ecke, Freddy?«

»Der? Nee! Der hat gleich die Straße runter gewohnt. Er ist zweimal am Tag vorbeigegangen und hat sie seit Jahren nicht putzen lassen. Den Namen hätt' man auf seine Treter schreiben können, so dick war immer der Staub drauf. Ich hatt's schon lang aufgegeben, ihn deswegen anzuhauen. Dann, eines schönen Tages im August, kommt er von ganz allein zu 'ner Behandlung. Ich bin fast aus den Latschen gekippt.« (Gelächter.)

»Können Sie dem Gericht irgend etwas Besonderes über dieses Schuheputzen sagen, Freddy?«

»Ich kann nur sagen, es war dringend nötig.« (Gelächter.) »Das letzte Mal war schon so lange her, daß er dachte, 's kostet noch fünf Cent. Hat nicht mal gewußt, daß wir jetzt in der Gewerkschaft sind und auf zehn Cent erhöht haben.« (Gelächter.)

»Noch etwas, Freddy? Können Sie sich außer an die Tatsache, daß sie dringend geputzt werden mußten, an noch etwas bei diesen Schuhen erinnern?«

»Sie hatten Stahlstreben unten drunter. Einer davon war so mit trockenem Schlamm oder Lehm verklebt, nicht oben drauf, sondern unten drunter, daß es dauernd abgebröckelt und mir in die Quere gekommen ist. Da hab' ich schließlich mein Messer genommen und 's für ihn saubergekratzt.«

»Ihr Zeuge.«

»Keine Fragen.«

»Wo genau haben Sie diese Brieftasche gefunden, Mr. Quinn?«

»Unmittelbar vor dem nördlichen Ausgang der U-Bahnstation Brandon Avenue.«

»An welchem Tag?«

»Mittwoch, fünfter August.«

»Das Gericht ermahnt den Angeklagten und seinen Verteidiger, nicht so zu schreien. Sie sind im ganzen Saal bestens zu verstehen.«

»Zu welcher Tageszeit war das?«

»Etwa sechs Uhr abends.«

»Der Zeuge gehört Ihnen.«

»Nur zwei Fragen, Quinn. Eine U-Bahnstation um sechs Uhr abends, sagen Sie. War da ein großes Gedränge um Sie herum oder nicht?«

»Da war – ein ziemlich großes Gedränge um mich herum.«

»Was halte ich hier in der Hand, Quinn?«

»Kann ich nicht sagen. Sie stehen zu weit entfernt.«

»Für jemanden mit gesunden Augen eigentlich nicht. Sie haben eine Sehschwäche, nicht wahr? Beantworten Sie meine Frage!«

»Ich bin ... kurzsichtig.«

»Und doch waren Sie es, nur Sie allein, unter all diesen Menschen, die da die Stufen von der U-Bahnstation hochkamen, und von denen die Mehrzahl wahrscheinlich keine Sehschwäche hatte, nur Sie, Sie allein waren es, der diese Brieftasche gesehen hat? Die Staatsanwaltschaft erklärt ihre Beweisführung für abgeschlossen.«

»Tja, es hat keiner angebissen«, sagte der Verteidiger in der Zelle verbittert zu Quinn, während sich die Geschworenen zurückgezogen hatten. »Seit Beginn des Prozesses hab' ich mindestens einmal am Tag ausdrücklich betont, wo und wann Sie diese Brieftasche gefunden haben, wieviel drin war, wie sie aussah. Nicht einer, nicht einmal ein Schwindler, ist aufgetaucht, der hoffte, das Geld in die Finger zu kriegen. Das wär' wenigstens etwas gewesen, hätte uns zumindest eine Spur glaubhafter wirken lassen. Jetzt ist es zu spät. Es ist vorbei. Jetzt taucht er nicht mehr auf. Weil es ihn sowieso nie gegeben hat, außer in Ihrer Phantasie. Wenn *ich* hätte erklären sollen, wie ich an eine bestimmte Geldsumme gekommen bin, hätt' ich's geschickter angefangen.«

»Aber die Wahrheit ist nie geschickt«, sagte Quinn trübsinnig. »Und das ist die Wahrheit.«

»Er kommt bereits wieder, um Sie zurückzubringen. Sie sind offenbar schon zu einem Urteil gekommen. Zwölfeinhalb Minuten, nach meiner Uhr! Ich brauch' gar nicht mehr mit Ihnen da reinzugehen. Ich kann's Ihnen jetzt schon genau sagen, bevor ich's höre, wenn sie nur so kurz beraten haben.«

Als der Gerichtsdiener die Zellentür aufschloß, sagte

Quinn: »Ich komme mir vor wie in einem bösen Traum und scheine gar nicht mehr daraus aufzuwachen.«

»Sind wir, Euer Ehren. Wir erklären den Angeklagten des vorsätzlichen Mordes für schuldig.«

»Ich verurteile Sie zum Tode auf dem elektrischen Stuhl in der Woche nach dem 26. Dezember. Das Urteil wird vollstreckt durch die Gefängnisleitung der Vollzugsanstalt des Staates ...«

»Meine Schuhe! Da war doch was mit meinen Schuhen! Oh, jemand muß mir doch helfen, helfen, mich zu erinnern! Ich will nicht sterben!«

Den Kragen seines Ulsters zum Schutz der vor Kälte schmerzenden Ohren hochgeschlagen, traf Bob White am Weihnachtsabend auf dem Nachhauseweg einen Polizisten, den er vom Sehen kannte und der ein heruntergekommenes Individuum mit silbergrauen Bartstoppeln in Gewahrsam hatte und eilig vor sich herschob. Dieser Mann hatte sich keines schlimmen Vergehens schuldig gemacht. White sah das an der Bereitschaft des Beamten, der den Mann festgenommen hatte, trotz der Kälte eine Weile stehen zu bleiben und ein paar Worte mit ihm zu wechseln. Ihr Atem drang wie weißer Nebel aus ihrem Mund.

»Das ist ja eine höllische Nacht, um jemanden zu verhaften«, scherzte White. »Was hat er denn verbrochen?«

»Da ist doch dieses alte Wontner-Haus, unten beim Fluß, in meinem Revier. Er und alle andern Penner im Umkreis von Kilometern nehmen es schon seit Wochen auseinander, transportieren es Stück für Stück als Feuerholz ab. Jedes Mal, wenn wir's neu mit Brettern vernagelt haben, brechen sie wieder ein und schleppen noch mehr weg. Sie sind immer wieder gewarnt worden, dort wegzubleiben, und jetzt greifen wir durch. Ich hab' strikte Anweisungen von meinem Vorgesetzten, jeden festzunehmen, den ich von jetzt an dabei erwische.«

»Steht das Haus denn immer noch?« fragte White überrascht. »Ich dachte, das wäre schon längst abgerissen worden. Ich hab' an dem Fall mitgearbeitet. Der Knabe kommt, glaub' ich, irgendwann diese Woche auf den elektrischen Stuhl.«

Der alte Penner stampfte gereizt mit den Füßen auf den frostigen Boden und jammerte: »He, Beeilung. Bring mich in die Zelle, wo's warm ist!« Als Ansporn trat er dem Polizisten ungeduldig gegen den Knöchel.

Dieser zuckte zusammen, packte ihn am Kragen, so daß er fast vom Boden abhob, und schüttelte ihn wütend wie ein Terrier. »Warm, was? Ich werd' schon dafür sorgen, daß dir warm wird, wirst schon sehen!« Und bei White beklagte er sich: »Das mach' ich jetzt schon die ganze Woche. Bis ich zurückkomme, ist garantiert schon wieder einer am Werk.«

»Ich geh' runter und paß' auf, bis Sie wieder zurück sind«, bot sich der Kriminalbeamte an. »Macht mir nichts aus. Mich erwartet am Weihnachtsabend ohnehin nichts zu Hause. Nur vier Wände und ein Hutständer.«

»Na, dann viel Spaß«, sagte der Polizist. Er und sein zappelnder Häftling gingen im Zickzack die Straße hinauf, während White auf das trostlose winterliche Flußufer zusteuerte und sich fragte, welcher Impuls ihn wohl dazu trieb, ausgerechnet in einer solchen Nacht an einen solchen Ort zu gehen. Er hatte zwar schon davon gehört, daß Mörder an den Ort ihres Verbrechens zurückkehren, doch niemals Kriminalbeamte.

Ein tiefer, pechschwarzer Schlund klaffte zwischen den Wänden der benachbarten Lagerhallen. White tastete mit der Taschenlampe den gefrorenen Boden vor sich ab, als er langsam daraufzuschlenderte. Als er nahe genug herangekommen war, richtete er das Licht auf die Fassade des Gebäudes. Es hatte schon an jenem Tag letzten August schlimm genug ausgesehen, als sie Wontner hier ermordet aufgefunden hatten, doch hatte es da, verglichen mit seinem jetzigen Zustand, fast wie ein

Herrenhaus gewirkt. Er konnte verstehen, daß die Geduld des Polizisten mit den Vandalen aus der Nachbarschaft ein Ende hatte. Wände und Dach des Windfangs und auch der Fußboden vor der Haustür waren vollständig verschwunden. In den Fenstern war keine einzige Scheibe mehr. Die Tür war ebenfalls verschwunden und auch die Fensterrahmen nebst Futter. Selbst die Bretter, die die Polizei über die Öffnungen genagelt hatte, waren wieder abgerissen worden.

White ging durch jenen Durchgang, wo er den belastenden Fußabdruck gefunden hatte, zur Rückseite. Dort hinten war es, sofern überhaupt möglich, noch schlimmer. Hier war für diese Vandalen die Gefahr nicht so groß, von der Straße aus entdeckt zu werden.

Während er dort in der Totenstille stand und traurig auf die Ruine schaute, hörte er irgendwo im Innern ein eiliges Hin- und Herhuschen. Wahrscheinlich Ratten, aufgeschreckt durch das Licht seiner Taschenlampe, das durch die Ritzen in den losen Holzverschalungen gedrungen war. Etwas Schweres fiel blechern scheppernd zu Boden, rollte ruhelos umher und verstummte dann wieder.

Zweifellos Ratten, doch war er zu sehr Polizist, um nicht trotzdem hineinzugehen und sich einmal umzusehen, nur auf gut Glück. Das hatte er bis dahin nicht vorgehabt, da er es für selbstverständlich hielt, daß Dolan, auf dessen Rundgang er jetzt war, alles unter Kontrolle hatte.

Er trat durch die schwarzklaffende Tür, die von jedem Hindernis freigeräumt war, und tastete sich, den Schein seiner Taschenlampe vor sich auf den Boden gerichtet, langsam weiter, weniger aus Furcht, sondern eher, um zu sehen, wo er hintrat. Das war eine äußerst notwendige Vorsichtsmaßnahme. In dem Zimmer, wo sie Wontner gefunden hatten, waren ganze Teile des Fußbodens gewaltsam herausgerissen worden, so daß die darunterliegenden Tragbalken freilagen. Man konnte stellenweise zwischen ihnen hindurch direkt in eine Art Kellerraum oder Untergeschoß sehen. Dann kam wieder das Geräusch von dort unten. Husch! Wutsch! Und dann ein Klirren wie von Ketten. Dann wieder dieses lose Rollen.

White balancierte vorsichtig wie ein Seiltänzer ein paar Schritte auf einem der entblößten Tragbalken entlang. Unter ihm war ein hektisches Hin- und Herhuschen. Eindeutig Ratten. Hier wimmelte es nur so davon. Es war eine Gefahr für die Nachbarschaft. Das Gesundheitsamt hätte längst für den Abriß dieser Ruine sorgen müssen. Vermutlich Behördenkram. Aber wenn tagsüber Kinder hereinkamen und anfingen, hier herumzuspielen...

Etwas Graues, Torpedoförmiges huschte unten vorbei, deutlich erkennbar im schwachen Schein von Whites Taschenlampe. Etwas zweites folgte, hielt auf halbem Weg inne und kehrte wieder um. White wurde unwillkürlich übel.

Er machte einen Fehler. Vielleicht war es die leichte Kopfbewegung, mit der er den Bewegungen dort unten folgte. Jedenfalls reichte es aus, um ihn aus dem Gleichgewicht zu bringen. Vielleicht hatte auch der vermoderte Balken nur auf einen Grund gewartet, endlich brechen zu können. Da war ein Schlag, ein magenhebendes Absacken, und White schoß abwärts, die Beine nach vorn ausgestreckt, wie ein Kind, das ein Treppengeländer herunterrutscht. Eine Unmenge Staub und Unrat kam überall mit herunter.

Es war kein sehr tiefer Sturz, höchstens zwei Meter, und der Raum darunter war weder gemauert noch zementiert, nur festgestampfte Erde. Er wirkte eher wie ein flacher Unterstand oder eine Erdmulde als wie ein echter Keller. Vielleicht war er von Wontner im Laufe der Jahre von Hand ausgehoben und die Erde nach und nach fortgeschafft worden. White hatte Glück. Seine Taschenlampe, die durch den Sturz in die Luft geschleudert wurde und nach ihm herunterkam, brannte wie durch ein Wunder noch. Sie rollte etwa einen Meter entfernt hin und her und warf einen kurzen Lichtkegel. Er riß sie rasch wieder an sich und stand auf. Das nahm der Lage etwas von ihrer Grausligkeit. Das doppelt verstärkte Rascheln überall um ihn herum, die Vorstellung, daß es unter ihm nur so von ekelerregenden Körpern wimmelte. Er stieß einen Schrei aus, das hätte jeder getan. Dann stand er da und zog mit dem Licht einen Kreis um sich herum, um sie fernzuhalten.

Ihre verängstigten Sprünge in und aus dem Lichtkegel schienen wie bösartige Ausfälle und Rückzüge. Er rechnete jeden Moment mit einem Angriff und wußte, wenn eine es wagte, würden alle anderen ihr folgen. Die Dunkelheit war furchtbar, mit all diesen Ratten überall um ihn herum. Da war wieder dieses Scheppern, und etwas Zylindrisches rollte gegen seinen Fuß. Er sprang entsetzt hoch und richtete blitzartig das Licht darauf. Es war nur eine Konservendose, die einer der Nager durch sein Gehusche zum Fallen gebracht hatte.

White hob sie auf, um sie als Wurfgeschoß zu verwenden, hielt sie angriffsbereit in der Rechten und die Taschenlampe in der Linken. Eine lief gerade mitten über den erdigen Fußboden. In einem unwillkürlichen Anfall von Ekel schleuderte er die Dose von sich. Sie traf genau, betäubte das Tier. Er griff nach einer zweiten Dose – der Boden war übersät damit – und warf sie hinterher, um der Ratte den Garaus zu machen. Doch statt der Ratte traf die zweite Dose die erste und schlitzte sie auf. Der Deckel sprang hoch, als wäre er unter dem Papieretikett nur ganz oberflächlich von Hand verlötet worden. Die Ratte kam wieder zu sich und schleppte sich – vermutlich mit gebrochenem Rückgrat – zur Seite.

White vergaß sie und den Rest ihrer Brut, vergaß, wo er war, vergaß, um Hilfe zu rufen. Er stand nur da und starrte auf das, was die Taschenlampe dort ans Licht brachte. Kein verdorbenes, eingetrocknetes Essen kam aus der aufgeplatzten Dose zum Vorschein, sondern ein fest zusammengerolltes Bündel Geldscheine.

Was Dolan, den Polizisten, dann einige Zeit später von der Straße hereinlockte, war das Geräusch, das White machte, als er dort unten eine Dose nach der anderen mit einem großen Stein aufbrach.

»Ich bin's«, sagte White, als eine zweite Taschenlampe durch die zerbrochenen Fußbodenbalken auf ihn hinableuchtete. »Ich bin durchgekracht. Passen Sie ja auf, wo Sie da oben hintreten.«

»Was haben Sie da?« fragte Dolan.

»Bis jetzt zweiundneunzigtausend Dollar aus alten Blechdosen hier unten, aber es ist noch mehr da. Helfen Sie mir hoch, schnell! Verstehen Sie denn nicht? Der Knabe kann's letztendlich doch nicht gewesen sein. Denn *das* ist der Schatz, das hier unten, immer noch unangetastet – nicht die zweitausend, die wir bei ihm gefunden haben!«

»Keineswegs«, widersprach der Kommissar kategorisch, als die beiden mit den einhundertfünfzehntausend Dollar, die schließlich ans Tageslicht gekommen waren, in sein Büro kamen. »Es beweist lediglich, daß er Wontners gehortete Ersparnisse nicht gefunden hat, und sonst gar nichts. Es beweist nicht, daß er den Mord nicht begangen hat, nicht im geringsten! Wir haben das Versteck ja selbst nicht entdeckt, oder? Und wir hatten ganze Tage dazu zur Verfügung. Er aber nur ein paar Stunden, von vier Uhr bis zum Morgengrauen. Erst die Verwüstungen durch diese Vandalen und Ihr zufälliger Sturz haben zur Entdeckung dieses Kellers geführt. Es gibt unzählige Möglichkeiten, warum ihm der Fund entgangen ist. Vielleicht ist er gestört worden. Vielleicht hat er ja auch gründlich gesucht, und es trotzdem nicht gefunden. Vielleicht war er aber auch mit den zweitausend zufrieden, die da offen herumlagen, hat fälschlicherweise geglaubt, das sei das ganze Vermögen des alten Kauzes, und hat sich nicht mehr die Mühe gemacht, weiterzusuchen.«

Er strich die großen alten Geldscheine zumindest annähernd glatt. »Das führt noch lange nicht an diesem Fußabdruck vorbei, White, oder an diesem Anfall von Verschwendungssucht innerhalb einer Woche nach Wontners Tod. Sie übersehen da ein paar Dinge. Ziemlich viele sogar.«

»Tut mir leid«, beharrte White hartnäckig. »Ich bin felsenfest davon überzeugt, daß wir den Falschen eingelocht haben. Oder wollen Sie ihn tatsächlich am Dienstag hinrichten lassen, nachdem das hier ans Licht gekommen ist?«

»Ganz sicher werd' ich sofort die Staatsanwaltschaft über diesen Fund unterrichten. Das ist deren Sache, nicht meine. Ich bin nur Polizeibeamter. Aber ich weiß, wie solche Dinge laufen. Dadurch kommt es nie zu einer neuen Verhandlung, falls Sie das glauben. Das sind keine neuen Beweise, in keiner Beziehung. Das ist lediglich der Beweis dafür, daß er nicht bekommen hat, was er gesucht hat. Ich bezweifle sogar, daß ihm dadurch ein Hinrichtungsaufschub gewährt wird.«

»Dann ist das der schlimmste Justizirrtum, der seit Jahren begangen wurde!« brauste White leidenschaftlich auf. »Das ist dann nichts anderes als gesetzlicher Mord, jawohl! Sie sehen ja den Wald vor lauter Bäumen nicht, Sie alle! Fußabdrücke, ein paar alte Geldscheine, geputzte Schuhe. Was ist all das im Vergleich hierzu? Es war ein reiner Indizienprozeß und sonst gar nichts. Es war ein guter Fall, das will ich ja gar nicht bestreiten. Aber das, was wir hier gefunden haben, sollte ja die ganze Triebfeder gewesen sein. Wie sieht der Fall jetzt aus? Er hat keine Grundlage mehr. Er besteht nur noch aus einer Ansammlung zusammenhangloser kleiner Zufälle, die völlig in der Luft hängen!«

»Wenn Sie die Sache allerdings so sehen«, sagte der Kommissar unterkühlt, »und ich muß sagen, daß ich Ihre Meinung nicht teile, einmal ganz davon abgesehen, daß Sie das alles überhaupt nichts mehr angeht...«

»Natürlich geht's mich was an!« schrie der Kriminalbeamte. »Ich will das Blut dieses Mannes nicht auf meinem Gewissen. Ich hab' mitgeholfen, ihn dahin zu bringen, wo er jetzt ist, und jetzt werd' ich alles tun, was in meiner Macht steht, um ihn dort wieder rauszubringen. Und wenn Sie alle zu kurzsichtig sind, das genauso zu sehen wie ich, dann muß ich es eben allein in die Hand nehmen.«

Sie standen ihm eindeutig feindselig gegenüber, dachten, er wolle angeben.

»Das liegt an Weihnachten«, murmelte jemand. »Er will den Weihnachtsmann spielen.«

»Nur zu, keiner hält Sie zurück«, stimmte ihm der Kommissar ironisch zu. »Wenn Sie das Gefühl haben, daß Quinn der falsche Mann ist, dann bringen Sie mir doch den richtigen. Mehr brauchen Sie nicht zu tun. Das ist das einzige, was ihn retten kann, sag' ich Ihnen. Mein Diensttelefon steht Ihnen jederzeit zur Verfügung, wenn es soweit ist. Wenn Sie mir den richtigen Mann bringen, setze ich mich postwendend mit der Staatsanwaltschaft in Verbindung. Von dort aus wird dann der Gouverneur verständigt, um für Quinn einen Hinrichtungsaufschub zu bewirken. Die sind dort nämlich ebensowenig darauf erpicht, den Falschen in den Tod zu schicken, wie Sie oder ich.« Sein spöttischer Tonfall ließ allerdings erkennen, daß er nicht erwartete, daß etwas dabei herauskommen würde. »Da haben Sie sich ja einiges vorgenommen, würd' ich sagen«, fuhr er mit einem Zwinkern zu einem der anderen fort. »Donnerstag abend soll er nämlich auf den elektrischen Stuhl, wissen Sie, und jetzt haben wir Dienstag morgen, ein Uhr. Und Sie glauben, Sie schaffen das alles innerhalb von drei Tagen? Aber sehen Sie ja zu, daß es dann auch bestimmt der Richtige ist, White. Machen Sie sich nicht zum Narren.«

Bob White nahm seinen Hut und machte die Tür auf. »Probieren geht über Studieren«, sagte er finster.

Als sich die Tür hinter ihm schloß, höhnte jemand leise: »Bob White ist unser Supermann, was Bob White doch alles kann!« Sie alle lachten herzlich darüber, und der Kommissar stimmte mit ein. Doch schon im nächsten Augenblick dachten sie gar nicht mehr an ihn.

Nachdem White einige Zeit geklopft hatte, wurde hinter der Tür ein Lichtschalter angeknipst. Mrs. Quinn, ein Schatten ihrer selbst, jenseits aller Furcht, Sorge, Hoffnung, jenseits aller Gefühle überhaupt, machte ihm, in einen Morgenmantel gehüllt, auf.

»Hab' nicht gedacht, daß Sie noch hier wohnen«, sagte er. »Bin froh, daß ich Sie gefunden hab'.«

»Ist es schon vorbei?« sagte sie ausdruckslos. »Ist es das, was Sie mir sagen wollen? Ich dachte, es sei erst Donnerstag abend.« Doch nur ihre Lippen sprachen. Nichts konnte mehr zu ihr durchdringen. Die Veränderung, die bei ihr stattgefunden hatte, seitdem er sie bei der Verhandlung das letzte Mal gesehen hatte, versetzte ihm einen Stich, obwohl er entgegen der Ansicht seiner Kollegen im Dezernat nicht gerade zart besaitet war. Ihr Haar war jetzt mit Grau durchzogen, in ihr Gesicht hatten sich Furchen auswegsloser Verzweiflung eingegraben.

»Ich weiß, es ist spät. Tut mir leid, Sie um diese Zeit noch wecken zu müssen.«

»Ich schlafe nicht mehr«, sagte sie. »Ich sitze schon nächtelang im Dunkeln am Fenster.«

»Kann ich reinkommen und mich mit Ihnen unterhalten?«

Sie machte die Tür weiter auf und bedeutete ihm stumpf, einzutreten, aber sie sagte nur: »Worüber?«

»Ich weiß nicht«, gestand er. »Es geht natürlich um Ihren Mann, aber ich meine, ich weiß nicht, worüber man da noch reden könnte. Ich hab' gerade eben verärgert mein Dienstgebäude verlassen und bin aus einem Impuls heraus hergekommen.«

Sie saß nur da und sah ihn an, die Hände resigniert im Schoß gefaltet.

»Sie glauben doch nicht, daß er's getan hat, oder?« stieß er schließlich hervor. »Also ... ich bin hergekommen, um Ihnen zu sagen, daß ... daß ich es jetzt auch nicht mehr glaube.«

Er wartete auf eine Reaktion. Keine Verwunderung, kein Interesse, keine Hoffnung.

»Wir haben heut' nacht einhundertfünfzigtausend Dollar in diesem Haus gefunden. Die ganze Sache erscheint jetzt in einem anderen Licht. Wenigstens für mich.« Wieder wartete er. »Gibt's denn nicht irgendeine Kleinigkeit, die Sie mir erzählen können? Etwas, das Sie dort noch nicht gesagt haben? Haben Sie Vertrauen zu mir. Ich bin jetzt auf Ihrer Seite.« Er senkte die Schultern, so daß sein Gesicht auf gleicher Höhe mit ihrem war. »Sitzen Sie nicht einfach so unbeteiligt da! Es bleibt nicht mehr viel Zeit. Ja, verstehen Sie denn nicht? Es geht um das Leben Ihres Mannes!« Und dann rief er, durch ihren anhaltend versteinerten Ausdruck fast alarmiert: »*Sie* glauben doch nicht etwa, er war's, oder?«

»Anfangs nicht. Sehr lange nicht«, sagte sie hohl. »Jetzt bin ich ...«

»Seine eigene Frau!« murmelte er entsetzt. »Heißt das, Sie glauben es jetzt?«

»Nein, ich meine bloß, ich bin mir nicht mehr so sicher. Ich weiß es nicht mehr. Sie, die Polizei und die Öffentlichkeit, die ganze Welt hat gesagt, er war's. Sie haben *bewiesen*, daß er es war. Wahrscheinlich ist es ihnen fast gelungen – es auch mir zu beweisen. Sie haben auch in mir Zweifel geweckt, als sie damit fertig waren.«

Er faßte sie besorgt an den mageren Schultern. »Aber er hat es doch niemals zugegeben, oder? Er hat Ihnen doch nie gesagt, daß er es war?«

»Nein, das letzte, was er zu mir gesagt hat, als Sie ihn abführten, war, daß er unschuldig ist, daß er es nicht getan hat.«

»Dann können wir ihn immer noch retten! Sie müssen mir helfen. Darum bin ich heute nacht hergekommen. Sie haben mit ihm in den Tagen und Wochen und Jahren, bevor es geschah, zusammengelebt. Nicht ich. Es muß etwas geben, irgendeine Kleinigkeit, an die Sie, und nur Sie, sich erinnern können, durch die das Blatt sich wenden kann. Versuchen Sie's, bitte. Sehen Sie, es gibt zwei Dinge, an denen wir nicht vorbeikommen. Einmal die Fußspur und zum andern die Brieftasche mit dem Geld, die er gefunden hat. Die Fußspur ist das Ausschlaggebende. Dagegen wiegt das andere nichts, kann ihn allein nicht belasten. Sie können nicht beweisen, daß er das

Geld von Wontner gestohlen hat. Aber sie können beweisen, daß dieser Abdruck vor Wontners Haus von seinem Schuh stammt. Und das haben sie bereits. Daran besteht nicht der geringste Zweifel. Daran hab' ich selbst mitgearbeitet. Bei der Supporta Company hat man mich überzeugt, denn nach den Unterlagen dort konnte dieser Abdruck ausschließlich von den Schuhen stammen, die Ihrem Mann verkauft wurden, und von keinen anderen. Die Möglichkeit einer doppelten Ausführung besteht nicht. Dort wird ein individueller Leisten für jeden ihrer Spezialkunden mit Fußdefekten angefertigt und individuelle Spannstützen. Kein Fall ist wie der andere. Es sieht nahezu unumstößlich aus. Und doch können wir daran rütteln. Wir müssen. Also erstens: Was hat er mit seinen alten Schuhen gemacht, was hat er mit ihnen gemacht, wenn sie abgelaufen waren und ausrangiert werden mußten?«

»Einfach aufgehoben. Er hat's nicht fertiggebracht, sich von ihnen zu trennen, weil sie so viel Geld gekostet hatten. Ich kann Ihnen jedes einzelne Paar zeigen, das er besessen hat, seitdem er diese Art Schuhe trägt.« Sie führte ihn in das hintere Zimmer, öffnete eine Schranktür und zeigte ihm drei Paar Schuhe in unterschiedlich desolatem Zustand. Als er sie einen nach dem anderen aufnahm und inspizierte, stellte er fest, daß die Sohlen restlos abgelaufen waren. Sie hatten Löcher in der Größe von Zehn-Cent- bis zu halben Dollar-Stücken.

»Der Abdruck ist von keinem dieser Schuhe«, sagte er. »Er stammte eindeutig von einer vollkommen unbeschädigten Sohle in perfektem Zustand, der Absatz war noch kaum abgelaufen. Und die Aussage dieses Stiefelputzers hat ohnehin bewiesen, daß das neue Paar den Lehm auf den Sohlen hatte. Das hatte ich ganz vergessen.« Er fuhr sich hilflos durchs Haar. »Sieht aus, als kämen wir nicht weiter. Ich hab' auf meinem Weg hierher mit der Möglichkeit spekuliert, so vage sie auch gewesen sein mochte, daß einer seiner alten abgelegten Schuhe vielleicht in andere Hände geraten sein könnte. Sagen wir mal, sie sind fortgeworfen worden, und irgendein Obdachloser oder

Herumtreiber hat sie aufgelesen und in der Umgebung von Wontners Haus getragen. Da sie aber alle hier im Schrank sind, ist damit nichts zu machen. Können Sie sich daran erinnern, daß sein jetziges Paar, das neue, irgendwann zwischen dem Zeitpunkt, wo er es gekauft hat und dem Zeitpunkt des Mordes nicht in seinem Besitz war? Hat er es irgendwann mal zur Reparatur weggegeben?«

»Nein«, sagte sie verzagt, »das war nicht nötig. Es war nur ein paar Monate alt und in ziemlich gutem Zustand.«

Verärgert stieß er die Schranktür zu und ging langsam zurück in das vordere Zimmer. »Da steht mir ja einiges bevor. Ich will die nächsten zehn Jahre nachts schlafen können, und das kann ich nicht, wenn er...«

Bereit zu gehen, legte er die Hand auf den Türknauf und blieb dort regungslos mit gesenktem Kopf stehen. »Ich ändere meine Meinung nicht leichtfertig, aber wenn, dann endgültig. Ich bin überzeugt, daß Ihr Mann diesen Mord nicht begangen hat, Mrs. Quinn. Aber ich brauche etwas mehr als nur meine eigene Überzeugung. Ich bin ratlos.«

Sie saß nur apathisch da, wenn auch nicht körperlich, so doch gefühlsmäßig tot. Bereits Witwe, obwohl ihr Mann in der Todeszelle noch lebte.

Durch die Stille, die sich um zwei Uhr nachts über die Welt um sie herum gelegt hatte, drang von irgendwo draußen hinter dem Haus ein Geräusch herein. Ein leises Greinen, schaurig, einsam, jammervoll.

»Was ist das?« fragte er geistesabwesend, die Hand noch immer auf dem Türknauf.

»Katzen. Katzen hinten auf der Mauer«, murmelte sie tonlos.

Er zuckte entmutigt die Achseln und öffnete die Tür. »Zwecklos, noch länger zu bleiben«, brummte er. »Das bringt mich nicht weiter.« Er ging hinaus auf den Flur und sagte ihr noch, als er beim Gehen die Tür hinter sich zuzog: »Sie können mich auf dem Revier erreichen, wenn Ihnen noch etwas einfällt, das Sie mir sagen möchten, Mrs. Quinn. White ist mein Name.«

Sie nickte nur apathisch und sah ihn mit ihren leblosen Augen an, während sie dort im erleuchteten Zimmer saß, zusammengekauert wie eine Art Mumie, die zwar begreifen konnte, aber nicht viel mehr sonst.

Er schloß die Tür und ging langsam die Treppe hinunter, eine Stufe nach der anderen, die Knie knickten steif ein wie bei einem Roboter, der Kopf war gesenkt. Einige Wohnungstüren in den unteren Etagen waren schon mit billigen Weihnachtskränzen geschmückt, für morgen.

Es war so leicht gewesen, Quinn dorthin zu bringen, wo er jetzt war. Und es war so schwer, ihn jetzt, wo er erst einmal dort war, wieder herauszubekommen. Aber White durfte nicht zulassen, daß er starb – doch wie konnte er es verhindern?

Er ging durch die Eingangshalle auf die eiskalte, leere Straße, stellte zum Schutz den Mantelkragen hoch, grub die Hände tief in die Taschen und stapfte niedergeschlagen die Straße hinauf. Als er um die Ecke bog, glaubte er, eine betrunkene Frauenstimme zu hören, die aus dem oberen Stockwerk einer der Mietskasernen hinter ihm schrillte, aber gerade in diesem Moment flitzte auf der Querstraße ein Taxi mit weihnachtlichen Zechern vorüber und erstickte das Geräusch. Er achtete nicht weiter darauf und ging seines Wegs.

Die Nacht war zu kalt, um weit zu laufen oder auf einem Bahnsteig zu stehen und auf eine U-Bahn zu warten. White entschloß sich, selbst auch ein Taxi nach Hause zu nehmen. Er entdeckte eins auf der anderen Straßenseite, winkte es herbei, es wendete und kam langsam neben ihm zum Stehen. Er stieg ein, machte die Tür zu und gab dem Fahrer seine Adresse. Der zögerte, die Hand auf dem Schaltknüppel, und fragte wissend durch den Rückspiegel: »Wollen Sie die loswerden, Chef, oder geht's in Ordnung, wenn ich einen Moment warte?«

Die Tür des Taxis ging wieder auf, und Tom Quinns Frau stand schwankend davor, noch immer in den leichten Morgenmantel gehüllt, den sie gerade eben in der Wohnung getragen hatte, ohne Kopfbedeckung der bitterkalten Nachtluft ausgesetzt, barfuß auf dem eisigen Boden. Ihr Atem wehte wie ein weißes Band von ihren Lippen, doch sie bekam kein Wort heraus.

Er dachte, sie hätte plötzlich den Verstand verloren. Er stürzte sich auf sie und zerrte sie in das warme Taxi, zog seinen Ulster aus und wickelte ihn zum Schutz um sie. Er erwartete Gegenwehr, einen Kampf, aber sie saß nur da und keuchte.

»Zurück um die Ecke, schnell, Nr. 324«, sagte White zu dem Fahrer.

»Was ist denn in Sie gefahren, wollen Sie sich unbedingt eine Lungenentzündung holen?« fuhr er sie barsch an.

Sie antwortete noch immer mit dieser flachen, leblosen Stimme, doch hob und senkte sich ihre Brust vom Hinter-ihm-Herrennen. »Es ist wahrscheinlich nicht von Bedeutung, oder? Aber ich hab' mich jetzt wieder dran erinnert, als ich sie hörte. Ich hab' sie seitdem oft gehört, aber es ist mir erst jetzt wieder eingefallen, wahrscheinlich weil Sie mich gefragt haben, was es ist.«

Delirium, dachte er. »Was *was* ist?« fragte er sie.

»Die Katzen. Die Katzen auf der Mauer. Er hat sie eines Nachts nach ihnen geworfen. Seine Schuhe. Genau bevor *es* passiert ist, irgendwann um diese Zeit. Es ist wohl nicht von Bedeutung, glaub ich? Es hilft Ihnen nicht weiter, oder?« Doch konnte er bei der letzten Äußerung einen flehenden Unterton heraushören. Sie taute ein wenig auf, nicht von der äußeren, unmittelbar auf sie einwirkenden Kälte, sondern von dieser Seelenstarre, die sie in all diesen Wochen ergriffen hatte.

»Er hat mit beiden geworfen?«

»Erst mit dem einen und dann mit dem anderen.«

»Wie schnell hat er sie wiederbekommen?«

»Er ist sofort runtergegangen, aber in jener Nacht hat er sie überhaupt nicht wiederbekommen. Er sagte, er habe sie nicht finden können. Ich hab' sie am nächsten Tag mittags vor unserer Tür entdeckt, in Zeitungspapier eingewickelt.«

Er fuhr hoch. Aber nicht, weil das Taxi angehalten hatte. Es kam zu diesem Zeitpunkt erst langsam zum Stehen. »Allah ist gut – selbst zu einem armen Kriminalbeamten«, murmelte er voller Inbrunst. Dann fiel er fast wütend über sie her. »Und das sagen Sie erst jetzt! Was ist los mit Ihnen? *Wollten* Sie Ihren Mann aus dem Weg haben? War er darauf *versessen* zu sterben?«

»Ich hab' mich vorher nie daran erinnert. Es war so eine Kleinigkeit. Ich hab' nicht geglaubt, daß es etwas bedeutet.«

Hastig schob er sie unter seinem Mantel über den Gehweg. Sie eilten wieder ins Haus, liefen die Treppen hinauf. »Etwas? Alles bedeutet es! Es ist der Dreh- und Angelpunkt des ganzen Falls! Der Rest ist ganz simpel. Jeder Anfänger könnte von da aus weitermachen.« Er stürzte vor ihr hinein und eilte zum hinteren Zimmer. »Welches Fenster war es? Das hier? Trinken Sie einen ordentlichen Schluck Whisky, damit Sie keine Erkältung kriegen. Dann kommen Sie hier herein und helfen mir.«

Sie saßen noch immer da unten auf der Mauer und sangen ihre Serenaden. Mrs. Quinn folgte ihm kurz darauf leicht hustend und wischte sich mit der Hand über den Mund.

»Sie verstehen, worauf ich hinaus will, nicht wahr?« fragte er kurz. »Von dem Zeitpunkt, als Ihr Mann sie hier hinausschleuderte, bis Sie sie am nächsten Tag vor der Tür fanden, hatte jemand anderes die Schuhe. Dieser Jemand *trug diese Schuhe*, als er den alten Wontner umbrachte. Dann spürte er in seiner Furcht, daß sie ihn irgendwie verraten könnten, und sah zu, daß Sie sie auf anonymem Weg wiederbekamen. Oder vielleicht auch nicht. Vielleicht war die ganze Sache ein abgekartetes Spiel, ein hinterhältiger und erfolgreicher Versuch, den Verdacht auf den Falschen zu lenken, um sich so selbst vollkommen in Sicherheit wiegen zu können.

Er muß sie in derselben Nacht rausgeschleudert haben, als

der Mord passierte. Es ist mir egal, ob Sie sich daran erinnern können oder nicht, es *muß* in jener Nacht gewesen sein. Eine andere Möglichkeit gibt's nicht. Diese Mauer mit den Katzen da unten ist keinesfalls mehr als zwei Meter hoch. Wenn Ihr Mann die Schuhe in keinem der beiden Höfe gefunden hat, als er dort unten nachschaute, ist ganz klar, was mit ihnen passiert ist. Es war August, die Fenster standen sperrangelweit offen. Die Schuhe sind in eine dieser Parterrewohnungen im Haus direkt gegenüber geflogen. Egal wie sauer er war, egal wie miserabel er gezielt hat, sie können keinesfalls höher geflogen sein – sonst hätte er sie geradeaus statt nach unten werfen müssen.

Also gut. Irgend jemand in diesen beiden hinteren Zimmern hatte schon geraume Zeit über das Wontner-Ding nachgedacht, war dazu bereit, es zu drehen; nur die Angst vor den Konsequenzen hielt ihn zurück. Die Schuhe, die wie ein Geschenk des Himmels in sein Zimmer flogen, spornten ihn an. Handschuhe oder ein Taschentuch sorgten dafür, daß keine Fingerabdrücke zurückblieben, und mit einer Sonderanfertigung wie diesen Schuhen, mit denen man den Verdacht auf einen anderen lenken konnte – was brauchte er mehr? Er muß beobachtet haben, wie Ihr Mann sie da draußen gesucht hat. Als er nicht kam und an der Haustür schellte, um nach ihnen zu fragen, als dieser Mann schließlich das Licht in Ihrer Wohnung ausgehen sah und wußte, Sie hatten die Suche aufgegeben – für diese Nacht wenigstens –, zog er sie an und führte seinen langgehegten Plan durch. Ich bin mir jetzt sicher, daß ein so perfekter Abdruck kein Zufall war, sondern bewußt auf eine falsche Fährte lenken sollte. Ein gewisses, allerdings nur geringes Risiko bestand darin, die Schuhe am nächsten Tag unbeobachtet vor Ihre Tür zu stellen.« Er strich sich hocherfreut über das Kinn. »Damit wäre der Fußabdruck geklärt. Das mit dem Geld in der Brieftasche wird sich von selbst aufklären. Aber machen Sie sich jetzt um all das keine Sorgen. Ich vergeude hier oben nur meine Zeit. Ich brauch'

Sie nicht mehr. Sie haben fast gewartet, bis es zu spät war, aber trotzdem haben Sie's noch wunderbar hinbekommen.«

Sie folgte ihm wankend zur Tür. »Aber ist es nicht schon zu spät? Es ist – es ist doch schon über vier Monate her. Ist er – ist er dann nicht schon längst über alle Berge?«

»Natürlich ist er längst über alle Berge«, rief White schon im Treppenhaus, »aber er kann nirgends hin, wo ich ihn nicht kriegen kann! Bringen Sie schon mal die Wohnung in Schuß, Mrs. Quinn, Ihr Mann ist in ein paar Wochen wieder zu Hause.«

Zuerst stöberte er den Hausmeister des Gebäudes hinter dem der Quinns auf und setzte dessen Gemaule ein Ende, indem er ihm kurz seine Dienstmarke unter die Nase hielt. »Jetzt hör'n Sie auf zu meckern! Wie lange wohnen die Leute in 1-A schon in diesem Haus?«

»Die McGees? Nächsten April werden's zwei Jahre.«

»Und in 1-B, auf der anderen Seite des Korridors?«

»Das ist Mrs. Alvin. Sie wohnt hier schon fünf Jahre.«

White nahm sich die Wohnung links des Quinn-Fensters zuerst vor. Beide führten von der Straße bis zum Hinterhof. Er hielt den Daumen auf der Klingel.

»Kriminalpolizei. Sie sind McGee, nicht wahr?«

Ein Mann um die fünfzig, lange Unterwäsche unter dem Bademantel – gab sichtlich nervös zu, es zu sein. Seine Frau hielt sich, ebenso nervös, im Hintergrund. Irgendwo hinter den beiden tönte ein Kinderstimmchen: »Das ist der Weihnachtsmann, Mammi, oder?«

Der Weihnachtsmann fragte scharf: »Wer schläft in Ihrem hinteren Zimmer?«

»Meine drei Kinder«, sagte McGee. Wie der Kriminalbeamte bemerkte, hatte die Nervosität jetzt nachgelassen. Trotzdem ging er nach hinten, um sich selbst einmal umzusehen. Drei Betten standen dort in einem Zimmer. In einem lag ein etwa dreizehnjähriges Mädchen, in den beiden anderen zwei jüngere.

»Schlafen die drei schon immer hier hinten?«

»Seitdem wir hier wohnen. Was ist denn los, Mister?«

Anstatt zu antworten, blickte White auf den Boden. Dann sagte er: »Welche Schuhgröße haben Sie?« Dabei beobachtete er ihn genau. McGee sah bei der Frage unschuldig-verblüfft, aber nicht schuldig-verblüfft aus. Offenbar gehörte er zu den Männern, die ihre eigene Schuhgröße nicht kennen.

»47«, antwortete seine Frau ohne Zögern.

Das und ein Blick darauf lieferten die Entlastung. Es lag aus praktischen Gründen auf der Hand, daß sie nichts damit zu tun hatten. White stellte noch eine weitere Frage, nur auf gut Glück.

»Haben letzten Sommer irgendwelche männlichen Verwandten oder Freunde in Ihrer Wohnung übernachtet?«

»Nee, dazu ist gar kein Platz. Wo sollten die Kinder dann hin?«

»Nacht«, sagte White unvermittelt.

Auf der anderen Seite des Korridors öffnete nach längerer Wartezeit eine Dame reifen Alters die Tür. Auch ihre Reaktion war, wie zu erwarten, besorgt. »Kein Grund zur Aufregung. Ich möchte mich nur mit Ihnen unterhalten. Wer bewohnt Ihr hinteres Zimmer?«

»Wieso? Das vermiete ich an Untermieter.«

»Das ist es«, sagte er zu sich selbst. »Ich komme herein«, sagte er und tat es auch gleich. »Wer hat es jetzt?«

»Eine sehr solide junge Dame, eine Bibliothekarin. Sie ...«

»Wie lange wohnt sie schon dort?«

»Etwa seit Labour Day.«

»Anfang September, hm? Sie können sich ruhig hinsetzen und aufhören zu zittern. Dies wird schon noch etwas mehr Zeit in Anspruch nehmen. Ich möchte wissen, wer das Zimmer vor dieser äußerst soliden jungen Dame hatte.«

»Ein junger Mann, ein ... ein Mr. Kosloff.«

»Mr. Kosloff, hm?« Er holte sein Notizbuch hervor. »Um welche Zeit hat er gekündigt?«

Es wollte ihr nicht einfallen. »Zwei oder drei Wochen, bevor...«

»Das reicht leider nicht aus, Mrs. Alvin. Ich brauche das genaue Datum. Dieser Mann steht unter Mordverdacht. Es ist also wichtig.«

Sie rang nach Luft und flatterte vor Nervosität. »Oh, Sie müssen sich irr... Er war so ein ruhiger, netter junger Mann.«

»Man kann sich immer darauf verlassen, daß sie zu Hause so sind. Nun, wie steht's? Führen Sie keine Bücher?«

»Ich... ich kann es an meinem Sparbuch sehen, glaube ich.« Sie ging hinein, nestelte endlos herum und kam schließlich mit einem Sparbuch voller Eselsohren zurück. »Ich bekomme zehn Dollar für das hintere Zimmer, und ich hab's mir zur Regel gemacht, jede Miete sofort einzuzahlen, wenn ich sie bekomme. Also die letzte Eintragung hier, bevor sie kam, ist vom 30. Juli. Die Zahlung erfolgt natürlich im voraus. Damit nehme ich's sehr genau. Das bedeutet, er ist bis zum fünften August geblieben.«

White sah sie mit freudig zusammengekniffenen Augen an. Wontner war in der Nacht vom vierten auf den fünften ermordet worden. »Das machen Sie großartig, Mrs. Alvin. Jetzt denken Sie nur ganz genau zurück. Hat er Ihnen ein paar Tage vorher gesagt, daß er auszieht, oder kam das ganz unerwartet? Das ist wichtig. Versuchen Sie, sich zu erinnern.«

Sie dachte angestrengt nach, ganz konzentriert, es fiel ihr wieder ein. »Er ist von einer Minute auf die andere gegangen. Ich erinnere mich jetzt. Ich war deswegen ziemlich verärgert. Ich konnte das Zimmer den ganzen Monat nicht mehr vermieten.«

White hatte alles herausgefunden, was er wissen mußte. Jetzt machte er sich an die Arbeit, mit Notizbuch und Bleistift.

»Wie hat er ausgesehen?«

»Etwa achtundzwanzig bis dreißig Jahre, helles Haar, etwa Ihre Größe, nur etwas schlanker.«

»Augen?«

»Äh ... blau.«

»Hat er gearbeitet, als er hier wohnte?«

»Nein, aber er hat es immer wieder versucht. Offenbar konnte er einfach keine ...«

»Hat er gesagt, wo er hinzieht, vielleicht irgendeine Anschrift hinterlassen?«

»Kein Wort.« Auf das zu hoffen, wäre ohnehin zu viel des Guten gewesen. »Übrigens ist ein Tag nach seinem Auszug ein Brief für ihn angekommen, den ich hier sehr lange aufbewahrt habe, falls er irgendwann doch noch einmal vorbeikommen und danach fragen sollte, aber das hat er nie getan.«

Er sprang ihr fast in den Schoß. »Wo ist er? Haben Sie ihn noch?«

»Er hat monatelang hinter dem Spiegel der Anrichte gesteckt. Dann hab' ich ihn schließlich weggeworfen.«

Er hätte sie am liebsten gepackt und so lange geschüttelt, bis ihr die falschen Zähne herausfielen. »Woher kam er? Wo war er abgestempelt?«

»Also, allein der Gedanke!« sagte sie hochnäsig.

»Na los, schließlich sind Sie doch Zimmerwirtin. Versuchen Sie nicht, mir was vorzumachen.«

Ihr verstohlener Blick sagte ihm, daß er den Nagel auf den Kopf getroffen hatte. »Also, äh ... kann man denn keine Schwierigkeiten bekommen, wenn man anderer Leute Post öffnet?«

»Nein«, log er schamlos. »Nicht, wenn sie über dreißig Tage nicht abgeholt wurde.«

Sofort erhellte sich ihr Gesicht. »Nun, eigentlich wollt' ich's ja nicht erwähnen, aber ich wollte sehen, ob er ... äh, wichtig genug war, um ihn noch länger aufzuheben, da hab' ich ihn mit Wasserdampf aufgemacht. Es war bloß ein banaler Brief von irgendeinem Mädchen in ... lassen Sie mich nachdenken, Pitts ... Pitts ...«

»Pittsburgh?«

»Nein, Pittsfield.«

»Was stand denn drin?« Er war allerdings schon aufgestanden und ging zur Tür.

»Oh, sie schrieb, daß sie sich freut zu hören, daß es ihm in der Stadt so gut geht.«

Doch seiner Wirtin zufolge hatte er überhaupt keine Arbeit gehabt. Das erklärte das Motiv für den Mord. Er mußte den glühenden Berichten, die er in seine Heimatstadt geschickt hatte, gerecht werden. White wußte jetzt, wo er ihn finden würde. Massachusetts. Bis heute mittag könnte er dort sein. Heute, am Weihnachtstag. Ein schrecklicher Tag. Aber es war auch für den armen Quinn in der Todeszelle ein schrecklicher Tag, sein vorletzter Tag auf dieser Erde. Eine schreckliche Art, Weihnachten zu verbringen.

Mrs. Alvin, die mit offenem Mund in der Wohnungstür stand, verschwand immer mehr im Hintergrund. Sie hatte nun gewiß für den Rest des Winters etwas zum Tratschen.

»Zum Hauptbahnhof«, befahl White dem Taxifahrer.

Die Weihnachtsnacht am Stadtrand von Pittsfield war wie aus dem Bilderbuch. Kristallklar, mit hell strahlenden Sternen und Neuschnee. Und doch war es eine schreckliche Nacht für das, wozu White hierhergekommen war. Das kleine Haus, das er beobachtete, sah einladend aus mit dem warmen, rosigen Licht, das durch die Fenster schien, und dem Kranz, der jedes von ihnen schmückte.

Mehr als einmal war dort erwartungsvoll die Silhouette eines Mädchenkopfes erschienen. Doch nicht nur das Mädchen hielt nach jemandem Ausschau, sondern noch jemand ganz in der Nähe.

Der Sportwagen fuhr um 18.30 Uhr vor, gerade rechtzeitig für das Weihnachtsessen. Es war ein Siebenhundert-Dollar-Modell. Der Mann, der ausstieg, war gut gekleidet und hatte etwas Weißes unter dem Arm, das aussah wie eine Pralinenschachtel. Er ging durch das Gartentor auf die Haustür zu. Er langte nach dem mit Ilex umkränzten Türklopfer. Das Licht, das oben durch die Lünette fiel, zeigte, er war um die dreißig, 1.80 m groß und hatte helles Haar. Er sah nicht besonders gut aus, aber auch nicht bösartig. Man konnte verstehen, daß ihn ein Mädchen zum Weihnachtsessen zu sich nach Hause einlud.

Der Mann kam nicht mehr zum Anklopfen. Er hörte den Schnee leise hinter sich knirschen und sah sich dem anderen Mann gegenüber.

»Sind Sie auch eingeladen?« fragte er mit einem Lächeln.

»Nein«, erwiderte White, »ich komme ungeladen.« Er ergriff ihn am Arm. »Gehen wir zu Ihrem Wagen zurück«, sagte er. »Sehen wir zu, daß wir vom Haus wegkommen, bevor sie wieder rausschaut und Sie sieht.«

»Aber ich hab' eine Verabredung zum Abendessen.«

»Nein, Kosloff«, entgegnete der Kriminalbeamte, und sein Griff wurde härter, »Sie haben eine Verabredung in der Stadt, wegen Mordes an Otto Wontner.«

White hielt ihn einen Moment fest, bis keine Gefahr mehr bestand, daß er umfiel. Sie gingen durch den blauweißen Schnee zum Wagen zurück.

Kosloff sagte nicht viel, bis sie im Bahnhof saßen und auf den nächsten Zug warteten. Vielleicht war er völlig aus der Fassung. Schließlich sagte er zu dem Kriminalbeamten: »Machen Sie mir bitte mein Leben nicht kaputt. Ich wollte dieses Mädchen heut' abend fragen, ob sie mich heiraten will. Ich hab' einen Verlobungsring in der Tasche, den ich ihr eben bringen wollte.«

»Ich weiß«, sagte White finster. »Sie haben fünfhundertfünfzehn Dollar dafür bezahlt. Ich hab' durch das Schaufenster des Juwelierladens gesehen, wie Sie ihn ausgesucht haben. Woher haben Sie das ganze Geld, das Sie seit letzten August hier ausgeben, Kosloff? In New York hatten Sie keinen roten Heller, als Sie bei Mrs. Alvin wohnten.«

»Direkt nach meiner Rückkehr ist meine Mutter gestorben. Sie hat's mir hinterlassen.«

»Ja, sie ist wirklich gestorben, aber erst *nachdem* Sie zurückwaren. Aber Sie hatten das Geld schon, als Sie aus dem Zug gestiegen sind. Sie haben mit dem Geld nur so um sich geworfen, alle möglichen Geschenke gekauft, bevor Sie zu ihr gegangen sind, haben sich mächtig in Schale geworfen.«

»Ja, aber mit meinen letzten paar Kröten, ehrlich! Es war alles nur Bluff. Ich wußte, sie lag im Sterben. Sie sollte vor ihrem Tod glauben, ich hätt's zu etwas gebracht. Ich konnt' sie nicht in dem Glauben lassen, daß ich völlig pleite war, ein Versager. Und die Hinterwäldler hier haben's geschluckt.«

»Und was ist mit jetzt? Ich hab' in den Akten nachgesehen. Sie hat Ihnen genau fünfhundert Dollar hinterlassen. Also, der Wagen, den Sie da fahren, kostet allein ...«

»Ja, auf der Bank hatte sie nur fünfhundert. Aber sie war altmodisch, hatte kein Vertrauen zu Banken. Ich hab' Tausende in bar gefunden, die in einem alten Wandsafe in ihrem Haus versteckt waren.«

»Können Sie das beweisen?« fragte der Kriminalbeamte.

»Nein«, antwortete der Verhaftete. »Sie hat außer mir niemand ins Vertrauen gezogen. Können Sie denn beweisen, daß es von dem Mann stammt, den ich ermordet haben soll?«

Sie sahen einander nur an. Das Pfeifen eines Zuges schallte über die Schienen.

»Wollen Sie mir das wirklich antun?«

White wandte den Kopf ab. Zum ersten und letzten Mal in seiner Laufbahn dachte er: »Was für 'nen miesen Beruf ich doch hab!«

»Dann vergeb' Ihnen Gott«, sagte Kosloff.

»Gehen Sie zum Telefon und rufen Sie Ihr Mädchen an. Sagen Sie nur, daß Sie in der Stadt was Geschäftliches zu erledigen haben und heut' abend nicht kommen können«, sagte White.

Sie waren Campanas erste Kunden, als er am sechsundzwanzigsten frühmorgens seinen Lebensmittelladen öffnete.

»Haben Sie diesen Mann hier schon mal gesehen? Sehen Sie ihn genau an. Nehmen Sie den Hut ab, Kosloff!«

»Ich glaub' ja«, Wontners ehemaliger Lebensmittelhändler

ging um ihn herum und studierte seine Züge. »Klar, klar. Letzten Sommer. Hat in Nähe gewohnt, oder?«

»War er jemals hier, als der alte Mann da war und seine Monatsvorräte gekauft hat?«

»Klar, klar. Hat mal über Alten gelacht. Ich sag' ihm ›Sollten erst mal sein Geld haben, dann können lachen.‹ Er viele Fragen gestellt, sehr neugierig gewesen.«

Kosloff sagte leise und unaufgefordert: »Das stimmt. Aber das heißt nicht, daß ich ... Es hat bestimmt Dutzende anderer Kunden gegeben, die mit ihm über Wontner gesprochen haben.«

»Diese Dutzende anderen haben allerdings nicht gegenüber von Tom Quinn gewohnt, wo sie an seine Schuhe kamen, und sie anzogen, um einen Mord darin zu begehen. Aber Sie. Es ist so gut wie aus, Kosloff.«

Als der Kommissar am Nachmittag desselben Tages um genau 15.15 Uhr Kosloff, Campana, Mrs. Alvin und Mrs. Quinn verhört hatte, nahm der endlich den Hörer seines Diensttelefons ab und sagte: »Geben Sie mir die Staatsanwaltschaft.«

Bob White zog nur ganz tief die Luft ein und atmete wieder aus.

Tom Quinn machte die Wohnungstür auf und sagte mit der vollendeten Schlichtheit großer Tragik, »Ich bin wieder da, Annie. Ich bin heute morgen entlassen worden.«

»Ich weiß«, sagte sie. »Bob White war da und hat mir gesagt, daß du kommen würdest.«

»Ich war schon jenseits der kleinen Tür an dem Abend, bin vorwärts gestolpert, und die geschlitzten Hosen sind mir um die Beine geschlottert. Ich hab's nicht mal gemerkt, als sie mich umdrehten und zurückgehen ließen, hab' den Unterschied gar nicht wahrgenommen. Ich hab' mich bloß gefragt, warum ich so lang brauchte, um hinzukommen. Und als ich mich umsah, war ich wieder in meiner Zelle.« Er hielt beide Hände vor das Gesicht, um die Erinnerung zu vertreiben.

»Sprich nicht davon, Tom«, bat sie eindringlich.

Plötzlich schaute er auf. »Was machst du denn da, Annie?«

Sie schloß den Koffer, den sie gepackt hatte, und ging damit zur Tür. »Ich gehe, Tom. Du bist jetzt zurück, du bist frei. Nur das zählt.«

»Heißt das, du glaubst immer noch ...?«

»Ich werd's nie wissen. Ich werd' nie ganz sicher sein. Das Jahr hat 365 Tage, die Hälfte davon werd' ich dir glauben und die andere nicht. Manchmal werd' ich denken, beim zweiten Mal haben sie den Richtigen erwischt und manchmal ... beim ersten. Die Argumente, die sie gegen dich hatten, waren zu überzeugend, Tom, viel zu überzeugend. Du warst in der besagten Nacht fünfzehn bis zwanzig Minuten fort, um nach deinen Schuhen zu suchen. In der Zeit hätte man bis zum Haus dieses alten Mannes und wieder zurückgehen können.«

»Aber ich bin ohne sie zurückgekommen. Ich hatte die Schuhe doch nicht, als ich zurückkam. Ich war die ganze Zeit da unten und hab nach ihnen ...«

»Ja, Tom, das hast du gesagt. Du hast aber auch gesagt, daß du dort unten Streichhölzer angezündet hast. Ich hab' die ganze Zeit über am Fenster gestanden und kein einziges Streichholz da unten aufflammen sehen.«

Er rang qualvoll die Hände. »Da hab' ich geschwindelt. Ich entsinne mich jetzt! Ich hab' dir gesagt, ich hätte Streichhölzer angezündet, aber das hab' ich nicht, denn dazu war ich zu feige. Ich hab' mich geschämt, weil ich dachte, die Nachbarn könnten mich sehen und über mich lachen.«

»Aber durch diese kleine Schwindelei verlierst du mich jetzt. Sie kostet dich mich und mich dich. Denn wenn du bei der kleinen Sache geschwindelt hast, wie soll ich da wissen, ob du bei der großen nicht gelogen hast?« Sie öffnete die Tür. »Wer kann diesem Bob White schon ins Herz sehen? Woher soll ich wissen, wieviel er weiß und nicht sagt? Wer weiß, wo die Pflicht bei ihm aufhörte und das Mitleid begann? Ich kann nicht durch diese Hölle der Ungewißheit gehen, ich kann sie nicht ertragen. Leb wohl, Tom.« Die Tür ging zu.

Drunten auf der Hinterhofmauer saßen sie wieder und jammerten ihre Klagelieder. Es fing jedesmal leise grollend an, wie simmerndes Wasser in einem Teekessel. Dann wurde es schrill, schriller als der schrillste Schrei, schriller, als es menschliche Nerven ertragen konnten. Miiii-au. Es gipfelte in einem heimtückischen, reptilartigen Zischen, und als Finale erfolgte ein explosives Spucken: Ch-ch-cht! Dann begann alles wieder von vorne.

Unter Verdacht

I

Ich kann nicht behaupten, daß ich von dem Gedanken, das Zimmer zu räumen und es ihm an einem Montagabend so einfach zu überlassen, begeistert war. Das ließ ich mir auch ziemlich deutlich anmerken. Wäre es irgendein anderer Abend gewesen als ausgerechnet der Montag. Am Montag lernte ich immer für die Abendschule, die ich einmal wöchentlich, nämlich dienstags, besuchte. Das wußte er inzwischen. Schließlich hatten wir bereits lange genug zusammengewohnt.

Aber er bat mich trotzdem darum. »... und kurz vor Feierabend hat sie mich angerufen. Es ist sehr wichtig, sagt sie, sie muß mich unbedingt heut' abend noch sehen, und zwar an einem Ort, wo wir ungestört miteinander reden können. Zu ihr gehen kann ich doch nicht, denn du weißt ja, was ihre Familie von mir hält. Also hab' ich ihr gesagt, sie soll herkommen, und ich dachte, es macht dir vielleicht nichts aus ...« Und dann schloß er: »Nur dieses eine Mal. Ich werd' dich nicht nochmals um sowas bitten, Red.«

Verdammt richtig, dachte ich, denn ein zweites Mal sag' ich glatt nein. Was konnte ich schon machen? Es ihm rundheraus abschlagen? Das wäre unserem weiteren Zusammenwohnen nicht gerade zuträglich gewesen. Und schließlich hatte er ja zur Hälfte ein Recht auf das Zimmer.

Es hätte mir auch nicht so viel ausgemacht, wenn das Wetter anständig gewesen wäre. Aber es kam so ein feiner Nieselregen herunter, einer, den man kaum sieht, der sich nur durch die feuchte Straße bemerkbar macht und einem das Genick runterkriecht. Es rentierte sich nicht, in die Bibliothek zu gehen, um dort meinen Stoff zu lernen, denn die machte um neun zu, und bis dahin käme ich nur etwa bis zur Hälfte durch. Mir war klar, ich mußte das Lernen heute ganz sausen lassen und versuchen, mir alles morgen, unmittelbar vor dem Unterricht, einzupauken. Heute abend konnte ich mich nur herumtreiben und versuchen, irgendein Plätzchen zu finden, wo ich, heraus aus dem Nebel, die Zeit totschlagen konnte.

»Also gut«, sagte ich. »Ab wieviel Uhr tritt die Aussperrung in Kraft?«

»Aus dem Weg zu gehen brauchst du ihr ja nun nicht gerade, so mein' ich es nicht«, protestierte er. »Ich will nicht, daß du eine falsche Vorstellung von uns bekommst. Das ist kein Rendezvous, es gibt keine Heimlichkeiten dabei. Sie sagt, es ist was, das unsere Zukunft betrifft, und wir können uns einfach nirgendwo sonst ungestört unterhalten. Und wenn wir alle drei gleichzeitig hier wären, dann könntest du nicht lernen, und wir könnten nicht offen sprechen. Du brauchst nicht zu verschwinden, bevor sie kommt. Ich dacht' nur, ich erklär' dir die Situation rechtzeitig, damit's nicht peinlich wird. Sie sagt, sie kommt um halb neun oder etwas später.«

»So spät ist es ja gleich.« Ich nahm meinen Hut und stellte den Mantelkragen hoch. »Vielleicht seh' ich mir irgendeinen Film an«, meinte ich halbherzig.

Er folgte mir zur Tür. »Sei bitte deswegen nicht eingeschnappt, ja, Red?«

Was nutzte es schon, drüber zu maulen? Wenn ich ihm den Gefallen schon tat, konnte ich auch liebenswürdig dabei sein, dachte ich mir. Ich bin genau wie mein Haar: ich kann zwar widerspenstig sein, beruhige mich dann aber gleich wieder. »Vergiß es«, zwinkerte ich ihm zu. Er machte die Tür zu, und ich ging hinunter.

Sie kam mir entgegen. Ich hatte sie vorher noch nie gesehen, doch kannte ich sie gut genug aus seinen Erzählungen, um zu wissen, daß sie es war. Sie trug einen durchsichtigen grünen

Regenmantel. Ich bilde mir schnell ein Urteil. Sie war ein nettes Mädchen. So nett, daß sie selbst einen Koffer zum Übernachten hätte mitbringen können, und man sie nur anzusehen brauchte, um zu wissen, daß nichts Anrüchiges dabei war. Ich wich aus, um sie vorbeizulassen. Vermutlich wußte sie auch von ihm, wer ich war. Sie lächelte freundlich. »Er hat Sie doch hoffentlich nicht meinetwegen vertrieben?« sagte sie.

Ich wußte nicht, ob es ihm recht war, wenn sie es wußte, also entgegnete ich: »Nein, das ist schon in Ordnung. Ich wollte sowieso ausgehen.«

Viel mehr gab es nicht zu sagen, denn schließlich kannten wir uns ja nicht. »Also dann, guten Abend«, sagte sie und ging hinauf. »Guten Abend«, sagte ich, tippte an meinen Hut und ging hinunter.

Kurz bevor ich das Ende der Treppe erreicht hatte, hörte ich, wie er zur Tür kam und sie einließ. Sie hatte nicht geklopft oder so. Er mußte sie vom Fenster aus gesehen haben. »Abend, Estelle«, hörte ich ihn sagen. Sein Gruß klang ein wenig ernst, ein wenig besorgt.

Während der nächsten paar Stunden dachte ich immer wieder über die beiden nach, aber nur wegen der Unannehmlichkeit, die sie mir verursacht hatten. Es war nicht leicht für mich. Der Mensch ist ein Gewohnheitstier. Ich war es eben gewohnt, montags für die Abendschule zu lernen, und da sich das zerschlagen hatte, hatte ich nicht die geringste Ahnung, was ich stattdessen unternehmen sollte. Ich konnte keinen Film finden, der mir zusagte. Und bevor ich mich noch entschließen konnte, war es dazu ohnehin schon zu spät, und damit war die Sache erledigt.

Ich habe noch nie gern alleine getrunken; eine Kneipe schied daher von vorneherein aus. Schließlich rang ich mich dazu durch, irgendwo einen Kaffee zu trinken und mich durch eine Boulevardzeitung zu kämpfen, die ich mir gekauft hatte. Zum ersten und letzten Mal in meinem Leben ließ ich mich dazu hinreißen, Kreuzwort- und Silbenrätsel zu lösen, als ich auf der letzten Seite angelangt war.

Als die Uhrzeiger langsam auf die letzte halbe Stunde vor Mitternacht zukrochen, hatte ich schließlich genug und machte mich auf den Rückweg. Ich hatte ihnen drei Stunden Zeit gelassen. Das mußte doch wohl ausreichen. In dieser Zeit hätten sie das Schicksal der ganzen Welt regeln können. Jetzt hatte das Entgegenkommen ein Ende. Wenn sie immer noch da oben war und sich mit ihm unterhielt, mußte sie jetzt verschwinden, damit ich endlich diese nassen Schuhe ausziehen konnte. Mochte das Ganze noch so unschuldig sein, es sah nicht gut aus, wenn sie noch wesentlich länger blieb, und beide sollten vernünftig genug sein, das von selbst einzusehen.

Bevor ich die Straße überquerte, warf ich einen Blick hoch zu unseren Fenstern. Sie waren hell erleuchtet, und bei genauerem Hinsehen huschte an einem von ihnen sein Schatten vorbei. Von ihr jedoch keine Spur.

»Jetzt komm' ich, ob ihr fertig seid oder nicht«, brummte ich. Meine Füße waren inzwischen so naß, daß es bei jedem Schritt leise quatschte.

Ich ging hinüber, öffnete die Haustür und stapfte die Treppe hinauf. Beim Hochgehen nahm ich den Hut ab und klopfte am Geländer die Nässe heraus. Vor der Tür lauschte ich einen Augenblick, ob ich drin ihre Stimme noch hörte. Nicht, daß ich dann nicht hineingegangen wäre. Ihn konnte ich recht deutlich herumlaufen hören, aber gesprochen wurde nicht, also mußte sie fort sein. Er schien sehr betriebsam, fast hektisch. In der kurzen Zeit, in der ich dort stand, hörte ich ihn dreimal durch das Zimmer gehen. Vielleicht ging er einfach nur auf und ab.

Ich klopfte. Plötzlich herrschte Stille, die Schritte hörten abrupt auf, aber er kam nicht zur Tür. Ich mußte ein zweites Mal klopfen.

Er öffnete und schaute heraus. Einen Moment hielt er die Tür abwehrend nur einen Spaltbreit auf. Als er sah, daß ich es war, öffnete er sie ganz, doch ich bemerkte das Zögern.

»Was soll das Klopfen?« fragte er etwas spitz, als hätte es ihn durcheinandergebracht. »Hast du deinen Schlüssel nicht dabei?«

»Weshalb bist du so gereizt?« fragte ich. »Natürlich hab' ich ihn. Aber warum soll ich in meinen feuchten Taschen herumsuchen, wenn du da bist?« Ich ging hinein und schaute mich um. »Freundin schon weg?«

»Ja, kurz bevor du gekommen bist.«

»Du bist mir vielleicht einer. Soll das etwa heißen, du hast sie allein gehen lassen, hast sie in so einer Nacht nicht mal nach Hause gebracht?«

»Ich hab' sie vor der Tür in ein Taxi gesetzt.« Er hatte sich in einen Sessel fallen lassen, der zufällig in meine Richtung wies, machte jedoch den Fehler, die ausgestreckten Beine übereinanderzuschlagen, so daß die Schuhsohlen nach vorne zeigten. Ich konnte beide sehen: Sie waren staubig und knochentrokken. Ich hatte noch nie gehört, daß jemand ein Mädchen in ein Taxi setzt, dabei im Eingang stehenbleibt und sie alleine über den nassen Gehweg zum Bordstein laufen läßt.

Er log. Er hatte das ganz spontan erfunden, weil er sich schämte, ich könnte ihn sonst für unaufmerksam ihr gegenüber halten. Ich stellte ihn deswegen nicht zur Rede. Warum sollte ich mit ihm streiten. Es ging mich überhaupt nichts an. Ich hatte genug mit meinem eigenen bedauernswerten Zustand zu tun. Ich zog mir demonstrativ die Strümpfe aus, und als ich sie auswrang, tropfte das Wasser heraus. Ich wollte es ihm dadurch indirekt unter die Nase reiben, doch schien er zu sehr mit anderen Dingen beschäftigt, um es zu begreifen.

Ich kannte ihn inzwischen gut genug, um zu wissen, daß ihn etwas bedrückte. Er redete mir nicht wie sonst immer, wenn er einen Abend mit ihr zusammen war, die Ohren voll, wie wunderbar sie doch sei. Andererseits schimpfte und klagte er aber auch nicht wie damals beim ersten Versuch ihrer Mutter, sie auseinanderzubringen. Kein Wort. Sein Gesicht war zur Maske einer tiefen Emotion erstarrt, war wie gefroren. Ich konnte nicht sagen, was es war. Ich bin kein Seelenarzt.

Er blieb in dem Sessel sitzen, in den er sich hatte fallen lassen, als ich hereinkam, machte keinerlei Anstalten, ins Bett zu gehen. Schließlich fragte ich, als ich meinen Schlafanzug zuknöpfte: »Was ist los? Habt ihr euch gestritten?«

Er gab mir keine direkte Antwort. »Warum sollten wir uns streiten?« fragte er nur.

Es ging mich ja nichts an.

Plötzlich sprang er wie von einer Tarantel gestochen auf und ging hinüber zum Schrank, wo wir gewöhnlich eine Flasche Schnaps aufbewahrten. Er holte sie heraus und hielt sie gegen das Licht. »Schon alles leer?« sagte er enttäuscht und ließ den Arm mit der Flasche sinken.

Ich war derjenige gewesen, der sie gekauft hatte, und als ich sie das letzte Mal gesehen hatte, war sie keineswegs leer gewesen. Irgend jemand mußte sich also vor kurzem – vielleicht innerhalb der letzten Stunde oder so – großzügig bedient haben.

»Ich geh' schnell runter an die Ecke, einen trinken«, sagte er.

»Wieso willst du um die Zeit noch was trinken?« Wir waren beide keine Gewohnheitstrinker. Abstinenzler waren wir allerdings auch nicht, aber gewöhnlich langten wir nur zu, wenn wir Samstag abend loszogen und feierten oder so. Dieser Schluck vor dem Schlafengehen war etwas Neues. Mir lag auf der Zunge zu sagen, *ich* war's doch, der draußen in der Nässe war, und nicht du. Wenn überhaupt, könnt' ich jetzt einen vertragen. Aber das verkniff ich mir. Mir fiel nur auf, daß er nicht einmal fragte, ob ich mitkommen wollte. Aber das lag wohl daran, daß ich schon im Schlafanzug war. Ich wäre ohnehin nicht mitgegangen, selbst wenn er gefragt hätte.

»Ich geh' ins Bett. Nimm lieber deinen Schlüssel mit«, ermahnte ich ihn.

»Ich komm' gleich wieder und geh' auch schlafen«, versicherte er mir.

Er machte die Tür hinter sich zu, und ich dachte nicht weiter über ihn nach.

Ich mußte barfuß durch den Flur, weil er das Licht angelassen hatte. Sah nicht ein, warum ich das Elektrizitätswerk subventionieren sollte. Dabei bohrte sich etwas in meine bloße Sohle. Als ich es aufhob, sah ich, daß es eine kleine Metallklammer oder -spange war, in der noch ein winziges Stück grüne Regenhaut steckte. Seine Freundin hatte einen Verschluß ihres Regenmantels verloren. Doch hatte er sich nicht einfach gelöst und war abgefallen, diese Verschlüsse waren extra so gemacht, daß das nicht passieren konnte. Der Fetzen Grün, der daranhing, zeigte, er war abgerissen worden. Vielleicht war das Mädchen irgendwo damit hängengeblieben. Ich fragte mich, warum sie ihn nicht mitgenommen hatte, um zu versuchen, ihn irgendwie wieder dranmachen zu lassen. Es war gewiß nicht einfach, wieder einen passenden nachzubekommen.

Ich legte ihn an einen Platz, wo er nicht verlorengehen konnte, und ging zu Bett.

Ich mußte mich immer dreimal drehen und wenden, bis ich die richtige Lage gefunden hatte, und brauchte jedesmal ungefähr fünf Minuten dazu. Wenn ich dann aber die richtige hatte, wollte ich von niemandem mehr gestört werden.

Doch ausgerechnet als ich gerade die richtige Schlafstellung gefunden hatte, mußte das Telefon klingeln. Ich hielt die Augen geschlossen und versuchte, nicht hinzuhören. Bestimmt hatte sich jemand verwählt, denn wer sollte sonst zu dieser nachtschlafenden Zeit noch anrufen? Ich hoffte, mein Zimmergenosse würde gerade in dem Augenblick zur Tür hereinkommen und mir die Mühe, aufstehen zu müssen, ersparen, oder es würde von selbst wieder aufhören.

Keines von beidem geschah. Er kam nicht herein, und das Telefon klingelte weiter. Es klingelte lange über die übliche

Zeit hinaus, als ob der Teilnehmer die Vermittlung drängte, nicht lockerzulassen. Schließlich mußte ich nachgeben. Ich stand auf, zog den Bademantel über und ging hinaus. Ich schaltete kein Licht ein. Ich wußte auch so, wo es stand.

Es war eine Frauenstimme. Sie war vom ersten Satz an unmißverständlich durch dreierlei Dinge gekennzeichnet. Es gibt so beredte Stimmen. Diese drei klanglichen Komponenten waren: abgrundtiefe, eisige Feindseligkeit – die offenbar schon über geraume Zeit gehegt wurde –, ein unbändiger, kaum zu zügelnder Zorn – neueren Ursprungs, über den Anlaß selbst – und schließlich schwang da noch, weniger deutlich als die beiden anderen, ein Funken Angst mit.

Die Stimme meldete sich weder mit einer Anrede noch mit einer Begrüßung. »Ich möchte bitte meine Tochter sprechen«, fing sie ohne Einleitung an. »Also, sie hat mir versprochen, ein für allemal klare Verhältnisse zwischen Ihnen zu schaffen und dann sofort zurückzukommen. Nur unter diesen Bedingungen habe ich sie heute abend überhaupt zu Ihnen gelassen, und wenn Sie glauben, Sie könnten irgend etwas dadurch erreichen, daß Sie die ganze Nacht auf sie einreden ...« Dann hielt sie plötzlich inne und fragte: »Dort ist doch Mr. Dixon, nicht wahr?« Selbst den Namen aussprechen zu müssen war ihr ein Greuel. Vermutlich war Dixon für sie bei ihrer Tochter nur »dieser junge Mann«. Ihre Art ärgerte mich.

Schon die ganze Zeit hatte ich ihr zu sagen versucht, daß er es nicht war. »Nein, hier spricht Stewart Carr, sein Zimmergenosse. Ich erwarte ihn jeden Moment zurück.«

Sofort waren die eisige Feindseligkeit und der Zorn wie weggeblasen, da sie ja nicht mir galten. Nur die Angst blieb zurück. »Oh, das tut mir leid«, sagte sie steif. »Nun, dann ist sie vermutlich inzwischen gegangen. Wenn er ein Gentleman wäre, hätte er dafür gesorgt, daß sie zu dieser Zeit zu Hause ist. Er hätte sie nicht bei so einem Regenwetter noch bis spät in die Nacht hinein aufgehalten, bis ich anrufen mußte, um ihn daran zu erinnern ...«

Ich versuchte, sie zu beruhigen: »Sie ist vor über einer Dreiviertelstunde gegangen, sie müßte jeden Moment zu Hause sein, Mrs....« Ich kannte nicht einmal den Namen. Die Zeit kam wohl ungefähr hin. Ich selbst war mindestens schon so lange zu Hause, und Dixon hatte gesagt, sie sei unmittelbar, bevor ich...

Ich hatte wohl das Falsche gesagt. Jetzt beherrschte nur noch Angst die Stimme und verdrängte alles andere. »*Eine Dreiviertelstunde!* Warum ist sie dann nicht längst da? Von Ihnen bis hierher sind es doch nur sechs Straßen. Für eine so kurze Strecke dürfte sie doch nicht so lange brauchen.«

Bei dieser Entfernung wohl nicht. Und er hatte gesagt, er hätte sie in ein Taxi gesetzt, mit dem sie in Null Komma nichts hätte zu Hause sein müssen. Ich war klug genug, das nicht zu erwähnen.

»Das wäre typisch für ihn, in einer so verregneten Nacht unterwegs mit ihr herumzubummeln!« fuhr die Stimme verbittert fort. Sie nahm an, daß Dixon das Mädchen zurückbrachte. Das war eindeutig. Ich wußte nicht, ob ich sie eines Besseren belehren sollte. Doch es hieße wahrscheinlich nur, Öl auf das Feuer gießen, wenn sie hörte, daß er sie alleine auf den Heimweg geschickt hatte. Und was machte es schon aus, wenn das Mädchen ohnehin jede Minute dort eintreffen mußte? Sollte sie doch den Grund für die Verspätung von ihrer Tochter selbst in Erfahrung bringen. Warum mußte ich mitten in der Nacht aufgeweckt und damit behelligt werden?

»Sie muß jetzt jeden Moment ankommen«, sagte ich.

»Das hoffe ich sehr«, erwiderte sie. Dann folgte in einem strengen Ton die Warnung: »Wenn sie nicht bald zurück ist, werde ich...« Sie beendete den Satz nicht, sondern legte auf.

Ich ebenfalls. Ich warf der Tür einen giftigen Blick zu. Warum kam er nicht hoch und beantwortete diese Anrufe selbst? Ich brauchte Schlaf, ich mußte früh aufstehen.

Ich kletterte wieder ins Bett und machte meine Dreigangschaltung für die richtige Schlafstellung und schlief ein. Dann zersprang der Schlaf wie eine zerplatzte Glühbirne, und inmitten der Splitter schellte wieder das verdammte Telefon.

Ich ging völlig benommen hinaus, zu schlapp diesmal sogar, um sauer zu sein. Es hatte mich aus dem Schlaf gerissen, es war wie ein Schlag ins Gesicht. Es war dieselbe Frau. An der Stimme hätte man sie nicht wiedererkannt. Sie war jetzt heiser vor absoluter Panik. Keine Spur mehr von affektierter Entrüstung und Besorgnis. Nur noch die nackte, blinde Angst einer Mutter, die kurz davor war, die Selbstbeherrschung zu verlieren.

»Ich verlange, mit John Dixon zu sprechen! Ich verlange zu erfahren, was mit meiner Tochter passiert ist.«

»Ist sie denn immer noch nicht zurück?«

Mein nutzloses Erstaunen blieb unbemerkt.

»Was hat er mit ihr gemacht? Warum ist sie nicht hier? Meine Estelle würde niemals aus freien Stücken bis so spät in die Nacht hinein fortbleiben. Ich kenne sie besser! Ich bin ständig im Zimmer auf und ab gegangen, bis ich es nicht mehr ertragen konnte. Ich bin sogar trotz dieses Regens dreimal bis zur Straßenecke gegangen, um zu sehen, ob sie nicht kommt... *Wissen* Sie überhaupt, wie spät es ist?«

Bis dahin hatte ich es nicht gewußt. Ich dachte, es sei vielleicht zwanzig Minuten später. »Einen Moment.« Ich langte mit meiner freien Hand an den Lichtschalter, knipste das Licht an und schaute auf die Uhr. Viertel vor drei. Er war nun selbst fast schon drei Stunden fort. Das Mädchen war angeblich vor über dreieinhalb Stunden nach Hause gegangen und wohnte nur sechs Straßen entfernt! Ich wußte nicht, was ich sagen sollte. »Er... er ist runter an die Ecke gegangen und bis jetzt nicht zurückgekommen...«, stotterte ich. Aber das hatte ich ihr ja schon vor Stunden erzählt.

Nur mit größter Mühe konnte die Stimme ihre Hysterie unterdrücken. Sie klang ganz zerrissen und drohte zu versagen. »Warum kommt er nicht selbst ans Telefon und stellt sich mir wie ein Mann? Was glaubt er, davon zu haben, wenn er mir so aus dem Weg geht? Das kann er mit mir nicht machen. Ich habe sie gewarnt, ich habe ihr die ganze Zeit gesagt, daß früher oder später ein Unglück passiert, wenn sie sich weiterhin mit ihm trifft ...«

Diesmal sagte ich nichts. Was hätte ich noch sagen können? Die Stimme war jetzt völlig außer Kontrolle geraten, war nicht mehr sie selbst. Es war grauenvoll, dazustehen und mitanhören zu müssen, wie sie sich quälte. Es ging einem durch Mark und Bein. »Ich will mein kleines Mädchen zurückhaben! Was hat er mit ihr angestellt? Ich werde die Polizei alarmieren. Die wird mir helfen, die wird herausfinden, warum sie nicht heimkommt.«

Plötzlich hatte sie aufgelegt. Es herrschte Stille.

Und dann drehte sich, gerade eine Minute zu spät, der Schlüssel im Schloß, und mit gehetztem Blick kam Dixon herein.

2

»Es wird aber auch Zeit!« sagte ich wütend. »Wo, zum Teufel, hast du gesteckt? Wolltest bloß mal runter und ein Glas trinken und bleibst die halbe Nacht unten ... und mich läßt du hier oben die Dreckarbeit für dich machen!«

Irgend etwas flackerte wie elektrisiert über sein Gesicht. Ich konnte nicht sagen, was es war. »Was ist los?« fragte er.

»Du hast Schwierigkeiten, das ist los. Dein Mädchen ist heut' nacht nicht nach Hause gekommen. Ihre Mutter hat zweimal hier angerufen, als du weg warst, und das letzte Mal hat sie gesagt, daß sie die Polizei verständigen will. Am besten gehst du schleunigst hin und stellst fest, was passiert ist.«

Ich wartete. Er wartete ebenfalls. Er stand einfach nur da und schaute mich regungslos an.

»Meinst du nicht, du solltest sie wenigstens zurückrufen?«

»Sie würde mir sowieso nicht zuhören, sie würde mir keine Gelegenheit geben, mich zu ... Sie haßt mich, sie hat immer versucht, uns auseinanderzubringen. Wenn irgendwas passiert ist ... dann bin ich erledigt.«

»Das ist überhaupt kein Argument. Das Mädchen war hier, und das weiß sie. Setz dich zumindest mit der Frau in Verbindung. Wenn du das nicht tust, ist sie imstande, das Schlimmste zu vermuten.«

»Aber das versuch' ich dir doch gerad' zu erklären: das tut sie ohnehin schon. Ganz egal, was ich mache, sie würde ...«

Ich wußte nicht, wie ich gegen eine solche Argumentationsweise ankommen sollte. Die Frau war völlig verdreht. Sie würde ihn in Schwierigkeiten bringen, wenn er nicht bereits drinsteckte.

Ich sagte eine Weile nichts und beobachtete ihn. Das soll nicht heißen, daß ich ihn anstarrte, ich studierte ihn nur unauffällig. Er war nicht betrunken. Er war – angeblich – drei volle Stunden unten gewesen, um etwas zu trinken, und doch war er nicht betrunken. Ich dachte, es wäre nicht schlecht, der Sache auf den Grund zu gehen. »Wo warst du, bei McGinnis?« fragte ich unvermittelt.

Er nickte matt und schaute zu Boden.

Das war die Kneipe an der Ecke. Ich bin oft genug mit ihm dortgewesen. Es gab dort an beiden Enden der Theke Schalen mit Salzgebäck. Wenn nicht sehr viel Betrieb war – und davon konnte man wohl an einem regnerischen Dienstagmorgen um drei Uhr ausgehen –, stand man irgendwo in der Mitte. Holte man sich Gebäck, brachte man immer gleich eine Handvoll mit, um sich das dauernde Hin und Her zu ersparen. Ich war noch nie mit ihm dortgewesen, ohne daß er beim Hinausgehen gleich eine ganze Ladung davon in der Tasche gehabt hätte.

Er hatte seine Jacke rechts an die Stuhllehne gehängt. »Hast du 'ne Zigarette?« fragte ich, ging hinüber und langte in die Außentasche. Ich fand nur ein einziges Stück Salzgebäck darin.

»Einen großen Schwips hast du ja nicht«, sagte ich und nahm

unbemerkt eine von meinen eigenen Zigaretten. Er hätte bloß fünf Minuten dort drin zu sein brauchen und trotzdem das Gebäck in die Tasche stecken können. Und was war dann aus den restlichen zwei Stunden und fünfundfünfzig Minuten geworden?

»Ich hab' nicht mal das eine Glas ausgetrunken, das ich bestellt hab'. Saß nur da und hab' vor mich hingebrütet. Hab' gar nicht gemerkt, wie die Zeit vergangen ist. Es gibt Zeiten, da ist man sogar noch zu niedergeschlagen, um ...«

Ich stand mit dem Rücken zu ihm am Fenster und schaute hinunter auf den Lackanstrich, den der Regen der Straße gegeben hatte. Irgendwann streckte ich den Rücken, das war das einzige Anzeichen dafür, daß ich etwas gesehen hatte. Ich dachte, ich bring's ihm wohl besser vorher bei, damit er sich darauf einstellen kann. Ohne den Kopf zu drehen sagte ich: »Grad' eben ist ein Polizist ausgestiegen und ins Haus gegangen.«

»Red, du mußt zu mir halten.«

Diesmal drehte ich den Kopf, und zwar sehr rasch. »Was soll das heißen, ich muß zu dir halten?«

Er griff sich an den Nacken und suchte nach einer Antwort. »Wenn sie herkommen und fragen, ob ... ob du gesehen hast, daß sie weggegangen ist, sag ja. Sag ihnen, du bist grad' rechtzeitig gekommen, um noch zu sehen, wie ich mit ihr runter zur Straße gegangen bin und sie in ein Taxi gesetzt hab'.«

»Aber das hab' ich nicht«, sagte ich schlichtweg.

»Ich weiß, aber wärst du bloß fünf Minuten früher gekommen, hättest du's doch gesehen! Verstehst du denn nicht, so wie es jetzt steht, hat sie keiner von hier fortgehen sehen. Ihre Spur endet hier. Wenn ich wenigstens *einen* vorweisen kann, der sagt, er hat sie von hier fortfahren sehen ... Von diesen fünf Minuten hängt alles ab.«

Ich dachte an seine trockenen Schuhsohlen. Ich mußte mir sicher sein, was ich tat. Eine Chance will ich ihm noch geben, dachte ich. Gibt er mir wieder die falsche Antwort, kann er mir gestohlen bleiben. »Aber was tu' ich damit?« fragte ich. »Etwas beschreiben, das ich nicht sehen konnte, weil ich zu spät kam, oder etwas beschreiben, das – gar nicht geschehen ist? *Bist du sicher*, daß du sie zur Tür gebracht und in ein Taxi gesetzt hast?«

Ich weiß nicht, ob mein Blick ihn gewarnt oder ob er sich selbst eines Besseren besonnen hatte. Jedenfalls gab er mir diesmal die richtige Antwort. »N . . .nein«, verbesserte er sich, »ich hab' sie nicht selbst an die Tür gebracht, aber du kannst sicher sein, daß sie von hier weggefahren ist, und zwar mit einem Taxi . . .«

»Das erste Mal hast du mir erzählt, *du* hättest sie runtergebracht und in's Taxi gesetzt.«

»Ich weiß. Da war's aber noch nicht so ernst. Da schien's ziemlich egal, ob es so oder so war. Ich hab' mich geschämt, du könntest mich für so schofel halten, mich nicht mal richtig von ihr zu verabschieden. Wir haben Schluß gemacht. Sie ist einfach gegangen. Dann hab' ich gehört, wie sie unten von der Haustür ein Taxi herbeipfiff. Ich konnt's deutlich durch's Fenster hören. Ich hörte eins vorfahren . . . Sie lief rasch hin und stieg ein . . .«

»Einen Moment. Hast du *gesehen*, daß sie eingestiegen ist?«

Er sah mich gequält an. »Ich bin eine Sekunde zu spät ans Fenster gekommen. Sie war gerade eingestiegen. Ihre Hand war noch an der Tür und zog sie hinter sich zu. Wer sonst hätte es sein sollen? Sie war grad' eine Minute vorher aus dem Zimmer gegangen. Als das Taxi fort war, blieb ich noch mindestens eine Minute am Fenster stehen und schaute grübelnd in den Regen hinunter. Es ist sonst niemand aus dem Haus gekommen. Das muß sie gewesen sein, in dem Taxi. Tut's dir denn weh, wenn du sagst, du hast sie auch gesehen, unten von der Straßenecke? Alles, worum ich dich bitte, Red, ist . . .«

Bevor ich antworten konnte, klopfte es an der Tür. Es war das Klopfen, das wir beide jeden Moment erwartet hatten und das zurückgehalten worden war wie bei einer chinesischen

Wassertropfenfolter. Ich deutete mit dem Daumen in Richtung Tür, was so viel hieß wie: »Besuch für dich.«

Selbst jetzt, als er zögernd durch das Zimmer schlich, fand er die Zeit, seine Bitte noch einmal in einem heiseren, eindringlichen Flüstern zu wiederholen. »Hältst du zu mir, Red? Was ist? Hältst du zu mir?«

Er brauchte eindeutig eine moralische Stütze, und ich konnte nicht umhin, mich zu fragen, warum. War nicht sein Wissen um die eigene Unschuld Stütze genug?

Dieser erste Besuch war nur ein Vorspiel. Reine Routine, nur ein uniformierter Streifenbeamter, den man geschickt hatte, um einmal nachzusehen. Bis jetzt war noch keine Rede davon, daß etwas passiert sei. Eine Vermißtmeldung lag noch gar nicht vor. Nur die Beschwerde einer überkandidelten Mutter.

Eben deshalb konnte ich, als ich diesen Stern in der Tür sah, diese offen getragene Polizeimarke, die in der Regel kaum mehr zu bedeuten hat als eine Verwarnung wegen zu langen Parkens oder die Ermahnung: »Schluß jetzt mit dem Krach da oben«, nicht umhin, mich zu fragen, warum Dixon so bereitwillig gleich auf das Schlimmste gefaßt war. Warum er – wie soll ich sagen? – dem Spiel so weit voraus sein sollte. Er schien es nicht abwarten zu können, vor allen anderen, selbst vor der Polizei, zur schlimmstmöglichen Schlußfolgerung zu gelangen. Mit Ausnahme der Mutter. Und Mütter – sind sie mit besonderem Weitblick begabt oder durch Mangel daran verblendet?

Alles lief äußerst glatt, ohne Haken. Der Polizist machte sich Notizen. Dixon antwortete auf seine Fragen. »... ungefähr Viertel vor zwölf ... Nein. Ich hab's ihr angeboten, doch sie hat's nicht zugelassen. Sie sagte, sie hätte einen Regenmantel und würde gleich an der Tür ein Taxi nehmen ...« Was er mir erzählt hatte, erwähnte er nicht: daß sie »Schluß gemacht hatten«.

Das erinnerte mich an etwas. Ich schaute hinüber zum Tisch, wo ich den Verschluß des Regenmantels hingelegt hatte, auf den ich getreten war. Er lag nicht mehr dort. Ich sah Dixon an. Er hatte die Augen niedergeschlagen.

Der Polizist stellte mir nur eine Frage. »Waren Sie hier?«

Ich beantwortete diese Frage mit nur einem Wort. »Nein.« Das war mein einziger Beitrag. Die Gewissensfrage, mit der mich Dixon konfrontiert hatte, war nicht einmal gestellt worden ... noch nicht.

Der Polizist verschwand. Wir gingen ins Bett. Inzwischen war es vier. Dixon war noch wach, als ich einschlief, und bereits – oder noch – wach, als ich aufwachte. Wir sprachen nicht darüber. Ich hatte es zu eilig und war zu müde, um einen anderen Gedanken zu fassen, als rechtzeitig aus dem Haus zu kommen. Ich verschwand ohne ein Wort aus dem Zimmer.

Als ich zurückkam, war nicht er da, sondern ein anderer. Ich steckte den Schlüssel ins Schloß, ging hinein und fand einen Mann vor, der es sich in unserem Lehnstuhl bequem gemacht hatte, und so tat, als lese er Zeitung. Man sah sofort, daß er sie gerade erst in die Hand genommen hatte, als er mich an der Tür hörte. Der Teppich war auf der einen Seite ein bißchen gewellt, als sei er umgedreht und dann wieder zurückgeschlagen worden.

Das Vorspiel hatten wir bereits hinter uns. Jetzt kam der erste Akt.

»Was geht hier vor?« fragte ich nicht gerade herzlich.

Er zeigte eine Polizeimarke und sagte: »Der Hausmeister hat mich reingelassen, um auf euch Jungs hier zu warten. Sind Sie Carr? Sind Sie der Mann, der mit Dixon hier wohnt?«

»Genau der.«

»Gestern abend war ein Mädchen namens Estelle Mitchell hier, stimmt's?«

»Was dagegen, wenn ich mich setze? Ich mußte die ganze Heimfahrt lang stehen.« Ich nahm Platz.

»Nun?«

»Ja«, sagte ich kühl, »gestern abend ist ein Mädchen hiergewesen, und ich glaube, sie hieß Mitchell.«

»Um welche Zeit war das?«

»Halb neun.«

»Haben Sie sie kommen sehen?«

»Sie ist mir beim Rausgehen auf der Treppe begegnet.«

»Um wieviel Uhr sind Sie zurückgekommen?«

»Kurz vor zwölf.«

»War sie da noch hier?«

»Sie war gerade gegangen.«

»Woher wissen Sie, daß sie gerade gegangen war? Hat Ihr Freund Ihnen das erzählt oder haben Sie's selbst gesehen?«

Die Gewissensfrage stellte sich um. Es ging mir nicht darum, meine eigene Haut zu retten. Wenn ich mir seiner, Dixons, sicher gewesen wäre, hätte ich mit Freuden behauptet, sie persönlich bis zu ihrer Haustür begleitet zu haben, und zum Teufel mit diesem und allen anderen Schnüfflern. Doch war ich mir seiner nicht so sicher, wie ich – nun ja, wie ich es gerne gewesen wäre. »Ich hab' sie so gut wie fortgehen sehen«, sagte ich.

»Was meinen Sie damit?«

»Als ich um die Ecke bog und das Haus hier sah, stand dort ein Taxi, das auf jemanden wartete, der aus der Tür kam. Ich sah eine Gestalt herausrennen und einsteigen, und ich sah meinen Freund oben am Fenster stehen und hinuntersehen ...«

»Sind Sie sicher, daß sie es war?«

»Das hab' ich nicht gesagt.« Ich war bereit, so weit wie nur irgend möglich für ihn zu gehen, doch nicht den ganzen Weg – bevor ich mir nicht sicherer war. Ich habe ein seltsames Gewissen, schrecklich unelastisch, praktisch undehnbar. »Ich bin mir sicher, daß es eine Frau war. Aber die Nacht war zu dunkel, und ich war zu weit entfernt, um ihr Gesicht erkennen zu können. Als ich kurz darauf hochkam, sagte er mir, sie sei gerade gegangen. Jetzt können Sie selbst Ihre Schlußfolgerungen ziehen.«

»Hatten Sie dieses Mitchell-Mädchen vorher schon einmal gesehen?«

»Nein, das erste Mal letzte Nacht auf der Treppe.«

Das stimmte ihn mir gegenüber sichtlich milde. Was die Gestalt in der Tür anbelangt, meine ich. Wie konnte man da von mir erwarten, sie aus der Entfernung erkannt zu haben, und noch bei Nieselregen? »Um wieviel Uhr kommt er gewöhnlich zurück?«

Sonst war er immer früher da. Allerdings wollte ich ihn damit nicht anschwärzen. »Ach, er ist nie sehr pünktlich«, sagte ich gedankenlos. »Vielleicht ist er zu den Mitchells gegangen, um zu sehen, ob sie was gehört haben.«

»Ja? Also, dann warte ich«, sagte er hartnäckig.

»Was dagegen, wenn ich was essen gehe? Mein Mittagessen hat nur aus einer Malzmilch bestanden.«

Er machte eine wohlwollende Geste. »Gehen Sie nur, Carr.«

Mir gefiel sein Tonfall nicht. Es hieß soviel wie »Sie sind ja nicht der, hinter dem wir her sind«.

Ich warf ihm einen Blick zu, stand dann aber auf und ging. Ich wollte zu einem Lokal um die Ecke. Gerade bevor ich um die Ecke bog, verlor der Reifen eines parkenden Wagens laut zischend die Luft. Allerdings auf der falschen Seite, dort wo Hauseingänge waren, nicht die Straße. In einem von ihnen stand Dixon. Ich blieb sofort stehen und ging hin. »Verflixt nochmal! Was machst du denn hier drin, Versteck spielen?«

»Mein Schnürsenkel ist aufgegangen, da bin ich hier rein, um ihn zuzumachen.« Dann sagte er: »War schon jemand da?«

»Ein Schnüffler sitzt gerad' oben und will mit dir sprechen.«

Trotzdem hätte er so nicht zusammenzuzucken brauchen. Ich wartete, daß er sich in Bewegung setzte, doch nichts geschah.

»Nun, willst du nicht hochgehen und es hinter dich bringen?«

Er sah mich nur an, als hätte ich ihn aufgefordert, in eine Löwengrube zu gehen.

»Warst du bei den Mitchells?«

Er schüttelte den Kopf und schaute zu Boden.

»Hast du nicht wenigstens angerufen und dich erkundigt? Willst du damit sagen, du hast dich seit letzter Nacht kein einziges Mal bei ihnen gemeldet?«

»Die alte Dame haßt mich, ich sag's dir. Sie würde bloß an die Decke gehen, mich anschreien und mir alles mögliche an den Kopf werfen. Ich steh' das nicht durch, jetzt weniger denn je.«

»Sieh mal, Dixon«, versuchte ich ihm klarzumachen, »du machst bei dieser Sache alles falsch, was man nur falsch machen kann. Setz dich nicht von vorneherein ins Unrecht; dazu besteht kein Grund. Ich weiß ja, wie das ist, du bist nervös und unsicher – aber *du* hattest doch nichts mit ihrem Verschwinden zu tun, warum solltest du also ihrer Mutter oder den Schnüfflern oder sonst jemandem aus dem Weg gehen?«

»Selbst du«, sagte er bitter, »selbst du solltest dich sehen, wenn du das sagst. Du hast so einen gewissen Blick, als wärst du dir selbst nicht ganz sicher.«

Es war keine Absicht gewesen, mir das anmerken zu lassen, es war unbewußt da. Ich hielt es für die beste – und freundlichste Methode, das auszubügeln, erst gar nicht darauf einzugehen. »Du gehst jetzt besser hoch in die Wohnung, Dixon«, riet ich ihm kurzangebunden. »Dein Schnürsenkel ist ja wieder zu.«

Ich ging weiter und dachte: »Er ist nicht der Typ, dem so etwas hätte passieren dürfen. Er verpatzt garantiert alles, bevor er da durch ist. Wäre mir das zum Beispiel passiert, mir mit meinen roten Haaren, ich hätte mich Tag und Nacht auf dem Polizeipräsidium herumgetrieben, wäre ihnen lästig geworden, hätte sie beschimpft, weil sie sie nicht schneller finden konnten. Er schien sich dagegen fast zu verstecken und machte sich dadurch verdächtig.«

Ich aß und ging zurück. Er war wieder fort, und diesmal auch der Schnüffler. Dixon kam etwa vierzig Minuten später zurück. Er schien fast hereinzutorkeln. Er wirkte völlig blutleer, er war so weiß, daß es unwiederbringlich schien. Und als er Jacke und Weste auszog, war das Hemd auf seinem Rücken völlig schweißdurchtränkt.

»Sie haben mich auf dem Präsidium verhört«, sagte er. Er ließ sich auf einen Stuhl fallen und lockerte seine Krawatte, als würde sie ihn würgen, und holte tief schaudernd Atem. »An einem Punkt dachte ich, die lassen dich nicht wieder gehen, aber am Ende haben sie's dann doch.«

Ich zog die Schultern hoch. »Warum sollten sie dich nicht gehen lassen?«

Er ging nicht darauf ein. »Mann, viel mehr davon halt' ich nicht aus«, sagte er nur.

»Ich weiß nicht, aber bis jetzt schienst du mir nie besonders sensibel zu sein«, ließ ich ihn wissen. »Warum läßt du dir das so nahe gehen? Sie müssen doch Fragen stellen, oder? Das ist doch nicht persönlich gemeint...«

Er lachte verbittert. »Da unten haben sie's jetzt aber ziemlich persönlich wirken lassen.«

Ich dachte: »Wenn du dich da unten genauso benommen hast wie hier oben, dann hast du dir nicht allzuviel Gutes getan!« Wenn er sich nicht selbst helfen würde, mußte sich wenigstens jemand für ihn einsetzen, und das blieb wohl an mir hängen. Ich ging eine Weile im Zimmer umher. Schließlich blieb ich vor ihm stehen und legte ihm die Hand auf die Schulter. »Hör zu, dir selbst zuliebe. Ich will, daß du was für mich tust. Ruf ihre Mutter an und *sag* wenigstens *etwas* zu ihr, sei nicht nur so niedergeschlagen. Find' wenigstens heraus, ob sie irgendwas gehört haben.«

Er scheute glatt davor zurück. »Aber ich sag' dir doch, ihrer Meinung nach bin ich schon längst für alles verantwortlich, und es gibt nichts, was ich tun oder sagen könnte.«

Ich machte ein paar weitere Runden durchs Zimmer. »Hat dir das Mädchen überhaupt was bedeutet?« fragte ich brüsk.

Das traf ihn unvorbereitet. »Red, ich war verrückt nach ihr, ich war wild nach ihr, ich hätt' alles getan, um sie nicht zu verlieren. Ich hätte sie lieber tot gesehen, als sie zu *ihm* gehen zu lassen ...« Er erkannte zu spät, wie sich das anhörte, und brach abrupt ab.

Alles falsch! Er sagte und machte alles falsch.

»Also diese Bemerkung würd' ich mir lieber in Zukunft verkneifen«, riet ich ihm beißend. Ich nahm den Hörer ab.

»Was hast du vor?«

»Wie ist die Nummer? Wie ist die Nummer ihrer Wohnung?«

3

Er gab mir die Nummer, und ich rief für ihn an. Zuerst war ein Mann am Apparat. Irgendwie kam mir der Gedanke, er sei ein Kriminalbeamter, der dort war und mit ihnen sprach. »Mrs. Mitchell, bitte.«

»Wer ist am Apparat?«

»Dixon möchte sie sprechen«, sagte ich unverbindlich.

Sicher, es mußte ein Kriminalbeamter gewesen sein. Die Wartezeit war zu lange. Sie mußten es besprochen haben. Plötzlich hörte ich sie deutlich, kaum einen halben Meter vom Telefon entfernt, zu jemand anderem sagen »Sie sollten mich nicht dazu zwingen, Sie sollten das nicht von mir verlangen.«

Ich winkte Dixon gebieterisch mit dem Kopf herbei. »Komm schon, ich hab' sie für dich.« Selbst jetzt konnte ich ihn nur dazu bewegen, den halben Weg zum Telefon zu kommen, die andere Hälfte brachte ich es ihm entgegen und schob es ihm in die Hand.

Mann, hörte der sich lahm an. Das mußte selbst ich beim Zuhören denken. »Mrs. Mitchell, haben Sie inzwischen was von Estelle gehört ...?«

Weiter kam er nicht. Sie schnitt ihm einfach das Wort ab. Ich hörte sie in den Hörer krächzen. Sein Gesicht wurde so bleich, als wäre eine Peitsche mitten durchgefahren. Er ließ den Hörer fallen, der wie ein Schuß auf den Boden knallte.

Ich nahm ihn auf und hielt ihn ans Ohr. Sie sagte nur eines, immer und immer wieder. »Mörder!«

Ich legte auf. Ich konnte es ihm nicht verdenken, daß er so bleich wurde.

Als ich mich umsah, nahm er einen zur Brust. Er hatte eine neue Flasche mitgebracht, als er vom Polizeipräsidium zurückkam. Auch das konnte ich ihm nicht verdenken. Auch ich hätte so ein Wort mit etwas hinunterspülen wollen, wenn es mir jemand ins Gesicht geschleudert hätte.

»Da siehst du's!« hielt ich ihm vor. »Wärst du gleich gestern nacht nach ihrem Anruf rübergerannt, wie ich's dir geraten hab', wär's gar nicht so weit gekommen. Du hättest die Polizei zur gleichen Zeit benachrichtigen müssen wie sie, sobald du wußtest, das Mädchen ist nicht nach Hause gekommen. Du hättest etwas tun müssen, dich nicht raushalten dürfen und nicht zulassen, daß man die Sache gegen dich richtet.«

Und ich an seiner Stelle wäre selbst jetzt noch dorthingerast und hätte – mochte sie nun vor Kummer von Sinnen sein oder nicht – einen Riesenkrach bei ihr geschlagen, weil sie den Nerv hatte, zu ...

Doch es betraf ja nicht mich, sondern ihn. Ich war nur sein Zimmerkumpan. Und ganz im Verborgenen war da ein unterdrückter Gedanke, der sich verzweifelt freikämpfen wollte. Ich hätte das alles getan, vorausgesetzt, ich war unschuldig. Wenn ich allerdings schuldig war, wenn der Schuh paßte, könnte es dann nicht sein, daß ich ganz genauso handeln würde ... wie er?

Ich schob diesen Gedanken von mir. Ich ließ ihn rumoren, hielt ihn jedoch zurück. Ich ließ Dixon alleine dort oben in der Wohnung und ging hinaus. Nach seinem Verhalten zu urteilen, wie er sich seitlich ans Fenster schlich, befürchtete er, daß man unten bereits jemanden postiert hatte, um ihn zu beschatten, um zu beobachten, ob er rein- oder rausging. Mich für meinen Teil hätte es nicht überrascht. Und es brauchte ja immer noch nicht viel zu bedeuten. Ob es ihm Schwierigkeiten bereitete oder nicht, hing lediglich davon ab, was in ihm selbst vorging.

»Kommst du bald zurück?« fragte er.

Sonst war es ihm schnurzegal, ob ich abends früh oder spät zurückkam. Er brannte förmlich darauf, mich zu bitten: »Sieh doch mal, ob sich da unten einer rumtreibt, der das Haus beobachtet«, doch er hatte nicht den Nerv dazu.

»Ich komm' wieder«, sagte ich unbestimmt. Da war einiges, was ich erledigen wollte.

Wenn dort ein Aufpasser war, dann verstand er sein Handwerk. Ich konnte ihn um keinen Preis der Welt entdecken.

Dieser McGinnis sah aus wie ein keltischer Mönch mit einer Tonsur; man suchte ständig nach der Kapuze und dem gedrehten Gürtel mit den Quasten, doch sah man höchstens so etwas wie eine große dicke Zigarre. Er kannte uns beide, Dixon und mich, wie seinen rechten Arm. Und wie schon gesagt, das soll nicht heißen, daß wir Kneipenhocker oder Säufer waren. Aber jedesmal, wenn wir, inzwischen seit über acht Monaten, irgendwo einkehrten, dann in seinem Lokal.

»War mein Freund letzte Nacht hier?« Ich wollte in Erfahrung bringen, wo er diese drei Stunden verbracht hatte.

»Dixon?« fragte er. »Ja. Aber was war denn mit dem los? Er hat ja sein halbes Glas stehenlassen.«

Das hatte er mir selbst erzählt. »Ich hab' ihn überall gesucht wie eine Stecknadel«, sagte ich, damit es nicht aussah, als wollte ich ihm nachspionieren. »Wie lang war er denn ungefähr hier? Wissen Sie das noch?«

»Er war bis gut drei Uhr hier. Hat die Stellung gehalten. Ja, das hat er. Sonst war keine Seele da...«

Genau um die Zeit war er zurück in die Wohnung gekommen. Ich war erleichtert. Ich tauchte die Oberlippe sogar in ein Bier, das ich gar nicht wollte, um seinen Berufsstolz nicht zu verletzen wie Dixon gestern nacht mit seinem Drink.

»Geht's ihm heut' etwas besser?« fuhr er fort.

Ich dachte, er bezog das auf das nicht ausgetrunkene Glas oder darauf, daß Dixon so niedergeschlagen war, und wäre nicht weiter darauf eingegangen.

»Das beste bei 'nem verdorbenen Magen ist, ihn einfach in Ruhe zu lassen ...«, schwafelte er.

Ich nahm meine zerstreuten Gedanken rasch wieder zusammen. Verdorbener Magen? Hatte er die Symptome verwechselt? Oder vielleicht doch nicht? Ich habe ihn nicht gefragt. Es gab nur eine Möglichkeit, wie er zu einer solchen Fehldiagnose hatte kommen können.

Ich wartete ein paar Minuten, dann sagte ich: »Bin gleich wieder da«, und ging nach hinten zur Toilette. Ich war wohl schon vorher ein paarmal dort gewesen, doch hatte ich sie da nicht so genau betrachten müssen. Da war lediglich ein ziemlich schmutziges Waschbecken und eine Toilette mit einer Latten-Halbtür. Der Raum war sehr klein und äußerst spärlich beleuchtet. Das Fenster – ich erinnerte mich, dort drin eines gesehen zu haben – kam mir jetzt, wo ich es wieder sah, nur noch vor wie ein schmaler, sehr langer Spalt. Die Scheibe war doppelt undurchsichtig, einmal durch Tünche und dann durch eine dicke Staubschicht. Oben stand es ein wenig offen, wegen der Lüftung. Nach menschlichem Ermessen schien es für einen Erwachsenen unmöglich, sich durch es hindurch nach draußen zu zwängen. Was aber noch wichtiger war, Dixon war erst danach hierher zu McGinnis gekommen. Was hätte er dadurch gewonnen, sich *danach* ein Alibi zu verschaffen? Es war nicht meine Art, daß ich jetzt anfing, ihn zu verdächtigen. Warum ließ mir denn nur sein Verhalten gar nicht die Möglichkeit, zu ihm zu halten?

Ich stellte mich mit einem Fuß auf den Rand des Waschbekkens und schaute oben durch das Fenster hinaus. Es war ohnehin schon eng genug, doch ein senkrecht in der Mitte verlaufender Eisenstab machte es noch hinderlicher. Außerdem fiel das Licht in meinem Rücken draußen auf nacktes Mauerwerk nur knapp einen Meter vor meinen Augen. Das Fenster führte lediglich auf einen Luftschacht, der durch das Gebäude führte. Man konnte weder nach oben noch nach unten gelangen. Der Eisenstab war schlichtweg überflüssig. Vielleicht war aber auch eine der gemauerten Wände erst später hinzugekommen, um die bis dahin dreiseitige Vertiefung zu einem Kubus zu schließen.

Ich stieg hinunter und öffnete das staubbedeckte Fenster, nicht ohne größere Schwierigkeiten, von unten. Ich wollte den Boden des Schachtes sehen. Er endete nur ein, zwei Meter unterhalb des Fensters. Ich preßte die Stirn an die verrostete Eisenstange und schaute ihn mir sehr lange an. Ich habe sehr gute Augen und strengte sie an wie noch nie.

Doch traute ich ihnen nicht ganz: Ich zog den Kopf wieder zurück und gab ihnen ein wenig Unterstützung. Zufällig hatte ich eine zusammengerollte Zeitung in der Jackentasche stekken. Ich zog sie heraus und zündete sie mit einem Streichholz an einem Ende an. Dann streckte ich die brennende Zeitung durch das Fenster und hielt sie über den Schachtboden. Sie leuchtete ihn in einem dunklen Orange aus, das aber noch hell genug war. Bevor sie außer Kontrolle geraten konnte, zog ich die improvisierte Fackel wieder zurück und trat sie auf dem Boden aus. Sie hatte ihren Zweck erfüllt, hatte mir gezeigt, was meine Augen nur hatten vermuten können.

Zuerst versuchte ich es mit dem Arm, kam damit aber nicht einmal in die Nähe des Schachtbodens: Durch die verflixte senkrechte Eisenstange kam ich mit meiner Schulter nicht weiter vor. Ich habe nie Kaugummi gekaut. Ich ging nun hinaus, zog mir für einen Penny ein Päckchen aus dem Automaten und kaute es weich. Ich wollte McGinnis nicht um irgend etwas bitten müssen. Wahrscheinlich hätte er ohnehin nichts in der richtigen Länge gehabt. Er bemerkte nicht einmal, daß ich herauskam und dann wieder hineinging, weil gerade ein ganzer Schwung neuer Gäste gekommen war, deren Bestellungen er entgegennahm.

Ich machte mir an einer Latte der Toilettentür zu schaffen, zerrte sie auf beiden Seiten aus ihrer Verankerung und ging damit ans Werk. Sie waren sowieso alle lose und beschädigt. Es war das gleiche Prinzip, nach dem Kinder Münzen durch Abflußgitter hochfischen. Ich klebte den Kaugummi an das Ende der Latte, steckte sie durch das Fenster, stocherte damit auf dem Boden herum und angelte jedesmal etwas hoch, das ich vorher schon einmal gesehen hatte – und zwar nicht nur auf dem dunklen Schachtboden. Es waren die beiden Gegenstücke des Regenmantel-Patentverschlusses, auf den ich in unserer Wohnung getreten war. Und jegliche Zweifel wurden dadurch zerstreut, daß an beiden ein Fetzen grüner Plastikhaut hing.

Das erklärte, wo drei davon geblieben waren. Drei von vielleicht allerhöchstens vieren. Und um so viele Verschlüsse zu verlieren, mußte dieser Regenmantel äußerst rabiat behandelt worden sein, mußte jemand gnadenlos an ihm gezerrt und gerissen haben – noch während er getragen wurde. Dennoch hatte der Patentverschluß die Zerreißprobe bestanden, nur das Material um ihn herum nicht.

Selbst der Hinweis auf zügellose Gewalt jagte mir nicht solche Schauer über den Rücken wie der Versuch, sie zu verbergen. Das Toilettenfenster mußte nur oben offen gewesen sein, wie ich es selbst vorgefunden hatte, und vielleicht war ihm nicht klar gewesen, daß der Schachtboden, wie sich das eben herausgestellt hatte, durch die Toilette doch verhältnismäßig leicht zugänglich war. Ich hielt die Toilettentür auf, die ich geopfert hatte, zündete ein Streichholz an und schaute eingehend nach. Es waren keine Spuren mehr vorhanden. Aber schließlich mußte ein solches Material sehr leicht brennbar sein. Andernfalls brauchte man es nur in Stücke zu reißen, die klein genug waren, um durch den Abfluß zu gelangen. Und was das Hereinschmuggeln betrifft: wie gelingt es zum Beispiel manchen Leuten, Hotelhandtücher als Souvenir mitgehen zu lassen? Sie legen sie flach unter die Weste und knöpfen die Jacke darüber. Es war gewiß möglich, einen geschmeidigen Regenmantel wie diesen auf Taschentuchformat zusammenzufalten.

Mir war überhaupt nicht zum Lachen zumute. Nachdem ich den Kaugummi von den Verschlüssen entfernt hatte, wickelte ich sie in ein Stück Papier, und steckte sie bis auf weiteres in die Tasche. Ich hatte eine Heidenangst, als ich aus McGinnis' Kneipe kam. Behalt, solange es geht, einen klaren Kopf, sagte ich mir. Zieh keine vorschnellen Schlüsse. Entscheide im Zweifelsfall zu seinen Gunsten, das wolltest du an seiner Stelle auch. Doch kam es mir bereits vor, als würde ich gegen den Strom schwimmen.

Wenn ich bis dahin nicht gewußt hatte, daß ich schließlich bei den Mitchells landen würde, bestand darüber kaum noch ein Zweifel, als ich mit diesen Regenmantelverschlüssen in der Tasche aus McGinnis' Lokal kam. Wohin hätte ich sonst gehen können? Zurück zu ihm? Er hatte den dritten, den ich in unserer Wohnung bereits sichergestellt hatte, wieder verschwinden lassen. Zur Polizei? Nicht beim jetzigen Stand der Dinge. Vielleicht bei gar keinem. Wenn du siehst, wie jemand vor deinen Augen im Treibsand verschwindet, der es nicht verdient, reichst du ihm die Hand, um ihn herauszuziehen. Verdient er es, siehst du vielleicht untätig zu. Aber zumindest schaufelst du keine Steine auf ihn, damit er noch schneller versinkt. Ich jedenfalls nicht.

Ich mußte im Telefonbuch nachsehen, denn ich hatte keine Ahnung, wo sie wohnten. Es gab eine halbe Spalte nur mit Mitchells, aber es fiel mir nicht schwer, die richtigen herauszufinden. Dixon hatte mir bereits die entsprechende Telefonnummer gegeben. *Mrs. Fanny A.* Es war, wie sie letzte Nacht gesagt hatte, wirklich nur etwa sechs Straßen von unserer Wohnung entfernt. Fast war die Strecke zu kurz, als daß dem Mädchen irgendein unbekanntes Leid hätte zustoßen können. Es schien daher eher wahrscheinlich, daß es ein Leid war, das ihr ganz persönlich galt, das beabsichtigt war, das irgend jemand, der sie kannte, nur ihr allein zugedacht hatte.

Das Gebäude war ein heruntergekommenes Mietshaus, das lediglich durch seine Sauberkeit gerade noch davor bewahrt geblieben war, zu einer Mietskaserne zu verkommen. Die Mutter lebte offensichtlich von ihrem Einkommen, und zwar von einem sehr dürftigen. Die Wohnung war im Parterre, und nachdem ich sie gefunden hatte, überfielen mich in letzter Minute Zweifel, ob ich hineingehen sollte. Ich fragte mich, ob ich ein Heuchler sei, so hierherzukommen, mit zwei Verschlüssen von Estelles Regenmantel in meiner Manteltasche, die ich ihnen aber nicht aushändigen wollte. Es war wirklich ein Unding: Entweder ich war auf ihrer Seite oder auf seiner.

Ich wollte gerade auf die Klingel drücken, ließ dann aber die Hand wieder sinken. Ich begann, unschlüssig in der Eingangshalle auf und ab zu gehen, kreuz und quer. Auf diese Weise gelangte ich immer wieder zum Aufzugsgitter. Der Aufzug selbst war die ganze Zeit irgendwoanders, steckte höchstwahrscheinlich im Kellergeschoß fest, wie das häufig in solchen heruntergekommenen, schlecht gewarteten Häusern der Fall ist. Ohne mir dessen bewußt zu sein, erweckte ich den Eindruck, als hätte ich in einem der oberen Stockwerke zu tun und wartete lediglich darauf, nach oben zu kommen.

Noch immer unentschlossen, hörte ich, wie die Haustür geöffnet wurde. Zwei Polizisten kamen herein und trugen eine Art Korb zwischen sich. Einige Zeitungen waren lose darübergebreitet. Ich hörte einen den anderen fragen: »Warum haben sie sie nicht aufs Revier kommen lassen, statt uns damit herzuschicken?«

»Keine Ahnung. Sie war wohl nicht dazu in der Lage... Muß ein schrecklicher Schock für sie gewesen sein.«

Sie gingen quer durch die Eingangshalle zu der Tür auf der linken Seite. Dann, auf halbem Wege, sagte der Anführer:

»Nein, es ist die auf *der* Seite hier«, und wechselte abrupt die Richtung. Sie machten vor derselben Tür Halt, wo ich selbst noch vor ein paar Minuten gestanden und gezögert hatte. Der Schlenker war jedoch so heftig, daß ein Teil der Zeitungsabdeckung auf dem Korb verrutschte. Sie glitt hinunter, so daß der hintere Träger einen Augenblick anhalten und sie wieder an Ort und Stelle legen mußte.

Es war einfach Dusel, daß ich zufällig genau in diesem Moment dort stand. Sie versuchten nicht, mir den kurzen Blick auf das, was in dem Korb war, zu verwehren. Sie schenkten mir kaum Beachtung. Für sie war ich lediglich jemand, der auf den Aufzug wartete, um in eines der oberen Stockwerke zu fahren. Sie dachten nicht, daß der zerfetzte, schmutzige Regenmantel, der über die anderen malträtierten Kleidungsstücke gebreitet war, irgendeine besondere Bedeutung für mich haben, oder daß ich die Neuigkeit ausgerechnet dorthin weiterleiten könnte, wohin sie, bevor die Zeit reif war, nicht gelangen sollte.

Ich kam nicht schnell genug hinaus. Ich konnte ja nicht unmittelbar vor ihrer Nase davonrennen. Ich mußte erst warten, bis sie eingelassen wurden. Die Mutter mußte irgendwo ganz in der Nähe der Wohnungstür gewartet haben. Kaum waren sie mit dem Korb hineingegangen und hatten die Zeitung fortgezogen, als ihr Schrei durch die Tür drang, wie ein Messer durch Käserinde. Es war die vollständige, vernichtende, endgültige Identifikation – dieser gemarterte Schrei, der in einem dumpfen Aufschlagen auf Holz endete.

Ich stürmte hinaus auf die Straße. Die sechs Straßenzüge, die mein einziger Vorsprung vor ihnen waren, sausten an mir vorbei. Ich kann mich jetzt nicht mehr erinnern, ob ich wirklich rannte oder nur sehr schnell ging. Ich dachte andauernd: »Was soll ich jetzt machen?«

Als ich zu unserer Ecke kam, wurde ich langsamer. Vielleicht ließen sie das Haus schon bewachen. Bestimmt. Wenn ja, konnte ich den Mann zumindest nicht sehen. Doch wäre er mir aufgefallen, hätte er ihnen ja nichts genutzt. Ich ging nur langsam auf die Tür zu. Doch kaum war ich drin, rannte ich wieder die Treppe hoch. Ich schloß die Tür auf und machte sie schnell wie den Verschluß einer Kamera wieder hinter mir zu. Ich stand einen Moment lang da und atmete schwer.

4

Die Diele war dunkel; zuerst dachte ich, Dixon sei ausgegangen. Doch als ich ins Schlafzimmer kam, war er da. Er lag auf dem Bett. Nicht wie man liegt, wenn man schlafen will, sondern anders herum, quer, mit dem Kopf nach unten, das Gesicht verzweifelt in den Armen vergraben wie in einem Nest. Gebrochenes Herz, vermutlich. Als er mich hereinkommen hörte, hob er den Kopf, doch ich hatte ihn schon so liegen gesehen.

»Bist du's, Red?«

»Ja, ich bin's.« Ich stand in der Tür und schaute ihn an.

Er stand vom Bett auf, langsam, ein Glied nach dem anderen. Er versuchte, nicht zu zeigen, daß er genau merkte, daß ich ihn beobachtete. Schließlich konnte er nicht mehr anders. »Warum siehst du mich andauernd so an?«

»Du mußt dich auf einen schweren Schlag gefaßt machen. Dein Mädchen ist tot.«

Sein Gesicht veränderte sich völlig. Ich dachte, er kämpfte mit den Tränen, aber selbst wenn, merkte man es ihm nicht an. »Ist das sicher?« sagte er.

»Sie haben eben ihre Sachen in die Wohnung gebracht, als ich gerade genau davorstand. Ich hab' den Regenmantel erkannt...«

Ich hörte ihn tief Atem holen. Dann war er plötzlich nicht mehr im Zimmer. Ich ging ihm nach. »Ich mach', daß ich hier wegkomme,« sagte er mit erstickter Stimme. Panik hatte ihn ergriffen.

Ich schlug die Tür zu, bevor er hinauslaufen konnte. »Immer mit der Ruhe, ja nicht den Kopf verlieren. Du machst das Falscheste, was man tun kann.«

»*Ich will fort!* Ich hab' doch erlebt, wie die mir heut' abend auf dem Präsidium schon beim ersten Mal zugesetzt haben. Die haben mich doch nur gehen lassen, weil sie mir da noch nichts anhängen konnten.«

Er wollte noch immer die Tür öffnen, während ich ihn weiterhin zurückzuhalten versuchte.

»Bist du gekommen, um mich aufzuhalten, damit sie mich auch ja erwischen, wenn sie hier eintreffen?«

»Nein, ich bin vermutlich gekommen, um dich rechtzeitig zu warnen ...« Ich nahm einen Arm von der Tür.

»Dann laß mich auch raus, Red. Gib mir wenigstens eine Chance!«

»Ist dir nicht klar, was du tust? Damit gibst du ja schon fast zu, daß du ihr was angetan hast. Du hängst es geradezu an die große Glocke.«

Er war keinem vernünftigen Wort mehr zugänglich. »Du hast leicht reden, stimmt's? Um *deine* Freiheit geht's ja nicht. Nicht um deinen Kopf, dein Leben. Ich soll hierbleiben und mich einsacken lassen und danach nie wieder die geringsten Aussichten haben!«

Er kam nicht an mir vorbei, und er konnte mich auch nicht aus dem Weg schieben. Schließlich mußte er, völlig atemlos, aufgeben. Auch wenn es nicht zum Schlagabtausch gekommen war, vor allem deshalb nicht, weil er klug genug gewesen war, nicht damit anzufangen, kann ein Ringkampf doch ebenso ermüdend sein wie ein Boxkampf. Er ließ sich erschöpft in einen Stuhl fallen und keuchte. Ich blieb an der Tür stehen und atmete ebenfalls schwer.

»Mein eigener Freund«, sagte er schließlich.

Vielleicht gab das den Ausschlag, ich weiß es nicht. Hätte er weiterhin versucht, mich beiseite zu schieben und sich den

Weg nach draußen zu erzwingen, hätte ich ihn vermutlich weiterhin daran zu hindern versucht. Als er aber aufgab und so zusammengesunken dasaß, tat er mir leid. »Ich glaub' nicht, daß du's jetzt noch schaffst, wegzukommen.« Ich ging widerwillig zur Seite. Ich schaute aus dem Fenster. Noch nichts zu sehen. Selbst jetzt, als ich nicht mehr davorstand, versuchte er nicht mehr, zur Tür zu stürzen. Vielleicht hatte ich ihn eingeschüchtert, oder er hatte jetzt aufgegeben.

Ich ging ins Schlafzimmer und kam mit Mantel und Hut zurück, die ich gerade abgelegt hatte, und warf sie ihm zu. »Also gut, hier hast du deine Chance. Nimm das, wenn du willst«, sagte ich nachgiebig. »Sie haben mich schon zwei- oder dreimal in den Sachen gesehen. Damit schaffst du's vielleicht. Versuch's lieber nicht über die Straße. Die wird wahrscheinlich schon seit geraumer Zeit beobachtet. Geh durch den Hinterhof; vielleicht schaffst du's von dort aus ja noch in den nächsten, wie ich neulich abend, als der Ratenkassierer mir auf den Fersen war. Und wenn du's tatsächlich schaffst, dann geh wie ich, mit langen, latschigen Schritten – nicht mit zackigen, so wie sonst. Laß die linke Hand die ganze Zeit über in der Hosentasche. Das bin ich. Zieh den Hut ins Gesicht wie ich, tief, fast bis über die Nase. Bis du dort ankommst – wo immer du hinwillst.«

Er öffnete die Tür. Ich war weich wie Melasse.

»Hier, brauchst du Knete? Nimm das lieber mit ...« Ich steckte ihm etwas in die Hand.

Er versuchte, meine zu schütteln, doch die war nicht mehr da.

»Wo kann ich dich erreichen, Red?«

»Willst du das denn?« Ich konnte mir die bissige Frage nicht verkneifen.

»Klar, ich – ich muß doch rausfinden, was vorgeht. Mir wird schon was einfallen. Jedenfalls weder hier noch da, wo du arbeitest.« Damit ging er hinaus.

Da ging ein Narr. Er mußte wohl seine Chance haben. Selbst

einem Hund würde man die geben. Ich sah ihm bis zum ersten Treppenabsatz nach. Ich konnte nicht sagen, ob er so aussah wie ich oder nicht, denn ich wußte ja nicht, wie ich aussah. Jedenfalls sah er für mich in diesem Mantel und Hut nicht aus wie er selbst, und vielleicht reichte das ja.

Ich horchte, bis er ganz unten war. Es war wohl niemand auf der Treppe gewesen, denn ich hörte ihn die Hoftür öffnen und hinausgehen. Ich klopfte dreimal auf den hölzernen Türrahmen neben mir, um das Glück zu beschwören. Sein Glück. Dann machte ich die Tür zu und ging hinein.

»Wozu hab' ich das bloß getan?« fragte ich mich kopfschüttelnd.

Sie brauchten wohl eine Weile, um ihre Vorbereitungen zu treffen, oder mußten vielleicht auf Anordnungen von höherer Stelle warten. Sie hatten keine Ahnung, daß Eile geboten war, daß ich zufällig sozusagen die Leitung angezapft hatte, sonst wären sie sicher wesentlich schneller hier gewesen. Als es schließlich an die Tür klopfte, war dies natürlich bereits ein Anzeichen dafür, daß Dixon es geschafft hatte.

Sie waren zu zweit. Der vordere schob mich zur Seite, als sei ich ein Teil der Tür, und ging direkt zum Schlafzimmer. »Kommen Sie raus, Dixon. Oder müssen wir Sie holen?«

»Er ist nicht drin«, sagte ich unschuldig.

Der zweite war derselbe, der hier oben gewartet hatte, als ich am frühen Abend nach Hause kam – Hiller nannte ihn sein Kollege. »Er hat sich verdrückt, Hiller. Hier sind sein Hut und Mantel.«

Hiller ging hinein und sah sich um. Er begriff schnell. »Und wo ist Ihrer?« fragte er, als er zurückkam.

»Auf dem dritten Haken rechts im Schrank.« Ich versuchte, ihn hinzuhalten.

»Sie meinen, er ist damit weggegangen?«

Er wollte mir Beihilfe anhängen. »Was haben Sie eigentlich gemacht, als das passiert ist?«

»Ich war hier und hab' mich rasiert. Wie konnt' ich denn wissen, daß er sich aus dem Staub macht?«

Er ging ins Bad, öffnete den Spiegelschrank und prüfte die Borsten meines Rasierpinsels. Dann trocknete er seine Fingerspitzen an einem Handtuch. Selbst das genügte ihm nicht, er langte mir ins Gesicht und strich mir über die Wange. Natürlich hatte ich mich rasiert. Ich rasiere mich jeden Abend. Zwischen Dixons Flucht und der Ankunft der Polizei hatte ich fast fünfzehn Minuten Zeit zum Rasieren gehabt.

Hiller sah mich scharf an. »Sind Sie sicher, daß Sie nicht Ihre Hand im Spiel hatten?«

»Was hätt' ich denn davon, ob nun so oder so?«

Damit war er so überrumpelt, daß er gar nicht bemerkte, daß ich seine Frage mit einer Gegenfrage beantwortet hatte. »Warten ist zwecklos«, sagte er zu seinem Begleiter. »Der kommt nicht zurück – jedenfalls nicht hierher. Sie kommen besser mit uns, Carr. Ich glaub', diesmal würden wir Ihnen gern ein paar Fragen stellen.«

Ich mußte ohne Hut und Mantel gehen, da mein Freund sie anhatte. Hiller schlug mir sogar vor, die Sachen von Dixon zu tragen. Aber aus irgendeinem unerfindlichen Grund – man kann's Aberglauben nennen, wenn man will – konnte ich mich nicht dazu durchringen. Ich war mir immer noch nicht sicher, ob der, von dem sie zuletzt getragen wurden, nicht ein Menschenleben auf dem Gewissen hatte.

Sie löcherten mich ganz schön mit ihren Fragen, aber sie kamen damit nicht weiter. Ob du nun lügst oder die Wahrheit sagst, die Kunst liegt allein im Einfachen. Bleib beim Einfachen und verrenn dich nicht. Ich habe eine Frauengestalt vom Hauseingang in ein Taxi steigen sehen, im Nebel. Ich habe nicht behauptet, daß es Estelle Mitchell war, das hatte ich noch nie. Das war die ganze Quintessenz meiner Geschichte. Wie konnte jemand über etwas so Kurzes, Unkompliziertes wie das stolpern? Na ja, Kriminalbeamte wie dieser Hiller bekommen dreitausendsechshundert Dollar im Jahr, glaube ich. Allmählich wurde mir klar, warum.

Sie ließen sich nicht anmerken, daß sie mit mir sozusagen glatt auf die Nase gefallen waren. Hiller murmelte lediglich: »Ich möchte Sie bitten, ein paar Minuten mit uns zu Mrs. Mitchell zu kommen«, und wieder waren wir unterwegs.

Es war eine typische Wohnung im alten Stil. Düsterer, endloser Flur, von dem rechts und links unzählige Türen abgingen. Ein Mann, den ich zuerst für einen hier postierten Kollegen der beiden hielt, ließ uns ein. Er war Ende dreißig, würde ich sagen, oder sogar älter. Hiller sagte: »Abend, Tremholt. Wir möchten, daß Mrs. Mitchell einen Augenblick herkommt und sich was anhört.«

Der Mann neigte etwas skeptisch den Kopf. »Der Arzt war bis eben bei ihr. Er hat sie gerade einigermaßen beruhigen können. Nehmt bitte Rücksicht, Leute, ja?« Doch dann ging er zu einer der Türen am Ende des Gangs. Daraus schloß ich, daß er kein Polizist war, sondern ein Verwandter oder ein Familienmitglied. Inzwischen waren wir in einen altmodischen Salon gelangt, der mit Trödel vollgestopft war. Der verstorbene Vater des Mädchens blickte von einer vergrößerten Photographie von der einen Wand, die Mutter von der anderen ... wie sie einst ausgesehen hatte.

Kurz darauf kam sie, an Tremholts Arm, selbst herein und strafte das Bild Lügen. Die Sache hatte sie völlig verwandelt. Ihre Augen lagen in tiefen Höhlen. Quer über der Stirn klebte eine feuchte Kompresse, die allein durch die Feuchtigkeit hielt. Sie konnte jetzt nur noch hassen, nach Rache dürsten. Sonst war ihr nichts geblieben. Und sie haßte gründlich. Zum ersten Mal konnte ich Dixons sonderbare Scheu, ihr entgegenzutreten, verstehen.

Den Arm fürsorglich um sie gelegt, führte Tremholt sie zu einem Stuhl und sagte: »Setz dich, Mamma.« Ich konnte mir nicht vorstellen, daß er der Bruder des Mädchens war, er mußte ein Halbbruder sein. Dann stand er aufmerksam hinter ihr, die

Hand auf der Stuhllehne. Ich konnte sie hinter ihrer Schulter sehen. Bei ihm hatten sich Angst und Trauer in viel einfacherer Form geäußert: Nägelkauen. Solche Nägel hatte ich noch nie gesehen. Bis zum Nagelbett waren sie weg und sogar noch darüber hinaus. An den Spuren konnte man noch sehen, wie weit sie abgenagt worden waren. Ein Pudel war mit wehmütigem Blick hinter den beiden ins Zimmer getrottet, als ob auch er das Mädchen vermißte.

Hiller sagte: »So, jetzt noch einmal, in Gegenwart von Mrs. Mitchell.«

»Also, ganz einfach«, begann ich unsicher, »ich hab' nur eine Frau in ein Taxi steigen sehen ...«, und erzählte das Ganze noch einmal. Ich konnte spüren, daß etwas in der Luft lag, ich wußte nur nicht, was. Sowas passiert eben, wenn man mit Kriminalbeamten Spielchen treibt.

»Das will ich nicht von Ihnen hören«, sagte er ruhig. »Was ich wissen will, ist: Haben Sie das Signal gehört, den Ruf, durch den das Taxi so weit die Straße hinunter bis zu ihr vor die Tür gekommen ist?« Und dann, als Köder: »Ohne das ging's nicht. Kein Taxifahrer konnte bei der schlechten Sicht nur auf ein Handzeichen reagiert haben.«

Ich konnte die Falle spüren. Er wollte einen Keil zwischen meine und Dixons Version treiben, um der von Dixon die Grundlage zu entziehen, sie zu zerstören. Ich hatte nur den Bruchteil einer Sekunde für eine Entscheidung, während drei Augenpaare mich mit Blicken durchbohrten. Leugnete ich, gehört zu haben, wie sie das Taxi herbeirief, würde ich Dixons Glaubwürdigkeit erschüttern, nicht wahr? Wie hätte er es durch ein geschlossenes Fenster hören können, wenn es mir unmittelbar draußen im Freien entgangen war? Außerdem lag in der Falle noch eine Falle. Er köderte mich mit den Worten *Signal* und *Ruf*. Damit würde er mir kein Bein stellen. Dixon hatte unmißverständlich gesagt, daß sie eines herbeigepfiffen hatte. Das war der Aufhänger meiner Geschichte. Er hatte mir versichert, daß ich keine Lüge unterstützte, sondern nur einen fünfminütigen Zeitunterschied überbrückte, in anderen Worten, etwas bestätigte, das wirklich geschehen war, nur zu früh, als daß ich es selbst hätte sehen und hören können. Wenn seine ganze Geschichte erlogen war, hatte ich eben Pech gehabt.

Aber man kann so etwas nicht nur teilweise bestätigen. Entweder man bestätigt es ganz oder gar nicht.

»Gerufen wurde nicht«, sagte ich, »sondern gepfiffen. Ich hab's gehört.«

Niemand sagte ein Wort. Alle schienen darauf zu warten, daß Mrs. Mitchell sich äußerte, als wüßten sie bereits etwas, was ich nicht wußte. Tremholt blickte hinter ihrem Stuhl auf sie hinunter. Hiller sah sie erwartungsvoll an.

Schließlich sagte sie mit tödlich leiser Stimme: »Meine Tochter konnte nicht pfeifen. Keinen Ton. Es war ein absolutes Manko, vielleicht ein Zungenfehler. Oft haben wir gehört, wie sie's versuchte. Alles, was sie hervorbringen konnte, war ein lautloses Atmen, wie wenn man Seifenblasen in die Luft bläst. Wenn sie mit dem Hund draußen war, konnte sie ihn nur durch ein Zungenschnalzen oder beim Namen rufen.«

Bis jetzt hatte sie zu Hiller gesprochen. Nun, als Tremholt sie aus dem Zimmer zu führen begann, wandte sie sich an mich. »Wenn Sie also gehört haben, daß eine Frau in Ihrem Hauseingang ein Taxi herbeigepfiffen hat, dann war es nicht meine Tochter. *Sie haben nicht gesehen, daß meine Tochter dieses Haus verlassen hat!*« Und dann rief sie von weiter hinten im Flur, schon außer Sicht: »Und das hat auch sonst niemand!«

Hiller saß nur da und sah mich an, und ich saß nur da und sah in meine tiefinnersten Gedanken. Sie waren glutrot und wiederholten nur immer wieder einen einzigen Satz: »Der dreckige Lügner! Der dreckige Lügner!« Und damit war nicht der Schnüffler gemeint.

Ich ging mit Hiller zurück zum Präsidium. Auch jetzt wurde ich noch nicht zum Spitzel. Selbst wenn ich es gewollt hätte,

hätte ich ihnen nicht weiterhelfen können. Doch auch dann hätte ich es bestimmt nicht getan. Ich wußte nicht, wo er war. Und falls – und wenn – ich es herausfand, dann betrachtete ich das als eine persönliche Sache, die nur ihn und mich etwas anging. Ich war nicht bereit, ihre Arbeit für sie zu machen.

Schließlich waren sie mit ihrem Latein am Ende. Der Inspektor oder was er auch war, der den Fall bearbeitete, machte den Vorschlag: »Warum nehmt ihr Jungs ihn nicht mit rüber und laßt ihn selbst sehen, was sein sauberer Freund getan hat? Vielleicht denkt er dann ein wenig anders darüber.«

Jetzt erst erfuhr ich, daß man die Leiche gefunden hatte.

Sie nahmen mich mit zum Leichenschauhaus. Sie zogen eine Art Schublade oder Seitenschrank heraus, in dem sie lag, und schlugen das Abdecktuch zurück. Es wäre, auch ohne daß sie alle herumstanden und es mir förmlich unter die Nase rieben, schwer genug zu ertragen gewesen.

Ihr Genick war auf grauenhafte Weise gebrochen worden. Ich hatte so etwas im ganzen Leben noch nicht gesehen. Der ganze Kopf schien wie aus dem Körper herausgedreht. Als hätte der Mörder ihren Hals unter den Arm geklemmt wie in einen Schraubstock und dann seinen Oberkörper um sie gerenkt, um ihr das Genick zu brechen. Selbst so konnte ich nicht verstehen, wie etwas Derartiges ohne übernatürliche Kräfte zu bewerkstelligen war.

Sie gaben sich alle Mühe, mich in dieser Beziehung nicht im dunkeln zu lassen. »Sehen Sie genau hin, Carr. Dieses Mädchen war zweiundzwanzig Jahre alt, vergessen Sie das nicht. Wollen Sie wissen, was mit ihr passiert ist, und die entsprechenden Zeichnungen dazu sehen? Sie geht zu Ihrem untergetauchten Freund, um ihm zu sagen, daß es aus ist zwischen ihnen, daß sie dem Wunsch der alten Dame nachgibt und Tremholt heiratet ...«

»Tremholt heiratet?« Ich hatte ihn bis dahin für ihren Bruder gehalten.

»Er wohnt bereits seit Jahren bei den Mitchells und war schon verrückt nach ihr, als sie noch in die Grundschule ging. Man war sich immer darüber einig, daß er sie einmal heiraten würde, wenn sie alt genug wäre. Er hat die Mutter praktisch jahrelang finanziell unterstützt. Sie wäre nie in der Lage, ihm die Summen zurückzuzahlen, die sie ihm schuldet. Aber das war kein Problem. Es sollte ja alles in der Familie bleiben. Das Mädchen war auch von ihm sehr angetan, bis Dixon ihr über den Weg lief. Sie wurde nicht gezwungen, ihn aufzugeben. Dixons Stern verblaßte allmählich von allein, bis das Mädchen die Dinge schließlich mit den Augen ihrer Mutter sah.

Also hat sie's ihm an jenem Abend gesagt. Es war Leichtsinn von der alten Dame, sie allein dorthinzulassen, und Tremholt wußte nichts davon. Das Mädchen gab Ihrem Freund den Laufpaß und ging fort. Als er den ersten Schock überwunden hatte, lief er hinter ihr her, holte sie am nächsten Absatz ein und wollte sie zurückziehen. Dabei würgte er sie, damit sie nicht schreien konnte. Zu diesem Zeitpunkt hatte er sie noch nicht umgebracht, glaubte es aber, denn sie hatte das Bewußtsein verloren. Er verlor den Kopf, schleifte sie hoch bis zum Treppenabsatz über seiner Tür und versteckte sich auf diesem Stockwerk in der Kammer mit dem Müllschlucker, vermutlich, weil er unten jemand hatte herauskommen hören.

Sie kennen diese Müllschlucker in Ihrem Gebäude, Carr. Eine Metallklappe, die heruntergezogen wird, führt in den senkrechten Schacht, durch den der Abfall zum Verbrennen in den Keller gelangt. Jetzt hören Sie sich das an, wenn Sie es ertragen können – und vergessen Sie nicht, wir können Ihnen für jeden einzelnen dieser Schritte den wissenschaftlichen Beweis liefern. Es ist nicht nur eine theoretische Rekonstruktion. Er zog die Klappe herunter und versuchte, ihren Körper – und sehen Sie, da war sie immer noch am Leben – in den Schacht zu stecken, den Kopf zuerst, in Richtung Keller und damit zur Verbrennung. Es war nur ein Panikreflex. Die Klappenöffnung war nicht groß genug, auch der Schacht wäre es nicht gewesen, aber offenbar kam jemand in diesem Moment die Treppe herauf oder herunter, und da drehte er durch. Er zwängte sie hinein, und dann, als er sie wieder herausziehen wollte, als die unmittelbare Gefahr vorbei war und er wieder klarer denken konnte, klemmten der Kopf und die eine Schulter, die er hatte hineinzwängen können. Sie sehen selbst, was dabei passiert ist...«

»Hören Sie auf damit«, sagte ich elend. »Hören Sie auf.«

»Schließlich hievte er sie heraus, brach ihr dabei jedoch im Winkel des Schachts das Genick, riß ihren Kopf fast ganz herum. Der einzige Trost dabei ist, daß sie, weil sie bewußtlos war, nichts davon spürte. *Dieser Kerl hat im selben Bett mit Ihnen geschlafen, Carr!*«

Ich nahm ein Taschentuch und tupfte mir damit um den Mund.

»Als die Luft rein war, schleifte er sie weiter hoch bis zum Dach. Er ging so weit er konnte über die angrenzenden Dächer – vier Häuser weiter, Richtung Demarest Street – und fand dort eine Tonne. Sie hatten das Dach vor kurzem geteert und geschottert, und die Tonne war übriggeblieben. Er leerte zuerst den restlichen Schotter aus, steckte sie dort hinein und bedeckte sie anschließend etwas damit. Die Arbeiter, die die Tonne forttrugen, merkten erst ganz unten, warum sie so schwer war, als sie nämlich herausfanden, was drin war.

»Es ist der hübscheste Fall, den wir seit Jahren hatten.« Aber hübsch meinten sie damit nicht.

»Was ist, wollen Sie sich immer noch für einen Kerl einsetzen, der sowas getan hat? Sagen Sie uns, wo Sie glauben, daß er sich aufhält. Sie haben bestimmt eine Ahnung.«

Ich nahm das Taschentuch vom Mund und sah sie lange an. Dann sagte ich langsam: »Meine Herren, ich wünschte nur, die hätte ich.« Und wahrhaftig, ich meinte es ernst!

5

Und mit dieser Bemerkung entließen sie mich nach Hause. Sie wußten, sie hatten mich jetzt auf Eis. Sie wußten, ich war ihnen sicher. Sie wußten es, dazu brauchten sie nur den Ausdruck in meinen Augen zu sehen.

In dieser Nacht schlief ich nicht besonders gut. Ich warf die Matratze auf den Boden und legte mich auf das nackte Bettgestell. Immer wieder sah ich sie vor mir. Sie redete mit mir wie damals auf der Treppe. »Er hat Sie doch hoffentlich nicht meinetwegen vertrieben?« Nur war ihr Kopf diesmal verdreht, so daß sie sich praktisch über die eigene Schulter schaute.

Am Tag darauf wurde sie beerdigt. Ich ging zur Trauerfeier. Ich schickte Blumen mit einer Karte: »Von einem, der besser zu Hause geblieben wäre.« Damit wollte ich sagen, es wäre nicht passiert, wenn ich diese Nacht da gewesen wäre.

Die Mutter war da und Tremholt, der bei ihr saß und sich wie üblich um sie kümmerte. Für ihn muß es hart gewesen sein. Er stand unter starker nervlicher Belastung, das sah man. Er zerbrach unentwegt Streichhölzer zwischen den Fingern, während er da mit ihr auf der Kirchenbank saß. Als ich danach mit den wenigen Trauergästen hinausging, sah ich, daß der Boden, wo er gesessen hatte, damit übersät war.

Es wurde wieder Montag, und ich mußte für die Abendschule am Dienstag lernen. Doch zuerst mußte ich meine Lehrbücher austauschen. Wir hatten in der Vorwoche Band I beendet und fingen diesmal mit Band II an. Es waren Standardlehrbücher. Dixon kannte sie gut, so wie sie – immer wieder mit Verlängerung – sechs Wochen lang ununterbrochen bei mir herumlagen. Ich hatte, soviel ich weiß, ihm gegenüber erwähnt, daß wir in einer Woche etwa soweit wären, Band II in Angriff zu nehmen, und konnte mich noch an seine frotzelnde Antwort erinnern. »Nein so was, da wirst du ja jetzt ein richtig großer Junge!« Er hielt diesen Weiterbildungskram wahrscheinlich für Quatsch.

Jedenfalls stieg ich auf dem Weg von der Arbeit bei der Bücherei aus, gab Band I zurück und holte Band II ab. Dann verkroch ich mich für den Abend hinter meinen Tisch, krempelte die Ärmel hoch und war – Bleistift, Papier und Buch vor mir – bereit, mir neues Wissen ins Hirn zu pauken.

Ich sah es erst, als ich bereits mitten im zweiten Theorem angekommen war und umblättern mußte. Irgendwer hatte eine der Aufgaben am Rand der Seite gelöst. Das war mir schon häufig bei solchen Lehrbüchern aufgefallen. Zu faul, sich Schmierpapier zu besorgen . . .

Ich dachte, ich sehe Gespenster. Da sprang mir mein eigener Name ins Auge, oder zumindest ein Teil davon. »Red – ruf' mich, am Abend, wenn du das abgeholt hast, Punkt 22 Uhr von Mallam's aus an.« Nur eilig mit dem Bleistift hingekritzelt, möglichst eng und unauffällig, doch ich erkannte die Handschrift: Dixon – der Mörder. Er mußte sich irgendwann im Laufe des Tages in die Bücherei geschlichen und sich dort das Lehrbuch geholt haben, das ich garantiert als nächstes mitnehmen würde, um so zu versuchen, Kontakt mit mir aufzunehmen.

Tja, das war sein großer Fehler. Ich hatte nämlich überhaupt kein Verständnis mehr für dreckige Mädchenmörder. Ich knallte das Buch zu, daß es sich anhörte wie ein explodierender Feuerwerkskörper und schlüpfte mit geballten Fäusten in meine Jacke. Er wußte nicht, wann er gut dran war! Ich nahm den Telefonhörer ab, zögerte, legte wieder auf. Nein, Hiller und seine Leute konnten kommen und ihn hier abholen, dort weitermachen, wo sie in der Nacht aufgehört hatten, als ich Dixon irrigerweise zur Flucht verholfen hatte. Ich würde ihn allein, ohne Hilfe, an den Ort seines Verbrechens zurückbringen. Das war das mindeste, was ich als Wiedergutmachung tun konnte.

Mallam's war ein großer Drugstore, den wir beide gut kannten und oft besuchten. Dixon hatte mir keine Nummer gegeben. Mir war daher schleierhaft, wie ich ihn anrufen sollte, doch hatte er eine Uhrzeit genannt, Punkt zehn, also mußte ich nur zur rechten Zeit am rechten Ort sein und ihm die Methode überlassen.

Die Methode war einfach. Ich trieb mich gerade in der Zigarettenabteilung herum, als das Telefon in der mittleren Zelle zu läuten begann. Der Verkäufer ging darauf zu, doch ich schlüpfte vor ihm hinein. »Das ist wahrscheinlich für mich«, sagte ich.

So war es. Ich erkannte seine Stimme. Er hatte einfach mich angerufen, anstatt sich von mir anrufen zu lassen. »Du hast's gesehen«, sagte er.

»Ja, ich hab's gesehen.« Ich versuchte, sachlich zu klingen. Schließlich war ich noch auf ihn angewiesen. Er konnte einfach auflegen.

»Bist du allein? Bist du sicher, daß dir niemand gefolgt ist?«

»Todsicher«, sagte ich grimmig.

»Ich muß dich sehen. Ich muß wissen, was los ist. Es steht nichts mehr in der Zeitung. Du bist der einzige Freund, den ich habe, Red.« – Falsches Tempus, dachte ich bei mir, du hättest die Vergangenheit nehmen sollen – »Ich weiß nicht, an wen ich mich sonst wenden soll. Ich werd' noch verrückt – außerdem bin ich völlig abgebrannt. Selbst wenn ich wollte, käm' ich von hier, wo ich jetzt bin, nicht mehr fort ...«

»Dafür werd' ich schon sorgen«, versprach ich. Und das meinte ich bitterernst.

Er redete schnell, wahrscheinlich um seine eigenen Bedenken zu zerstreuen: »Nimm den Bus in der Laurel Avenue nach Whitegate. Steig an der Haltestelle Borough Lane aus. Da ist ein Mietshaus, Nr. 305, mit einer Schneiderei im Parterre. Geh eine Treppe hoch. Harris ist der Name.« Dann holte er Luft und sagte: »Und egal, was ist, wenn du merkst, daß dir jemand folgt ...«

»Die haben mich längst als hoffnungslosen Fall abgeschrieben. Keine Angst, ich hab' alles im Griff.«

Er legte ohne weiteres auf. Das war gut so. Jetzt hatte ich ihn.

Er sah schlecht aus, als er mich schließlich einließ, nachdem er mit dem üblichen Getue die Treppe inspiziert hatte, um sich zu vergewissern, daß mir keiner auf den Fersen war. Er sah aus, als hätte er seit Verlassen unserer gemeinsamen Wohnung nicht mehr anständig geschlafen. Es war ein schäbiges kleines Loch, so ungefähr das Beste, was sich einer, den die Polizei suchte, erhoffen konnte. Nach dem Abfall zu urteilen, hatte er sich hauptsächlich aus Kekspackungen und Tomatendosen ernährt und sich halb zu Tode geraucht.

»Ja, ich hab' etwas Knete mitgebracht«, beantwortete ich seine Frage. Ich machte mir nicht die Mühe, sie ihm zu geben, denn er würde sie ohnehin nicht brauchen.

»Sind sie immer noch hinter mir her?«

»Ich weiß nicht. Ich hab' Hiller das letzte Mal bei der Beerdigung gesehen, als er hinten in der Kirche im Dunkeln stand. Er hat wohl gehofft, daß der Täter vielleicht aus Neugier oder so dort auftauchen würde. Ich hab' mir nicht anmerken lassen, daß ich ihn erkannt hab'.«

Er ging hektisch auf und ab und raufte sich die Haare. »Das ist nicht fair! Ohne Schuld werd' ich gejagt wie ein toller Hund – für etwas, das ich gar nicht getan hab'! Plötzlich gibt es weit und breit nur noch einen einzigen Menschen, der bereit ist, mir zu glauben, daß ich's nicht war.«

»Nein«, sagte ich ruhig, aber bestimmt.

Er blieb wie angewurzelt stehen. Seine Lippen formten die Frage, ohne sie auszusprechen.

»Sieh das lieber als einhellig an«, fuhr ich fort. »Was erwartest du von mir? Hab' ich denn eine Wahl?« Er taumelte rückwärts, sank auf das durchhängende, ungemachte Bett und umklammerte mit einer Hand den Rand der Matratze, als wollte er sich daran abstützen. Ich ging die ganze Sache noch einmal durch, Schritt für Schritt, in meinem wie in seinem Interesse.

»Als ich in der Nacht nach Hause kam, hast du nicht wie sonst entspannt dagesessen und gelesen, sondern bist da drin rumgelaufen, als brächtest du was in Ordnung. Das hab' ich durch die Tür gehört.«

»Klar, ich bin völlig konfus hin und her gelaufen ... Das wärst du auch, wenn du grad' dein Mädchen verloren hättest.«

»Ich hab' geklopft anstatt aufzuschließen, und das Klopfen hat dich erschreckt. Du hast nur einen Spaltbreit geöffnet, bis du gesehen hast, wer es war ...«

»Das war bloß ein Reflex. Ich wollt' niemanden sehen. Ich war viel zu sehr mit mir selbst beschäftigt ...«

»Du hast mir erzählt, du hättest sie gerad' vor der Tür in ein Taxi gesetzt. Der Gehweg war naß, deine Schuhsohlen waren aber trocken.«

»Ja, das war eine glatte Lüge, aber eine unschuldige. Ich wollt' nicht, daß du glaubst, ich war so fies, und hab' sie allein runtergehn lassen.«

»Du hast mir erzählt, du hast sie ein Taxi herbeipfeifen hören. Das hab' ich der Polizei vorlügen müssen. Ihre Mutter sagt aber, sie konnte nicht pfeifen, nicht einen Ton.«

Er sah mich groß an. »Das hab' ich nicht gewußt. Das hab' ich nicht gewußt.«

Ich verzog die Mundwinkel. »Sie war deine Freundin, und du wußtest nicht, daß sie nicht pfeifen konnte?«

»Sie hat's mir nie erzählt: Es gab nie einen Anlaß dazu. Ich hab *jemanden* pfeifen hören ...«

»Ein Vögelchen höchstwahrscheinlich.« Ich fuhr fort. »Um zwölf bist du runter, um noch schnell was zu trinken. McGinnis hat mir erzählt, daß du vor zwei nicht in seiner Kneipe warst. Was hast du bis dahin gemacht?«

»Ich bin im Regen herumgelaufen«, sagte er matt. »Wie man das eben so macht, wenn man was verloren hat.«

»Hast du vielleicht das hier verloren?« Ich warf ihm achtlos die beiden Regenmantelverschlüsse zu, die ich die ganze Woche mit mir herumgetragen hatte. Sie landeten neben ihm auf dem Bett. »Da war noch ein dritter, den hast du übersehen. Ich bin bei uns zu Haus' draufgetreten, als du in der besagten Nacht draußen im Regen herumgelaufen bist. Ich hab' ihn auf den Tisch gelegt, und kaum hatt' ich mich versehen, war er verschwunden... Du hast ihn vor dem ersten Polizisten versteckt, der bei uns war, um dich zu verhören.«

»Ja, das stimmt.« Er senkte den Kopf. »Da ist sie bereits vermißt worden. Da sah's schon schlimm genug für mich aus, auch ohne daß er so ein Ding in die Finger gekriegt hätte. Zu der Zeit fing ich schon an, nervös zu werden. Als sie gehen wollte, hab ich versucht, sie festzuhalten, sie zum Bleiben zu bewegen, aber nicht auf eine mörderische Art. Sie mußte ihren Regenmantel aus meinen Händen zerren, als ich sie zurückhalten wollte, und dabei sind die Verschlüsse abgegangen. Ich dachte, es erspart mir 'ne Menge unnötigen Ärger, wenn der Schnüffler den dritten nicht ausgerechnet da auf dem Tisch liegen sieht, als er gerad' wissen wollte, was sie angehabt hatte. Natürlich war's dumm, ihn zu verstecken, aber jeder begeht doch mal 'ne Dummheit. Warum sollte mir meine so schwer angelastet werden?«

»Und dann hast du die beiden anderen – die da neben dir liegen – bei McGinnis aus dem Klofenster geworfen.«

»Das war nur eine Trotzhandlung. Ich hatte Estelle verloren. Ich war verletzt und verbittert. Das war so, als hätt' ich einen Kieselstein oder Stock aufgehoben und weggeschleudert, um meinem Gefühl Luft zu machen. Denk doch mal logisch, Red: Wenn ich's getan hätte, um sie verschwinden zu lassen, warum dann nicht früher? In den vollen zwei Stunden, die ich durch den Regen gelaufen bin. Warum hätt' ich warten sollen, bis ich dort reinging?«

»Vielleicht hast du dich dort erst wieder an sie erinnert, hattest draußen nicht mehr dran gedacht.« Ich schüttelte langsam den Kopf. »Es hat keinen Zweck, Dixon. Kannst du's mir nach all dem wirklich verdenken, daß ich tatsächlich glaube, du hast sie umgebracht? Könntest du's irgend jemand verdenken, das zu glauben?«

»Du gehst also jetzt zurück und erzählst ihnen, wo ich bin. Erzählst ihnen, wo sie mich finden können.«

Ich schüttelte schweigend den Kopf.

»Wohin gehst du dann?«

»Nur zurück in unsere Wohnung...« Ich schaute ihm unverhohlen in die Augen. »Und du kommst mit mir.«

»Das hast du dir gedacht.« Seine Hand, die rechte, hatte die ganze Zeit die Matratze umklammert. Für sein Gleichgewicht, als moralische Stütze, hatte ich fälschlich geglaubt. Er riß sie nun hoch und hielt eine Pistole umklammert. Er mußte sie für das Geld, das ich ihm zugesteckt hatte, in einer Pfandleihe gekauft haben, denn in der Nacht, als er fortging, hatte er keine bei sich gehabt. Er richtete sie unmittelbar auf mich und sagte vernichtend: *»Du kommst hier nicht mehr lebend raus.* Das kann ich mir nicht leisten. Ich kämpf' jetzt um mein Leben. Und wenn schon einer von uns beiden dran glauben muß, dann du. Selbst wenn du mein leiblicher Bruder wärst, der jetzt vor mir steht...«

»Jetzt hast du's endlich geschafft, auch den letzten Zweifel an deiner Schuld zu zerstreuen«, sagte ich ihm. »Jemand, der fähig ist, kaltblütig seinen besten Freund zu ermorden wie du jetzt, ist garantiert auch fähig, seine Geliebte umzubringen. Warum hättest du sonst soviel Angst davor, jetzt mit mir zu gehen, wenn du sie nicht getötet hättest...?«

Ich wußte nicht, wann er abdrücken würde; es konnte jeden Moment soweit sein. Das sah ich schon am Ausdruck in seinen Augen. Das Bett war ein wackliges Eisengestell, eines dieser Klappdinger, deren Beine sich unten einklappen ließen. Eines davon war nicht vollständig ausgeklappt oder war durch sein ständiges Hinsetzen und Aufstehen – mindestens zwanzig Mal am Tag, wie es schien – ein wenig zurückgerutscht. Ich hatte schon lange bemerkt, daß es nicht senkrecht stand, sondern ein wenig nach innen geknickt war, so daß die drei anderen die Hauptlast zu tragen hatten.

Ich saß nahe genug, doch gerade das war das Problem – ich war so nah, daß ihm jede Bewegung meines Fußes todsicher auffallen mußte. Ich sagte: »Gut, Johnny, mach schnell, daß ich's hinter mich bringe«, verschränkte die Hände im Nacken und lehnte Kopf und Schultern aufreizend lässig im Stuhl zurück. Das lenkte seinen gefährlich flackernden Blick auf meinen Oberkörper, während ich gleichzeitig die Beine unmerklich in die entgegengesetzte Richtung streckte. Ich fühlte, wie mein Schuh die Bettstütze berührte. Ich ließ meinen Fuß wie einen Golfschläger ausschlagen und wieder zurückschwingen. Die Stütze klappte gegen den Rahmen, und das Bett sackte an der Ecke nach unten.

Durch den plötzlichen Rutsch ging der Schuß los. Er lag genau auf Herzhöhe, bewegte sich jedoch durch den Lagewechsel auf Höhe der linken Achselhöhle, und da der Ellbogen in die Luft stand, blieb ich unverletzt. Bevor noch ein weiterer Schuß losgehen konnte, stürzte ich mich auf Dixon, schlug die Hand mit der Pistole gegen die Matratze und drückte meine Knie dagegen.

Die Prügel, die ich ihm verabreichte, ließen die zweite Stütze nachgeben, so daß wir uns zwischen schmutzigen Laken, Pistolenrauch und Matratzenstaub auf dem Boden wälzten. Wie er gesagt hatte, er oder ich, und er hatte eine Waffe. Ich hielt mich nicht zurück, obwohl es nicht meinem Kampfstil entspricht, den Gegner zu schlagen, wenn er unter mir liegt.

Ich hörte auf, als er sich nicht mehr wehrte, und steckte die Pistole in die Tasche. Er hatte von meinen Kinnhaken und Schlägen ins Gesicht kurz das Bewußtsein verloren. Den Schuß schien niemand gehört zu haben oder falls doch, hielt man es an so einem Ort wohl für besser, sich um seine eigenen Angelegenheiten zu kümmern. Ich schüttete Dixon Wasser ins Gesicht, damit er wieder zu sich kam. Noch bevor sein

Kopf wieder ganz klar war, stand er bereits unten auf der Straße mit mir, wacklig zwar, doch noch auf den Beinen. Ich setzte ihn in ein Taxi, und bevor er noch wußte, wie ihm geschah, hatte ich ihn bereits in unsere Wohnung gebracht, die Tür hinter uns zugemacht und ihn in seinen Lieblingssessel katapultiert, der kaum fünf Meter entfernt stand.

6

Er hockte bloß da, sagte nichts, rührte sich nicht. Sein Blick folgte mir lautlos flehend, wohin ich auch ging und was ich auch tat. »Sieh mich nicht so an«, sagte ich schließlich und zuckte zusammen, als der Pfropfen der Jodflasche meine aufgeschürften Knöchel berührte. Ich bot ihm keines an, denn nach all dem, was war, mußte ich damit rechnen, daß er es austrinken würde. »Glaubst du vielleicht, mir macht das Spaß? Glaubst du, ich hab' mir vorgestellt, daß wir so auseinandergehen, du und ich?« Ich nahm den Telefonhörer ab.

Zum ersten und letzten Mal, seit wir von seinem Versteck hierhergekommen waren, sagte er etwas. Er nannte mich nicht mehr Red. »Carr«, sagte er, »Du hast überhaupt nichts Menschliches an dir!«

»Verbinden Sie mich mit dem Polizeipräsidium«, war meine Antwort darauf.

Irgendwo unter dem Fenster ertönte ein Pfeifen. Eine Frauenstimme rief: »Hallo, Taxi!« Dann kam wieder das Pfeifen, ein makelloses, volltönendes Pfeifen, dessen sich selbst ein Mann nicht hätte zu schämen brauchen. Irgendwo in der Ferne wurde ein Getriebe in Gang gesetzt, ein Wagen schlitterte heran und bremste unmittelbar vor dem Haus. Ich hörte, wie eine Tür aufgerissen wurde.

Ich legte den Hörer hin, ohne die Verbindung abzuwarten, flitzte durch das Zimmer und riß das Fenster auf. Ich kam gerade eine Sekunde zu spät. Ich sah zwar das Dach des Taxis, doch die Frau, die gepfiffen hatte, war bereits eingestiegen. Ihre Hand griff nach der Wagentür und zog sie zu.

Ich schrie aus vollem Halse. »Fahrer! He, Sie da unten! Anhalten! Bleiben Sie, wo Sie sind!«

Er sah zu mir hoch. »Ich hab' 'nen Fahrgast...«

Ich klappte mein Revers um. Mehr als ein wenig Staub war nicht dahinter, aber aus dieser Entfernung konnte er es nicht sehen. »Polizeisache!« sagte ich warnend und zog den Kopf zurück.

Ich legte den Hörer auf, aus dem eine immer ärgerlicher klingende Stimme offenbar zum vierten oder fünften Mal sagte: »Polizeipräsidium! Wer spricht da?« Ich steckte den Schlüssel um und schloß Dixon hinter mir ein. An unserem Fenster war keine Feuertreppe, er konnte die drei Stockwerke also nur kopfüber nach unten gelangen.

Die Frau in dem Taxi war ungefähr 36 Jahre alt und hellblond. Sie streckte mir fragend den Kopf entgegen, als ich zur Wagentür schlitterte.

»Wohnen Sie hier im Haus?« Wenn ja, hatte ich sie noch nie gesehen.

»Ja, 2-C, erster Stock, hinten raus. Ich wohn' jetzt seit drei Wochen hier.«

»Letzten Montag abend – das war heute vor einer Woche – gegen Mitternacht, also um die gleiche Zeit, haben Sie da auch ein Taxi gerufen, indem Sie so gepfiffen haben wie eben? Es hat geregnet...«

»Natürlich«, sagte sie bereitwillig. »Ich ruf' mir jede Nacht ein Taxi vor die Tür, egal, ob's regnet oder nicht, also muß ich das auch in der Nacht gemacht haben. Nur so komm' ich rechtzeitig zur Arbeit. Ich trete um 0.05 Uhr mit einer besonderen Nummer im Carioca Club auf. Und warum sollte ich nicht pfeifen? Das ist doch meine besondere Begabung. Ich bin Leonora. Ich ahme Vogelstimmen nach. Die Besucher rufen mir welche zu, und ich gebe ihnen...«

Dann hatte er also die Wahrheit gesagt. Er hatte wirklich jemanden nach einem Taxi pfeifen hören, wirklich jemanden unten stehen sehen und es – wie ich gerade eben – versäumt, sie einsteigen zu sehen. Vielleicht war es nicht richtig, doch jetzt sah die ganze Sache auf einmal ganz anders aus. Die Tatsachen blieben zwar dieselben, doch ich sah sie jetzt in einem anderen Licht. Er stand nicht mehr im grellen Scheinwerferlicht des Verdachts, nur unglückliche Zufälle hatten ihn dorthin gebracht. Ja, selbst daß er die Regenmantelverschlüsse durch dieses Toilettenfenster geworfen hatte schrumpfte zu einer Geste der Frustration, des Mißmuts darüber, Estelle verloren zu haben, wie sie bei jedem von uns denkbar wäre.

Die Blondine sagte, »Hör'n Sie, Mister, ich muß los. In etwa zehn Minuten ist mein Auftritt. Wenn's jemanden stört, daß ich jede Nacht ein Taxi herbeipfeife, mach' ich's in Zukunft leiser....«

»Nein«, sagte ich dankbar, »Sie haben niemanden gestört; Sie haben jemandem das Leben gerettet. Ich möcht' Sie sprechen, wenn Sie von der Arbeit zurückkommen ... Carr, dritter Stock vorne.«

Ich hastete die Treppen hinauf. Er hatte nicht einmal versucht, mit einem Tisch oder Stuhl oder sonst etwas die Tür einzuschlagen, während ich weg war. Er hatte wohl inzwischen resigniert.

»Für mich bist du von allem Verdacht frei«, überfiel ich ihn gleich, als ich reinkam.

Er schaute mich nur völlig verdutzt an. Der Wandel kam ihm zu plötzlich.

»Hiller hat mir gesagt, sie wüßten genau, daß Estelle bis zum Treppenabsatz unter unserer Tür gekommen ist. Dann hat sie jemand überfallen, ihre Schreie erstickt und sie dann dort gewürgt, bis sie bewußtlos war. Einen Augenblick später muß diese Leonora, diese Vogelstimmenartistin, einen Stock *tiefer* aus der Tür gekommen sein, um zur Arbeit zu gehen. Das Mädchen war noch nicht tot, aber der Mörder glaubte, sie sei es. Er verlor den Kopf, sah sich in der Falle, hob sie hoch und schleppte sie eine Etage höher zum Müllschlucker. Als er sich ihrer dort entledigen wollte, hat er sie, ohne es zu wissen, wirklich getötet. Inzwischen hattest du unten das Pfeifen gehört, warst einen Augenblick zu spät ans Fenster gekommen und dachtest fälschlich, gesehen zu haben, wie Estelle in einem Taxi davonfuhr.«

»Die Frage ist nur, wer war es? Es war nicht irgendein Stadtstreicher oder Herumtreiber. Der hätte gewartet, bis sie raus auf die dunkle Straße gekommen wäre. Raub war nicht das Motiv, denn sie hatte nicht einmal ihre Handtasche bei sich. Es war jemand, der sie kannte, jemand, der ihr bis zu unserer Wohnung gefolgt war, jemand, der die ganze Zeit, die sie hier drin war, vor der Tür herumgeschlichen war, jemand, der die schlimmstmöglichen Vorstellungen mit ihrem Besuch bei dir verband.«

Er nickte niedergeschlagen. »Sie hat die ganze Zeit über gesagt, daß sie mich liebt. Selbst als sie bereits die Tür aufgemacht und sich mit aller Gewalt von mir losgerissen hatte, kam sie noch einmal zurück, gab mir einen Abschiedskuß und sagte: ›Keiner kann je deinen Platz einnehmen, Johnny ...‹ «

»Dann hat er das gehört. Das war wie Öl auf seine schwelende Eifersucht. Er war zu eifersüchtig, um dich persönlich zur Rede zu stellen, wartete, bis du hineingegangen warst, fing sie auf ihrem Weg nach unten ab und stürzte sich in rasender Eifersucht auf sie.«

Wir nannten keinen Namen. Das war auch nicht mehr nötig, jetzt, wo wir so weit gekommen waren. Wir hatten wohl beide denselben Namen im Sinn. Aber wissen war das eine, es auch beweisen war etwas anderes. Wir kamen beide eine Weile nicht weiter.

Ich lief umher und rauchte wie ein Schlot. Er saß da und kaute an den Nägeln. Er hatte das schon immer getan, wenn er aufgedreht war. Nach einer Weile merkte er es selbst und sagte traurig: »Ich bin rückfällig geworden. Sie hatte mir's abgewöhnt, wie eben ein Mädchen ihrem Freund gern die kleinen Angewohnheiten abgewöhnt, mit denen sie nicht einverstanden ist. Da sitz' ich nun und mach's wieder, weil sie nicht mehr da ist und es sieht.« Ich sagte nichts. »Das war das einzig Gute, was ich sie je über ihn hab' sagen hören: ›Trembolt kaut nie an den Nägeln, warum mußt du's dann machen ...‹«

Ich hielt inne und stürzte so vehement auf ihn zu, daß er in seinem Sessel zurückfuhr. »Ach nein? Ich hab' seine Hand auf der Lehne von Mrs. Mitchells Stuhl gesehen, als Hiller mich dorthingebracht hatte, und da war von seinen Nägeln so gut wie gar nichts mehr übrig. Bis zum Nagelbett waren sie fort. Dann aber, bei der Trauerfeier, als er nervös war, hat er nicht daran gekaut, sondern andauernd Streichhölzer zerbrochen. Ich hab' ihn beobachtet. Wenn er ein Nägelkauer wäre, hätt' er auch da die ganze Zeit Nägel gekaut. Das zeigt, daß er keiner ist. Estelle hatte recht. Warum hatte er also genau zu der Zeit, als sie ums Leben kam, Nägel gekaut, oder vielmehr, sie bis zum Nagelbett abgefeilt?« Die Antwort gab ich mir selbst. »Weil etwas dran war. Wahrscheinlich Teer von dieser Tonne mit Schotter auf dem Dach, wo er schließlich ... Ich frag' mich, ob wir ihn damit festnageln können?«

»Wie?« fragte er verloren. »Die Nägel sind doch jetzt weg – und der Teer mit ihnen, wenn es das überhaupt war.«

»Vielleicht war's das auch nicht.« Mir war etwas anderes in den Sinn gekommen. »Moment mal, hab' ich um die Zeit nicht den Hausmeister was von Neuanstrich bei diesen Müllschluckeranlagen sagen hören? Ich glaub', ich hab' ihn ein paar Tage vorher in der Eingangshalle mit einem Eimer Farbe und einem Pinsel herumlaufen sehen. Ich geh' rauf und seh' nach. Du bleibst hier. Im Treppenhaus könnte dich jemand erkennen ...«

Ich ging alleine hoch und inspizierte den Schacht, zu dem man Estelle geschleift hatte. Er war in einem kleinen Verschlag am

Ende des Flurs. Wenn man die Tür öffnete, ging automatisch ein Licht an, so daß die Mieter sehen konnten, wo sie ihren Abfall hineinkippen mußten.

Das saubere Aussehen und die glänzende Farbe der Wände sagten mir, daß er vor kurzem gestrichen worden war. Solche Orte sehen binnen kürzester Zeit ziemlich schäbig aus. Dafür, daß er kein Fachmann war, hatte der Hausmeister sehr gute Arbeit geleistet. Hellgrün. Wichtig war vor allem, ob er die Renovierungsarbeiten vor der Nacht ausgeführt hatte, in der der Mörder sein Opfer hier hineingezerrt hatte, oder erst danach. War es danach gewesen, konnte er eindeutig keine frische Farbe unter die Fingernägel bekommen haben.

Prüfend kratzte ich mit dem Daumennagel ein wenig hinein. Die Farbe war ziemlich frisch. Das sah nicht so gut aus. Der Hausmeister hatte die Wand nur einmal überstrichen, so daß mein Nagel die alte Farbschicht darunter freigelegt hatte – ein verblaßtes Beige.

Ich suchte ihn im Untergeschoß auf und befragte ihn darüber. Er gab mir die Antwort, die ich *nicht* gehofft hatte zu bekommen. »Nein, da war ich erst, nachdem's passiert ist. Am Mordtag bin ich nur bis zu Ihrer Etage gekommen, das war ein Montag. Da war nur noch der im vierten Stock übrig. Den wollt' ich gleich als erstes am nächsten Morgen fertig machen. In den im dritten Stock konnte er nicht mit ihr rein, denn den hatte ich abgeschlossen, damit die Farbe in Ruhe trocknen konnte. Also hat er sie einen Stock höher gebracht. Deswegen konnte ich den nicht anstreichen, bevor die Polizei dort all ihre Untersuchungen abgeschlossen hatte. Ich mußte ihn bis Mittwoch nachmittag so lassen, wie er war.«

Welchen Grund er auch gehabt haben mochte, seine Nägel so zuzurichten, er war gewiß nicht in frischen Farbflekken zu suchen. Die Farbe war erst beinahe 48 Stunden nach Estelle Mitchells Tod aufgetragen worden. Wahrscheinlich war es Teer vom Rand der Tonne, in der er ihre sterblichen Überreste versteckt hatte. Und wie Dixon gesagt hatte, was nützte es schon, wenn die Nägel ohnehin fort waren?

Ich ging zurück zu ihm in die Wohnung und spreizte enttäuscht die Hände. Doch gerade als ich die Hoffnung schon aufgeben wollte, fiel mir plötzlich ein Weg ein. Manchmal passiert das ja einfach ganz unerwartet. Ich sah Dixon mit zusammengekniffenen Augen an und fragte: »Kannst du mir auf Anhieb sagen, welche Farbe die Wände in dieser Müllschlukkerkammer hatten, bevor sie neu angestrichen wurden?«

»Nein«, sagte er. »Wann bin ich da jemals dringewesen?«

»Siehst du, und du wohnst hier im Haus. Ich konnte das auch nicht, bevor ich grad' eben die obere Schicht angekratzt habe. Ich werd' versuchen, ihn damit zu kriegen! Es ist nur ein Trick, aber das ist jetzt so ziemlich alles, was uns noch bleibt.«

Er sah mich erstaunt an.

»In der Mordnacht waren sie noch beige. Gus, der Hausmeister, durfte sie nicht streichen, bevor die Polente dort fertig war. Aber wenn der Knabe in der betreffenden Nacht nicht mit ihr da rein ist, sollte er's nicht wissen.«

Ich ging zum Telefon. Er schaute besorgt, als er mich sagen hörte: »Polizeipräsidium.« »Diesmal nicht wegen dir, Dixon«, beruhigte ich ihn. Als ich mit Hiller verbunden war, sagte ich bloß: »Können wir uns bei den Mitchells treffen? Ich möchte, daß Sie sich dort etwas anhören.«

Ich ließ Dixon in der Wohnung zurück, warnte ihn, sich nicht blicken zu lassen und kein Licht einzuschalten. »Bleib jetzt hier, ja? Wenn ich zurückkomme, hab' ich vielleicht eine gute Nachricht für dich.«

Vor der Tür der Mitchells mußte ich mir fast den Mund fransig reden, um Hiller zu überreden, mit mir zusammenzuarbeiten – selbst für einen Test. Für ihn stand die Sache bereits fest, und er war nicht bereit, daran zu rütteln, nicht für den ehemaligen Zimmerkumpan eines Mörders.

»Ich verlange ja nicht, daß Sie den Mund aufmachen und etwas sagen. Alles, worum ich Sie bitte, ist, dem, was ich sage, nicht zu widersprechen. Tun Sie, als ob's dienstlich sei. Und hören Sie nur zu, was er sagt. Sind Sie sicher, daß er am Tag danach, als Ihre Männer dort arbeiteten, zu keiner Zeit in diese Kammer durfte?«

»Das durfte niemand.«

»Das ist das einzige, woran ich Sie bitte, sich zu erinnern.«

Ich läutete. Tremholt machte auf, und der Schnüffler und ich gingen hinein. Ich zitterte am ganzen Körper – innerlich, wo man es nicht bemerken konnte. Es war ein so hauchdünnes Fädchen, an dem alles aufgehängt werden sollte... Hiller wirkte einfach nur unergründlich, Tremholt ruhig und beherrscht. Ich bemerkte, daß seine Nägel langsam wieder nachwuchsen. Der Beweis dafür, daß sie der Not gehorchend entfernt worden waren. Er war kein notorischer Nägelkauer.

Es kam darauf an, ihn aus dem Konzept zu bringen, damit er einen Moment lang den Kopf verlor, nicht mehr fähig war, schnell genug zu denken. Ich arbeitete vorsichtig darauf hin und erhöhte dabei langsam das Tempo. Meine Anspielungen wurden jeden Augenblick deutlicher, bis sie schließlich die Grenze überschritten und zu direkten Anschuldigungen wurden.

»Natürlich waren Sie es. Wir alle wissen das schon seit geraumer Zeit!« Ich hatte eine Heidenangst, daß Hiller dazwischenfunken und mir widersprechen würde. Doch er hielt sich an die Abmachung, saß gelassen da. Er war nur Zuhörer.

»Ja, ich weiß, daß Sie angeblich den ganzen Abend über in Ihrem Zimmer waren. Aber was beweist das schon? Ihr Zimmer liegt in der Nähe der Haustür und das von Mrs. Mitchell ganz am anderen Ende des Flurs. Sie haben Ihren eigenen Haustürschlüssel. Sie hätten in der Zeit zwischen acht, als sie Sie nach Hause kommen sah, und dem Augenblick, als sie an

Ihre Tür klopfte, um Ihnen mitzuteilen, daß sie sich langsam Sorgen machte, weil das Mädchen noch nicht zu Hause war, dutzendemal unbemerkt raus- und reinschlüpfen können!«

Nun hielt ich ihn langsam für reif. Äußerlich wirkte er noch immer unerschütterlich. Doch zerrupfte er geistesabwesend ein Heftchen mit Streichhölzern, und das verriet ihn. Ich gab ihm das Stichwort.

»Und warum, glauben Sie, mußten Sie Ihre Fingernägel bis zum Nagelbett abschneiden oder abfeilen?« Ich ließ ihm keine Zeit, sich von dem Schock zu erholen. »Ich werd's Ihnen sagen, Hiller! Weil Tremholt *hellblaue* Farbe unter den Nägeln hatte... von der Müllschluckerkammer, in die er sie geschleift hatte.«

Er war noch immer gelassen, ja spöttisch – äußerlich jedenfalls. »Hören Sie sich bloß das an, ja? Das ist wirklich gut. Erstens war die Müllschluckerkammer nicht hellblau, sondern beige. Wie hätte ich also...« Ich redete nicht weiter. Ich brauchte nicht weiterzureden.

Alles, was Hiller sagte, ganz leise, fast säuselnd, war: »Das hättest du nicht wissen dürfen, Jungchen«, und stand von dem Stuhl auf, auf dem er bis dahin gesessen hatte...

Bis ich zu Dixon zurückkam, war es fast Morgen. »Komm schon«, sagte ich. »Ich muß dich zum Präsidium bringen.« Die alte Angst, die ihm so viel Schaden zugefügt hatte, kehrte wieder zurück.

»Du brauchst nichts mehr zu befürchten«, beharrte ich. »Die Sache klärt sich wunderbar auf. Sie haben Tremholt schon seit Stunden in der Mangel, und er verstrickt sich jede Minute tiefer. Sein Alibi war nämlich keinen Pfifferling wert, als sie erst mal kräftig dran gerüttelt haben. Ich hab' versprochen, dich hinzubringen, und du kommst mit mir. Deine Unschuld kann nämlich nicht durch einen Stellvertreter bestätigt werden, weißt du?«

Und auf dem Weg dorthin konnte ich mir die Bemerkung

nicht verkneifen: »Er war zwar verdammt nahe dran, dich da reinzureiten, aber er war's nicht allein, vergiß das nicht.«

»Wer denn noch?« fragte er mit großen Augen.

»Du selbst. Ich hab' noch nie erlebt, daß sich jemand selbst so in was reingeritten hätte wie du.«

Ich wohne nicht mehr mit Dixon zusammen. Ich bin nach der Sache ausgezogen. Der Grund dafür ist schwer zu erklären. Er hat sie nicht umgebracht. Er hat zwar versucht, mich umzubringen, aber das ist es auch nicht. Es ist, weil – ich weiß nicht – weil er sich bei der ganzen Sache von Anfang bis Ende nicht richtig verhalten hat. Er hatte sich etwas zu sehr wie ein Feigling benommen. Ich hatte die Achtung vor ihm verloren.

Ab und zu treffe ich ihn zufällig, und dann verstehen wir uns bestens, doch wir dehnen diese Begegnungen nie aus, da wir nie ganz ungezwungen sind. Wir sind in gewisser Weise befangen. Schließlich will man ja nicht jedesmal, wenn man jemanden ansieht, an einen Mord erinnert werden.

Die Stufen zum Schafott

Ein schmaler Silberstreifen glitt langsam links die vier Gitterstäbe des Zellenfensters empor wie Quecksilber in einem Thermometer. Das war alles. Der Himmel, den man durch das Gitter sehen konnte, war noch immer so schwarz wie zuvor.

Schlüssel klirrten, und die Zellentür drehte sich quietschend in den Angeln. In der Öffnung standen der Gefängnisvorsteher und ein Assistent, der wie ein Friseur gekleidet war.

Lamont hatte die ganze Nacht kein Auge zugetan. Doch was kümmerte es ihn? Schon bald würde er so lange schlafen können, wie er nur wollte. Immer nur schlafen. Er drehte den Kopf ganz langsam wie jemand, der genau weiß, was dieser Besuch zu bedeuten hat. »Jetzt schon? Es ist ja noch nicht mal hell!«

»In ein paar Minuten ist es soweit«, lautete die Antwort.

Sie brachten ein randvoll mit kaltem Wasser gefülltes Metallbecken und Rasierseife in einem vernickelten Halter aus dem persönlichen Besitz des Vorstehers. Er mußte den Seifenstift bei sich selbst immer schräg angesetzt haben, so daß er sich auf einer Seite schneller abgenutzt hatte und fast meißelförmig war.

Der Assistent stellte das Becken auf den Rand der Pritsche, wobei etwas Wasser auf das nach Benzin stinkende Bettlaken schwappte. »Sie haben's zu voll gemacht«, bemerkte Lamont. »Ich will doch kein Bad nehmen.«

»Machen Sie den Kragen auf, Lamont«, sagte der Vorsteher. Lamont öffnete den obersten Knopf und schlug den grauen Flanellstoff am Hals nach unten.

»Beugen Sie den Kopf hinunter.«

Lamont senkte den Kopf und hielt ihn so. Der Friseur schöpfte eine Handvoll eiskaltes Wasser aus dem Becken und verteilte es über Lamonts Nacken. Lamont schreckte zusammen.

»Kaltes Wasser am frühen Morgen war mir schon immer ein Greuel! Hätten Sie's nicht etwas warm machen können?«

Der Vorsteher gab keine Antwort. Er war völlig damit beschäftigt zuzusehen, wie der Friseur mit dem Seifenstift von Ohr zu Ohr über Lamonts Nacken strich. An Kiefer oder Wangen kam er jedoch nicht damit, nur an das Genick. Der Vorsteher holte ein Rasiermesser hervor und reichte es ihm.

»Stillhalten«, warnte er den Patienten. »Wir wollen Sie doch nicht schneiden.«

Lamont drehte den Kopf und warf ihm schräg über die Schulter einen verächtlichen Blick zu. »Sie meinen wohl, Sie wollen mich nicht zu früh schneiden«, sagte er.

»Hören Sie doch auf.« Die Stimme des Vorstehers klang fast beschwörend, als wolle er nicht lange mit jemandem diskutieren, der ihn in die Enge getrieben hatte.

»Halten Sie den Kopf unten«, sagte der Friseur. »Ich bin wahnsinnig nervös, und das Licht hier drin ist unmöglich.«

Er kam mit dem Gesicht ganz nahe an Lamonts Hinterkopf heran und spähte angestrengt, während ihm die Zunge aus dem Mundwinkel hervorschaute. Er begann, das Rasiermesser in langen, vorsichtigen Bewegungen von oben nach unten zu führen, von der Schädelbasis bis zum oberen Halswirbel. Mit Seifenresten verklebte Haarbüschel rollten ab und fielen zu Boden. Die Haut darunter war sauber und rosig wie die eines Frischrasierten.

»Sie haben den Puder vergessen«, bemerkte Lamont sarkastisch.

»Ach, hören Sie doch auf«, bat der Vorsteher unglücklich.

»Sie haben wohl Angst, das Beil könnte nicht durch ein paar einzelne Haare in meinem Nacken kommen?« spottete Lamont. »Dann kann's aber nicht besonders scharf sein.«

»Das ist eben so üblich. Fragen Sie mich nicht, warum«, erwiderte der Vorsteher. »Ich hab diesen Brauch nicht erfunden.

Er stammt vielleicht noch aus der Zeit, als es mit der Hand gemacht wurde, und die Leute Zöpfe im Nacken trugen.«

Der Assistent war mit Becken und Rasiermesser hinausgegangen. Kurz darauf kam er mit dem traditionellen Glas Rum auf einem kleinen Zinntablett zurück und hielt es Lamont schweigend hin.

»Na klar, warum nicht? Es ist ein kühler Morgen.« Lamont kippte den Rum mit zwei langen Schlucken zügig hinunter, hustete ein wenig und gab das Glas zurück.

»Zigarette?« Der Assistent holte zwei aus der Tasche seines Kittels. Lamont nahm eine und steckte sie nach Ganovenart senkrecht unter die Lippe. »Großzügig von der Republik«, nuschelte er undeutlich. »Sind Sie sicher, sie kann sich's leisten?«

Der Vorsteher strich ein Zündholz an der Schuhsohle an und hielt ihm die mit der Hand geschützte Flamme hin. Lamont stieß eine gewaltige Rauchwolke aus, die die gesamte Zelle einzunebeln schien. Als sie sich verflüchtigte, stand ein Priester in der Türöffnung und sah ihnen entgegen. Lamont winkte mit der Hand ab. »Nein, danke. Ich bin keiner, der in der letzten Minute den Hals aus der Schlinge ziehn will.«

»Ganz schön harter Bursche«, sagte der Vorsteher leise zu seinem Assistenten. Er holte unter sehr viel Papiergeraschel ein Dokument aus der Tasche, achtete darauf, daß er genau in der Mitte der engen Zelle zu stehen kam, und räusperte sich: *»Attention.«*

Lamont salutierte höhnisch.

»Da Sie des Mordes an Armand Durand für schuldig befunden wurden ...«

»Erzählen Sie mir doch mal was Neues«, rief Lamont dazwischen.

»Meine Frau versteht mich nicht, das ist das Problem«, sagte der Fettwanst und lehnte sich zu Babette hinüber.

»Armer *coco*«, bedauerte sie ihn mechanisch. Sie versuchte, ihre Hand gegen seinen Bauch zu stemmen, um ihn auf Distanz zu halten, doch sie verschwand fast bis zum Handgelenk, so tief sank sie ein. Babette saß auf dem Hocker am Ende der Bar, er auf dem daneben. Er richtete sich wieder auf, und sie zog die Hand aus der kissenweichen Westenfüllung.

»Ich rede gern über meine Frau«, sagte er. »Jedenfalls rede ich bei andern Frauen gern über sie. Willst du ein Bild von ihr sehn?«

»Natürlich, *coco.*«

Er holte Unmengen von Papierkram aus seiner Tasche. Sein massiger Umfang wurde dadurch jedoch keinen Deut geringer, obwohl man das bei all den Visitenkarten, Briefen, Notizzetteln und der dicken Brieftasche, die er über den Tresen verstreute, hätte vermuten können. »Hier ist es.« Er reichte ihr ein Foto. »Ich hab' immer ein Bild von ihr bei mir, um es andern Frauen zu zeigen.«

»Sie ist nicht gut genug für dich, *coco.*« Sie hielt das Foto vor sich, schaute jedoch gut fünf Zentimeter über den oberen Rand hinweg. Sie las Namen und Adresse auf einem der Umschläge, die auf der Bar verstreut lagen. Auch noch verkehrt herum.

Armand Durand
42, rue Fontaine

»Laß uns in meine Wohnung gehn. Hier gefällt's mir nicht. Ich weiß nicht, warum du mich unbedingt herschleppen mußtest. Komm schon, es ist nicht weit. Ich zeig' dir meine Muschelsammlung.«

»Was werden die Hausangestellten sagen?«

»Die sind auch alle fort.«

»Laß mich zuerst all diese Sachen wieder in deine Taschen stecken. Nein, laß die Hände unten. Ich mach' das für dich. Es macht mir Spaß, distinguierte Herren wie dich zu bedienen. Das hier steck' ich in diese Tasche und das in die da unten, und das kommt auf die Seite. Du solltest nicht alles in einer Tasche haben. Du solltest die Sachen mehr verteilen. Das macht 'ne bessere Figur. Und du hast wirklich 'ne prima Figur, weißt du, wenn du sie nur richtig zeigen würdest.«

»Wie verständnisvoll du bist! Sie sagt, ich sei fett.«

»Lächerlich, *coco*! Pah, ich hasse diese dürren Bohnenstangen.«

Sie wog die Brieftasche abschätzend in der Hand, bevor sie sie wieder in seine Innentasche steckte. »Trägst du immer so viel Geld mit dir rum? Das solltest du nicht tun.«

»Das ist lediglich mein Taschengeld für heut' abend. In meinem Haus drüben hab' ich zehnmal soviel rumliegen. Sie fährt nämlich nur einmal im Jahr nach Deauville. Ich muß das Eisen schmieden, solang es heiß ist. Komm mit rüber, dort können wir viel bequemer sitzen und uns unterhalten.«

»Laß mich zuerst noch ein Stück auf dem Musikautomaten spielen.«

»Davon bekomm' ich Kopfschmerzen.«

»Nur mir zuliebe, *coco*.« Sie kraulte ihn am Kinn – dem oberen – und schlenderte hinüber zu dem mechanischen Musikinstrument. Ein anderer Gast hatte zu etwa der gleichen Zeit dieselbe Idee. Er kam aus der entgegengesetzten Richtung darauf zu und hielt die Messingmarke einwurfbereit in der Hand. Beide kamen zur gleichen Zeit dort an, musterten einander kühl und schienen entschlossen, um den Vorrang zu streiten.

»Nach mir, wenn Sie nichts dagegen haben«, sagte sie mit recht lauter Stimme.

»Sie haben das Ding schon den ganzen Abend mit Beschlag belegt«, sagte er mißmutig. »Vielleicht dürfen andere auch mal?«

Der Fettwanst auf dem Barhocker schaute unglücklich aus, als hätte er Angst, sie verteidigen zu müssen, wenn sich die Angelegenheit zuspitzte.

Sie knallte geräuschvoll ihre Messingmarke auf das Gerät, als wolle sie damit ihren Anspruch geltend machen, beugte sich hinunter und bewegte die Lippen, als lese sie lautlos die Titel neben den Einwurfschlitzen.

»Armand Durand, rue Fontaine zweiundvierzig. Niemand zu Haus. Da liegt 'ne Menge Knete rum. Mach schnell. Ich halt' ihn hier auf, bis du wieder zurück bist.«

Sie nahm die Messingscheibe auf und warf sie in den Schlitz neben dem gewählten Titel. Ein Türschlüssel aus Messing, der darunter gelegen hatte, blieb oben auf dem Kasten zurück. Doch nicht lange. Der Mann lehnte sich mit dem Arm an den Rand, und schon war der Schlüssel verschwunden.

Ein dumpfes Geklimper wurde vernehmbar. Sie drehte sich herum und ging herausfordernd weg. Er kehrte ihr ebenfalls den Rücken zu und ging in entgegengesetzter Richtung.

»Was für Typen einem in solchen Lokalen begegnen«, beschwerte sie sich bei ihrem beleibten Begleiter. »Hast du den Blick gesehn, den er mir zugeworfen hat, nur weil ich das Pianola vor ihm benutzen wollte?«

»Laß uns gehn. Ich hab' dir ja gleich gesagt, daß es mir hier nicht gefällt.«

»Aber zuerst noch 'nen kleinen Drink, hm? Nur noch 'nen klitzekleinen Drink mit deinem Baby.« Aus dem Mundwinkel flüsterte sie dem Barkeeper so leise zu, daß es der Dicke trotz seiner Nähe nicht hören konnte: »So stark, daß er danach nicht mehr weiß, wo er wohnt.«

Es war einer zuviel. Offenbar kannte er seine Grenzen nicht. Seine Gesichtsfarbe änderte sich zusehends. Als er erbsgrün war, preßte er die Hand auf den Mund, glitt wie ein nasser Sack vom Hocker und taumelte durch die nächste Tür.

»Ziemlicher Seegang«, bemerkte sie mit einem vielsagenden Blick zum Barkeeper.

Nach etwa fünf Minuten kam er wieder hereingetorkelt. Diesmal hielt er sich die Hand auf den Kopf, als wolle er ihn vor dem Fortfliegen bewahren. Er steuerte schnurgerade an ihr vorbei, auf den Ausgang zu, als könne er auch nicht mehr gerade sehen.

»Warte, *coco*!« rief sie bestürzt und sprang von ihrem Sitz. »Du willst doch nicht etwa schon gehn?«

Er starrte sie abwesend an. Für ihn existierte sie nicht mehr. Er fühlte sich zu elend. Er hatte keinen Nerv mehr für Geschäker. »Oh, laß mich hier raus«, sagte er schaudernd.

Sie versuchte, ihn zurückzuhalten, ja, sie klammerte sich sogar mit beiden Händen an den Zipfel seines Mantels. Doch so wacklig er auch auf den Beinen sein mochte, er war zu massig und sie zu zierlich. Er zog sie einfach hinter sich her. »Warte, setz dich doch einen Moment. Er gibt dir was, damit sich dein Magen beruhigt.«

Gequält schüttelte er sie ab. »Oh, bleib mir bloß vom Leib. Wenn mir schlecht ist, will ich keine fremden Frauen um mich haben. Ich will meine Marie. Oh, warum mußte sie bloß nach Deauville fahren? Sie legt mir immer kalte Kompressen auf die Stirn und hält mir die Hand, wenn ich ...«

Der Rest war nicht mehr zu verstehen, als er hinaus auf die Straße schwankte, in ein Taxi stieg und davonrauschte.

Alle im Lokal lachten – außer Babette. Sie ging zu ihrem alten Platz an der Bar, und ihr Gesicht war so lang, daß es fast an ihr Strumpfband reichte. »Verflixt, wenn ich doch bloß seine Telefonnummer hätte, dann könnt' ich dort anrufen und – aber nein, anrufen wär' zwecklos. Er würd' sowieso nicht abnehmen.«

»Mach dich nicht verrückt«, beruhigte sie der Barkeeper. »Für die paar lausigen Drinks brauchst du nicht so hart zu arbeiten.«

»Du kapierst nicht, worum's geht. Wenn er zu früh nach Haus kommt und Lamont dort erwischt, bringt ihn Lamont garantiert um.«

»Laut Strafgesetzbuch, Paragraph soundso, Absatz soundso«, leierte der Vorsteher herunter. Dann faltete er das Dokument zusammen und steckte es wieder in seine Tasche.

Lamont saß auf der Kante seiner Pritsche und pfiff ein paar

Takte Marschmusik. »Ist das Konzert aus? Das ist gut«, höhnte er.

Der Vorsteher bedeutete ihm aufzustehen. »Es ist Zeit.«

Die schmalen Silberstreifen an den Gitterstäben hatten sich inzwischen auf deren halbe Breite ausgedehnt. Lamont stand auf, zog die Hose hoch und ging, die Zigarette, die man ihm gegeben hatte, noch immer zwischen den Fingern, zur Zellentür. Der Vorsteher eskortierte ihn auf der einen Seite, der Assistent auf der anderen.

Zwei Wärter standen rechts und links der Türöffnung. Sie stellten sich, als er herauskam, in Position und nahmen den Platz des Vorstehers und seines Assistenten ein. Der Priester versuchte, sich an Lamonts Seite zu pirschen, der ihn erneut mit einer Geste abwies.

»Ich will nicht, daß mir jemand hinterherläuft. Ich hab' nicht weit zu gehn und schaff' es schon allein. Außerdem muß ich über was nachdenken, und das geht viel besser, wenn um mich herum nicht gemurmelt wird.«

»Willst du denn nicht um die Vergebung deiner Sünden bitten, mein Sohn?«

»Ein andres Mal«, sagte Lamont grob. »Es sind zu viele, um alle so aus dem Stand aufzuzählen. Man bräucht ja einen Buchhalter, um da den Überblick zu behalten.«

»Aber es gibt kein anderes Mal. In wenigen Minuten ist es zu spät!«

Lamont spähte zu einem der eiskalt blickenden Wärter, die langsam neben ihm herschritten. »Manche Leute können halt nicht vertragen, wenn man sie abblitzen läßt«, kommentierte er gutgelaunt.

»So eine Frechheit«, staunte der Assistent. »Der Kerl muß ein Fell haben so dick wie ein Panzer.«

»Alles nur aufgesetzt«, flüsterte der Vorsteher wissend. »Passen Sie auf, wie der weich wird, wenn er die oberste Stufe erreicht.«

Lamont ging zwischen den beiden Wärtern den Gang hinunter und zog noch immer an der Zigarette, die er bekommen hatte. Der Rauch wehte über seine Schulter wie eine beschwingte Fahne.

Babette saß auf ihrem Stammplatz am Ende der Bar. Sie hatte die Beine so hoch übereinandergeschlagen, daß sie fast bis ans Kinn reichten, und spielte nervös mit ihrem Wermut Cassis. Auf dem übernächsten Barhocker saß ein Mann in einem Trenchcoat. Er hatte einen gelblich-fahlen Teint, und der eingeschlagene Hutrand verdeckte die obere Gesichtshälfte fast wie eine schwarze Augenmaske. Zwei Hocker weiter saß noch ein Mann. Der Platz dazwischen war ebenfalls leer.

Es standen auch ein paar Tische herum, an denen sich der eine oder andere von Copains Stammgästen fläzte. Drüben in der Ecke stand das elektrische Klavier. Hin und wieder stand der zweite Mann auf, um eine Metallmarke einzuwerfen, die er von Copain gekauft hatte, und dann orgelte es eine fünf Jahre alte Melodie, wobei es die meisten Töne verschluckte.

Babette sah heute abend zu gut aus für ihre Umgebung, doch schließlich ist ›gut‹ nur ein relativer Begriff. Sie trug einen Fehmantel, und an ihrem Finger steckte ein Diamantring, zu klein für eine Imitation. Ihr nervöses Spiel mit dem Stiel des Glases verriet eine wachsende innere Unruhe.

Schließlich kam Copain hinter der Bar zu ihr und sagte trokken: »Kau an den Nägeln, wenn's nicht anders geht, aber mach mir meine Gläser nicht kaputt.«

Betroffen ließ sie es los.

»Nervös, Schwester?« bemerkte der Mann mit der zwielichtigen Augenmaske, noch immer vor sich hinstarrend.

»Was kümmert's dich?« zischte sie ihm haßerfüllt entgegen.

Sie glitt vom Stuhl und schlenderte am Tresen entlang, Richtung Ausgang. Etwas hielt sie auf. Sie schaute nach unten und sah, daß ihr ein Bein den Weg versperrte. In einer einzigen Bewegung hatte sich der Mann auf dem Hocker herumgedreht und das Bein ausgestreckt.

»Warum so eilig?« fragte er. Es war kein Annäherungsversuch.

In Anbetracht der Provokation hatte sie sich erstaunlich gut unter Kontrolle. »Ich will zu der Tür da drüben«, sagte sie und zeigte mit dem Daumen über die Schulter.

»Okay, dann hast du dich aber in der Richtung geirrt.« Sein Bein war immer noch da.

Babette machte kehrt, ging in die entgegengesetzte Richtung und verschwand durch die Tür. Als sie langsam hinter ihr zufiel, war ein kleines weißes Emailschild mit der Aufschrift *Dames* zu erkennen.

Jenseits der Tür wurde Babette lebendig und eilte durch den kleinen Raum zum Fenster auf der gegenüberliegenden Seite. Das Glas war aus zweierlei Gründen undurchsichtig. Zum einen war es von Natur aus milchig, und zum anderen war es mit einer grauen Staubschicht bedeckt, an der seit Jahren niemand gerührt hatte. Sie versuchte, das Fenster an den beiden Griffen unten am Rahmen hochzuschieben. Es klemmte. Die gleiche Ansammlung von Staub hatte auch die Rahmen verklebt.

Sie stemmte ein seidenbestrumpftes Knie auf das niedrige Fensterbrett, damit sie sich besser abstützen konnte, und zog aus Leibeskräften. Es rührte sich noch immer nicht. Verzweifelt schlug sie mit der Handwurzel rundherum auf den Holzrahmen ein, um das Fenster zu lockern. Sie schaute über die Schulter, als wolle sie sehen, ob sie vielleicht zu viel Lärm mache. Zum Glück ließ der zweite Kneipenhocker da draußen gerade wieder das Pianola auf vollen Touren klimpern. Doch das Fenster ließ sich noch immer nicht hochschieben.

Sie ballte eine Faust, holte mit einem weiten Schwung aus und schlug mit voller Wucht dagegen. Das Fenster ging vier bis fünf Zentimeter nach oben. Sie faßte darunter und schob es nun vollends hoch. Dann schaute sie hinaus und verzog enttäuscht das Gesicht. Langsam stellte sie das angewinkelte Bein wieder auf den Boden. Die Öffnung war von außen vergittert.

Kurz darauf kam sie, eine Zigarette rauchend, wieder in die Kneipe. Der Mann auf dem drittletzten Hocker wandte sich nicht einmal nach ihr um, als sie sich wieder auf ihren Platz setzte, sondern murmelte lediglich: »Na, wie war die Aussicht durch die Gitterstäbe?«

Sie gab keine Antwort. Der andere war gerade wieder von einem Abstecher zum Musikautomaten zurückgekehrt. Plötzlich drängte sie Copain über den Lärm hinweg mit verzweifelter Stimme: »Schnell, gib mir einen Brandy.« Kaum hatte er das kleine Glas vor sie gestellt, war es auch schon leer. Lamont kam von der Tür auf die Bar zu.

Keiner der drei sah sich nach ihm um, weder Babette noch die beiden Kneipenhocker. Er setzte sich rittlings auf den leeren Barhocker zwischen Babette und dem Mann im Trenchcoat. Der Mann schaute in die andere Richtung, Babette auf den Boden.

Lamont zwinkerte Copain zu und sagte: »Willst du mich nicht mit deinem hübschen Gast hier bekannt machen?«

Es verfehlte die Wirkung. Sie hob den Kopf nicht, und Copain verzog keine Miene. »Was möchten Sie trinken, *M'sieur*?« fragte er mit forcierter Höflichkeit.

»Hennessy, und einen Benedictine für die Dame.«

Bei diesen Worten hob sich ihr Kopf. »Ich kenn' Sie doch gar nicht«, sagte sie mit fast beschwörender Eindringlichkeit. »Ich lass' mir von Fremden keinen Drink spendieren.«

Er sah sie völlig entgeistert an. »Bist du verrückt?« murmelte er leise.

Sie schaute ihm mitten ins Gesicht. »Ich hab' Sie noch nie im Leben gesehn. Kann man denn hier nicht mal in Ruhe sitzen, ohne von jedem, der reinkommt, belästigt zu werden?«

Er nickte, als würde er allmählich begreifen. »Ah, ich verstehe.« Ein rundes Bündel dickgepackter Geldscheine rollte am Rand des Tresens auf sie zu. An dem Gummiband, das es zusammenhielt, hing ein Diamantring. »Hier, kauf dir'n neues Gedächtnis.«

In panischer Angst drang sie in Copain: »Sag diesem Mann doch endlich, er soll mich in Ruhe lassen. Ich bin eine anständige Frau!« jammerte sie. »Was hat das zu bedeuten, daß er...«

Mit schreckensweiten Augen hielt sie inne. Eine Hand hatte sich von hinten auf Lamonts Schulter gelegt. Er drehte sich um und schaute an dem dazugehörigen Arm hoch in das Gesicht des jetzt neben ihm stehenden Mannes mit dem Hut, der den Effekt einer dunklen Augenmaske erzeugte. Der andere stand hinter ihm.

»Komm, darüber müssen wir uns etwas näher unterhalten«, sagte der erste. »Wohl ziemlich flott reich geworden, was?« Er nahm das Bündel Geldscheine mit dem Ring an sich.

Die Frau glitt von ihrem Hocker und hielt sie zurück, als sie mit Lamont in ihrer Mitte zur Tür gehen wollten. »Wartet doch! Nehmt ihr mich denn nicht auch mit?«

Der mit dem Trenchcoat gab ihr einen Stoß, so daß sie wieder auf dem Hocker landete, der wie ein Pendel hin- und herschaukelte. »Wer, zum Teufel, will denn dich? Du hast deinen Zweck erfüllt. Wir haben gewußt, daß er zu dir kommen würde.«

Sie stand ein zweites Mal auf und holte die drei gerade in dem Moment ein, als sie die Ausgangstür erreichten. »Warte!« flehte sie. Sie trat ganz nahe an Lamont heran, stellte sich auf die Zehenspitzen und drückte ihm einen Kuß auf die Lippen. »Nimm das mit, dann verstehst du auch, was ich eben tun wollte.«

»War's Vanille oder Zimt?« höhnte einer der Kriminalbeamten, als sie ihn unsanft nach draußen beförderten.

Langsam ging sie zu ihrem Platz an der Bar zurück. Dort war niemand mehr außer Copain, der Gläser polierte.

»Konnt' er nicht mal 'nen Abend fortbleiben?« klagte sie und grub ihr Gesicht in die verschränkten Arme auf dem Tresen.

»Versuch doch bitte, etwas leiser zu heulen, ja?« sagte Copain nach einer Weile gereizt. »Alle schaun zu dir her.«

»Sieht aus, als würd's ein schöner Tag«, sagte Lamont gutgelaunt, als sich das Hoftor vor ihm und seinen Begleitern öffnete. Die Gefängnisflügel, deren Mauern den Hof an drei Seiten umschlossen, waren unten noch immer dunkel und färbten sich oben im ersten Tageslicht platinfarben.

Zwei kurze Reihen von insgesamt nicht mehr als zehn oder zwölf Menschen standen dort regungslos im Dunkel. Trotz der kühlen Luft trugen sie keine Kopfbedeckung.

Lamont lachte ungerührt. »Zu Ehren meines Todes – glauben sie!« sagte er.

Die Plattform aus frisch gehobelten, ungestrichenen Brettern war das Auffälligste im Hof. Selbst in der Dunkelheit zeichnete sie sich deutlich ab. Überall auf dem Boden lagen kleine Hobelspäne verstreut. Zwei hohe Pfosten reckten sich von dort gegen die weißen Wolken, die über den schiefergrauen Morgenhimmel jagten.

»Die haben ganz schön Krach gemacht, als sie das Ding letzte Nacht aufgestellt haben«, warf Lamont ein. »Mir hätt's ja nichts ausgemacht, aber all die andern armen Teufel hier haben garantiert nicht schlafen können.«

Er blickte verächtlich auf die kleine Zuschauergruppe. »Wer so früh aufsteht wegen einer Hinrichtung, der ist verrückt.«

Er und seine Eskorte gingen langsam vom Innentor bis zum Fuße der Plattform. Lamonts Blick wanderte abschätzend nach oben. »Zwanzig Stufen«, sagte er. »Das ist 'ne ganze Menge. Ich bin noch nie gern geklettert. Warum machen Sie sie nicht niedriger?«

»Möchten Sie noch etwas sagen?«

Lamont wandte sich an die Zeugen. »Schön in der Nähe bleiben. Es wird bestimmt noch lustiger, mich runterkommen, statt raufgehn zu sehn.«

Seine Unverfrorenheit verschlug ihnen den Atem. Sie traten unruhig von einem Bein auf das andere. Er kehrte ihnen den Rücken zu. Die Wärter stützten ihn rechts und links an den Ellbogen.

»Ist schon gut«, sagte Lamont ruhig. »Ich schaff' das schon.«

Er hob den linken Fuß und setzte ihn auf die erste Bretterstufe, dann stellte er den rechten auf die zweite ...

Lamont hatte seine Ellbogen um die beiden äußersten Stäbe des Zellenfensters gehakt, und sein Kinn ruhte mißmutig auf den an der Innenseite ineinander verschränkten Händen.

Hinter ihm öffnete sich das Gitter mit einem klagenden Quietschen. »Haben Sie 'nen Termin?« brummte er, ohne den Kopf zu wenden.

»Fünf Minuten, hm?« sagte die Stimme des Wärters leise zu jemandem. Die Schließvorrichtung knallte wieder zu, und die Schritte des Wärters verhallten auf dem Betonboden des Korridors.

Lamont wußte, daß jemand bei ihm in der Zelle war, doch er drehte sich noch immer nicht um.

Schmale weiße Hände glitten langsam an seinen Schultern entlang und verschränkten sich schließlich zu einer Umarmung um seinen Hals. Ein zarter Duft von Verbenen, mit dem Handelsnamen *Mon Homme*, hüllte ihn ein, und seidenes Haar liebkosten seinen Nacken.

Er rührte sich nicht. Seine Augen funkelten böse. Plötzlich schüttelte er sie vehement ab. Die verschränkten Arme wurden auseinandergesprengt, und Babette wurde an die Seitenwand der Zelle geschleudert.

Obwohl der Aufprall schmerzhaft gewesen sein mußte, sagte sie nichts. In ihrem Schweigen lag Verzeihen. Sie trug weder Diamantring noch Fehmantel, sondern war ganz in Schwarz gekleidet.

»Warum hast *du* dich denn herbemüht?« fragte er finster. »Du willst wohl sichergehn, daß dir beim ersten Mal auch ja keiner meiner Goldzähne entgangen ist. Den kannst du suchen, wenn der Kopf in den Korb rollt, du Hyäne!«

Sie sah ihn beschwörend an. »Ja, so bin ich gewesen, bis du mir begegnet bist.«

»Bis? Soll das etwas heißen, du hast noch keinen andern gefunden? Sag bloß nicht, du hast den Dreh nicht mehr raus!«

»Du bist blind! Ja, ich hab' Sachen von dir angenommen, aber nicht wegen der Sachen, sondern weil sie von dir waren.«

Er musterte sie von oben bis unten. »Was hast du denn gemacht? Alles beim Rennen verloren? Oder ist das deine Verkleidung für den Besuch in der Todeszelle?«

»Ist alles für die Anwaltskosten draufgegangen.«

Zum ersten Mal änderte sich seine Miene. »Soll das ein Witz sein? Ich dachte, das war der Pflichtverteidiger.«

»Ich wollte kein Risiko eingehn. Aber genutzt hat's schließlich doch nichts.«

Er ging zu ihr hinüber und schaute sie verblüfft an. »Was ist denn über dich gekommen?«

»Ich bin verliebt«, sagte sie ruhig.

Er schüttelte den Kopf. »Armes Ding! In ein paar Wochen hast du einen Kerl ohne Kopf am Hals.«

Der Wärter erschien am Gitter und winkte Babette mit dem Kopf. Ein Funke ihres alten Ichs flammte auf: »Raus hier«, fuhr sie ihn an. »Das Geld, das ich dir zugesteckt hab' muß mindestens noch für zehn Minuten reichen!«

Er schlich sich wieder davon und grollte: »Wahrscheinlich werd' ich dafür gefeuert. Es ist gegen die Vorschriften.«

Sie ging wieder zu Lamont und klammerte sich verzweifelt mit beiden Händen an sein gestreiftes Hemd. »Ich lass' dich nicht fort.«

»Versuch doch, mich zurückzuhalten«, lachte er bitter.

»Mich hat bisher noch keiner kleingekriegt. Es muß einen Weg geben. Irgendwas muß ich doch für dich tun können.«

»Du kannst ja mit dem Präsidenten schlafen.«

Sie hatte nicht einmal Zeit, bei dem Gedanken zu schaudern. »Du bist vom Seine-Tribunal schuldig gesprochen worden. Der Präsident ist der einzige, der das Urteil umwandeln kann. Eine Umwandlung würde lebenslänglich bedeuten, und das hieße Teufelsinsel.«

»Nein, danke«, sagte er hastig und verzog angeekelt das Gesicht. »Dann lieber kurz und schmerzlos.«

»Also muß es eine absolute Begnadigung sein. Lamont, wann kann man begnadigt werden? Hilf mir! Du weißt da besser Bescheid als ich.«

»Nur, wenn ein Justizirrtum nachgewiesen wird.«

»Damit ist nichts zu machen. Da gab's beim Prozeß nicht den geringsten Zweifel. Der Rechtsanwalt hat mir gesagt, es ist zwecklos. Welche Möglichkeit gibt's noch?«

»Wenn in der Öffentlichkeit so viel Sympathie für den Angeklagten geweckt werden kann, daß eine Kampagne gestartet wird.«

»Damit ist auch nichts zu machen. Wir sind nur zwei Ganoven mit einem ellenlangen Vorstrafenregister. Ist das denn alles? Sind das die einzigen Gründe?«

»Sonst fällt mir so aus dem Stegreif nichts sein.« Er zuckte die Achseln. »Ach ja, natürlich. Alle Jubeljahre einmal, wenn der Scharfrichter stirbt, dann wird der nächste, der an der Reihe wär', einen Kopf kürzer gemacht zu werden, aus Tradition begnadigt. Aber das kommt nur ganz selten einmal vor, alle vierzig bis fünfzig Jahre vielleicht. Die leben lang, diese Vögel.«

Sie ließ sein Hemd los und trat langsam zurück. Ihre Augen waren hart wie Pailletten. »Dieser nicht«, hauchte sie fast unhörbar.

Er starrte sie verständnislos an. Ohne ein weiteres Wort drehte sie sich um und klopfte an die Gitterstäbe. Jetzt hatte sie es ebenso eilig, hinausgelassen zu werden, wie zuvor, drinbleiben zu können.

»Babette«, rief Lamont mit belegter Stimme. »Was hast du vor? Bist du verrückt? Komm einen Moment zurück, hör mir zu!«

Sie schüttelte seine Hand von ihrer Schulter. »Ich sorg' dafür, daß du begnadigt wirst, *bébé*. Stell bitte keine Fragen. Für dich wird das Fallbeil niemals fallen.«

Der rechte Fuß, die neunte Stufe. Der linke, die zehnte. Der rechte, die elfte.

Lamonts Augen waren jetzt auf einer Ebene mit dem Boden der Hinrichtungsplattform. Er sah den Korb, gefüllt mit Sägemehl und Spänen. Er schüttelte das Ding, das dort hineinfallen sollte – den Kopf –, fast unmerklich, als wolle er sagen: »Nein, *diesen* nicht.«

Er sah den unteren Teil der Vorrichtung, die Holzplatte mit der u-förmigen Einkerbung. Ein paar Meter weiter oben, zwischen den beiden Pfeilern, war eine zweite, das Gegenstück. Wenn es soweit war, würde sie heruntergeholt und mit der ersten vereint. Die beiden u-förmigen Hohlräume würden sich zu einem vollkommenen Kreis schließen – mit seinem Hals in der Mitte.

Füße standen herum. Lamont machte sich nicht die Mühe, zu den dazugehörigen Gesichtern aufzusehen. *Er* war noch nicht dort, nur das zählte. Zwei Dinge waren noch nicht dort – *er* und *es*. Der Scharfrichter und das Beil.

Der linke Fuß, die zwölfte Stufe, der rechte, die – ausgeschlossen, die nicht! Das war die dreizehnte. Nicht bei so einer Sache, kein Gedanke daran! Er hob den rechten Fuß noch höher, ließ die Stufe aus und setzte ihn auf die vierzehnte. So kam er zwar schneller nach oben, doch war er um keinen Preis der Welt dazu bereit, diese dreizehnte Stufe auf seinem eigenen Hinrichtungsgerüst zu berühren.

Das brachte den Aufstiegsrhythmus seiner Wärter etwas durcheinander. Er war dadurch eine Stufe höher als sie. Zumindest mit einem Bein. Sie wußten nicht, warum er das getan hatte. Sie zählten die Stufen nicht wie er, doch glichen sie den Unterschied dadurch aus, daß sie beide auf der dreizehnten rasch einen Zwischenschritt einlegten und so wieder mit Lamont aufschlossen.

Sie sagten nichts, doch wußte er, was sie denken mußten: Es war das erste Mal in ihrer Laufbahn, daß der Verurteilte zwei Stufen auf einmal genommen hatte, als ob er nicht schnell genug oben ankommen könne. Nun, es kam sicher auch das erste Mal in ihrer Laufbahn vor, daß der Verurteilte oben auf der Fallbeilplattform auf den Scharfrichter warten mußte – und schließlich, wenn er nicht kam, dort seinem eigenen Schicksal überlassen war. Es gab da einen alten Ausspruch: »Warten an der Kirchentür.« Das wäre doch mal etwas Neues – warten an der Guillotine.

Der linke Fuß, die fünfzehnte Stufe, der rechte, die sechzehnte ...

Es war ein kleines, unscheinbares Familienlokal in einer Seitenstraße, wo man jeden Abend dieselben Gesichter sah. Sie wirkte fromm und arbeitsam, ein schwarzer, um ihren Kopf drapierter Schal verlieh ihr etwas Madonnenhaftes. An ihrem Arm hing ein Korb mit blutroten Nelken. Eine Flasche roter Tinte, zu Hause in ihrem Zimmer, verriet, wie sie zu ihrer ungewöhnlichen Farbe gekommen waren, die weitaus tiefer war als irgend etwas, das man jemals in der Natur gesehen hatte.

Sie ging langsam von Tisch zu Tisch und fragte in eintönigem Singsang: »Nelken? Zwei für fünf. Nelken?« Keiner kaufte. Den meisten waren sie zu rot. Die Damespieler, Zeitungsleser und Stammtischpolitiker schauten nicht einmal zu ihr auf. Sie war dort bereits ein gewohnter Anblick, schien das Lokal aus einem unerfindlichen Grund für ihren regelmäßigen Rundgang erkoren zu haben. Keiner hatte sie jemals etwas verkaufen sehen. Der Kellner sagte sogar im Vorbeigehen: »Sie geben wohl nie auf, nicht wahr?«

Nein, dachte sie, nie.

Die gleiche aufgerichtete Zeitung, die starr an ihrem Lesestab gehalten wurde, war wieder an der Wand in der hinteren Ecke, wie bereits jeden Abend zuvor. Stets stand ein kleiner schwarzer Kaffee davor, und manchmal ruhte darunter eine schlanke, kultiviert wirkende Hand auf dem Tisch. Jedesmal, wenn sich Babette dorthin verirrte, war dahinter eine Stimme zu hören: »Danke, ich habe schon eine.«

Trotz allem versuchte sie es heute abend wieder. »Nelken?« säuselte sie und blieb unmittelbar vor der Zeitung stehen. »Zwei für fünf. Die rötesten, die Sie jemals gesehen haben.«

Die Zeitung senkte sich unerwartet und enthüllte einen gütig wirkenden, etwa 58-bis 60jährigen Herrn, ohne eine Spur von Bösartigkeit in dem runden Gesicht, hinter der Nickelbrille grünblaue Augen, unschuldig wie die eines Kindes.

»Oh, verzeihen Sie. Ich sehe, Sie haben schon eine Blume«, sagte Babette.

Er zog die Blume vorsichtig aus dem Revers und schaute erst sie und dann Babettes Nelken an. Er mußte die lebhafte Farbe ihrer Ware bereits vor Tagen erspäht haben, ohne daß sie es bemerkt hatte, vielleicht durch einen Riß in der Zeitung. Heute hatte schließlich die Neugierde, oder der Berufsneid, die Oberhand gewonnen. »Ich dachte, ich hätte die rötesten in der Stadt. Aber wie ich sehe, sind Ihre noch röter. Würde es Ihnen etwas ausmachen, mir zu verraten, woher Sie sie bekommen?«

»Ich züchte sie selbst«, sagte Babette bescheiden.

Sein Gesicht glühte vor Interesse. »Setzen Sie sich doch einen Moment. Ich züchte meine Blumen auch selbst. Das ist mein einziges Steckenpferd. Bemerkenswert, Ihre Ergebnisse. Die Blumen wirken fast künstlich, und doch sind sie echt – das merkt man, wenn man sie anfaßt. Wie machen Sie das? Welche Samen verwenden Sie, welche Erde?«

Die Unterhaltung wurde zum Monolog. Selbst wenn Babette irgendwelche Fachkenntnisse auf diesem Gebiet gehabt hätte, und die hatte sie nicht – nur das oberflächliche Wissen, das sie sich durch die rasche Lektüre eines Handbuchs über Gartenpflanzen angeeignet hatte –, hätte sie keine Gelegenheit gehabt, sie anzubringen. Alles, was sie von Zeit zu Zeit einwerfen konnte, war: »Das mach' ich auch«, und »Ich ebenso.« Er war ein sehr einsamer alter Mann, der nach einem ausgiebigen Gespräch über sein spezielles Hobby geradezu hungerte.

»Sie bekommen sie also aus der Normandie, von Ihren Verwandten? Ich würde sie zu gern in meinem eigenen Garten ausprobieren!«

»Ich bring Ihnen welche vorbei. Wo kann ich Sie finden?«

»Rue de la Terrasse 39.« Er war so überglücklich, daß die Vorsicht eines ganzen Lebens dahinschwand.

»Paßt Ihnen Donnerstag?« fragte Babette, die haargenau wußte, was am Donnerstag war.

Er schlug die Augen nieder. »Nein, da habe ich frühmorgens einen Termin.«

»Dann Mittwoch abend?«

»Gut. Vergessen Sie es auch nicht?« Es klang beinahe beschwörend.

Sie warf ihm einen vielsagenden Blick zu. »Ganz gewiß nicht, *M'sieur*.«

Auf dem Weg zur Tür hielt der Kellner sie an. »Wissen Sie, mit wem Sie da gerade gesprochen haben?«

»Nein!«

»Das war der Scharfrichter. Erzählen Sie's aber nicht rum, sonst vergraulen Sie uns die Gäste. Er kommt jeden Abend her.«

Sie versuchte, Entsetzen vorzutäuschen. Es gelang ihr nicht besonders, reichte jedoch, um den Kellner zu überzeugen.

Lamonts rechter Fuß stand bereits oben auf der Plattform. Schleppend langsam löste sich der andere von der zwanzigsten und letzten Stufe und stellte sich daneben.

Der Hof war unten noch immer in dunkle Nacht getaucht, doch die Gefängnisgebäude um ihn herum waren oben vom Tageslicht bereits hell erleuchtet. Die Gesichter, die von dort unten zu ihm heraufstarrten, wirkten wie eine Schar weißer, verschwommener Ovale.

Die Wärter, die Lamont hochbegleitet hatten, führten ihn

nun langsam hinter die beiden hohen Pfeiler. Noch waren sie harmlos, konnten ihm nichts anhaben. Die »Witwe« hatte keine Zähne. Das Beil war noch nicht dazwischen.

Auch der Scharfrichter war noch nicht hier oben. Sie hätten Lamont nicht so früh herbringen dürfen. Bis zu seinem Auftritt hätte alles bereit sein müssen. Irgend jemand hatte gepfuscht. Man war sich so sicher gewesen, daß der Mann, der sich in 40 Jahren kein einziges Mal verspätet hatte, auf seinem Posten wäre, bis das Opfer oben ankam, daß man schon losgegangen war. Es gab gewiß einen Riesenskandal wegen »unnötiger Grausamkeit«, doch das wäre für Lamonts Begnadigung sicher nur von Vorteil.

Er stand jetzt hinter dem Todesgerät. Er schaute durch die beiden parallelen Pfosten hindurch und heftete den Blick so konzentriert auf das Hoftor, als fixiere er sein Ziel durch das Visier eines Gewehrs, und behielt es von da an ständig scharf im Auge.

Durch das Tor sollte der Scharfrichter kommen. Doch er kam nicht. Zwei bewaffnete Wachen warteten dort, um es im Augenblick seiner Ankunft zu öffnen. Ein Augenblick, der niemals kommen würde.

Auf der Tischkante lag eine brennende Zigarette. An der Wand hing ein Kalender. Die ersten dreiundzwanzig Tage des laufenden Monats waren einzeln durchgekreuzt worden. Dahinter war noch ein freies Datum. Dann kam ein großer roter Kreis, der den fünfundzwanzigsten des Monats markierte. Und siebzehn Stunden des letzten freien Feldes waren bereits vergangen. Es war fünf Uhr nachmittags. Das war gut so. Babette wollte, daß es spät wurde. So würde sie den Scharfrichter beim Abendessen erwischen.

Sie nahm eine lange Nadel und drehte die toten Kakerlaken nacheinander auf den Rücken. Tot, leblos, steif waren sie, hart wie Kaffeebohnen. Es mußte ein guter Stoff sein, was immer es war.

Das Pulver befand sich in einem kleinen Streuer, der ganz ähnlich aussah wie die, in die Pfeffer und dergleichen hineinkommt. Allerdings war es grau. Sie streute ein wenig auf die Zeitung, auf der die toten Insekten lagen, und kam vorsichtig mit dem Gesicht näher. Es war geruchlos. Und was den Geschmack anbelangte, hatte der Drogist ihr versichert: »Es ist süß, es lockt sie an. Ich kann für die Wirksamkeit garantieren. Aber Sie haben keine Kinder im Haus, nicht wahr? Es ist nämlich absolut tödlich, wissen Sie.«

»Ich hab' keine Kinder«, hatte sie mit einem rätselhaften Lächeln erwidert.

Es hatte zehn bis fünfzehn Minuten gedauert, bis das Gift bei den Kakerlaken wirkte. Sie hatte die Zeit gestoppt. Natürlich konnte sie nicht sagen, wann sie genau starben, nur wann sie aufhörten, sich zu bewegen. Vielleicht lebten sie noch ein paar Minuten gelähmt weiter, nachdem sie sich nicht mehr regten. Bei einem Menschen dauerte es vermutlich länger. Doppelt, vielleicht eher dreimal so lange. Fünfundvierzig Minuten, bis sich die ersten Auswirkungen bemerkbar machten. Zum Teufel, sie war eben kein Experte auf diesem Gebiet, nur eine liebende Frau.

»Jedenfalls irgendwann in der Nacht«, murmelte sie. Es kam natürlich darauf an, wieviel man davon nahm. In diesem Fall mußte es das ganze Gefäß sein. Sie wollte die Hinrichtung nicht nur aufschieben, sie sollte ja ganz ausfallen. Der Scharfrichter war auch nicht mehr der Jüngste. Das würde ebenfalls etwas helfen.

Sie fragte sich, ob es sehr schmerzhaft sein würde. Nun ja, angenehm war es natürlich nicht gerade, bevor die Lähmung oder Betäubung einsetzte. Daran war nichts zu ändern. Wenn der Magen rechtzeitig ausgepumpt oder schnell ein wirksames Gegenmittel verabreicht wurde, konnte er gerettet werden. Aber wahrscheinlich wußte er gar nicht rechtzeitig, was es war. Zuerst würde er es sicher für eine Magenverstimmung halten und dann für einen Krampf und dann für eine Blinddarmentzündung – und bis dahin käme jede Rettung zu spät. Der Stoff mußte in etwas kommen, wo sein süßlicher Geschmack nicht störte, sonst bestand die Gefahr, daß der Scharfrichter etwas bemerkte und aufhörte zu essen, bevor er die ganze Dosis bekommen hatte.

Sie wickelte ein Taschentuch um das Gefäß, vergewisserte sich jedoch erst, daß die kleinen Löcher an der Oberseite mit dem Metalldeckel verschlossen waren. Dann steckte sie es in die Tasche ihrer billigen Strickjacke, wo sie leichter drankommen konnte als in einer Handtasche. Sie hatte die Schutzfolie abgezogen, so daß ein Schnipsen mit dem Daumennagel genügte, um den Deckel vollständig abzuheben, wenn die Zeit kam.

Babette nahm die kleine Tüte mit Nelkensamen. Sie hatte sie für ein paar Sous gekauft. Wenn sie jemals gesät würden, kämen sie als die ganz gewöhnliche weiße Sorte, nur würde er das nicht mehr erleben.

Sie öffnete die Tür und ging hinaus. Dann kam sie noch einmal kurz zurück, nahm einen Stift und kreuzte das letzte noch offene Datum auf dem Kalender durch. Jetzt waren alle vor dem rotumrandeten ausgestrichen. Ihr Gesicht war weiß, schön und todbringend, als sie die Zimmertür hinter sich schloß. Rue de la Terrasse 39, hatte er gesagt.

Hinter nahezu jedem vergitterten Fenster um die drei Seiten des Gefängnishofes zeigte sich nun der Umriß eines Mitinsassen. Sie standen völlig bewegungslos da, kein einziger Laut war zu hören. Diese atemlose Stille, die jede Hinrichtung begleitete, hing wie ein Sargtuch über den düster drohenden, gut besetzten Gebäuden. Sie wollten nicht zusehen, zumindest einige nicht, die bald selbst an der Reihe waren, doch konnten sie ihren Zellenfenstern auch nicht fernbleiben.

Lamont konnte die kleinen weißen Wülste sehen, die ihre Fäuste beim Umklammern der senkrechten Stäbe formten, zwei an jeder Öffnung, rundherum auf allen drei Seiten. Es war barbarisch, sie zusehen zu lassen. Und das sollte ein zivilisiertes Land sein? Sie verurteilten die Amerikaner, weil sie sie mit Stromstößen hinrichteten, in die Steckdose steckten wie lebendige Lampen! Vermutlich ließ die Gefängnisverwaltung sie als eine Art Abschreckung zusehen.

Lamont blickte weiterhin unentwegt durch die Pfeiler auf das Tor. Sowohl oben als auch unten herrschte absolute, abwartende Stille, durch die man bereits den schwachen Pulsschlag der Spannung fühlen konnte.

Er war außer sich vor Freude, wie ein Kind, das ein neues Spielzeug bekommt. Er war im Garten hinter dem Haus. Er hatte eine Gießkanne in der Hand, trug einen alten, zerschlissenen Strohhut, um seine Augen vor der untergehenden Sonne zu schützen, und lief in alten Pantoffeln zwischen den Blumenbeeten umher. Und er hatte etwa vierhundert Menschen getötet.

»Kommen Sie jetzt rein, oder wollen Sie, daß das Essen kalt wird?« rief die Haushälterin mit dem Raubvogelgesicht mißbilligend aus der Hintertür. Ihre Mißbilligung galt wohl ebensosehr seinen ewigen Blumen wie der Störung durch Babette.

»Sie müssen mich dafür bezahlen lassen«, sagte der Scharfrichter zu Babette und ging auf das Haus zu.

»O nein, das kommt gar nicht in Frage. Betrachten Sie sie als Geschenk.«

»Nein, nein, ich bestehe darauf. Nachdem Sie extra den ganzen Weg durch die Stadt auf sich genommen haben, ist es das mindeste, was ich tun kann...«

Sie ließ ihn die Hintertür öffnen und sagte dann sehnsüchtig, »Mmm, riecht das gut«, obwohl sie nicht das geringste bemerkte.

»Aber natürlich! Wie gedankenlos von mir! Sie müssen hungrig sein. Leisten Sie uns Gesellschaft?«

Uns! Ihr Mut sank. Das hieß, dieser scharfäugige alte

Hausdrache mußte mit ihm am selben Tisch sitzen. Bei zwei Leuten war es so gut wie unmöglich, ihre Nummer abzuziehen.

»Ich möchte Ihnen keine Umstände machen.«

»Unsinn. Kommen Sie jetzt bitte herein. Einen Korb akzeptiere ich nicht.« Und zu der Schreckschraube sagte er: »Ich habe *Mademoiselle* gebeten, eine Kleinigkeit mit uns zu essen.«

»Ach ja?« brummte sie mißmutig.

Als die beiden vor ihr am Tisch Platz nahmen, flüsterte der Scharfrichter Babette von der Seite zu: »Schenken Sie ihr keine Beachtung. Sie ist immer etwas mürrisch.«

Als Babette sich umsah, fiel es ihr schwer zu begreifen, in wessen Haus sie sich befand. Es war nur ein Vorstadthäuschen mit Chintzvorhängen. Mit einer Hand löffelte sie die Suppe und mit der anderen hielt sie das taschentuchumwickelte Gefäß einsatzbereit unter dem Tisch.

Die Haushälterin sprach nun zum ersten Mal, seit sie sich an den Tisch gesetzt hatten, so als wolle sie Babette aus der Unterhaltung ausschließen. »Sind Sie heute nachmittag ins Ministerium gegangen?«

»Natürlich«, sagte er kurz angebunden, als ob ihm das Thema nicht behage.

Babette wußte, was sie meinte – das Justizministerium. Abschätzend beäugte sie die Suppenterrine. Doch er nahm wahrscheinlich kein zweites Mal. Außerdem stand sie ohnehin drüben auf der anderen Tischseite bei der Haushälterin. Sie würde es niemals schaffen, niemals.

»Haben Sie den Auftrag und die Spesen für morgen bekommen?«

»Natürlich! Müssen wir denn jetzt darüber reden?« Seine Ungeduld war nicht zu überhören. Er blickte vielsagend auf ihren Gast.

Den Auftrag für die Hinrichtung meinte sie.

»Sonst hab' ich ja keine Gelegenheit dazu«, erwiderte die

alte Frau bissig. »Sie sind ja jede freie Minute, in der Sie zu Hause sind, doch nur mit Ihren Blumen beschäftigt!« Sie stand auf, ging hinaus und kehrte mit einer Schüssel Eintopf zurück. Babettes Hand, die unmittelbar unter der Tischkante den Streuer bereithielt, sank wieder in den Schoß. Die Alte beugte sich beim Austeilen so schützend darüber, daß man fast den Eindruck hatte, sie ahne etwas.

»Die blaßrosafarbenen gehn am besten«, beantwortete sie seine Frage, ohne genau zu wissen, was sie eigentlich sagte. »Für die weißen oder roten ist die Nachfrage nicht so groß.«

Sein Rotweinglas war leicht für sie zu erreichen. Wenn sie ihn nur dazu bringen konnte, den Kopf abzuwenden ...

Sie drückte mit dem Daumennagel gegen den Deckel des Behälters und spürte, wie er ihr in den Schoß fiel. Sie steckte ihn in die Jackentasche. Dann spähte sie abschätzend über die Schulter des Scharfrichters. Das Fenster zur Straße war zu seiner Linken, weit genug entfernt, daß er sich umdrehen mußte, um hinauszusehen.

Und die alte Krähe? Auch sie mußte sich umdrehen, und zwar nach rechts, in die entgegengesetzte Richtung. Doch dann schaute sie immer noch zu drei Vierteln in diese Richtung. Es war fast sicher, daß es mißlang, und doch mußte Babette es versuchen. Es blieb keine Zeit mehr, denn das war bestimmt der letzte Gang.

Sie schaute aus dem Fenster. Ihr Gesicht schien sich vor Bewunderung zu verklären. »Sehen Sie nur, was für ein herrlicher Sonnenuntergang!«

Beide drehten den Kopf. Babettes Hand schnellte über den Tisch. Gerade noch rechtzeitig suchte ihr Blick das Gesicht der Alten, die sie mehr fürchtete als ihn. Die Haushälterin schaute weder zum Fenster noch zu Babette selbst, sondern zur Wand hinter ihr und bekam so den Sonnenuntergang indirekt zu sehen. Ohne sich umzudrehen wußte Babette, daß dort ein Spiegel hängen mußte, der nicht nur die Straße, sondern auch ihren Rücken zeigte.

Mit einem kaum merklichen Schlenker hob sie die Hand weiter, viel höher, als sie eigentlich wollte, tupfte das zusammengeknäulte Taschentuch, das sie damit umfaßte, ein paarmal an die Nasenspitze und ließ sie dann wieder in den sicheren Schutz ihres Schoßes sinken. Wenn bloß das Gefäß nicht zu sehen war, hoffte sie inständig.

»Er ist großartig«, stimmte der Scharfrichter zu, als er sich umdrehte.

»Er ist wie immer«, spottete die Alte.

Babette wandte wie beiläufig den Kopf und schaute nach hinten. Direkt hinter ihrem Stuhl befand sich ein langer Spiegel, der in den Aufsatz des Buffets eingelassen war. Das Weinglas war deutlich darin zu sehen. Jede Handbewegung in diese Richtung wäre von hinten eindeutig sichtbar gewesen. Dieses alte Frauenzimmer! Hatte sie das absichtlich getan, ahnte sie etwas, oder war das nur ihre angeborene Gehässigkeit?

Die Haushälterin ging hinaus und kam mit einer Schale Äpfel zurück. Sie polierte einen nach dem anderen mit ihrer Schürze und legte ihn wieder hinein.

»Ach, dann gibt's wohl keine süßen Pfannkuchen?« fragte Babette unschuldig.

»Was hat Sie denn auf den Gedanken gebracht?« fauchte die Furie.

»Ach, gar nichts. Als ich durch die Küche ging, hab' ich bloß eine Rührschüssel mit geschlagenem Teig gesehn, und da dacht' ich ...«

»Nun, da haben Sie falsch gedacht. Das ist der Teig für die Croissants für *M'sieurs* Frühstück morgen früh. Ich backe sie selbst.«

»Bei gewissen Anlässen stehe ich außergewöhnlich früh auf«, erklärte der Scharfrichter und versuchte, die Gereiztheit der Haushälterin abzumildern. »Dann hat sie keine Zeit, den Teig morgens zuzubereiten, sondern muß ihn am Vorabend mischen und formen.«

»Jetzt weiß ich, wo es reinkommt«, frohlockte Babette insgeheim. »Wenn mir nur der Teufel die Hand führt.«

»Um welche Zeit fangen Sie abends denn gewöhnlich an, Ihre Blumen zu verkaufen?« fragte die Haushälterin unverblümt, als ob sie Babette verdächtige, ein völlig anderes Gewerbe auszuüben.

»Gewöhnlich so gegen acht, wenn die Leute nach dem Abendessen ins Lokal gehn. Ich muß in ein paar Minuten fort.«

»Es besteht kein Grund zur Eile, mein Kind«, sagte der Gastgeber väterlich. »Ruhen Sie sich erst etwas aus.«

Es klingelte an der Haustür, und draußen war ein Pfeifen zu hören. Die Haushälterin sprang auf. »Der Briefträger ist da. Es ist bestimmt ein Brief von meiner Schwester.« Sie rannte hinaus zur Tür.

Babette stand unmittelbar nach ihr auf. »Kann ich ein Glas Wasser haben? Ich hab' solchen Durst. Bemühn Sie sich nicht. Ich weiß, wo ich es finde.« Kurz darauf stand sie über der Rührschüssel in der Küche und leerte das Todesgefäß darüber aus. Sie schlug sogar noch kräftig auf den Boden, damit auch ja noch das letzte Körnchen herauskam. Dann rührte sie mit dem Holzlöffel ein paarmal um, so daß nicht alles an einer Stelle zusammenklumpte.

Als sie zurückging, stand die Haushälterin voll im Blickfeld im gegenüberliegenden Eingang, doch war sie gänzlich in den Brief vertieft, den sie dort im Stehen las. Ihr Gesicht wirkte zwanzig Jahre jünger. Endlich war sie nicht mehr auf der Hut. Sie hatte nicht einmal bemerkt, daß ihr Gast vom Tisch aufgestanden war. »Sie schreibt, Jeanne erwartet wieder ein Baby. Was sagen Sie dazu?«

»Ich muß jetzt gehn, *M'sieur*«, säuselte Babette voller Wärme und Anmut. Sie senkte bescheiden den Blick. »Es tötet ihn, lange bevor er auch nur in die Nähe meines Lamont kommt«, dachte sie selbstgefällig.

Aus einem der Zellenfenster rief plötzlich eine heisere Stimme: »Holt ihn runter!« Es war wie ein Peitschenhieb in der Stille. Das zerschmetterte Schweigen schloß sich von allen Seiten wieder zusammen, doch nur für einen Moment. Dann wurden auch andere Stimmen rings um den Hof herum laut. Sie tönten hohl, hallten von den Steinfassaden der Gefängnisgebäude wider. »Holt ihn da oben runter! Habt ein Herz, ihr lausigen Hunde!«

»Er sollte nur einmal sterben, nicht hundertfach!«

»Kein Scharfrichter, keine Hinrichtung!«

Die Stimmen vermischten sich zu einem Kampfruf und schwollen zu einem schrecklich hämmernden Klagegesang an. »Runter, runter, runter!«

Lamonts Blick war unablässig auf das Tor geheftet, das er durch die offene Schleuse der Guillotine sah. Er nahm sich nicht einmal die Zeit zu blinzeln.

Der Mann mit der blutroten Nelke im Knopfloch kam genau um 4.45 Uhr aus der Tür des weiträumigen Hauses in der Rue de la Terrasse 39. Draußen war es noch stockdunkel, und die Straßenlampen brannten. In der rechten Hand trug er einen schweren Ebenholzstab mit einem gravierten Schild, in der linken eine schwarze Ledertasche, 70 cm lang, 20 cm hoch. Darin lag, scharf wie ein Rasiermesser auf einem schwarzen Samtkissen, die Schneide, jenes Ding, das zwischen die beiden Pfeiler gehörte, durch die Lamont so unablässig starrte.

Er war ein Mann, der zur Arbeit ging, genau wie jeder andere. Er wischte sich noch die letzten Croissantkrumen aus den Mundwinkeln und vom Rand des Schnauzbarts und schüttelte ungehalten den Kopf: »Zu süß«, brummte er. »Zu süß. Ich bekomme bestimmt Sodbrennen davon. Sie läßt langsam nach.«

Die Möglichkeit, genau während der Ausübung seines Amtes von einer Verdauungsstörung geplagt zu werden, erfüllte ihn mit Unruhe. Angenommen, ihm unterliefe dort oben auf der Plattform vor aller Augen die schreckliche Unschicklichkeit, aufstoßen zu müssen oder einen Schluckauf zu bekommen. Das wäre eine schöne Bescherung, nicht wahr? Der Tod hatte ein Anrecht auf einen gewissen Respekt, eine gewisse Feierlichkeit. Den letzten Augenblicken, selbst des gemeinsten Verbrechers, gebührten Rücksichtnahme und Würde.

Er ging die zwei Vorstadtstraßen von seinem Haus bis zur Endstation der Untergrundbahn hinunter, kaufte unten am Schalter ein Billett zweiter Klasse und stellte sich mit der Tasche in der Hand hinter die Schranke. Nach und nach sammelten sich hinter ihm ein paar Früharbeiter – Reinmachefrauen, Dienstmänner, Kellnerlehrlinge. Der erste Zug des Tages lief ein, die Schranke wurde hochgezogen, und er stieg ein. Zu dieser frühen Stunde gab es viele freie Plätze. Er setzte sich in die hinterste Ecke, legte die Tasche, anstatt sie dem Fußboden anzuvertrauen, behutsam auf die Knie und stützte beide Hände auf den Knauf seines Stockes.

Er war nicht nervös. Was er heute zu tun hatte, tat er bereits seit vierzig Jahren, und vor ihm hatte es sein Vater getan. Es war ihr Metier. Es war eine Arbeit, die getan werden mußte. Und in ganz Frankreich hatte nur er das Recht, sie auszuführen. Von Straßburg bis zu den Pyrenäen und von der Bretagne bis zur italienischen Grenze konnte, außer durch seine Hand, keinem Menschen gesetzlich das Leben genommen werden. Nur er, er alleine, war von vierzig Millionen Menschen bevollmächtigt, diesen Auftrag auszuführen. Er war ein vielgereister Mann, war das eine oder andere Mal fast in jeder Großstadt oder größeren Stadt des Landes gewesen. Das heute war nicht weit, nur eine halbstündige Zugfahrt vom Stadtzentrum.

Während ihn die Untergrundbahn rasch in die Stadt brachte, studierte er, um sich zu beschäftigen, die Reklameplakate an der Wagendecke. Inzwischen verspürte er ein starkes Schweregefühl im Magen. Zweifellos die stickige Metroluft. »Ich hätte die letzten Croissants nicht mehr essen dürfen«, dachte er. »Aber ich wollte die Haushälterin nicht kränken. Sie betrachtet es immer als persönliche Beleidigung, wenn ich nicht alles aufesse.«

Er schaute auf seine altmodische Uhr. Wenn er sich beeilte, hätte er Zeit auszusteigen, eine Tasse Kaffee zu trinken und seinen Magen zu beruhigen. Lieber entschloß er sich dazu, als das Risiko einzugehen, mitten bei der Hinrichtung rülpsen zu müssen.

Er stieg aus und trank eilig einen schwarzen Kaffee, fühlte sich jedoch, als er die Fahrt fortsetzte keinen Deut besser.

Und zu den Schmerzen kam nun auch noch Nervosität. Er hatte die Zeit zu knapp bemessen. Er würde sich jetzt ein wenig verspäten. Er krümmte sich in seinem Sitz, um den merkwürdig quälenden Bauchschmerz zu lindern, und dann rief der Schaffner seine Station aus. Er stand auf und umklammerte seine Tasche. Ja, er fühlte sich ausgesprochen »schwer« unter der Weste. Keine Spur mehr von seinem eben noch federnden Gang.

»Ich fühle mich bestimmt gleich besser, wenn ich wieder oben auf der Straße bin«, beruhigte er sich selbst. »Diese Metrostationen sind die ganze Nacht geschlossen und ohne Lüftung.«

Er fand es ziemlich mühsam, die lange Treppe zur Straße hinaufzusteigen, schnappte nach Luft und hatte weiche Knie, als er endlich oben ankam. Trotz der Verspätung ging er nicht schneller.

Draußen war es noch immer dunkel, doch hier in der Innenstadt war bereits alles zum Leben erwacht. Hellerleuchtete Busse fuhren vorüber, die Leute waren schon auf den Beinen und gingen ihren Geschäften nach. Der Bahnhof war direkt gegenüber, auf der anderen Seite des Platzes. Der Scharfrichter überquerte den Platz, trat in die riesige Wartehalle und ging zu einem der Schalter. »Eine Rückfahrkarte nach R...«, sagte er. »Zweiter Klasse, natürlich.«

Er bemerkte, daß ihn der Schalterbeamte neugierig beäugte, als er ihm das Wechselgeld gab.

»Ob er mich erkennt?« fragte er sich. Das war ihm selbst nach so langer Zeit noch unangenehm. Doch es war kein Blick des Erkennens, sondern eher ein fragender Blick der Besorgnis. Auf dem Weg zum Bahnsteig blieb er vor einer Waage mit einem Spiegel stehen und betrachtete sich.

Wirklich kein Wunder, daß ihn der Schalterbeamte so angesehen hatte! Sein Gesicht war gespenstisch fahl, fast leichenblaß. Unmöglich! So schlecht fühlte er sich doch gar nicht. Es mußten die Bogenlampen hier drinnen sein, durch die man so bleich wirkte. Die Übelkeit wurde im Augenblick stärker. Meine alte Haushälterin hat mir ganz schöne Magenbeschwerden bereitet, dachte er vorwurfsvoll. Ich hoffe nur, es wird nichts Akutes.

Er fragte sich, ob noch Zeit sei, am Bahnhofbuffet ein Glas Natron zu trinken, damit sich sein Magen beruhigte. Er sah hoch auf die Uhr. Nein, der nächste Zug ging bereits in zwei Minuten, er mußte sofort einsteigen. Der, den er hätte nehmen sollen, war vor zehn Minuten abgefahren.

Drinnen sank er mit einem leichten Seufzer der Erleichterung auf einen der strohgepolsterten Sitze des Zweite-Klasse-Wagens. Zum Glück war außer ihm niemand mehr im Abteil. Er haßte es, Leute um sich zu haben, wenn er sich nicht wohl fühlte. Der Zug setzte sich in Bewegung, doch dadurch wurde ihm nur noch elender. Er ließ den Kopf gegen die Rückenlehne fallen und ihn schlaff mit der Bewegung des Zuges hin- und herrollen. Als sein Stock umfiel, ließ er ihn liegen.

Seine Hand fuhr zum Hals, zog den Knoten der Krawatte zur Seite und riß den Kragen auf. Nichts schien ihm Erleichterung zu verschaffen. Er öffnete das Fenster, um etwas frische Luft hereinzulassen, aber es kam ihm lediglich eine Menge Ruß und widerwärtiges Kohlengas entgegen. Ihm wurde nur noch schlechter, doch brachte er nicht mehr die Kraft auf, es wieder zu schließen.

Plötzlich schien ein Messer durch seinen Leib zu fahren. Es war so scharf, kam so unerwartet, daß er sogar unbewußt hinunterschaute, um nachzusehen, ob nicht vielleicht seine Tasche aufgegangen war und er sich irgendwie an der herausragenden Schneide ihres Inhalts verletzt hatte.

Nach ein paar Minuten kam der schneidende Schmerz wieder, und dann wieder, wurde mit jedem Mal tiefer, heftiger. Schweißperlen standen ihm jetzt auf der Stirn. Der Zug hatte bereits zweimal gehalten. Immer wieder verschwamm dem Scharfrichter vorübergehend alles vor den Augen. Die messerstichartigen Schmerzen waren inzwischen so anhaltend wie ein einziger langgezogener tiefer Schnitt.

»Ich muß dagegen ankämpfen – bis danach. Ich muß zuerst diese Arbeit erledigen. Dann kann ich nach Herzenslust krank werden. Ich habe noch nie meine Pflicht versäumt. Auch mein Vater nicht oder sein Vater vor ihm.« Er quälte sich mühsam auf die Beine, taumelte zur Tür des Abteils und stieß sie auf.

Er mußte sich mit beiden Händen am Türrahmen festhalten, damit er nicht umfiel. Er drohte ständig, in der Mitte zusammenzuklappen wie ein Taschenmesser. Der Scharfrichter kämpfte mit steifem Rücken dagegen an. Das »Ziehen« war unerträglich, doch er wehrte sich dagegen, hielt sich gerade. »Schaffner!« rief er heiser über das Rattern der Räder hinweg. »Schaffner, kommen Sie schnell!«

Der Schaffner erschien am Ende des Gangs, zeigte sich beim Anblick des schmerzverzerrten, gequälten Gesichts sofort besorgt und eilte auf den Kranken zu. »Was fehlt Ihnen denn, Monsieur?«

»Würden Sie dafür sorgen, daß ich in R... aus dem Zug steige? Werden Sie auch ganz bestimmt darauf achten? Mir ist nicht ganz wohl.«

»Das ist die nächste Station. In fünf Minuten sind wir da. Ich lasse den Stationsvorsteher besser einen Krankenwagen rufen.«

»Nein, nein, nein. Nichts darf mich aufhalten.« Mit gequältem Berufsstolz hob er den Kopf. »Ich bin ›Monsieur Paris‹ und habe einen Termin, den ich einhalten muß. Reichen Sie mir nur Ihren Arm und sorgen Sie dafür, daß ich aus dem Zug komme, das ist alles. Den Rest erledige ich selbst. Das Gefängnis ist genau gegenüber vom Bahnhof. Und meine Tasche – achten Sie darauf, daß meine Tasche mitkommt.«

Bei der Eröffnung, wer er war, hatten sich die Augen des Schaffners geweitet. »Aber Monsieur, Sie sind kurz vor dem Zusammenbruch. Sie haben Schaum vor dem Mund! Sie brauchen sofort Hilfe.«

»Helfen Sie mir nur in R... aus dem Zug. Ich bin spät dran. Hätte schon einen Zug früher kommen müssen«, war seine fast unhörbare Antwort. »Die Pflicht geht vor.«

Der Zug kam langsam zum Stehen. Der Schaffner legte den Arm um die Hüfte des Mannes, stieß die Wagentür auf und half ihm die Stufen hinunter. Der Scharfrichter machte einige Greifbewegungen zur Seite, und der Schaffner gab ihm die schwarze Tasche in die Hand.

»Aber lassen Sie sich doch wenigstens von jemandem begleiten.«

»Nein, nein, nein. Es ist Brauch, daß Monsieur Paris alleine hereinkommt. Das Tor öffnet sich nur für ihn. Ich will bei solch einem Anlaß jede Szene vermeiden und das, wofür ich stehe, nicht in Mißkredit bringen. Ich bin das Gesetz Frankreichs.«

Hinter ihm fuhr der Zug an. Der Scharfrichter stand da und schwankte, erst nach vorn, dann nach hinten, drohte gegen die immer schneller werdenden Wagen zu fallen und mitgerissen zu werden.

Mit einem Mal hörte der Schmerz jäh auf, doch jetzt spürte er gar nichts mehr. Ein Taubheitsgefühl begann sich über ihn auszubreiten. Er merkte, daß Zehen und Finger kalt wurden.

»Ich komme hin«, murmelte er. »Ich muß. Durch diese momentane Erleichterung schaffe ich es.« Er stellte einen Fuß vor sich und zog den anderen nach. Steif, mit starren Gliedern, wie ein Roboter, der bei jedem Schritt umzufallen droht, bewegte er sich durch den kleinen Vorstadbahnhof hinaus auf den gepflasterten Platz. Auf der gegenüberliegenden Seite blickten ihm im ersten Schimmer des Morgenlichts die Umrisse der graugrünen Gefängnisgebäude entgegen.

Plötzlich gab ein Bein unter ihm nach, und er fiel auf das Knie. Er war, ohne es zu spüren, über den Bordstein gestolpert. Er hatte kein Gefühl mehr in den Füßen, durch das er es hätte feststellen können. Er richtete sich wieder auf, schwankte, zwang sich weiterzugehen. Seine Hand hob sich zum Hals, fummelte steif herum, um den unordentlichen Kragen zu schließen. Sie fuhr zu weit nach oben, war kaum noch zu führen. Sie berührte zuerst die Schläfe, kam dann aber auf die richtige Höhe und schloß den offenen Kragen. Da sie mit dem Knopfloch nicht zurechtkam, ging er jedoch wieder auf.

Dort drinnen herrschte ein Riesenspektakel. Rufe wie »runter, runter« waren zu hören. Eine kleine Gruppe Neugieriger hatte sich um das große Tor gedrängt und spähte hinein. Jemand drehte sich um und sah den Scharfrichter kommen. In stiller Ehrfurcht wichen sie vor ihm zurück und bildeten in ihrer Mitte eine Gasse, durch die er hineingehen konnte.

Plötzlich wurde es still. Durch die Pfosten der Guillotine sah Lamont, wie sich das Tor langsam öffnete und eine aufrechte, steife Gestalt im undeutlichen Morgenlicht unerbittlich näherkam.

»Sie hat mich im Stich gelassen! Sie hat's nicht geschafft!« Mit einem Mal überkam ihn solche Angst, daß er fast auf der Stelle zusammensackte.

Inzwischen hatte der Scharfrichter den Fuß der Plattform erreicht. Doch irgend etwas stimmte nicht mit ihm. Sie eilten ihm zu Hilfe.

»Sie hat ihn doch erwischt! Er ist benommen, er torkelt. Er schafft die zwanzig Stufen nie im Leben«, rief sich Lamont ermunternd zu. Eine Weile konnte er ihn nicht sehen, der Rand der Plattform versperrte ihm den Blick. War er gefallen, war er gestorben? Dann knarrte es, und langsam, wie ein Tiefseetaucher aus dem Wasser, tauchte der Scharfrichter, von zwei Männern gestützt, über dem Rand der Plattform auf.

Der Mann mit der roten Nelke übergab die schwarze Tasche. »Setzen Sie das Beil ein.« Er stand nun dort auf der Plattform und gab zu verstehen, daß man ihn loslassen solle. Sein verschwommener Blick ruhte auf Lamont. »Entschuldigen Sie, *M'sieur*«, murmelte er, »daß Sie so lange warten mußten.«

Lamont konnte nicht antworten. Er starrte nur voller Entsetzen.

Sie hatten das Beil in die Schleuse gesteckt. Das Gewicht wurde heruntergezogen, und das Beil glitt langsam nach oben, wie Quecksilber in einem Thermometer.

»Bereiten Sie den Verurteilten vor.«

Die Hand des Scharfrichters tappte nach Lamonts Schulter. Er hatte nicht mehr die Kraft, ihn hinunterzudrücken, auf die Knie. Es wurde ihm abgenommen.

Wilde, unbändige Hoffnung flammte in Lamont auf. »Er schafft es nie im Leben. Er kann ja nicht mal mehr klar sehn. Sein Blick verschwimmt!«

Ein heiseres Flüstern drang aus dem Mund des Scharfrichters. Es war für Lamont bestimmt, obwohl er ihn nicht mehr genau ausmachen konnte, nicht wußte, wohin er es richten sollte. »Seien Sie tapfer. Sie werden nichts spüren.« Ein Toter tröstete den Sterbenden!

Die obere Hälfte des hölzernen Kragens wurde nun unten auf Lamonts Hals gesetzt, der Korb nach vorn unter sein Gesicht geschoben.

»Noch eine Minute«, sagte Lamont immer wieder zu sich selbst.

»Noch eine Minute. Noch eine Minute, und ich hab' gewonnen! Er fällt ja schon um. Da fällt er, er fällt vornüber! Ich hab' ge ...«

Er rief es laut. Der Scharfrichter schlug mit dem Gesicht auf den Boden. Seine Hände, die er im Fallen krampfhaft in Richtung des Todesinstruments gestreckt hatte, streiften in einem

Bogen vorbei, faßten nach dem Hebel, der das Gegengewicht löste, ergriffen ihn und zogen ihn mit sich hinunter.

»Ich hab' ge ...« Das Gewicht schnellte hoch, das Beil sauste herab und schnitt die Welt entzwei.

Zwei Tote lagen Seite an Seite auf der Plattform.

Cornell Woolrich im Diogenes Verlag

Der schwarze Vorhang
Roman. Aus dem Amerikanischen von Signe Rüttgers. detebe 21625

Der schwarze Engel
Roman. Deutsch von Harald Beck und Claus Melchior. detebe 21626

Der schwarze Pfad
Roman. Deutsch von Daisy Remus detebe 21627

Das Fenster zum Hof
und vier weitere Kriminalstories. Deutsch von Jürgen Bauer und Edith Nerke. detebe 21718

Walzer in die Dunkelheit
Roman. Deutsch von Jobst-Christian Rojahn. detebe 21719

Die Nacht hat tausend Augen
Roman. Deutsch von Michael K. Georgi detebe 21720

Ich heiratete einen Toten
Roman. Deutsch von Matthias Müller detebe 21742

Im Dunkel der Nacht
Kriminalstories. Deutsch von Signe Rüttgers. detebe 21759

Cornell Woolrich, zusammen mit Chandler und Hammett einer der größten der ›Schwarzen Ära‹, wurde 1903 in New York geboren, wohin er nach einem Aufenthalt in Hollywood, einer kurzen Ehe und ein paar homosexuellen Episoden wieder zurückkehrte, um fortan mit seiner Mutter in billigen Hotels zu wohnen. Sein erster Roman begründete den ›Roman Noir‹ und den ›Film Noir‹. 1948 erhielt er für eine Erzählung den Edgar-Allan-Poe-Preis. Viele seiner Romane und Erzählungen wurden von berühmten Regisseuren verfilmt, darunter Alfred Hitchcock, Sidney Pollack und François Truffaut. Trotz all dieser Erfolge starb er 1968 mittellos und einsam in einem heruntergekommenen New Yorker Hotel.